Collection « Culte Fictions »

dirigée par Jean-Claude Zylberstein

Dans la même collection

PHILIP JOSÉ FARMER, *La Jungle nue. Volume IX des Mémoires de Lord Grandrith*, 2003.

MICHAEL HERR, *Walter Winchell*, 2003.

LANGSTON HUGHES, *L'Ingénu de Harlem*, 2003.

NANCY MITFORD, *La Poursuite de l'amour*, 2003.

EDITH WHARTON, *Les Beaux Mariages*, 2003.

Nancy Mitford

L'amour dans un climat froid

Roman

Traduit de l'anglais
par François Villié

Préface de Marcel Schneider

La Découverte

Titre original : *Love in a Cold Climate*

Catalogage Électre-Bibliographie
MITFORD, Nancy
L'amour dans un climat froid : trad. de l'anglais par François Villié ; Préface de Marcel Schneider. – Paris : La Découverte, 2003. – (Culte fictions).
ISBN 2-7071-3969-6
DEWEY : 823.1 : Romans et nouvelles de langue anglaise. Romans littéraires

Si vous désirez être tenu régulièrement informé de nos parutions, il vous suffit d'envoyer vos nom et adresse aux Éditions La Découverte, 9 *bis*, rue Abel-Hovelacque, 75013 Paris. Vous recevrez gratuitement notre bulletin trimestriel *À La Découverte*. Vous pouvez également consulter notre catalogue sur notre site **www.editionsladecouverte.fr.**

Préface

PLUS encore qu'une grande dame, Nancy Mitford était une femme bien. Elle alliait la naissance à l'esprit, l'humour à la grâce, la noblesse d'allure à la générosité. Elle y ajoutait des qualités qui n'ont pas souvent cours dans l'aristocratie, l'attachement à sa famille, la fidélité à ses amis, une bonté profonde et une sensibilité qu'elle masquait sous un rire perlé, charmeur et triomphant. Elle aimait à recevoir et recevait avec distinction. Ses manières simples et parfaites donnaient beaucoup de ton à ses réunions. Elle avait fait de son hôtel Louis XVI entre cour et jardin, rue Monsieur, une seconde ambassade anglaise à Paris : y venaient tous les écrivains en renom et toute la noblesse de passage dans notre capitale.

Fille aînée des six sœurs Mitford, Nancy s'était vouée à la littérature. *La Poursuite de l'amour*, paru en 1945, se vendit à plus d'un million d'exemplaires. Ce succès fit d'elle un des écrivains les plus en vue du Royaume-Uni. Deux de ses sœurs se lancèrent dans la politique la plus agitée et la plus hasardeuse. Diana épousa en secondes noces sir Oswald Mosley, chef de l'Union britannique fasciste et milita auprès de son mari. Par esprit de contradiction, Jessica ne pouvait s'ébattre qu'à l'extrême gauche ; après avoir fait le coup de feu en Espagne aux côtés des rouges, elle se fixa aux États-Unis où elle adhéra au parti communiste. Le sort le plus singulier, le plus troublant, échut à Unity Valkyrie : furieusement romanesque, fantasque et exaltée, elle s'éprit de l'homme qui semblait le moins justifier une telle passion, Adolf Hitler.

Deux autres ne défrayèrent pas la chronique : Pamela qui ne jure que par la campagne et les animaux et Deborah qui ne jure que par la vie de société : elle est la duchesse de Devonshire.

L'idole du clan Mitford était l'héritier du titre. Il tomba en 1944 sur le front de Birmanie.

Nancy professait en politique des idées qui paraissaient subversives à son milieu social ; elle adhérait à la société fabienne créée par George Bernard Shaw. Son ami Evelyn Waugh lui reprochait avec aigreur son ouverture à gauche ; il assurait qu'elle eût fait un agit-prop de génie. En tout cas, elle détestait les idées reçues, les sentiments de convention, les attendrissements suspects. Elle avait son franc-parler et le montrait en toute occasion. Elle préférait la France à l'Angleterre ; c'est pourquoi elle s'établit à Paris en 1946, à Versailles ensuite.

Plus que la politique, Nancy aimait la littérature. C'était chez elle une tradition de famille. Le premier Lord Redesdale, son grand-père paternel, ambassadeur à Saint-Pétersbourg, à Pékin, au Caire, homme de vaste culture, a laissé deux épais volumes de *Mémoires* où il évoque aussi bien Garibaldi que Wagner et Abd el-Kader. Mais c'est à son grand-père maternel, Thomas Gibson Bowles, que Nancy ressemble par son ironie, sa désinvolture, son humour aigu qui font d'elle l'héritière de Swift, de Sterne et de Wilde. Bowles avait fondé un journal à succès, *Vanity Fair*. Il connaissait tous les écrivains célèbres, il s'était lié d'amitié avec Lewis Carroll. Voici ce que ce dernier écrivait à Sydney, la mère de Nancy : « Les gens qui n'existent pas sont bien plus gentils que ceux qui existent. Par exemple les gens qui n'existent pas ne se fâchent jamais et ils ne vous contredisent jamais et ils ne vous marchent jamais sur les pieds. Oh ! Ils sont tellement plus gentils que les gens qui existent ! Mais cela ne fait rien ; ce n'est pas votre faute si vous existez, et je crois pouvoir dire que vous êtes aussi gentille que si vous n'existiez pas » (*Lettres à ses amies-enfants*, traduction de Jacques Papy).

J'ai connu Lady Redesdale alors qu'elle était déjà sur l'âge ; elle ressemblait à la reine Mary, femme de George V et portait des chapeaux fleuris de roses et de violettes. Elle passait une partie de l'année en Écosse à Inch Kenneth où la seule société des moutons qui n'ont guère de conversation l'ennuyait vite à périr.

« Ma mère a toujours une longue-vue sous la main, me dit Nancy, et dès qu'une personne à peu près convenable descend du bateau, elle envoie son maître d'hôtel pour l'inviter à prendre le thé. Quand vous irez là-bas, ne manquez pas de le lui faire savoir ! »

Il faut dire que j'ai fait la connaissance de Nancy Mitford en 1946 et que nous avons aussitôt sympathisé. Elle m'a dit : « Appelez-moi Nancy comme la ville. J'aime entendre mon nom prononcé à la française. »

Elle était alors l'auteur d'un roman à la mode, *The Pursuit of Love.* Elle cherchait un éditeur français. Je lui en trouvai un : André Bay pour la maison Stock. 10/18 racheta ensuite les droits.

Deux jeunes femmes à la poursuite de l'amour constituent le sujet de ce roman. Elles sont cousines germaines et s'aiment tendrement. Autant Fanny se montre prudente et raisonnable dans cette quête, autant Linda, romanesque et sans frein, risque son va-tout chaque fois qu'elle s'éprend d'un homme. Après deux mariages décevants, elle croit trouver l'oiseau rare dans la personne d'un Français. L'épilogue sera tragique ; cet amant sans pareil, héros de la Résistance, est capturé par les Allemands et fusillé. La morale de cette histoire, c'est Lord Merlin, esthète et sosie d'Horace Walpole, qui s'en charge. Il déclare qu'on se trompe toujours dans la jeunesse : « L'amour, c'est pour les grandes personnes. »

Nancy ne fut jamais une grande personne. Romanesque et naïve comme une couventine, elle épousa en 1933 l'honorable Peter Rodd. Leur entente ne dura guère. Elle se sépara de corps, mais ne divorça jamais. Elle aimait à citer La Rochefoucauld : « S'il y a de bons mariages, il n'y en a point de délicieux », faisant ainsi preuve d'humour et de ce talent pour la litote si chère aux Anglais.

Pendant la guerre, elle perdit la tête pour un fidèle du général de Gaulle, Gaston Palewski. Elle en fit dans son roman le duc de Sauveterre. L'abîme qui sépare le modèle de la réalité montre que Nancy idéalisait furieusement ce qu'elle aimait ou bien que cette circonstance ne lui servit que de tremplin. Palewski est autant transformé dans son aspect physique que dans son caractère et sa conduite. Personne ne le reconnaîtrait.

« Je voulais l'appeler duc de Potage, mais on me l'a déconseillé, me dit-elle un jour.

— Potage est un nom burlesque, bon pour un vaudeville.

— Et que faites-vous de Godefroy de Bouillon ?

— Tiens, c'est vrai ! Mais Bouillon appartient à la légende, aux croisades. Nous n'établissons aucun lien entre lui et une soupe.

— Les Français me surprendront toujours ! »

C'est justement ce qui lui plaisait. Bien qu'elle ne me l'ait jamais dit, je suis sûr qu'elle s'établit à Paris à cause de Palewski. Elle n'en fut pas récompensée. Nancy la rieuse, l'éblouissante, eut une vie sentimentale triste et ratée. Jamais elle n'en soufflait mot par bonne éducation, par crânerie, parce qu'elle se jugeait avec autant d'humour et d'ironie qu'elle jugeait le monde.

Donc elle s'est dépeinte dans le personnage de Linda et sa sœur Pamela dans celui de Fanny. Celle qu'elle appelle la Trotteuse, qui disparaît et revient chaque fois avec un nouvel amant, c'est Jessica.

On affirme que le philosophe Lord Merlin est le portrait de Lord Berners. Lorsque Violet Trefusis, personne tonitruante et qui aimait faire parler d'elle, devint veuve, le bruit courut qu'elle allait épouser Lord Berners. Le rencontrant par hasard, elle se prévalut de cette alliance.

« Beaucoup de gens m'ont téléphoné pour me féliciter. Et vous ?

— Moi ? Personne », lui répondit Lord Berners avec flegme. »

Il faut dire que Violet, fille de Lady Keppel, l'égérie d'Édouard VII, se prétendait issue du souverain. Simple fantasme, sa date de naissance ne le lui permettait pas. Mais Violet, extravagante, insupportable, d'un égoïsme farouche, vivant à la fois dans les nuées et dans les réalités les plus basses, dont la liaison avec Vita Sackville-West avait fait scandale en 1919-1920, laissait courir cette légende qui la flattait... et la rajeunissait de cinq ans. Elle était recherchée pour sa drôlerie, son abattage et le cercle de ses relations, les plus huppées bien sûr : elle était redoutée pour ses caprices, ses colères, la cruauté de ses reparties. À un déjeuner chez elle, Stanislas de La Rochefoucauld, divorcé d'Alice Cocea et remarié à une aristocrate italienne, eut la faiblesse de dire :

« Quand j'ai épousé Alice, beaucoup de gens ont cru que j'allais devenir acteur…

— Et maintenant, cher Stanislas, rétorqua Violet d'un ton glacial, maintenant que vous avez convolé avec une grande dame, les gens s'attendent-ils à ce que vous deveniez un gentleman ? »

Nancy et Violet, habitant Paris toutes les deux, se fréquentaient tout en se détestant. Dans *L'Amour dans un climat froid,* tout le monde a reconnu Violet Trefusis dans la despotique Lady Montdore qui fait alterner la méchanceté avec l'enjouement, les coups d'éventail avec les coups de poignard. Tout en échangeant des sourires et des invitations à dîner, ces deux dames ne se passaient rien.

Le personnage le plus haut en couleur de *La Poursuite*, celui qui reste dans toutes les mémoires, c'est Oncle Matthew, autrement dit le père de Nancy, le second Lord Redesdale. Considéré par sa famille comme le parangon du gentleman britannique, d'une beauté très virile, très irascible (il usait deux dentiers par an en grinçant des dents), aimant la vie à la campagne et la chasse au renard, il détestait l'étranger, le catholicisme, l'école pour les filles, des manières raffinées pour les garçons. Tout despotique qu'il était, ses enfants l'adoraient, surtout Nancy qui lui avait voué une sorte de culte. Tandis que nous passions des vacances ensemble à Hyères chez Marie-Laure de Noailles, Nancy et moi nous promenions sur la garrigue après la tombée de la chaleur. C'est par ses confidences que j'ai pu vérifier que tout ce qu'elle attribue aux enfants Radlett sont en réalité ses propres souvenirs : le placard où se faisaient les échanges de secrets, le langage inventé, les surnoms, les jeux à la fois innocents et pervers, les courses à travers champs. Les fillettes s'élançaient de bonne heure dans la campagne, Lord Redesdale lançait ensuite après elles quatre robustes limiers. Elles s'ingéniaient à brouiller les pistes, en passant à travers des troupeaux de moutons ou en sautant par-dessus des ruisseaux, mais les animaux les rattrapaient quand même et aboyaient de joie. On les récompensait avec de larges tranches de viande crue et force caresses.

« En fin de compte, me dit Nancy, ce fut une excellente éducation. Si nous n'avons jamais appris à marcher en suivant une ligne droite, nous avons appris à courir très vite ! »

Est-ce pour avoir couru devant les limiers qu'elle imaginait comme les quatre cavaliers de l'Apocalypse que Nancy montra tant de courage et de dignité devant la maladie et la mort ? Elle souffrit beaucoup et n'en laissa rien paraître. On décela enfin les symptômes de la maladie de Hodgkin. Mais il était trop tard. Elle fut soignée avec le plus entier dévouement par ses sœurs Diana, Pamela et Deborah. Unity Valkyrie et Jessica n'étaient plus de ce monde. Nancy mourut à Versailles le 30 juin 1973.

MARCEL SCHNEIDER
1994

Première partie

I

Il me faut d'abord présenter l'illustre famille des Hampton. En effet, il est indispensable que le lecteur soit, une fois pour toutes, pénétré de l'idée que les Hampton ont toujours été des gens extrêmement puissants et extrêmement riches. Un coup d'œil dans le *Burke* ou le *Debrett* suffirait d'ailleurs à l'en convaincre ; mais il est parfois malaisé de se procurer ces ouvrages considérables. Quant aux œuvres de Boy Dougdale, beau-frère de Lord Montdore, qui traitent ce même sujet, elles sont pratiquement épuisées. Snob parfait, mais écrivain médiocre, Boy Dougdale commit en effet trois études consacrées aux ancêtres de sa femme. Mais aucune ne se peut acquérir, sinon d'occasion, grâce aux bons offices d'un libraire spécialiste. (Le libraire met une annonce dans le journal de sa corporation, *The Clique*, « Suis acq. tous ouvrages H. Dougdale ». Il est bientôt submergé d'exemplaires à un shilling et peut informer fièrement son client qu'après des heures de recherches fiévreuses chez les bouquinistes il a réussi à « découvrir le rarissime ouvrage » et qu'il est en mesure de céder les trois volumes pour le prix dérisoire de trente shillings.)

Georgiana Lady Montdore et son entourage, Les Puissants Montdore et *Vieilles chroniques de Hampton* : j'ai ces trois livres sur ma table de travail à l'instant où j'écris. Le premier paragraphe du premier d'entre eux débute ainsi :

« Par une belle matinée de mai, deux jeunes femmes, l'une brune, l'autre blonde, et jolies toutes deux, roulaient à vive allure vers le petit village de Kensington. Georgiana, comtesse de Montdore, et sa grande amie Walburga, duchesse de Paddington, composaient le plus ravissant des tableaux, tandis qu'elles discutaient avec animation la brûlante question du jour : fallait-il ou ne fallait-il pas participer à la souscription destinée à offrir un cadeau d'adieu à cette pauvre, chère princesse Lieven ? »

Avec sa gracieuse permission, le livre est dédié à SAR la grande-duchesse Pierre de Russie et comprend huit illustrations pleine page.

Je dois ajouter que cette redoutable trilogie, lorsqu'elle fut publiée, connut un brillant succès auprès des abonnés des bibliothèques circulantes.

« Les Hampton appartiennent à une très vieille famille de l'ouest de l'Angleterre ; Fuller lui-même, dans ses *Notabilités*, lui reconnaît une stupéfiante ancienneté. »

Dans cette course aux ascendances, Burke accorde aux Hampton quelques quartiers de plus que Debrett, mais tous deux se perdent dans les brumes du Moyen Âge, pour en extraire des séries d'ancêtres dont les noms rappellent étrangement ceux des personnages de Woodehouse — Ug, Bert et Thred — et dont les destinées s'apparentent à celles des héros de Walter Scott. « Sa Seigneurie fut condamnée, décapitée, suppliciée, bannie, exilée, arrachée à sa prison par une populace en folie, massacrée à la bataille de Crécy, naufragée avec le *White Ship*, atteinte de la peste pendant la troisième croisade, tuée en duel. » Il y avait peu de morts naturelles, en ces temps lointains !

Burke et Debrett s'étendent tous deux, avec une complaisance marquée, sur les merveilleuses particularités de cette famille, préservée de toute alliance féminine équivoque. Aucun de ces ignobles ouvrages qui foisonnèrent au cours du XIXe siècle et qui, sous prétexte de recherche scientifique, s'appliquèrent à tourner la noblesse en ridicule, ne réussit à ternir cette généalogie immaculée. De grands barons aux cheveux blonds, tous nés des œuvres de leurs parents légitimes et tous étonnamment ressemblants, se succédèrent à Hampton, sur une terre qui ne fut jamais achetée ni vendue, jusqu'à ce jour de l'année 1770 où le Lord Hampton de l'époque ramena, d'une visite à Versailles, une fiancée française, Mlle de Montdore.

Le fils qui leur naquit avait les yeux noirs, le teint mat et, tout porte à le croire, les cheveux châtains sous la poudre dont on usait alors et que les portraits qui nous restent de lui reproduisent fidèlement. Cette noirceur de pupille et de peau demeura un cas unique ; ce fils épousa une héritière du Derbyshire aux tresses dorées, et les Hampton retrouvèrent les couleurs bleu et or de la famille, auxquelles ils doivent une part de leur notoriété présente. Ce descendant de la Française montra une intelligence singulière et un goût passionné pour le monde ; il se mêla de politique et composa un recueil d'aphorismes. Du Régent, qui le prit en amitié sa vie durant, il obtint, entre autres faveurs, un titre de comte. La famille de sa mère ayant entièrement péri pendant la Terreur, il décida d'en relever le nom en y adjoignant son titre.

Extrêmement riche, il dépensait énormément. Son goût pour l'art français le conduisit à rassembler, au cours des années qui suivirent la Révolution, une magnifique collection d'objets anciens, dont une partie provenait des manufactures royales et le reste avait été arraché au mobilier de l'hôtel Montdore, rue de Varenne. Désireux de créer un cadre convenable à ces trésors sans prix, il résolut de faire démolir la grande maison basse que son grand-père avait édifiée à Hampton sur les plans d'Adam, et de transporter en Angleterre, pierre à pierre — selon l'habitude que l'on prête aujourd'hui aux millionnaires américains — un château français de style gothique, qu'il fit reconstruire autour d'un gigantesque donjon de son invention. Les murs intérieurs furent boisés à la française ou tendus de soies précieuses ; le château fut cerné d'un paysage classique qu'il avait dessiné et dont il assura lui-même la plantation. L'ensemble était énorme, parfaitement insensé et déjà démodé dans cette période de l'entre-deux-guerres où se place mon récit. « C'est assurément magnifique, disaient les visiteurs, mais, franchement, je n'aimerais pas y vivre. »

Ce même Lord Montdore construisit encore l'hôtel Montdore de Park Lane et un château perché à pic sur une montagne de l'Aberdeenshire.

Il était, à n'en pas douter, l'esprit le plus original et le plus intéressant que la race des Montdore eût jamais produit ; il sut néanmoins maintenir les traditions d'autorité de la famille. Feuilletez l'Histoire de l'Angleterre : vous y trouverez, à chaque page, un solide Hampton, puissant et respecté, dont l'influence rayonnait sur l'ouest du pays et dont les avis étaient écoutés à Londres.

Le père de mon amie Polly Hampton continuait dignement cette tradition. S'il avait plu aux dieux d'engendrer un Anglais, il eût été celui-là : toutes les caractéristiques du gentilhomme britannique étaient en lui à ce point accomplies qu'il fournissait, par son existence même, leur meilleur argument aux tenants d'un gouvernement aristocratique. On s'accordait à reconnaître que, s'il y avait eu plus d'hommes comme lui en Angleterre, le pays eût fait l'économie du désordre présent, et les socialistes eux-mêmes lui tiraient leur chapeau, d'autant plus volontiers qu'il était seul de son espèce et qu'il prenait de l'âge. Érudit, chrétien, gentleman, le plus fin fusil des îles Britanniques, le plus beau vice-roi que l'Angleterre eût jamais délégué aux Indes, populaire sur ses terres, pilier du parti conservateur : bref, un admirable vieux monsieur qui jamais, en aucune circonstance, ne se permit la moindre vulgarité.

Ma cousine Linda et moi, petites filles irrévérentes et légères, pensions que Lord Montdore était un charmant fumiste et que la seule personne vraiment importante dans la maison était Lady Montdore.

Quant à celle-ci, il ne s'offrait pas de méchancetés ou de mesquineries qu'elle ne les commît aussitôt. Souverainement impopulaire, elle était aussi haïe que son mari était aimé, au point que, s'il arrivait à Lord Montdore de faire un geste qui ne fût pas tout à fait digne de lui ou de sa réputation, c'est à sa femme qu'on imputait aussitôt la faute. « Naturellement, c'est elle qui l'a poussé. » Voire...

Pour ma part, je me suis souvent demandé si, sans le harcèlement incessant auquel le soumettait son épouse, sans cette sorte de génie de la ruse et de l'intrigue où elle excellait et qui le contraignait, bien malgré lui, à agir, si, en un mot, sans le secours de ces forces haïssables que sont un cœur sec, une ambition sans frein et une énergie sans bornes, Lord Montdore eût jamais rien accompli ici-bas qui méritât d'être noté.

Cette théorie, je le sais, n'est pas communément admise. Je sais aussi qu'à l'époque où j'appris à le connaître, après son retour des Indes, Lord Montdore était âgé déjà, épuisé, et qu'il avait abandonné la lutte. On m'assure qu'autrefois, lorsqu'il était encore dans la force de l'âge, il avait réussi non seulement à soumettre à sa loi les destinées d'un peuple, mais encore les vulgarités de son épouse. Avouerai-je que j'en doute ? Il y avait en Lord Montdore une incapacité, un manque d'efficience qui ne devaient rien au poids des ans. Il était bel homme, certes, mais d'une beauté stérile comme celle d'une femme dénuée de sex-appeal ; et cet admirable vieux monsieur, qui siégeait ponctuellement à la Chambre des Lords, assistait aux séances du Conseil privé, présidait maints comités et figurait périodiquement au tableau d'honneur des distinctions royales, aurait aussi bien pu être un vieux bonhomme de carton-pâte.

Lady Montdore, elle, éclatait de vie. Elle était une demoiselle Perrotte, fille jolie d'un petit seigneur campagnard de peu de moyens et de notoriété moindre encore. Son mariage avec Lord Montdore était donc inespéré. Avec le temps, lorsque sa frénésie mondaine et son incroyable vulgarité furent devenues proverbiales au point de passer à la légende, on inclina à penser qu'elle n'était pas née, sinon peut-être outre-Atlantique ; mais c'était là une grave erreur. Miss Perrotte appartenait à une bonne famille et il n'y avait rien eu à redire à son éducation : elle était une « lady » au sens exact du terme. En l'absence donc de circonstances atténuantes, son comportement devenait sans excuses.

Il n'y a pas à douter que les années, loin d'estomper cette vulgarité latente, y ajoutèrent un surcroît de virulence. Son mari, en tout cas, sembla toujours ignorer ce travers, et leur mariage fut une réussite. Lady Montdore eut tôt fait de le lancer dans la vie publique, dont il goûta les avantages sans avoir à en supporter les ennuis, entouré qu'il était d'une horde de secrétaires de haute compétence, choisis par Lady Montdore. Encore qu'il prétendît mépriser cette vie sociale qui faisait les délices de Lady Montdore, il s'en accommoda fort bien, donnant libre cours à ses talents de brillant causeur et acceptant comme un hommage mérité l'adulation et les éloges de son entourage.

« N'est-ce pas que Lord Montdore est merveilleux ? Sonia, bien sûr, n'amuse plus personne ! Mais lui, qu'il est brillant ! Quel amour ! je l'adore ! »

Le charme seul de Lord Montdore nous attire dans cette maison — prétendaient volontiers ses invités ; mais c'était un gros mensonge, car l'animation et la gaieté des « parties » organisées par Lady Montdore ne devaient rien à son mari et, pour haïssable que celle-ci pût se révéler en tant d'autres domaines, du moins recevait-elle à la perfection.

Bref, ils étaient heureux ensemble et remarquablement bien assortis. Des années durant, leur ménage connut pourtant une grave contrariété : ils n'avaient pas d'enfant. Lord Montdore, qui désirait naturellement un héritier — et aussi pour d'autres raisons sentimentales — en était assez affecté. Lady Montdore, quant à elle, en souffrait passionnément. Elle aussi désirait un héritier, mais avant tout l'idée d'un échec lui était intolérable et elle ne supportait pas la contrariété. Elle aspirait à concentrer sur un enfant ce surplus d'énergie qui n'était pas absorbé par l'agitation du monde ou la carrière de son époux. Mariés depuis près de vingt ans, ils avaient l'un et l'autre abandonné l'espoir d'avoir un fils lorsque Lady Montdore commença soudain à éprouver quelques malaises inhabituels. Elle n'y prit pas garde et continua de mener une vie normale. C'est deux mois à peine avant terme qu'elle s'avisa de son état. Lady Montdore était assez intelligente pour éviter le ridicule propre à de telles mésaventures : elle prétendit donc avoir, à dessein, gardé le secret de sa grossesse, en sorte qu'au lieu d'en faire des gorges chaudes chacun s'extasia sur son adresse : « Cette Sonia ! Quelle femme prodigieuse ! »

Je tiens ces détails de mon oncle Davey Warbeck qui, ayant pratiqué, si j'ose dire, et non sans quelque plaisir, semble-t-il, la plupart des maladies citées au petit dictionnaire médical, était mieux placé que quiconque pour apprécier ces choses.

À sa naissance, l'enfant tant attendu se trouva être une fille, mais ses parents n'en conçurent aucun chagrin. On peut présumer d'ailleurs que, Sonia n'ayant pas atteint la quarantaine quand Polly vint au monde, les Montdore ne crurent pas impossible d'avoir d'autres enfants et que, lorsqu'ils comprirent la vanité de cet espoir, leur fille leur était devenue si chère qu'ils ne l'eussent, pour rien au monde, souhaitée différente. Naturellement, ils auraient aimé avoir un garçon, mais à la condition que cet heureux événement ne diminuât en rien leur bonheur présent. Polly était leur idole, la prunelle de leurs yeux et le centre du monde.

Polly Hampton était belle, d'une beauté singulière qui marquait toute sa personne et retenait exclusivement l'attention ; d'une beauté immuable que rien, ni la mode, ni l'âge ou les circonstances, ni même la maladie, ne parvenait à altérer. Souffrante ou lasse, elle apparaissait seulement plus fragile, mais non pas jaune ou fanée ou, si peu que ce fût, amoindrie. Elle était née belle et jamais, aussi longtemps que je la connus, elle ne perdit une ombre de cette beauté qui, bien au contraire, devint plus éclatante avec les ans. La beauté de Polly et l'importance de sa famille sont des éléments essentiels à ce récit. Mais, alors que les faits et gestes des Montdore sont relatés partout et aisément contrôlables, il serait décevant sans doute de rechercher dans la collection du *Tatler* une bonne photographie de Polly. Bien sûr, sa silhouette, son ossature sont là, et les traits marquants de son visage, à la beauté desquels les hideux chapeaux de l'époque et les poses démodées sont incapables de rien ôter. Mais la beauté est plus qu'une affaire de charpente, après tout, car les os appartiennent à la mort et demeurent éternellement semblables, tandis que la beauté est chose vivante ; la beauté appartient à la chair, elle est faite de ces ombres bleues sur la blancheur du teint, de ces cheveux qui retombent comme des plumes dorées sur un front pur ; la beauté, c'est le mouvement gracieux, c'est le sourire et, plus encore, c'est le regard d'une femme belle.

Le regard de Polly évoquait un éclair bleu, le plus bleu et le plus soudain des éclairs ; ses yeux étaient semblables à deux pierres de lune, d'un bleu opaque, dont il était impossible de croire qu'ils servissent à quoi que ce fût, sinon à répandre une sorte de charme sur tous ceux, gens ou choses, qui recevaient leur éclat.

On comprend que ses parents l'aient adorée. Lady Montdore elle-même, qui eût été la plus impitoyable des mères pour une fille laide ou un garçon excentrique et capricieux, n'éprouva aucune peine à se montrer parfaite envers une fille qui était manifestement destinée à lui faire honneur dans le monde et à couronner toutes ses ambitions ; à les couronner, peut-être, au sens littéral du mot. Polly, de toute évidence, devait se marier magnifiquement — Lady Montdore ne l'avait-elle pas pressenti en lui donnant le prénom de Léopoldina ? Et le choix de ce nom de consonance royale, avec un parfum de Cobourg, ne s'avérerait-il pas judicieux ? Cette mère adorante ne rêvait-elle pas, en secret, d'une cathédrale, d'un autel, d'un archevêque, d'une voix prononçant les paroles saintes : « Moi, Albert-Edward-Christian-George-Andrew-Patrick-David, je te prends, Léopoldina, pour épouse » ? Ce rêve n'avait rien d'insensé. Mais, d'un autre côté, quoi de plus typiquement anglais, de plus simple et direct que « Polly » ?

Dès notre plus tendre enfance, ma cousine Linda Radlett et moi étions souvent requises d'aller jouer avec Polly, car, ainsi qu'il arrive souvent aux parents d'un enfant unique, les Montdore redoutaient fort que leur fille ne se sentît solitaire. Ma mère adoptive, Tante Emily, éprouvait à mon égard une inquiétude semblable et ne m'eût, pour rien au monde, demandé de passer mes vacances en sa seule compagnie. Hampton Park n'est pas éloigné d'Alconleigh, où habitait Linda ; Polly et elle, sensiblement du même âge, semblaient naturellement vouées à devenir de grandes amies. Pour je ne sais quelle raison, elles n'éprouvèrent cependant que peu de sympathie l'une pour l'autre. Quant à Lady Montdore, elle détestait

Linda et, dès que celle-ci fut en âge d'ouvrir la bouche dans un salon, déclara qu'elle n'était pas « comme il faut ».

Je vois encore Linda, dans l'immense salle à manger de Hampton Park (cette salle à manger où j'ai moi-même été, à plus d'une reprise, si terrifiée que son odeur particulière, une odeur laissée par un siècle de nourritures raffinées, de vins capiteux, de cigares de luxe et de femmes du monde, reste vivante en moi, comme l'odeur du sang chez un animal) ; je puis encore entendre la voix pointue de Linda — la voix des Radlett : « Dis donc, est-ce que tu as eu des vers, toi, Polly ? Moi, j'en ai eu, tu sais. Tu n'as pas idée comme ils sont remuants ! Alors, grâce au ciel, le docteur Simpson est venu et me les a enlevés. Ce vieux docteur Simp, tu le connais, hein ? C'est un chou, je l'ai toujours adoré ! Alors, tu comprends... »

C'était plus que Lady Montdore n'en pouvait supporter, et Linda ne fut plus jamais invitée à Hampton Park. Pour ma part, j'allais y séjourner une semaine ou deux pendant les vacances, en me rendant à Alconleigh ou au retour, sans qu'on se fût jamais enquis de savoir si j'en éprouvais quelque plaisir. Par sa mère, mon père était allié à Lord Montdore. J'étais d'ailleurs une petite fille très bien élevée et je crois que Lady Montdore m'aimait assez ; elle estimait, en tout cas, que j'étais « comme il faut » — expression qui lui était chère et qu'elle employait à tout bout de champ — puisque j'y fus même invitée pendant un trimestre scolaire pour y travailler avec Polly. Lorsque j'atteignis ma treizième année, les Montdore partirent gouverner les Indes et je ne gardai, de Hampton Park et de ses habitants, qu'un souvenir confus, mais toujours inquiétant.

II

LORSQUE les Montdore et Polly revinrent des Indes, j'avais déjà fait mes premiers pas dans le monde. La mère de Linda, ma tante Sadie — Lady Alconleigh — nous avait emmenées, Linda et moi, à quelques soirées pour débutantes, fréquentées par une jeunesse aussi timide que nous l'étions nous-mêmes. Ces « parties » sentaient les tartines beurrées et la nursery ; elles ne ressemblaient, à aucun degré, aux véritables réceptions du monde et ne nous préparaient guère à y faire bonne figure.

À la fin de l'été, Linda nous annonça ses fiançailles et je regagnai le Kent, où une autre de mes tantes, Tante Emily — la femme de mon oncle Davey — avait accepté, depuis le divorce de mes parents, de les débarrasser de la charge et du tracas de parfaire mon éducation.

Je m'ennuyais ferme chez eux, ainsi qu'il est assez commun aux filles qui, pour la première fois de leur vie, n'ont plus ni répétitions ni sorties pour s'occuper l'esprit. C'est au milieu de cet ennui que me tomba du ciel une invitation à passer un week-end à Hampton au mois d'octobre. Ce jour-là, Tante Emily me rejoignit dans le jardin, où je me reposais. Elle tenait à la main la lettre de Lady Montdore.

« Lady Montdore, me dit-elle, m'explique qu'il s'agit d'une réunion plutôt sérieuse ; grandes personnes, jeunes mariés, etc. Mais elle veut que tu tiennes compagnie à Polly. Et, naturellement, il y aura deux jeunes gens pour s'occuper de vous. Oh ! je voudrais tant annoncer la nouvelle à Davey. Mais c'est justement aujourd'hui qu'il s'enivre. Quel dommage ! »

Force nous fut de prendre patience. Oncle Davey avait sombré dans une totale inconscience et le bruit de ses ronflements emplissait la maison. Loin d'être pour Davey une partie de plaisir, ses crises d'intempérance avaient toujours un but thérapeutique. En fait, il suivait, depuis quelque temps, un régime tout nouveau de rééducation qui — nous assurait-il — faisait fureur sur le Continent.

« Il importe, expliquait-il, de se réchauffer les glandes en les secouant. Rien de plus dangereux, pour le corps humain, que de s'acagnarder dans une petite vie tranquille ; une telle pratique vous conduit tout droit à la vieillesse et à la mort. Secouez vos glandes, forcez-les à réagir, à rajeunir, gardez-les sur le qui-vive, anxieuses de ce que vous allez leur faire subir : alors elles resteront jeunes et vigoureuses, prêtes à répondre à toute attaque ! »

Fidèle à sa théorie, tantôt il jeûnait comme Gandhi, tantôt s'empiffrait comme Henry VIII ; dévorait des kilomètres ou restait à plat de lit le jour entier ; grelottait dans un bain froid ou s'étouffait dans la vapeur. Jamais rien de modéré.

« Il est également très important — ajoutait-il — de s'enivrer de temps à autre. »

Mais Oncle Davey demeurait trop imbu de précision pour ne pas apporter un rythme parfait à ses débordements mêmes. C'est ainsi qu'il avait choisi, pour s'enivrer, chaque période de pleine lune. Ayant subi autrefois l'influence de Rudolf Steiner, il attachait une extrême importance aux phases de la lune et n'était pas éloigné de penser que le volume apparent de celle-ci coïncidait avec la capacité réelle de son estomac.

Oncle Davey était mon seul contact avec le monde ; non pas le monde des petites jeunes filles fraîches émoulues de leur nursery, mais le vrai grand méchant monde. Mes tantes s'en étaient tôt retirées et s'en faisaient une idée assez confuse ; quant à leur sœur — ma mère — elle s'y était perdue depuis longtemps. Davey, lui, aimait le monde par intermittences et y faisait souvent, en célibataire, des incursions dont il revenait farci d'histoires amusantes.

J'avais grand-hâte de lui parler de cette invitation chez les Montdore, qui m'apparaissait pleine de promesses.

« Tante Emily, êtes-vous sûre qu'il soit tout à fait ivre ?

— Oh ! oui, ma chérie. Il faut attendre demain. »

Cependant, comme elle avait coutume de répondre aux lettres par retour du courrier, elle écrivit à Lady Montdore qu'elle acceptait. Mais le lendemain, lorsque Davey apparut, le teint verdâtre et la tête épouvantablement douloureuse (« Oh ! c'est merveilleux, vous savez ! Un tel changement dans mon métabolisme ! Je viens d'en parler au docteur England : il est enthousiasmé par ma réaction »), et que nous l'eûmes mis au courant de nos projets, il n'approuva pas ma tante d'avoir si promptement répondu.

« Ma chère Emily, dit-il après avoir parcouru la lettre de Lady Montdore, cette enfant va mourir de peur, c'est évident. »

Il avait raison : je l'avais su, au fond de mon cœur, dès que Tante Emily m'avait lu cette lettre. Mais j'étais déterminée à aller à Hampton ; cette visite me fascinait.

« Je ne suis plus un bébé, Davey, dis-je.

— Il y a belle lurette, me répondit-il, que les grandes personnes elles-mêmes meurent de terreur dans cette sacrée maison ! Deux jeunes gens pour Fanny et Polly ! Allons donc ! Deux gigolos de deux vieilles folles en villégiature à Hampton, oui ! Et je sais ce que je dis ! Quelle horreur, Emily ! Si vous prétendez lancer cette enfant dans la haute société, il faut d'abord qu'elle en connaisse les secrets. Franchement, je ne comprends rien à votre manière d'agir ! Vous prenez soin, d'abord, qu'elle ne rencontre que les brebis les plus innocentes qui soient, vous la cantonnez dans Pont Street — c'est un point de vue qui se défend, remarquez-le bien, et je ne le critique pas — mais, tout d'un coup, vous la précipitez du haut des falaises dans les remous de Hampton Park sans songer qu'elle risque fort de s'y noyer !

— Oh ! ces comparaisons, Davey ! C'est tout cet alcool que vous avez bu ! dit Tante Emily, fâchée cette fois-ci.

— Laissez mon alcool tranquille, Emily. Et toi, Fanny, écoute-moi. D'abord, ne compte pas trop sur ces prétendus jeunes gens pour t'amuser ; ils n'auront pas de temps à perdre pour des petites filles comme vous. D'autre part, quelqu'un sera sûrement là : je veux dire le Satyre Mondain ; et, comme tu as précisément l'âge qui l'intéresse, il est impossible de prévoir à quelle sorte de petits jeux il essayera de t'inviter !

— Oh ! Davey, dis-je, vous êtes affreux ! »

Le Satyre Mondain n'était autre que Boy Dougdale. Les petites Radlett l'avaient ainsi surnommé après une conférence qu'il fit à l'Institut féminin de Tante Sadie. La conférence, semblait-il — je n'y assistais pas —, avait été fort insignifiante, mais, après la séance, les manières du conférencier envers Linda et Jassy avaient été, en revanche, des plus significatives.

« Tu sais quelle vie cloîtrée nous menons ici, m'avait expliqué Jassy, lorsque je me rendis à Alconleigh, quelques semaines plus tard. Naturellement, ce n'est pas très difficile d'exciter notre curiosité. Tu te souviens de cet adorable vieux type qui est venu nous faire une causerie sur les barrières de péage en Angleterre et dans le pays de Galles ? C'était plutôt rasant, mais cela nous avait amusées tout de même ; la prochaine fois, il nous parlera des différentes espèces d'allées forestières. Quant à la conférence du Satyre Mondain, elle roulait sur les duchesses ; et les duchesses, tu penses, c'est rudement plus drôle que les barrières de péage ! Mais le plus merveilleux, c'est qu'après la conférence ce vieux satyre nous a donné un avant-goût de l'amour physique... Oui, ma chère ! Quel frisson, tu te rends compte ! Il a emmené Linda sur le toit et lui a fait toutes sortes de choses exquises. Linda nous a expliqué qu'elle avait, du moins, très bien compris à quel point ces choses auraient pu être exquises venant de quiconque sauf du Satyre. En redescendant du toit, il est entré à la nursery et m'a pincée, moi aussi, à plusieurs reprises, d'une manière terriblement sensuelle ! Ah ! Fanny, reconnais qu'il se passe tout de même des choses ! »

Tante Sadie, bien entendu, ignorait ces « choses » ; elle en serait morte d'horreur. Oncle Matthew et elle détestaient Mr Dougdale ;

pour sa conférence, Tante Sadie en avait bien prévu les défauts : une sorte de récitation sèche, d'un snobisme prétentieux et qui ne convenait nullement à un auditoire villageois ; mais elle éprouvait de telles difficultés à assurer, chaque mois, dans ce canton reculé, le programme de l'Institut féminin que, lorsque Boy Dougdale lui avait proposé de venir, elle s'était tout de suite résignée. Elle connaissait le surnom dont ses filles l'avaient affublé, mais elle pensait à une innocente moquerie et était à cent lieues d'en imaginer les motifs terriblement précis... bien que, avec les Radlett, on pût s'attendre à tout. Par exemple, pourquoi Victoria mugissait-elle comme un taureau et menaçait-elle de tuer Jassy chaque fois que celle-ci, pointant le doigt vers elle d'un air mystérieux, criait de sa voix pointue : « Chiche ? » Mais, au fond, le savaient-elles elles-mêmes ?

Lorsque je revins à la maison, je racontai à Oncle Davey l'histoire du Satyre, et il manqua étouffer de rire ; mais il me recommanda de n'en pas souffler mot à Tante Emily, afin, dit-il, d'éviter un épouvantable scandale dont la seule victime serait, en fin de compte, la femme de Boy, Lady Patricia Dougdale.

« Elle a déjà bien assez d'ennuis comme cela, la pauvre créature, ajouta Oncle Davey. Et, d'ailleurs, à quoi bon dévoiler le pot aux roses ? Ces petites Radlett sont destinées à mal tourner ; elles tomberont de plus en plus bas sans jamais s'arrêter. Cette pauvre Sadie a couvé des canards, mais, grâce au Ciel, ne s'en doute pas ! »

Ces remarquables événements avaient eu lieu un an ou deux avant la période où se situe mon récit, et le surnom de Boy avait été adopté par la famille, au point que tous, petits et grands, nous n'aurions jamais songé à le désigner autrement. Tante Sadie, seule, élevait parfois une protestation de principe. Mais le surnom demeura ; il lui allait d'ailleurs comme un gant.

« N'écoute pas Davey, me dit Tante Emily. Il est d'une humeur impossible. La prochaine fois, nous attendrons la fin de la lune pour aborder avec lui de tels sujets. Il n'a de bon sens qu'à jeun, il y a longtemps que je m'en suis aperçue. Et maintenant parlons de tes robes, Fanny. Les *parties* de Sonia sont toujours extrêmement habillées. Il faudra te changer pour le thé. Ta robe d'Ascot, si nous la faisions teindre en rouge, un beau rouge foncé, je crois qu'elle ferait très bien l'affaire. Heureusement nous avons encore un bon mois devant nous ! »

Pour moi aussi, la perspective de ce mois de répit était réconfortante. Mon désir d'aller à Hampton demeurait toujours aussi vif ; cependant, à la seule idée de cette visite, je tremblais de peur dans mes souliers ; non pas tant à cause des pronostics d'Oncle Davey, mais parce que de vieux souvenirs ressuscitaient dans ma mémoire et me prouvaient à quel point je m'étais ennuyée à chacun de mes précédents séjours à Hampton.

Les salons de Lady Montdore avaient de quoi terrifier un enfant. On estimera sans doute que, pour une fille accoutumée comme je l'étais à une maison chroniquement dévastée par Oncle Matthew Alconleigh, plus rien ne saurait être un motif d'effroi. Mais, contre les colères de ce vieil ogre tapageur, de ce mangeur de petites filles, qui parcourait toute la maison en rugissant, il existait du moins un sûr refuge : le boudoir de Tante Sadie qui, seule, osait lui tenir tête. À Hampton, la peur changeait de nature : calme et glacée, elle planait sur tous les salons du rez-de-chaussée. Enfants, on nous y descendait de force après le thé, lavées, frisées et pomponnées ; nous étions introduites dans la grande galerie, archibondée, semblait-il, de grandes personnes impressionnantes, occupées à jouer au bridge. Et la malédiction du bridge réside en ceci que, sur les quatre personnes de chaque table, l'une au moins a tout loisir d'errer dans la pièce et d'adresser des galanteries aux petites filles.

Mais les « morts » eux-mêmes continuaient, le plus souvent, de suivre attentivement le jeu et nous restions assises, bien tranquilles, sur la peau du grand ours blanc, devant la cheminée, à feuilleter un livre d'images ou à jaboter entre nous jusqu'à l'heure bénie d'aller au lit. Bien souvent, cependant, il arrivait à Lord Montdore ou à Boy Dougdale d'abandonner leur partie sous prétexte de s'amuser avec nous. Lord Montdore nous lisait à haute voix un conte d'Andersen ou un passage d'*Alice au pays des merveilles*, mais il y avait un je ne sais quoi dans la manière dont il lisait qui me mettait atrocement mal à l'aise. Polly, elle, étendue de tout son long, sa tête appuyée contre celle de l'ours blanc, ne prêtait pas la moindre attention à la lecture, j'en suis convaincue.

C'était bien pire encore lorsque Boy Dougdale imaginait de nous faire jouer à cache-cache ou à la sardine, jeux dont il raffolait, mais auxquels il jouait d'une manière que Linda et moi trouvions « chtupide ». Le mot stupide, ainsi prononcé, avait une signification spéciale pour les Radlett et moi dans notre langage d'enfants ; mais, après la fameuse conférence du Satyre Mondain, nous comprîmes à merveille que la manière de jouer de celui-ci cachait beaucoup plus de savante concupiscence qu'elle ne montrait de réelle stupidité.

Aussi longtemps que durait le bridge, nous échappions du moins à la surveillance de Lady Montdore qui, fût-elle « morte », ne levait pas les yeux du jeu ; mais si, par malheur, elle décidait d'abandonner sa place à un invité solitaire, elle nous contraignait de jouer avec elle à la crapette, un jeu diabolique où j'étais toujours en retard et qui me rendait idiote.

« Allons ! Dépêche-toi, Fanny ! Pose ton sept de pique, voyons ! Nous attendons tous. Ne sois pas dans la lune, chérie ! »

Naturellement, elle ne manquait pas un point et gagnait à tous les coups. Rien ne lui échappait non plus de notre tenue : escarpins usés, bas dépareillés, robes un peu courtes ou trop étroites, comme il arrive d'en porter à l'âge où l'on grandit trop vite, tout était enregistré par son œil infaillible. Terrible rez-de-chaussée ! Et terribles soirées !

Au premier étage, nous nous sentions sauvées ; sauvées du moins des intrusions imprévues. Tout y était à sa place : les nurses dans la nursery, les gouvernantes dans la salle d'étude et tout le monde à l'abri des Montdore qui, lorsqu'ils désiraient voir Polly, ne se dérangeaient pas et l'envoyaient chercher. Mais l'atmosphère restait à l'ennui ; nous nous amusions bien mieux à Alconleigh. Ici, pas d'armoires mystérieuses, pas de conversations osées, pas d'escapades dans les bois pour y cacher des pièges ou y déboucher un terrier, pas de petites chauves-souris à nourrir avec des compte-gouttes à stylos à l'insu des grandes personnes — qui se font des idées absurdes sur les chauves-souris et pensent qu'elles sont couvertes de vermine ou qu'elles s'empêtrent dans les cheveux.

Polly était une petite fille conventionnelle et correcte qui vivait chaque heure de la journée avec un sens des bonnes manières, dans une perfection de maintien, une soumission aux règles de l'étiquette dignes d'une infante espagnole. On ne pouvait s'empêcher de l'aimer tant elle était ravissante et gentille ; mais elle glaçait toute tentative d'intimité.

Chère Polly ! Elle était juste à l'opposé des Radlett, qui ne pouvaient tenir leur langue et disaient les pires choses. Polly ne disait rien, même si elle en avait envie ; tout restait emmagasiné à l'intérieur d'elle-même. Je me souviens que Lord Montdore nous lut, un jour, l'histoire de la *Reine des Neiges* (j'avais du mal à l'écouter tant il y mettait d'expression) et je pensais que Polly, elle aussi, devait avoir un éclat de verre dans le cœur. Qu'aimait-elle, au fond d'elle-même ? Je me le suis toujours demandé. Mes cousines et moi avions des torrents de tendresse à déverser sur tout le monde, sur les grandes personnes, sur une quantité d'animaux variés et, avant tout, sur des héros — imaginaires ou historiques — dont nous étions éperdument amoureuses. Nous demeurions sans réticence et nous connaissions tous les sentiments que chacune d'entre nous nourrissait dans son cœur pour n'importe quelle créature, réelle ou inventée. Et quels cris ! Cris d'allégresse, de bonheur, de joie de vivre, qui résonnaient dans la maison d'Alconleigh ; sauf, bien sûr, lorsque nous pleurions à chaudes larmes ; mais c'était rare. La maison était toujours pleine de rires ou de larmes et, le plus souvent, des hurlements d'une joie déchaînée. Polly, elle, riait peu, ne criait pas, et je ne me souviens pas de l'avoir vue pleurer. Elle demeurait semblable à elle-même, charmante, douce et docile, polie, attentive, souriant aux plaisanteries de chacun, le tout sans exubérance, sans superlatifs et sans jamais se livrer.

Un mois encore avant cette visite à Hampton, dont je ne savais que penser... Un mois, une semaine... et puis, soudain, un jour, même pas : une heure, et me voici emportée vers Hampton Park, à travers la banlieue d'Oxford, dans une grosse Daimler noire. Grâce au ciel, j'étais seule et avais un bon bout de chemin — une trentaine de kilomètres — devant moi. Je connaissais bien la route pour avoir souvent chassé à courre dans les environs. Ah ! si ce voyage pouvait durer toujours...

Le papier à lettres de Lady Montdore portait l'en-tête suivant : « Hampton Place, Oxford, par Twyfold ». Mais l'arrivée par Twyfold, après changement de train et interminable attente à Oxford, était réservée aux gens sans défense et de peu d'importance ; les autres, on envoyait une voiture les quérir à Oxford. « Il faut toujours être prévenant envers les jeunes filles : on ne sait pas qui elles peuvent épouser » ; cet axiome a évité à maintes vieilles filles d'Angleterre d'être traitées comme une veuve hindoue.

Telles étaient les pensées que je ressassais, recroquevillée sur la banquette de la vieille Daimler, en regardant la campagne s'endormir dans le crépuscule bleu de l'automne. Dans le fond de mon cœur, je désirais passionnément revenir à la maison, ou, au pire, aller n'importe où au monde sauf à Hampton. Ici et là, je reconnaissais, le long de la route, des repères familiers. La nuit se faisait plus noire. J'eus le temps de deviner le panneau indicateur de la croisée de Merlinford. Et puis, une seconde plus tard, me sembla-t-il, nous franchissions la grille du parc. Horreur ! Horreur ! J'étais arrivée.

III

Un friselis de gravier... La Daimler s'arrêta doucement et, à l'instant même, la porte d'entrée s'ouvrit, projetant un rectangle de lumière jusqu'à mes pieds. Sitôt le seuil franchi, le maître d'hôtel me débarrassa de mon manteau de castor (cadeau de Davey pour mes débuts dans le monde) et me guida à travers le hall, sous le grand escalier gothique dont la double révolution, cent marches plus haut, à mi-chemin du ciel, se résolvait au pied d'un groupe de marbre qui figurait les chagrins de Niobé ; il me fit traverser l'antichambre octogonale, le salon vert, le salon rouge, et m'introduisit dans la Longue Galerie, où, sans s'être enquis de mon nom, il m'annonça d'une voix forte et claire, puis s'évanouit.

La Longue Galerie, naturellement, était pleine de monde ; je ne me souviens pas l'avoir jamais vue autrement. En l'occurrence, une trentaine de personnes y étaient réunies, les unes assises autour de la table à thé, près de la cheminée, les autres debout, verre en main, observant les phases d'une partie de trictrac. À ce dernier groupe appartenaient, à n'en pas douter, les « jeunes mariés » auxquels Lady Montdore avait fait allusion dans sa lettre à Tante Emily. Étant tous, à peu de chose près, de la génération de ma mère, ils ne me parurent pas de la première jeunesse. Ils jacassaient comme une bande d'étourneaux dans un arbre mort et ne prêtèrent pas la moindre attention à mon arrivée parmi eux. C'est à peine, lorsque Lady Montdore me présenta, s'ils arrêtèrent une seconde leur bavardage ; ils me jetèrent un coup d'œil et reprirent aussitôt leur pia-pia. À l'énoncé de mon nom, l'un d'eux, cependant, demanda :

« Pas la fille de la Trotteuse, par hasard ? »

Ennuyée, Lady Montdore ne répondit pas ; mais moi, habituée que j'étais à entendre surnommer ainsi ma mère — personne, même ses propres sœurs, ne l'appelait autrement —, je dis d'une voix flûtée : « Oui. » Aussitôt, il sembla que tous les étourneaux s'envolaient de leur arbre pour venir se poser sur moi.

« La fille de la Trotteuse ?

— Tu plaisantes ! Comment la Trotteuse aurait-elle une fille de cet âge ?

— Veronica, viens donc une minute. Sais-tu qui est cette Fanny ? La fille de la Trotteuse, figure-toi !

— Viens prendre ton thé, Fanny », dit Lady Montdore. Elle me conduisit à la table ronde, devant la cheminée, pendant que les étourneaux continuaient à jaser sur ma mère en *gue-de-gue*, langage dont, pour ma part, j'usais souvent et n'ignorais aucune finesse.

« *Ladaga podogo vedegue redegue endangan fandangan ! Est-dèguè cedegue podogo sidigui bedegue ledegue ?* Ma chère ! Je suis terriblement intéressée ! Sais-tu avec qui la Trotteuse s'est trottée pour la première fois ? Justement avec Chad, n'est-ce pas, chéri ? J'ai eu la chance de le séduire à mon tour, lorsque la Trotteuse l'a plaqué pour prendre un nouveau galop.

— Je continue à ne pas comprendre. La Trotteuse n'a pas plus de trente-six ans, ça, je le sais. Polly, tu connais l'âge de la Trotteuse, nous allions tous ensemble au cours de maintien de Miss Vacani, toi avec ton petit kilt, un tisonnier et des pincettes pour la danse du sabre. Peut-elle avoir plus de trente-six ans ?

— Mais non, voyons, cervelle d'oiseau ! Cela fait juste le compte. Elle s'est mariée à dix-huit ans ; dix-huit et dix-huit font trente-six, c'est juste, non ?

— Oui, trop juste ! Et les neuf mois ?

— Pas neuf, chéri ! Loin de là ! Ne sois pas si nigaud ! Tu ne te souviens pas de ce gigantesque bouquet qu'elle tenait devant elle à la cérémonie, pauvre chère ! Il expliquait tout !

— Veronica va trop loin, comme d'habitude. Venez, reprenons notre partie. »

D'une oreille, j'écoutais cette passionnante conversation, et, de l'autre, ce que me disait Lady Montdore. Après m'avoir jeté un de ses regards caractéristiques, un regard qui me jaugeait des pieds à la tête et m'eût appris, si je ne l'avais déjà su, que ma jupe de tweed faisait une poche dans le dos et que j'avais tort de ne pas porter de gants (j'avais dû les laisser dans l'auto et où aurais-je trouvé le courage de les réclamer ?), elle observa, du ton le plus amical, que j'avais, en cinq ans, changé beaucoup plus que Polly, bien que celle-ci eût grandi plus vite que moi. Comment allait Tante Emily ? Et Oncle Davey ?

C'était là son charme : à l'instant où il semblait qu'elle dût vous déchirer avec bec et ongles, elle se faisait soudain d'une exquise douceur, comme un tigre ronronnant. Elle envoya chercher sa fille.

« Polly joue au billard avec Boy, j'imagine, dit-elle en me versant une tasse de thé. Et voici, poursuivit-elle en s'adressant à tous, voici Montdore. »

Parlant de son mari à ceux qu'elle jugeait du même monde que lui, elle l'appelait Montdore, tout simplement ; mais, dans les cas tangents, s'il s'agissait, par exemple, du régisseur ou du docteur Simpson, Montdore devenait Lord Montdore, ou même Sa Seigneurie. Je ne lui ai jamais entendu dire « mon mari » ; cette rigidité d'attitude, cette volonté de remettre tous et chacun à la place qu'elle leur avait choisie et de les y maintenir étaient pour beaucoup dans l'animosité qui entourait sa personne.

Les bavardages s'arrêtèrent net lorsque Lord Montdore, parfaite image d'une vieillesse rayonnante, pénétra dans la Galerie. Ceux qui était assis se levèrent respectueusement. Il serra les mains à la ronde, distribuant à chacun un mot plein de tact et d'amabilité.

« Et voici mon amie Fanny ! Comme elle a grandi ! Te rappelles-tu, à ta dernière visite, que nous pleurions ensemble sur les infortunes de *La Petite Fille aux allumettes* ? »

Quelle sottise, pensai-je. Les aventures des hommes me laissaient absolument insensible lorsque j'étais petite. Tandis que les animaux !... Parlez-moi de Black Beauty...

Lord Montdore se dirigea vers la cheminée et tendit à la flamme ses mains grandes et fines, pendant que sa femme lui préparait son thé. Un silence absolu régnait dans la Galerie. Puis il prit un *scone*, le beurra et, l'ayant posé sur sa soucoupe, se tourna vers un homme âgé : « Je voulais vous demander... »

Ils s'assirent côte à côte et poursuivirent, à voix basse, la conversation commencée. Progressivement, le jacassement des étourneaux retrouva son diapason normal.

Pour ma part, je commençais à me rendre compte que mes craintes étaient sans fondement ; je n'avais rien à redouter de ces bavards contre l'ironie desquels me protégeait une sorte d'invisibilité ; du moment où ils avaient cessé de s'intéresser à moi, j'aurais pu aussi bien m'évanouir en fumée sans qu'ils s'en aperçussent et je devenais libre d'observer, tout à mon aise, leurs singeries. Mes quelques sorties de débutante, l'an passé, m'avaient semblé infiniment plus pénibles, car il me fallait y jouer mon rôle, y montrer, si possible, quelque esprit, comme d'autres paient d'une chanson le dîner qui leur est offert. Mais ici, rajeunie que j'étais encore par l'âge avancé des hôtes, mes obligations se bornaient à faire tapisserie, sans souffler mot. Parcourant du regard la Galerie, je me demandais où pouvaient bien être ces jeunes gens, mentionnés par Lady Montdore et destinés à nous distraire, Polly et moi. Sans doute n'étaient-ils pas encore arrivés, car tous les invités présents avaient largement dépassé la trentaine et étaient probablement tous mariés, bien qu'il fût difficile de deviner avec qui, chacun d'entre eux s'adressant à tous les autres avec une intonation et en des termes si tendres que, dans la bouche de mes tantes, un tel langage eût été exclusivement réservé à leurs époux légitimes.

Les femmes eurent un frisson d'intérêt. Elles tournèrent la tête, toutes ensemble, d'un mouvement vif, comme font les petits chiens, gourmands de chocolat, au moindre froissement de papier glacé.

« Les Sauveterre ? S'agit-il de Fabrice ? Ne me dites pas que Fabrice est marié ! Je n'y croirais pas !

— Non, non, bien sûr ! Il accompagne sa mère, qui vient passer quelques jours à Hampton. Elle est un vieux flirt de Montdore. Je ne l'ai d'ailleurs jamais vue et sa dernière rencontre avec Montdore remonte à quarante ans au moins. Naturellement, nous connaissons Fabrice depuis toujours ; il est venu nous voir aux Indes. Quelle nature exquise ! Il était au mieux avec la petite Maharanee de Rawalpur ; on dit même que le dernier enfant de celle-ci...

— Sonia ! » protesta Lord Montdore avec une véhémence inhabituelle. Mais sa femme ne prêta pas la moindre attention à l'apostrophe de son mari.

« Et j'espère bien que c'est vrai ! continua-t-elle. Quel affreux homme que ce Rajah ! Pauvres créatures, elles passent leur vie à avoir des enfants, comme les lapins, vous savez ! On ne peut s'empêcher de les plaindre. J'allais souvent voir celles qui étaient gardées dans le purdah, et, naturellement, elles m'adoraient ; c'était touchant ! »

On annonça Lady Patricia Dougdale. J'avais rencontré les Dougdale à plusieurs reprises, pendant que les Montdore étaient aux Indes. Les Dougdale habitaient à petite distance d'Alconleigh et, bien que mon oncle Matthew décourageât avec véhémence les amabilités de ses voisins, il n'était pas en son pouvoir de supprimer ceux-ci ou de leur interdire les sorties, les concours hippiques locaux, le train de 9 heures 10 à Oxford ou celui de 4 heures 45 à Paddington, ou même la foire de Merlinford. Les Dougdale, d'ailleurs, avaient fourni en danseurs les « parties » de Tante Sadie, à Alconleigh, lorsque Louisa et Linda firent leur entrée dans le monde ; ils avaient même donné à Louisa, en cadeau de mariage, une très ancienne pelote à épingles, dont le poids intriguait, mais ce n'était que du plomb. La romantique Louisa, persuadée qu'un trésor y était caché — une sorte de tirelire secrète, disait-elle — avait éventré l'objet avec ses ciseaux à ongles et découvert le cul de plomb, en sorte qu'il fallut renoncer à exposer aucun des cadeaux de mariage afin de ne pas vexer Lady Patricia.

Celle-ci était un type parfait de beauté fragile. Jeune fille, son visage avait ressemblé à celui de Polly, mais la chevelure blonde avait blanchi, la peau jauni, et l'ensemble évoquait assez exactement l'une de ces statues classiques que l'on aperçoit l'hiver, dans les jardins, toutes décolorées et ternies par l'humidité, avec un petit chaperon de neige sur la tête. Tante Sadie racontait volontiers que Boy et elle avaient passé pour le plus beau couple de Londres ; mais ce n'était pas d'hier, assurément ; ils étaient âgés maintenant, devaient bien friser la cinquantaine et n'avaient plus grand-chose à attendre de la vie. L'existence de Lady Patricia n'avait été qu'un long cortège de tristesses et de souffrances : tristesses conjugales et souffrances hépatiques (je cite Davey !). Pendant les années qui précédèrent son mariage, elle s'était montrée éperdument amoureuse de Boy qui, plus jeune qu'elle, n'avait, dit-on, consenti à l'épouser qu'en raison de l'irrésistible attrait d'une alliance avec la noble famille des Hampton. Il demeurait désespéré de n'avoir pas d'enfants ; son désir d'engendrer une lignée de petits Dougdale-Hampton avait même été si vif que le désappointement lui avait — murmurait-on — dérangé l'esprit pendant quelque temps ; mais on ajoutait que Polly, pour laquelle il montrait un attachement extrême, commençait à prendre dans son cœur la place de cette fille qu'il n'avait pas eue.

« Où est Boy ? » demanda Lady Patricia, après avoir salué, à l'anglaise, les invités qui se trouvaient près de la cheminée et agité ses gants, en souriant, à l'intention des autres. Elle portait un chapeau de feutre, un sobre tailleur de tweed, des bas de soie et des souliers de cuir étincelants.

« Comment ne sont-ils pas encore là ! dit Lady Montdore. J'ai besoin de lui pour faire ma table. Il joue au billard avec Polly. J'ai déjà envoyé Rory les chercher... Ah ! les voici ! »

Polly embrassa sa tante et m'embrassa. Elle parcourut des yeux la Galerie, pour voir si quelque invité y était arrivé pendant son absence, à qui elle n'eût pas dit « *How do you do ?* » (Polly et ses parents, sans doute à cause des hauts postes officiels occupés par Lord Montdore, se montraient singulièrement stricts sur les questions d'étiquette.) Puis elle se tourna vers moi :

« Y a-t-il longtemps que tu es là, Fanny ? Personne ne m'a prévenue. »

Debout, bien droite, un peu plus grande que moi, c'était une Polly réelle et bien vivante qui se superposait à l'image imprécise que j'avais gardée de mon amie d'enfance ; tous les sentiments confus que nous éprouvons pour les êtres qui marquent dans notre vie remontèrent en foule dans mon cœur. Et ceux que m'inspirait le Satyre remontèrent eux aussi, mais terriblement nets et précis.

« Ah ! disait-il, voici enfin Madame ma femme ! »

Il me donnait la chair de poule, avec ses cheveux noirs frisés, tournant au gris, son air impertinent et conquérant. Plus petit que Lady Montdore et que Polly, il avait un pouce de moins que Lady Patricia et tentait de corriger cette infériorité en portant d'énormes semelles à ses souliers. Il semblait toujours horriblement satisfait de lui-même, les coins de la bouche figés en un perpétuel sourire qui s'accentuait, à en devenir odieux, dès que s'animait son visage.

Le regard bleu de Polly se posa sur moi ; et j'imagine qu'elle reconnut, elle aussi, en moi, une personne à demi oubliée, mais qui n'avait guère changé, une petite fille brune et bouclée, semblable — comme disait Tante Sadie — à un poulain qui secoue soudain sa crinière ébouriffée et part au galop. Une demi-heure plus tôt, j'aurais volontiers piqué un petit galop, mais maintenant j'éprouvais une sorte de langueur et l'envie de demeurer où j'étais.

Lorsque nous montâmes nous changer, Polly me prit par la taille et dit, avec une chaude sincérité : « C'est si charmant de te revoir ! Que de choses j'ai à te demander ! Quand j'étais aux Indes, je pensais souvent à toi. Nous avions toutes deux autrefois — te souviens-tu ? — des robes de velours noir, avec des ceintures rouges ; nous les portions pour descendre au salon après le thé... Et Linda nous parlait de ses vers ! Tout cela semble appartenir à une autre vie, si lointaine déjà... Comment est le fiancé de Linda ?

— Il est joli garçon, dis-je, et plein de cœur. Mais personne, à Alconleigh, ne paraît l'apprécier beaucoup.

— Quel dommage ! Mais si Linda l'aime... Louisa mariée et Linda fiancée ! Je n'arrive pas à y croire ! Bien sûr, avant mon départ pour les Indes, nous n'étions que des enfants ; et maintenant nous voici d'âge à prendre un mari ; cela fait un tel changement, tu ne trouves pas ? »

Elle poussa un profond soupir.

« Je suppose, dis-je, que tu as fait tes débuts dans le monde, aux Indes ? »

Polly, je le savais, était un peu plus âgée que moi.

« Oui, bien sûr. Voici deux ans déjà que je vais dans le monde. Mais ces réceptions ont été si ennuyeuses ! C'est souvent assommant de sortir. Tu aimes cela, toi, Fanny ? »

À vrai dire, je ne m'étais jamais demandé si j'en éprouvais, ou non, du plaisir, et la question de Polly me laissa muette. Il faut bien que les filles aillent dans le monde ; c'est une phase de leur existence, comme le collège pour les garçons ; il est indispensable d'en passer par là avant que ne commence la vie, la vie véritable. Les soirées dansantes sont, prétendument, des choses exquises ; elles coûtent, en tout cas, fort cher et c'est bien aimable aux grandes personnes de songer à en organiser ; bien gentil aussi, de la part de Tante Sadie, de m'avoir conduite à tant d'entre elles. Mais, à ces soirées, quel qu'ait été d'ailleurs mon plaisir à m'y rendre, j'ai toujours éprouvé la désagréable impression que quelque chose me manquait, comme si j'eusse dû assister à une comédie jouée dans une langue étrangère. À chaque occasion nouvelle, j'espérais tirer au clair les raisons de ce malaise ; mais je n'y suis jamais parvenue, alors que tous ceux qui m'entouraient montraient, à l'évidence, que la chose n'avait plus de secret pour eux. Linda, par exemple, ne s'y trompait pas, mais elle avait l'excuse d'y avoir recherché et découvert l'amour.

« Ce que j'aime, répondis-je avec sincérité, c'est m'habiller.

— Oh ! moi aussi ! Est-ce que tu penses tout le temps à tes robes et à tes chapeaux, même à l'église ? Moi aussi. Quel ravissant tweed tu portes, Fanny ! Je l'ai remarqué aussitôt.

— Oui, mais il fait une poche par-derrière.

— Le tweed fait toujours sac, sauf sur de jolies petites femmes minces comme Veronica. Es-tu contente de revenir dans cette chambre ? C'était la tienne autrefois, te rappelles-tu ? »

Comment aurais-je oublié ? Toujours, même quand j'étais encore minuscule et venais à Hampton avec ma nurse, mon nom était écrit sur une carte fixée dans un petit cadre de cuivre, contre le panneau de la porte : « *The Honble Frances Logan* ». Ce sont de ces choses qui impressionnent profondément un enfant et lui causent un vif plaisir.

« Tu portes cette robe, ce soir ? »

Polly était arrêtée devant l'immense lit rouge à baldaquin où ma robe avait été étendue.

« Elle est exquise ! Velours vert et argent ! C'est un charme ! Et si douce et souple ! (Soulevant l'étoffe, elle s'en caressa la joue.) La mienne est en lamé d'argent. Elle sent la cage à oiseaux dès qu'il fait un peu chaud, mais je l'adore. N'es-tu pas ravie que la mode soit revenue aux robes du soir très longues ? Mais je voudrais savoir quelle vie mènent les débutantes en Angleterre.

— Danses, dis-je, déjeuners de femmes, tennis pour les amateurs, dîners, jeux, Ascot, présentation à la cour... Que sais-je ? Tu peux bien imaginer toi-même...

— Et les gens ? Semblables à ceux de la Galerie ?

— Jacassant comme des étourneaux, tu veux dire ? Mais les gens de la Galerie sont vieux, Polly ! Ce que j'appelle faire ses débuts, c'est sortir avec des jeunes de son âge, comprends-tu ?

— Oh ! dit Polly en riant, mais ils ne se croient pas vieux du tout, les étourneaux d'en bas !

— Peut-être, dis-je, mais ils le sont tout de même.

— Quant à moi, reprit Polly, je ne les trouve pas si vieux que ça. Mais sans doute me paraissent-ils jeunes en comparaison de Mummy et de Daddy. Pense donc, Fanny, ta mère n'était pas née quand Mummy s'est mariée, et Mrs Warbeck avait tout juste l'âge suffisant pour être sa demoiselle d'honneur. Mummy me racontait cela avant ton arrivée. Non, ce que je voudrais savoir, au fond, c'est le rôle que joue l'amour dans les réceptions du monde. Est-ce qu'ils ont tous des histoires d'amour, tout le temps ? Est-ce vraiment leur seul sujet de conversation ? »

Je fus forcée d'admettre que tel était bien le cas, en effet.

« Oh ! quelle barbe ! J'étais sûre, d'avance, de ta réponse. C'était la même chose aux Indes, naturellement ; mais j'espérais que dans un climat tempéré... En tout cas, ne va pas raconter cela à Mummy si elle t'en parle et dis-lui bien que les débutantes, en Angleterre, se moquent éperdument de l'amour. Elle est très déprimée, pauvre Mummy, parce que je ne suis jamais tombée amoureuse de personne ; elle me le reproche sans arrêt. Mais à quoi bon ? C'est une question de tempérament. J'aurais cru qu'à mon âge il était naturel de ne pas perdre son cœur à tous les tournants ! »

Je la regardais avec étonnement. Une telle froideur me semblait, à moi, tout à fait contre nature. Mais je comprenais fort bien son désir de ne pas aborder ce sujet brûlant avec les grandes personnes et singulièrement avec une mère du genre de Lady Montdore.

Une idée me traversa soudain l'esprit.

« Aux Indes, dis-je, est-ce que tu aurais vraiment pu tomber amoureuse ? »

Polly éclata de rire.

« Mais voyons, Fanny chérie ! Bien sûr ! Que veux-tu dire ? Naturellement, j'aurais pu. Cela ne s'est pas produit, c'est tout.

— Je veux dire... amoureuse d'un Blanc ?

— Blanc ou Noir, répondit Polly moqueusement.

— Tomber amoureuse d'un homme de couleur ! Que dirait Oncle Matthew !

— Cela arrive tout de même couramment. Tu ne sais pas grand-chose des Rajahs, bien sûr ; mais certains sont terriblement séduisants. Une de mes amies, là-bas, a failli mourir d'amour pour l'un d'eux. Je vais te confier un secret, Fanny, je suis convaincue que Mummy aurait mieux aimé me voir amoureuse d'un Hindou que pas amoureuse du tout. Naturellement, il y aurait eu un grabuge épouvantable et on m'aurait renvoyée *illico* en Angleterre ; mais Mummy se serait réjouie dans le fond de son cœur. Ce qu'elle redoute chez moi, c'est l'absence de tout sentiment. Et je sais que, si elle a invité ce Français, c'est parce qu'elle le croit irrésistible. Toutes les femmes à Delhi ne pensaient qu'à lui — je n'étais pas là, d'ailleurs, à l'époque ; j'étais partie dans les collines, avec Boy et Tante Patsy ; un merveilleux voyage... je te le raconterai en détail, mais pas maintenant.

— Mais est-ce que ta mère aimerait te voir épouser un Français ? »

J'étais encore à l'âge où l'amour et le mariage sont deux notions indissolublement associées.

« L'épouser ? Oh ! Seigneur, non ! Juste avoir une petite faiblesse pour lui montrer que je suis capable d'éprouver un léger coup de cœur, comme n'importe quelle autre femme : elle serait ravie ! Eh bien ! elle verra. Voici le premier coup de cloche du dîner. Je passerai te prendre quand je serai prête ; je n'habite plus à cet étage : j'ai une nouvelle chambre au-dessus du porche d'entrée. Encore une heure, Fanny ; nous avons tout le temps. »

IV

Ma chambre était située dans la tour où la nursery de Polly se trouvait autrefois installée. À la différence des autres chambres de Hampton, qui gardaient un ton classique, les appartements de la tour étaient d'un gothique exagéré, presque offensant, un gothique de contes de fées illustrés. Dans ma chambre, une forêt de clochetons en ogive couronnait le lit, la cheminée et les armoires elles-mêmes ; les fenêtres étaient des croisées à meneaux. Les Montdore avaient profité de leur séjour aux Indes pour entreprendre un gros travail de modernisation, et je remarquai qu'on avait aménagé, dans l'un des placards, une baignoire en carreaux de faïence.

Autrefois, lors de mes premiers séjours à Hampton, j'avais coutume de m'élancer, mon éponge à la main, jusqu'à la salle de bains de la nursery, au bas d'un terrible escalier en colimaçon ; je me souviens encore du froid de glace qui régnait dans les corridors, après la tiédeur de ma chambre où flambait toujours un grand feu de bois. Maintenant, le chauffage central avait été perfectionné et il faisait partout une température de serre. Le feu, qui pétillait sous les torsades et les clochetons de la cheminée, devenait purement décoratif et n'était plus allumé, à sept heures du matin, avant mon réveil, par une petite femme de chambre, silencieuse et pressée comme une souris. L'âge du luxe était révolu ; celui du confort avait commencé. Étant moi-même de tempérament conservateur, j'étais ravie de constater que le style général de la chambre n'avait subi aucune transformation ; l'éclairage seulement avait été amélioré ; sur le lit, la courtepointe était neuve ; la coiffeuse d'acajou avait un napperon de mousseline et un miroir à trois faces ; une moquette épaisse recouvrait le sol de la chambre et de la salle de bains. À ces détails près, tout était demeuré semblable au souvenir que j'en gardais, y compris les deux grands tableaux, de tonalité jaune, que je pouvais contempler de mon lit : *Les Joueurs*, du Caravage, et *Une Courtisane*, de Raphaël.

Tandis que je m'habillais pour le dîner, je souhaitais passionnément qu'il nous fût encore possible, à Polly et à moi, de passer la soirée toutes les deux, et de dîner, comme autrefois, dans la salle d'étude, sur un plateau qui nous serait monté de l'office. Je redoutais ce dîner de grandes personnes, car je savais qu'une fois assise à table entre deux des vieux gentlemen de la Galerie, il me serait interdit de demeurer une spectatrice silencieuse et que je serais obligée de me creuser la tête pour trouver des choses à dire. Toute ma vie, on m'avait seriné — Davey plus que tout autre — qu'il est antisocial et mal élevé de se taire pendant les repas.

« Peu importe ce que tu dis, Fanny. L'essentiel est de parler. Mieux vaut réciter ton alphabet que de ressembler à une sourde-muette. Pense à la malheureuse maîtresse de maison ! On ne peut pas lui faire un coup pareil ! »

Pendant le dîner, coincée entre le type nommé Rory et le type nommé Roly, je découvris que tout était bien pire encore que je n'avais imaginé. L'espèce d'invisibilité miraculeuse, qui m'avait si bien protégée dans la Galerie, ne me couvrait plus que par éclipses, dans une alternance d'ombre et de lumière. On me voyait. L'un de mes voisins commençait avec moi une conversation et semblait juger mes réponses du plus haut intérêt quand, soudain, sans préavis, je retombais dans mon invisibilité, cependant que Roly et Rory parlaient à tue-tête, à travers la table, à la petite femme nommée Veronica, et que je restais en plan, sur un bout de phrase inachevée. Il m'apparaissait alors, à l'évidence, qu'aucun d'eux n'avait écouté un seul mot de ce que je leur disais, ravis en extase qu'ils étaient par la conversation infiniment plus fascinante de cette Veronica. Eh bien ! tant mieux. Va pour l'invisibilité ! Du moins pourrai-je manger tranquillement en silence. Mais non ! Pas du tout ! Me voici de nouveau, inexplicablement, en pleine lumière.

« Alors, vous êtes la nièce de Lord Alconleigh ? Est-ce qu'il n'est pas un peu maboul ? C'est bien lui qui lâche ses limiers sur les gens, les soirs de pleine lune ? »

J'étais encore d'un âge où l'on a coutume d'accepter les grandes personnes de sa famille sans même songer à discuter leurs défauts ou leurs vertus ; je fus donc extrêmement choquée d'entendre un étranger traiter mon oncle Matthew de vieux maboul.

« Oh ! dis-je, mais nous adorons ce genre de choses ! C'est amusant à un point que vous n'imaginez pas !... »

Rien à faire ! Au beau milieu de mon explication, j'étais devenue invisible.

« Non, non, Veronica. La vérité, c'est qu'il a acheté le microscope pour regarder ses...

— Je vous défie bien de le dire à table ! coupa Veronica, même si vous savez prononcer le mot, ce dont je doute ! »

Et les répliques continuaient à fuser, d'un côté à l'autre de la table.

« Je n'aurais jamais cru que Veronica pût être aussi drôle ! Et vous ? »

Les deux bouts de la table étaient plus calmes. À l'un d'eux, Lady Montdore s'entretenait avec le duc de Sauveterre, qui l'écoutait avec politesse, mais dont les petits yeux noirs, pétillants d'esprit, vagabondaient cependant ici et là ; en face, Lord Montdore et le Satyre, faisant assaut d'érudition et de beau langage, conversaient dans un français impeccable par-dessus la vieille duchesse de Sauveterre qui se trouvait assise entre eux. J'étais assez près d'eux pour les entendre et ne m'en privais pas pendant mes passes d'invisibilité ; il y avait sans doute moins d'esprit dans ces échanges distingués que dans les traits de Veronica, mais ils avaient du moins le mérite d'être plus aisément compréhensibles. Voici, à peu près, comment allaient les choses :

MONTDORE : « *Alors le duc du Maine était le fils de qui ?* »

BOY : « *Mais voyons, mon vieux, de Louis XIV.* »

MONTDORE : « *Bien entendu, mais sa mère ?* »

BOY : « *La Montespan.* »

À ce point du discours, la duchesse, qui mâchonnait vigoureusement en silence et ne semblait pas écouter, rectifia d'une voix forte et sur un ton plein de désapprobation :

« *Madame de Montespan.* »

BOY : « *Oui — oui — oui, parfaitement, madame la Duchesse.* » (Et, en anglais, à voix basse, il ajouta pour son beau-frère : « La marquise de Montespan était une aristocrate, vous savez ! Les Français ont garde de l'oublier. »)

« *Elle avait deux fils, d'ailleurs, le duc du Maine et le comte de Toulouse, et Louis XIV les avait tous deux légitimés. Et sa fille a épousé le Régent. Tout cela est exact, n'est-ce pas, madame la Duchesse ?* »

Mais la vieille duchesse, en l'honneur de qui étaient exécutées ces performances linguistiques, n'en éprouvait manifestement aucun plaisir. Elle mangeait avec une voracité dont on l'eût crue incapable, ne s'arrêtant que pour demander du pain au valet de pied. Si l'on sollicitait directement son avis, elle se contentait, entre deux bouchées, de répondre : « En effet, en effet... »

« Tout cela est dans Saint-Simon, dit Boy. Je l'ai relu tout récemment et je vous conseille d'en faire autant, Montdore. C'est un récit fascinant. »

Boy était féru des *Mémoires de cour*, dont il avait lu un nombre incalculable, se gagnant ainsi la réputation d'un historien émérite.

« On peut ne pas aimer Boy, disaient ses amis, mais il faut reconnaître qu'il est terriblement calé en histoire. Quoi que vous lui demandiez, il saura vous répondre. »

Tout dépendait, évidemment, de ce qu'on désirait savoir ; la fuite de l'impératrice Eugénie après Sedan ? Oui, Boy était votre homme ; mais le martyre des laboureurs de Tolpuddle ? Non. La science historique du Satyre était, avant tout, faite d'un snobisme forcené.

Lady Montdore se tourna vers son voisin de gauche et chacun imita aussitôt son exemple. Succédant à Roly, ce fut donc Rory qui se pencha vers moi ; le changement, à vrai dire, ne fut pas grand, car l'un et l'autre demeuraient toujours fascinés par ce qui se disait à l'autre bout de la table. Abandonné à ses propres forces, le Satyre poursuivit avec la duchesse un combat singulier. Je l'entendis qui déclarait :

« *Dans le temps, j'étais très lié avec le duc de Souppes. Qu'est-ce qu'il est devenu, madame la Duchesse* ?

— Comment, dit-elle, vous étiez un ami de ce pauvre Souppes ? C'est un garçon tellement ennuyeux ! »

Son accent était fort étrange, une sorte de mouture de français et de cockney.

« *Il habite toujours ce ravissant hôtel dans la rue du Bac ?*

— En effet.

— *Et la vieille duchesse est toujours en vie ?* »

Mais sa voisine fut soudain ressaisie d'une crise de voracité et Boy demeura impuissant à lui arracher un mot de plus. Elle lisait et relisait le menu, allongeait le cou pour mieux voir à quoi ressemblait le plat suivant et, lorsque les assiettes furent changées, après le pudding, elle murmura pour elle-même, avec satisfaction : « *Encore une assiette chaude, très, très bon signe* ! »

Cette femme, à n'en pas douter, appréciait le dîner.

Je l'appréciais aussi et en profitais d'autant mieux que mon invisibilité agissait de nouveau à merveille et, à quelques pannes près, se révéla parfaite tout le reste de la soirée.

Mais quel dommage, pensais-je, que Davey ne puisse séjourner à Hampton pendant ses phases de suralimentation ! Il déclarait toujours, en gémissant, que Tante Emily ne lui offrait jamais, en ces occasions, une nourriture assez abondante et variée pour donner à son métabolisme le choc convenable.

« J'en arrive à croire, disait-il avec une fureur inhabituelle, que vous ne comprenez vraiment rien à ce qui m'est nécessaire. Ce qu'il me faut, pour tirer quelque profit de mon traitement, c'est manger à en avoir le vertige, manger à en être épuisé ; cette impression que l'on ressent après un repas dans un bon restaurant de Paris, quand on est trop repu pour faire quoi que ce soit, sinon s'étendre sur son lit, comme un cobra, pendant des heures entières, trop repu même pour songer à dormir : voilà ce que je veux éprouver ! Naturellement, une grande variété de plats est indispensable pour flatter mon appétit — de toute façon je reprendrai de chacun, mais cela ne compte pas —, oui, une très grande quantité de plats différents, Emily chérie. Bien entendu, j'abandonnerai ma cure si vous le désirez, mais ne serait-ce pas navrant au moment justement où j'en ressens un tel bienfait ? Et si c'est la dépense qui vous inquiète, songez, je vous prie, à mes périodes de jeûne : vous ne semblez jamais en tenir compte. »

Mais Tante Emily prétendait que les phases d'abstinence de Davey n'apportaient absolument aucun changement dans ses livres de comptes ; ce que Davey nommait famine eût, disait-elle, représenté pour n'importe quel être vivant quatre solides repas quotidiens.

En attendant, pensais-je, deux douzaines de métabolismes, assis en rond autour de la table, étaient en train de recevoir une sacrée secousse. Le dîner n'en finissait pas : soupe, poisson, faisan, beefsteak, asperges, pudding, *savoury*, fruits. « Repas Hampton », disait Tante Emily ; et, en effet, la chère, chez les Montdore, avait une qualité singulière ; on la définirait assez bien en disant qu'elle était faite de montagnes de la plus exquise nourriture de nursery, simple et saine, cuisinée avec les meilleurs produits, chaque ingrédient rappelant violemment ce qu'il était au naturel. Mais, comme en toutes choses à Hampton, là encore il y avait excès. De même que Lady Montdore ressemblait un tout petit peu trop à une comtesse et Lord Montdore à un vieil homme d'État, de même les domestiques étaient trop stylés et trop polis, les lits trop doux, les draps trop fins, les autos trop neuves et trop brillantes, et chaque détail de chaque chose trop exactement ordonné, jusqu'aux pêches, par exemple, qui étaient beaucoup trop ressemblantes et presque miraculeuses. Quand j'étais petite, je songeais souvent que cette somme de perfections rendait Hampton et ses hôtes un peu irréels, en comparaison des seules autres maisons que je connusse : Alconleigh et la petite habitation de Tante Emily. Hampton faisait penser à un château de théâtre ou de roman, et non à une demeure où l'on habite ; et, de même, les Montdore, Polly comprise, ne m'apparaissaient pas tout à fait comme des êtres humains, faits de chair et de sang.

Cependant, tandis que je me lançais à l'assaut d'une pêche idéale, toute crainte m'avait quittée, sinon tout sentiment des convenances, et, retrouvant de manière inespérée mes aises et mon aplomb, je jetai des regards effrontés de tous côtés. Ce n'était pas l'effet du vin ; je n'avais bu qu'un doigt de bordeaux et, si tous mes verres avaient été remplis par un maître d'hôtel inattentif à mes protestations, je n'y avais pas trempé les lèvres. C'était la nourriture ; j'étais ivre morte de bonne chère. Davey raisonnait juste : je me sentais, comme son cobra, au maximum de ma dilatation ; j'avais l'impression d'avoir avalé une chèvre entière, et mon visage, je le savais, était écarlate. Quant aux invités, je le notai d'un coup d'œil, ils tournaient tous au violet, tous sauf Polly.

Assise entre un Rory et un Roly, répliques parfaites des miens, Polly, de tout le repas, n'avait pas fait le moindre effort pour leur être agréable, bien qu'ils eussent pris d'elle un soin mille fois plus attentif que mes voisins de moi. La chère même la laissait insensible. Elle y goûtait à peine, du bout de sa fourchette, et en abandonnait les trois quarts sur son assiette ; elle semblait absente et ses yeux, un peu fixes, brillant comme deux lampes bleues, regardaient vaguement dans la direction de Boy, sans qu'elle le vît réellement ou prît la peine d'écouter les discours remarquables qu'il tenait en français à la vieille duchesse, sa voisine. Lady Montdore jetait, de temps en temps, à sa fille un regard mécontent, dont Polly ne s'apercevait même pas. Les pensées de celle-ci flottaient évidemment bien loin de ce qui l'entourait, et ses voisins, renonçant, après un ultime effort, à lui arracher des monosyllabes distraits, se joignirent à la brillante conversation menée, tambour battant, par la petite femme nommée Veronica.

Cette Veronica était menue, mince, étourdissante. Ses cheveux d'or clair, mousseux et doux, avec quelques boucles sur le front, la coiffaient comme un chapeau précieux. Elle avait un grand nez osseux, des yeux protubérants d'un bleu très pâle et, pour ainsi dire, pas de menton du tout. Elle me parut décadente — c'est à mon ivresse, assurément, que je devais de découvrir un mot aussi savant —, mais on ne pouvait nier sa joliesse, ni que sa robe, ses bijoux, son maquillage et toute sa personne fussent d'un chic suprême. On la tenait, à n'en pas douter, pour une femme d'esprit et, dès que l'atmosphère se fut réchauffée, après un départ plutôt frais, cette Veronica rayonna sur toute la table. Elle criblait de ses flèches tous les Rory et les Roly présents à ce dîner ; quant aux autres femmes de son âge, elles se contentaient de ricaner sottement, sans tenter de prendre part à ce feu d'artifice, comme si elles eussent, dès l'abord, compris qu'il était impossible de ravir à leur profit le moindre rayon à cette lumière. Aux deux bouts de la table, les personnes d'âge mûr qui entouraient les Montdore, tout en poursuivant leurs échanges monotones et graves, jetaient souvent à Veronica un regard plein d'indulgence.

Forte de mon courage revenu, je demandai à l'un de mes voisins qui était cette Veronica ; mais mon ignorance le surprit à ce point qu'il en oublia de me répondre.

« Veronica ? dit-il, ahuri. Mais, voyons ! Vous connaissez sûrement Veronica ! »

C'était comme si j'avais demandé le nom du Vésuve à un Napolitain. Il me fallut quelque temps pour apprendre qu'elle était une Mrs Chaddesley Corbett et je trouvai étonnant que Lady Montdore, dont la réputation de snob était bien assise, consentît à accueillir une simple Mrs — pas même une Hon. Mrs — et à la traiter avec un semblant de déférence. Ce trait montre combien grande était, à cette époque, mon ignorance de la société, car tous les collégiens — d'Eton, bien entendu — savaient parfaitement qui était Mrs Chaddesley Corbett. Elle était aux femmes chic de son temps ce que la danseuse étoile est au reste du ballet ; elle avait créé une mode et un jargon, copiés servilement l'un et l'autre depuis dix ans par tout ce qui, en Angleterre, avait la prétention de savoir vivre. Si je n'avais, pour ma part, jamais entendu son nom jusqu'à ce jour, c'est qu'elle planait trop haut, dans le supergratin, au-dessus du petit monde étriqué que je fréquentais habituellement.

Il était terriblement tard lorsque Lady Montdore donna enfin le signal de quitter la table. Mes tantes, qui songeaient à la vaisselle et au sommeil de leurs serviteurs, ne toléraient jamais que les repas s'étirassent ainsi en longueur. De tels soucis étaient inconnus à Hampton ; et Lady Montdore ne se tourna pas vers son mari, comme faisait toujours Tante Sadie, pour lui adresser un sourire implorant et murmurer : « Pas trop longtemps, chéri, n'est-ce pas ? » Nous laissâmes froidement les hommes à leur porto, leur brandy, leurs cigares et leurs traditionnelles histoires sales, qui avaient, à mon avis, peu de chance de dépasser en saleté la conversation de Veronica au cours de la dernière demi-heure du dîner.

De retour dans la Longue Galerie, quelques-unes des femmes s'éclipsèrent, pour « se poudrer ». Ces manières inspiraient à Lady Montdore un profond mépris.

« J'y vais le matin, dit-elle, et c'est fini. Grâce au ciel, je ne suis pas comme les chiens qui ont besoin de sortir toutes les dix minutes. Rien de plus vulgaire, à mon avis. »

Je ne sais si Lady Montdore avait vraiment espéré que Sauveterre exercerait sur Polly son charme exquis et lui emplirait le cœur de ces pensées tumultueuses qui sont comme un prélude à l'amour ; mais, en ce cas, son désappointement dut être extrême. Dès que les hommes sortirent de la salle à manger où ils étaient demeurés plus d'une heure (« Terrible habitude anglaise », murmura distinctement le duc de Sauveterre), il fut accaparé par Veronica et son corps de ballet et s'en trouva prisonnier pour tout le reste de la soirée. Il semblait, à les entendre, qu'elles l'eussent toujours connu ; elles l'appelaient Fabrice et lui posaient mille questions sur leurs amies parisiennes, femmes du monde affublées de noms aussi communs que Norah, Cora, Jennie, Daisy, May ou Nellie.

« Est-il possible que toutes les Françaises portent des noms de femmes de chambre anglaises ? » demanda brutalement Lady Montdore. Puis, ayant jeté un regard féroce sur Sauveterre, définitivement accaparé par Veronica et ses amies, elle se tourna, résignée, vers la vieille duchesse. Le duc, lui, paraissait s'amuser de bon cœur, comme s'il eût cédé à quelque plaisanterie secrète : ses yeux brillants se posaient tour à tour, avec plus d'amusement que de désir, sur chacun des visages maquillés qui, tour à tour, se tournaient vers lui pour réclamer, avec une sincérité vraiment trop manifeste, des nouvelles de leurs Nellie ou Daisy chéries. Cependant, à l'autre extrémité de la Galerie, les époux de ces dames, grandement soulagés, en bons Anglais qu'ils étaient, de se retrouver entre hommes, jouaient à des taux que la présence de leurs femmes eût interdits, et avec un sérieux, une concentration absolument étrangers aux frivolités du sexe.

Lady Patricia, la première, monta se coucher. Boy Dougdale tenta d'abord de s'insérer dans le groupe compact qui assiégeait Sauveterre ; mais ayant constaté que personne ne lui prêtait la moindre attention et que Sauveterre lui-même, quand il l'interrogeait sur la santé du duc de Souppes, répondait évasivement : « Je rencontre parfois la pauvre Nina de Souppes », il abandonna la partie, un sourire vexé lui tordant les lèvres plus encore que d'habitude. Il s'approcha de Polly et moi et nous apprit à jouer au trictrac, tenant notre main quand nous lancions les dés et frottant ses genoux contre les nôtres, bref se comportant, à mon avis, d'une manière à la fois « chtupide » et dégoûtante. Lord Montdore et un ou deux de ses vieillards favoris sortirent pour jouer au billard ; il avait la réputation d'être le plus fort joueur des îles Britanniques.

De son côté, la pauvre Lady Montdore subissait le feu roulant des questions de la duchesse qui, par esprit de contradiction sans doute, était revenue à sa langue maternelle. Lady Montdore, dont la connaissance du français était honnête, mais n'atteignait pas, de loin, l'horrible perfection qui caractérisait celle de son mari et de son beau-frère, se trouva bientôt en difficulté sur des questions de poids et de mesures. Combien d'hectares avait le parc de Hampton et combien de mètres le donjon ? Combien en coûterait-il, en francs, pour louer une péniche meublée à Henley ? Quelle distance, en kilomètres, séparait Hampton de Sheffield ? Dépassée, Lady Montdore appelait Boy à la rescousse, et Boy la tirait immanquablement d'affaire, mais la duchesse n'écoutait même pas les réponses, tout occupée qu'elle était à mijoter une question nouvelle. L'interrogatoire se poursuivait, comme un torrent inépuisable, sans offrir à Lady Montdore la moindre chance de s'échapper jusqu'à l'une des tables de bridge, comme elle en mourait d'envie. Par quelle espèce de machine électrique était fabriqué le courant à Hampton ? Quelle était la taille moyenne d'un cerf écossais ? Depuis combien d'années Lord et Lady Montdore étaient-ils mariés ? (Tiens ! tiens !) Comment était chauffée l'eau des bains ? Combien une meute pour la chasse au renard comportait-elle de chiens ? Où se trouvait actuellement la famille royale ? Lady Montdore éprouvait la sensation horrible — et, pour elle, toute nouvelle — d'être un lapin aux prises avec un serpent python.

À la fin, elle n'y tint plus et, levant la séance, elle envoya les femmes au lit, beaucoup plus tôt qu'il n'était habituel à Hampton

V

Il ne m'était encore jamais arrivé d'être invitée à une grande *party* dans une maison de l'importance et du style de Hampton et je me demandais, avec inquiétude, quel serait le cérémonial du petit déjeuner. Je m'en informai donc auprès de Polly, avant de lui souhaiter une bonne nuit.

« Oh ! répondit-elle vaguement, vers les neuf heures. »

J'en conclus, comme je l'eusse fait à la maison, qu'en descendant entre neuf heures cinq et neuf heures et quart j'avais toutes les chances de ne pas me faire remarquer.

Le lendemain, je fus réveillée à huit heures par une femme de chambre qui m'apportait du thé et des toasts beurrés, aussi minces que du papier, et qui me demanda : « Ces gants sont-ils à vous, Miss ? On les a trouvés dans la voiture. » Puis elle me fit couler un bain et disparut en emportant tous les vêtements qu'elle avait pu trouver, afin de les ajouter, sans aucun doute, à la collection qu'elle avait commencée la veille avec mon tailleur de tweed, mon jersey, mes bas, mes souliers et mon linge. Du train où allaient les choses, je présageai qu'il me faudrait bientôt descendre avec mes gants pour tout costume.

Tante Emily refusait toujours de me prêter sa femme de chambre lorsque je partais en séjour chez des amis. Elle craignait de me rendre trop exigeante et délicate pour le cas où j'épouserais, plus tard, un homme sans fortune et n'aurais à compter que sur moi-même. C'est ainsi que j'étais, à chaque visite, livrée à l'attentive sollicitude de femmes de chambre inconnues.

À neuf heures, j'étais baignée, habillée et toute disposée à prendre quelque nourriture.

Si étrange qu'il y parût, le dîner monumental de la veille, qui eût dû me nourrir une semaine entière, me laissait plus affamée que de coutume. J'attendis quelques minutes après que l'horloge des écuries eut sonné neuf heures, afin de ne pas arriver la première, puis je m'aventurai au rez-de-chaussée. Pénétrant dans la salle à manger, quelle ne fut pas ma stupéfaction de trouver la table encore recouverte de son molleton vert, la porte de l'office grande ouverte et les valets, en gilet rayé et manches de chemise, occupés à des travaux qui n'annonçaient guère l'imminence d'un repas, tels que le tri des lettres et la lecture des journaux du matin. Ils me regardèrent — du moins, je l'imagine — avec surprise et hostilité et m'apparurent plus terrifiants encore que les hôtes du dîner ; je m'apprêtais donc à rejoindre ma chambre en toute hâte lorsque j'entendis une voix derrière moi :

« Ma parole ! Mais c'est navrant, cette table vide ! »

C'était le duc de Sauveterre. Mon invisibilité n'agissait pas, sembla-t-il, à la lumière du matin. Le duc, d'ailleurs, m'avait parlé le plus amicalement du monde ; je fus bien étonnée quand il me serra la main, et tout à fait stupéfaite quand il ajouta :

« Moi aussi, je meurs d'envie d'avoir mon porridge ! Mais ne restons pas ici, c'est trop triste. Que diriez-vous d'une petite promenade, en attendant ? »

Un instant plus tard, à peine revenue de ma surprise, je marchais à son côté, à vive allure, courant presque pour demeurer à sa hauteur, sous les tilleuls qui bordaient l'une des grandes avenues du parc. Le duc parlait sans arrêt, aussi vite qu'il déambulait.

« *Season of mists and mellow fruitfullness*, récita-t-il. Plutôt calé, de ma part, de savoir ça, hein ? Mais, ce matin, le brouillard, précisément, vous empêche de contempler cet épanouissement qui précède l'hiver. »

Une brume légère nous entourait, en effet, d'où jaillissaient les grands arbres dorés. Le gazon était trempé et l'humidité avait traversé déjà mes souliers d'intérieur.

« J'aime, poursuivit le duc, me lever avec l'alouette et faire un brin de marche avant le petit déjeuner.

— Et vous faites ainsi chaque matin ?

— Jamais, répondit-il. Jamais. Jamais. Mais, ce matin, j'ai fait demander Paris au téléphone par mon valet de chambre et la communication m'a été donnée aussitôt, alors que je prévoyais une heure d'attente. Me voici donc en plein désarroi et ne sachant comment tuer le temps. Vous ne trouvez pas que je parle l'anglais à la perfection ? »

Cette communication avec Paris me sembla de la dernière extravagance. Tante Sadie et Tante Emily ne recouraient aux appels interurbains qu'en cas de crise aiguë, et, même alors, il leur arrivait souvent de raccrocher au beau milieu d'une phrase, lorsque cliquetait le signal annonçant la fin des trois minutes. Davey, il est vrai, conversait chaque jour avec son docteur londonien ; mais, du Kent à Londres, la distance n'est pas longue, et la santé de Davey offrait tous les caractères d'une crise chronique. Mais Paris ! L'étranger !

« Quelqu'un de malade ? hasardai-je.

— Pas exactement. Mais elle s'ennuie, pauvre chou. Je la comprends bien, d'ailleurs ; Paris sans moi doit être affreux ! Je me demande comment elle peut y résister. Je la plains de tout mon cœur.

— Qui ? » demandai-je. La curiosité en moi avait vaincu la timidité. Et, d'ailleurs, comment demeurer timide auprès de cet homme extraordinaire ?

« Ma fiancée », dit-il négligemment.

Hélas ! Ces mots étaient ceux que je redoutais confusément d'entendre. Mon cœur se serra et je murmurai d'une voix éteinte :

« Oh ! mais c'est merveilleux ! Vous êtes fiancé ? »

Il me lança, de côté, un regard ironique.

« Oui, dit-il. Je suis fiancé !

— Et vous allez vous marier bientôt ? »

Pourquoi, me demandai-je, mais pourquoi est-il venu seul en Angleterre ? Si j'avais, moi, un fiancé aussi fascinant, je le suivrais partout, j'en suis sûre, comme un épagneul fidèle.

« Oh ! non, reprit gaiement le duc, je ne crois pas que ce soit bientôt. Vous savez comment ils sont au Vatican ; le temps ne compte pas pour eux et mille ans, à leurs yeux, sont semblables à une soirée enfuie. Mais, dites donc, je suis étourdissant pour les citations poétiques, ce matin !

— Poétiques ? C'est un hymne, en réalité. Mais que vient faire le Vatican dans votre mariage ? C'est à Rome, le Vatican, si je ne me trompe ?

— En effet. Il existe, figurez-vous, ma chère enfant, une certaine Église romaine, à laquelle j'appartiens, et cette Église doit annuler le mariage de ma bien-aimée — on peut dire "bien-aimée" ?

— À la rigueur. Mais c'est affecté.

— Mon amoureuse, ma Dulcinée (joli, hé ?) doit faire annuler son mariage afin d'être libre de se marier avec moi.

— Bonté divine ! Elle est déjà mariée ?

— Oui, oui, naturellement. Vous savez, il y a, de par le monde, très peu de jeunes femmes non mariées. Pour peu qu'elles soient jolies, leur célibat ne dure guère.

— Ma tante Emily réprouve beaucoup les gens qui se fiancent alors qu'ils sont déjà mariés. Ma mère ne cesse de le faire et Tante Emily en est très fâchée.

— Il faut dire à votre chère Tante Emily que la chose est, à bien des égards, d'une grande commodité. Mais, au fond, elle a raison. Quant à moi, j'ai été fiancé trop souvent et depuis trop d'années : il est temps de faire une fin.

— Le désirez-vous vraiment ?

— Hum... ! Je n'en suis pas bien sûr. Dîner en ville tous les soirs avec la même femme : voilà qui doit être terrible.

— Qui vous force à sortir ?

— Renoncer à une aussi vieille habitude doit être une chose bien terrible aussi. À vrai dire, je suis si accoutumé maintenant à mon état de fiancé perpétuel qu'il m'est difficile d'imaginer un état différent.

— Vous avez été fiancé à d'autres personnes avant celle-ci ?

— À un nombre incalculable de personnes, admit le duc.

— Et, dis-je, que leur est-il arrivé à toutes ces femmes ?

— Elles ont connu des destins variés dont il vaut mieux ne pas parler.

— Mais, par exemple, qu'est devenue la dernière en date, avant celle-ci ?

— Attendez un peu... Ah ! oui. La dernière en date, comme vous dites, a fait une chose qu'il m'était impossible d'approuver. Alors, j'ai décidé de ne plus l'aimer.

— Et vous pouvez cesser d'aimer les gens quand ils font des choses que nous n'approuvez pas ?

— Oui. Je peux.

— Quelle chance vous avez ! dis-je. Moi, je suis bien sûre que je ne pourrais pas. »

Nous étions arrivés au bout de l'avenue ; devant nous s'étendait un chaume. Les rayons du soleil, qui commençaient à percer la brume bleue, doraient les arbres, le chaume et, plus loin, un groupe de meules. Je songeais combien j'étais fortunée de jouir d'une heure aussi exquise en compagnie, exactement, de l'être qui convenait. Je m'en souviendrais toute ma vie.

Le duc interrompit ces réflexions sentimentales et déclama :

Behold how brightly breaks the morning,
Though bleak our lot, our hearts are warm[1].

« Avouez que je suis une mine inépuisable de citations ! Dites-moi, qui est l'actuel amant de Veronica ? »

Une fois de plus, je fus contrainte d'avouer que je connaissais Veronica depuis la veille et ne savais rien de sa vie. À cette confession, dont il parut moins surpris que Roly l'avait été, il me regarda pensivement.

« Vous êtes très jeune, dit-il enfin. Vous avez quelque chose de votre mère. Je ne le pensais pas d'abord, mais il y a vraiment quelque chose, je le vois maintenant.

1. Contemplez la gloire éclatante du matin,
Pour amer que soit notre destin, nos cœurs demeurent vibrants.

— Et qui est, à votre avis, l'amant de Mrs Chaddesley Corbett ? » demandai-je.

Pour l'instant cette Veronica m'intéressait bien plus que ma mère ; cette conversation sur l'amour et les amants m'avait intoxiquée. Pour ceux-ci, je n'en ignorais pas l'existence, ne serait-ce qu'à cause du duc de Monmouth, par exemple. Mais si près de moi, sous le toit même où je me trouvais : voilà qui m'émouvait au plus haut point.

« Qu'importe qui il est, répondit le duc. Cela ne fait pas l'ombre d'une différence. Veronica, comme toutes les femmes de son espèce, vit dans un groupe restreint où, tôt ou tard, chacun devient l'amant de toutes et réciproquement, de sorte que, quand elles changent d'amant, cela ressemble bien plus à un remaniement ministériel qu'à un nouveau gouvernement. Tout sort toujours de la même marmite, comprenez-vous ?

— En est-il de même en France ? demandai-je encore.

— Dans le monde ? Le monde est partout semblable. Bien qu'en France j'oserai dire qu'il y a, dans l'ensemble, moins de remaniements ministériels qu'en Angleterre. Les ministres demeurent plus longtemps en fonctions.

— Pourquoi ?

— Pourquoi ? Parce que les Françaises, quand elles le désirent, gardent leurs amants. Elles connaissent, pour y réussir, une méthode infaillible.

— Non ! m'écriai-je. Oh ! Dites-la-moi ! »

Cette conversation me fascinait de plus en plus, à chaque seconde.

« C'est très simple, reprit le duc. Elles cèdent toujours à toutes les fantaisies de leurs amants.

— Seigneur tout-puissant ! dis-je en réfléchissant de toutes mes forces.

— Mais ces *femmes du monde*[1] anglaises, voyez-vous, ces Veronica, ces Sheila, ces Brenda — et votre mère aussi, bien que personne ne puisse prétendre qu'elle s'en soit tenue à un seul petit groupe ; si

1. Les mots en italique sont en français dans le texte.

elle l'avait fait, elle ne serait pas aussi *déclassée* — ont une politique toute différente. Elles sont hautaines et fières ; absentes quand on leur téléphone ; jamais libres pour dîner, à moins qu'on ne les en prie une semaine d'avance — bref, *elles cherchent à se faire valoir* et c'est un truc qui jamais, jamais, ne réussit. Même les Anglais, qui y sont pourtant habitués, s'en dégoûtent à la longue. Un Français enverrait tout promener dès le premier jour. Voilà pourquoi vos amies anglaises remanient si souvent leur cabinet.

— Ce sont d'affreuses femmes, vous ne trouvez pas ? »

Cette opinion datait de la veille au soir.

« Mais pas du tout, pauvres chéries. Ce sont des *femmes du monde, voilà tout*. Je les aime bien, elles sont si faciles à vivre ! Pas affreuses du tout. Et j'aime *la mère* Montdore, qui m'amuse avec son snobisme. J'adore les snobs : ils sont si charmants avec moi. J'ai séjourné chez les Montdore, aux Indes ; *elle* a été délicieuse et Lord Montdore a fait son possible pour l'être aussi.

— Son possible ?

— C'est un homme gonflé de vanité, comme tant de ces vieux Anglais gourmés. Bien entendu, c'est un ennemi acharné de mon pays, un homme qui s'est voué à la destruction de l'empire colonial français.

— Pas possible ! m'écriai-je. Mais je croyais que nous étions tous amis, maintenant !

— Amis ? Comme chiens et chats ! Oui ! Je n'aime pas Lord Montdore, mais je reconnais qu'il est habile. Hier soir, après dîner, il m'a posé mille questions sur la chasse à la perdrix en France. Pourquoi ? Vous pouvez être sûre qu'il avait ses raisons.

— Ne trouvez-vous pas, dis-je, que Polly est ravissante ?

— Oui. Mais elle aussi demeure une énigme pour moi, répondit-il. Peut-être manque-t-elle d'une vie sexuelle convenablement organisée. Oui, à y réfléchir, je crois que ses grands airs rêveurs viennent de là. Je vais voir ce que je peux faire pour elle. Malheureusement, ajouta le duc en regardant sa montre, je n'ai plus beaucoup de temps à lui consacrer. »

Je l'assurai, non sans quelque gêne, qu'il existait bien peu de jeunes filles anglaises de dix-neuf ans qui eussent le bonheur d'avoir une vie sexuelle convenablement organisée. La mienne, par exemple — et je m'en rendais bien compte — n'était pas organisée du tout, mais je n'en devenais pas spécialement rêveuse pour autant.

« Et cependant, poursuivit mon compagnon, quelle fille exquise, malgré son affreuse robe ! Qu'elle ait seulement un petit béguin, et elle est capable de devenir l'une des beautés de notre époque. Ce n'est pas certain ; ce n'est jamais certain avec les Anglaises. Elle peut aussi bien se planter un chapeau de feutre de guingois sur la tête et devenir une Patricia Dougdale ; tout dépend de celui qu'elle aimera. Et, à propos, Boy Dougdale, qu'en pensez-vous ?

— Stupide, dis-je, pensant en moi-même : chtupide.

— Mais vous êtes impossible, ma chère ! Femmes affreuses, hommes stupides... Il faut essayer d'aimer un peu plus les gens qui vous entourent, sinon vous n'arriverez à rien dans le monde !

— Qu'est-ce que cela veut dire : arriver ?

— Eh bien ! mais obtenir ce que le monde peut vous donner : des maris, des fiancés, etc., et vous en accommoder. C'est cela qui importe dans la vie d'une femme, vous savez !

— Et des enfants ? »

Il éclata de rire.

« Oui, oui, bien sûr ! Des enfants aussi. D'abord des maris, ensuite des enfants, puis des fiancés, et encore des enfants — et alors il vous faudra choisir un appartement près du parc Monceau, à cause des nurses — c'est un vrai problème d'avoir des enfants, croyez-moi, surtout si vous préférez, comme moi, la Rive gauche. »

Je ne compris pas un mot de tout ce galimatias.

« Est-ce que vous serez une Trotteuse, dit-il, comme votre mère ?

— Non. Oh ! non, répondis-je. Au contraire, un horrible crampon.

— Vraiment ? Je n'en suis pas si sûr ! »

Déjà — bien trop tôt à mon gré — nous arrivions à la maison.

« Et maintenant : porridge ! » s'écria le duc, après un nouveau coup d'œil à sa montre.

Mais, le seuil à peine franchi, nous trouvâmes le hall dans un état d'extrême confusion. La plupart des invités s'y trouvaient réunis, les uns en tweed, les autres en robe de chambre, ainsi que nombre de gens de maison, valets et jardiniers, cependant qu'un policeman du village — qui, dans l'excitation du moment, était entré avec sa bicyclette — conférait avec Lord Montdore. Dominant l'ensemble, drapée dans un saut-de-lit de satin mauve qui tranchait sur le groupe clair de Niobé, Lady Montdore, du haut du grand escalier, penchée sur la rampe, criait à son mari :

« Dites-lui, Montdore, dites-lui que nous voulons Scotland Yard immédiatement. S'il ne veut pas, dites-lui que je téléphonerai moi-même au ministre de l'Intérieur. J'ai, par bonheur, son numéro privé. Au fait, je ferais aussi bien de l'appeler tout de suite.

— Non, non, ma chère, de grâce ! N'en faites rien. Je vous dis qu'un détective est en route.

— Oui, bien sûr ! Mais qui vous dit que ce détective est bien le plus habile ? Non, tout compte fait, j'aime autant appeler mon ministre ; il serait vexé, d'ailleurs, si je ne le prévenais pas, le cher homme ; il est toujours si anxieux de se rendre utile. »

Dans la bouche de Lady Montdore, ces termes affectueux, à l'adresse d'un membre du gouvernement travailliste, avaient de quoi surprendre ; ils étaient en contradiction avec l'opinion des autres grandes personnes que je connaissais ; mais, lorsque j'eus appris à mieux connaître Lady Montdore, je compris que le pouvoir exerçait sur elle une sorte de fascination et qu'elle aimait, d'instinct, ceux qui s'en trouvaient investis.

Le duc de Sauveterre, cependant, le visage marqué de cette gravité concentrée si commune aux Français lorsqu'un repas se dessine à l'horizon, fila droit sur la salle à manger, sans se soucier d'être éclairé sur les motifs de ce désordre. Quant à moi, quoique cette promenade matinale m'eût ouvert l'appétit, ma curiosité l'emporta et je demeurai dans le hall pour connaître le fin mot de l'affaire. Je réussis à comprendre qu'un cambriolage avait eu lieu pendant la nuit et que presque tous les habitants de Hampton, à l'exception de Lord et de Lady Montdore, avaient été dépouillés de leurs bijoux, de leur argent, de leurs fourrures et, en général, de tout ce qui, sous un volume qui en rendait aisé l'enlèvement, ne se trouvait pas sous clé. Les victimes étaient toutes unanimes sur un point, qui ajoutait à leur confusion :

quelqu'un s'était, au cours de la nuit, introduit dans leur chambre et les avait tirées de leur sommeil, et toutes avaient conclu qu'il s'agissait de Sauveterre, fidèle à ses habitudes amoureuses ; les maris s'étaient donc retournés dans leur lit en grognant : « Navré, cher ami ; ce n'est que moi. Essayez la porte à côté », tandis que les femmes, frissonnant de bonheur et d'anxiété, avaient murmuré tout ce qu'il leur revenait à la mémoire de mots français encourageants. C'est, du moins, ce que chacun racontait en parlant des autres et, lorsque je passai devant la cabine du téléphone, en montant à ma chambre pour y changer de souliers, je pus entendre les gazouillis de Mrs Chaddesley Corbett annonçant au vaste monde sa version des événements. Peut-être les remaniements ministériels étaient-ils, à la longue, devenus un peu ennuyeux et peut-être ces dames aspiraient-elles, dans le fond de leur cœur, à un changement radical de politique.

L'unanimité se fit bientôt contre Sauveterre, à qui l'on reprochait d'être à la racine de tout le mal. Cette animosité se mua en haine lorsqu'on apprit qu'il avait passé une nuit excellente, s'était levé à huit heures pour téléphoner à sa maîtresse parisienne et promené ensuite dans le parc avec cette petite fille. (« Elle n'est pas pour rien la fille de la Trotteuse », dit quelqu'un avec acrimonie.) L'exaspération atteignit son paroxysme quand on l'aperçut en train d'engouffrer un énorme déjeuner de porridge à la crème, *kedgeree*, jambon froid, le tout accompagné d'une quantité innombrable de toasts à la confiture d'oranges. Ah ! qu'un tel comportement était peu français ! Et qu'il cadrait mal avec sa réputation ! Et combien blessant aussi pour ces petites Anglaises si délicates ! Britannia se sentait profondément offensée par cet étranger ; elle le vomissait. Il s'en alla, d'ailleurs, de son propre gré, aussitôt achevé son petit déjeuner, et fila, comme la foudre, prendre à Newhaven le bateau pour Dieppe.

« La vie de château — expliqua la vieille duchesse, qui poursuivit placidement son séjour jusqu'au lundi soir —, la vie de château ennuie toujours Fabrice. C'est un genre de vie qui lui met les nerfs à vif, pauvre petit. »

VI

Le reste de la journée s'écoula dans une sorte d'anarchie. Très tard, les hommes décidèrent de partir chasser, tandis que les femmes demeuraient à la maison pour répondre aux questions dont les accablaient plusieurs détectives chargés de retrouver les objets qui leur avaient été volés. Bien entendu, ce cambriolage fournissait un sujet idéal de conversation, et personne ne parlait d'autre chose.

« Tant pis pour ma broche ! Au fond, je n'y tenais guère. Elle est largement assurée et je la remplacerai par un jeu de clips, ce sera infiniment plus chic. Chaque fois que je les regarde, les clips de Veronica me font mourir d'envie. Et puis cette broche me rappelait toujours ma vieille harpie de belle-mère. Mais ma pèlerine de fourrure, ça, c'est abominable ! Les cambrioleurs semblent ne jamais comprendre que nous avons horreur du froid. Qu'est-ce qu'ils diraient si nous chipions le châle de leur femme ?

— Oui, c'est une honte. Je suis catastrophée par la disparition de mon bracelet-fétiche — sans valeur pour quiconque, vraiment. Oh ! j'en ferais une maladie ! Et juste au moment où nous avions déniché un bout de la corde à laquelle fut pendue Mrs Thompson ! Est-ce que je vous ai raconté ? Pas de danger que Roly gagne au National, maintenant !

— Moi, c'est le petit médaillon que Mummy portait quand elle était petite. Je n'arrive pas à comprendre pourquoi mon idiote de femme de chambre a eu l'idée de le glisser dans ma boîte à bijoux. Elle ne le fait jamais, d'habitude ! »

À pleurer de concert sur leurs bijoux enfuis, ces femmes effrontées devenaient presque humaines ; délivrées de leurs époux, elles étaient d'ailleurs beaucoup plus charmantes. Je parle du corps de ballet de Veronica, car Mrs Chaddesley Corbett ainsi d'ailleurs que Lady Montdore et Lady Patricia demeuraient, pour leur part, étonnamment semblables à elles-mêmes, quelle que fût la compagnie.

À l'heure du thé, le policeman reparut, sur sa chère bicyclette. Il avait proprement damé le pion à tous les grands détectives venus de Londres dans leurs autos étincelantes ; il sortit, en effet, de ses poches un invraisemblable bric-à-brac composé de tous les objets sans valeur dont les cambrioleurs s'étaient délestés derrière une haie pendant leur fuite. De grands cris de joie saluèrent le retour de ces petits trésors. Manquaient seuls à l'appel les joyaux de prix qu'il appartiendrait aux compagnies d'assurances de retrouver ou de payer ; l'après-midi se poursuivit donc dans une atmosphère plaisante et détendue. Aucune de ces dames ne souffla plus mot du cambriolage ; mais leurs époux se mirent, à leur tour, à parler primes et contrats.

Un vent nettement antifrançais soufflait cependant sur la *party*. Les Norah et les Nellie, se seraient-elles avisées de paraître en cet instant, eussent été reçues avec une fraîcheur marquée ; Boy lui-même, si son snobisme invétéré ne le lui eût interdit, aurait volontiers plaqué la vieille duchesse, véritable mitrailleuse à questions, dont il dut, seul, abandonné de tous, subir, pendant deux jours, le terrible feu roulant.

Ce dimanche soir, je traînassais d'une pièce à l'autre, comme il est agréable de le faire pendant ces *parties* campagnardes, en attendant l'heure d'aller m'habiller pour le dîner. Sur l'immense table Louis XV, au milieu de la Galerie, se trouvaient toujours empilées toutes les revues illustrées imaginables — c'était un des charmes de Hampton —, classées par petits tas remis en ordre, deux ou trois fois par jour, par un valet dont il semblait bien que ce fût la seule occupation.

J'avais rarement l'occasion de parcourir le *Tatler* et le *Sketch*, car mes tantes eussent considéré comme une inexcusable extravagance de s'abonner à des revues de ce genre ; j'en dévorais donc les derniers numéros lorsque Lady Montdore me héla du sofa où elle était, depuis le thé, engagée avec Mrs Chaddesley Corbett dans une interminable conversation. J'avais, à diverses reprises, jeté un coup d'œil dans leur direction, me demandant quel pouvait être l'objet de cette palabre et souhaitant de me métamorphoser en mouche, afin de me poser près d'elles, contre le mur, et de surprendre leur secret.

On ne pouvait, pensais-je, imaginer deux femmes plus différentes. Mrs Chaddesley Corbett montrant bien au-dessus du genou ses petites jambes osseuses, gainées de soie et haut croisées, était plus perchée qu'assise sur le bord du sofa. Elle portait une robe toute simple, de kasha beige, coupée à Paris et sûrement destinée au marché anglais, et fumait cigarette sur cigarette dans un papillonnement de ses longs doigts fins et blancs, étincelants de bagues sous leurs ongles rougis. Elle était l'agitation personnifiée, bien qu'elle semblât parler avec beaucoup de sérieux et de concentration.

Lady Montdore, elle, les deux pieds à plat sur le sol, était solidement installée sur le sofa. On l'eût dit plantée là, immuable et pesante, non pas grasse, mais vigoureuse et bien en chair. L'élégance, quand bien même elle y eût songé, demeurait hors de sa portée dans un monde où Veronica l'incarnait à elle seule ; le chic d'ailleurs est aujourd'hui affaire de silhouette, de gestes prompts et nerveux, bien plus que de robe ou de vêture. Lady Montdore se coiffait à la Ninon, mais ses cheveux gris et ébouriffés auréolaient étrangement sa tête ; ses sourcils poussaient en liberté et, s'il lui arrivait d'employer du rouge à lèvres ou de la poudre, la couleur et la disposition en étaient des plus hasardeuses ; bref, son visage était à celui de Mrs Chaddesley Corbett ce qu'un champ de foin est à un gazon soigné, et l'ensemble de sa tête dépassait du double, par le volume, la petite tête brillante et polie de sa voisine. Malgré tout, elle n'était pas déplaisante à regarder. Il y avait, dans ses traits, une robustesse, une vivacité qui leur conféraient un certain charme. Elle me semblait très âgée. Mais elle avait, en fait, à peine cinquante-huit ans.

« Viens donc ici, Fanny ! »

Je fus trop surprise par cette invitation pour m'en sentir alarmée. Je me hâtai vers le sofa, me demandant ce qu'on attendait de moi.

« Assieds-toi, dit Lady Montdore en me désignant une chaise au petit point, et dis-nous la vérité. Es-tu amoureuse ? »

Je devins écarlate. Comment avaient-elles deviné mon secret ? Bien sûr, j'étais amoureuse, depuis deux jours entiers, depuis cette promenade matinale avec le duc de Sauveterre. Oui, passionnément amoureuse ; et amoureuse sans espoir, je ne l'ignorais pas. C'est en ma personne que se réalisaient les vœux que Lady Montdore, dans le fond de son cœur, formait pour Polly.

« En bien ! vous voyez, Sonia ! » dit Mrs Chaddesley Corbett d'une voix triomphante. Elle tapa nerveusement le bout d'une cigarette contre son étui incrusté de diamants et l'alluma à son briquet d'or, sans cesser de me fixer, de ses yeux d'un bleu pâle. « Que vous avais-je dit ? Naturellement, elle est amoureuse, pauvre petite. Regardez comme elle rougit ! C'est sûrement un amour tout neuf et tout à fait insensé. Je devine ! C'est mon cher vieux mari ! Allons ! avouez, Fanny ! Rien ne m'est plus égal, vous savez ! »

Je n'osais pas confesser que, après deux jours pleins passés à Hampton, j'ignorais encore absolument quel pouvait bien être, parmi tant de maris, celui de Veronica. Je balbutiai, en toute hâte :

« Oh ! non, non. Il ne s'agit pas d'un homme marié, je le jure ! »

Un fiancé seulement, et encore, si peu convaincu !

Elles se mirent à rire, toutes deux.

« Bon ! dit Mrs Chaddesley Corbett, nous renonçons à vous tirer les vers du nez. Mais ce que nous voulons savoir, car nous avons fait un pari, Lady Montdore et moi, c'est si vous avez toujours rêvé d'un prince charmant, depuis votre petite enfance ? Répondez sincèrement, je vous prie. »

C'était bien le cas, et je dus le confesser. Aussi loin que remontaient mes souvenirs, toujours mon cœur avait abrité quelque adorable image : dernière pensée de ma nuit commençante et la première à mon réveil. Fred Terry dans le rôle de Sir Percy Blakeney, Lord Byron, Rudolph Valentino, Henri V, Gerald du Maurier, l'exquise Mrs Ashton, mon professeur à l'école, Steerforth, Napoléon, le contrôleur du train de 16 heures 45 : les héros s'étaient succédé dans mon cœur. Le dernier en date avait été un pâle et prétentieux jeune attaché du Foreign Office qui, pendant ma « saison » de Londres, m'avait, une fois, invitée à danser et m'était apparu comme le produit le plus raffiné de la civilisation cosmopolite ; il était demeuré le centre de toutes mes pensées jusqu'au jour où Sauveterre l'avait, d'un coup, effacé de ma mémoire. C'était un sort commun à mes héros : le temps et l'odieuse absence pouvaient bien les rendre indistincts, les décolorer dans mon esprit ; ils demeuraient présents cependant jusqu'à l'arrivée tumultueuse d'un nouvel élu qui les balayait sans retour.

« Encore une fois, que vous disais-je ! s'écria glorieusement Mrs Chaddesley Corbett en se tournant vers Lady Montdore. De la voiture d'enfant jusqu'au corbillard, ma chère ! Elles sont toutes pareilles, je le savais d'avance. Et, après tout, à quoi d'autre penser lorsqu'on est seul ? »

À quoi, en effet ? Cette Veronica avait mis dans le mille. Lady Montdore, cependant, ne paraissait pas convaincue. Elle, du moins, j'en étais sûre, n'avait jamais nourri de tendresses romantiques, et les pensées précises ne lui manquaient certes pas lorsqu'elle se trouvait seule — ce qui, d'ailleurs, ne lui arrivait autant dire jamais.

« Mais de qui peut-elle bien être amoureuse ? Si elle l'était, je le saurais, tout de même ! »

Je devinai qu'elles parlaient de Polly et fus confirmée dans mon idée lorsque Mrs Chaddesley Corbett répondit :

« Non, chérie ! Vous ne le sauriez pas, vous êtes sa mère ! Quand je me rappelle les idées que se faisait ma pauvre Mummy sur mes passades !...

— Dis-moi, Fanny, coupa Lady Montdore, Polly est-elle amoureuse ? Qu'en penses-tu ?

— Oh ! elle prétend qu'elle ne l'est pas, mais...

— Mais, reprit Mrs Chaddesley Corbett, vous n'imaginez pas qu'il soit possible de ne pas couver quelqu'un dans son cœur ? Moi non plus. »

Voire... Polly et moi, vautrées sur mon lit, en robes de chambre, avions eu, la nuit dernière, une longue conversation et, j'en étais presque certaine, Polly nourrissait un secret qu'elle eût éprouvé du soulagement à me confier.

« Peut-être, dis-je sans conviction, peut-être est-ce affaire de tempérament ?

— En tout cas, trancha Lady Montdore, une chose au moins est trop évidente. Polly ne fait aucune attention aux jeunes gens que j'invite ici pour elle ; et eux ne font aucune attention à elle. Ils m'adorent, moi, naturellement ; mais, je vous le demande, à quoi cela nous avance-t-il ? »

Je rencontrai le regard de Veronica et il me parut qu'elle m'adressait une sorte de clin d'œil. Lady Montdore poursuivit :

« Ennuyée et ennuyeuse, voilà ce qu'elle est. Franchement, je n'ai pas l'intention de la mener beaucoup dans le monde, à Londres, si elle ne consent pas à s'amender. Elle était une enfant si simple et gentille autrefois ; elle a bien changé en grandissant, je n'y comprends rien.

— Oh ! elle tombera sûrement amoureuse de quelque charmant garçon à Londres, dit Mrs Chaddesley Corbett. Ne vous tracassez pas, chérie. Et si elle est amoureuse maintenant déjà — comme nous le pensons, Fanny et moi —, ce doit être d'une sorte de créature idéale, mais il lui suffira de rencontrer un homme en chair et en os pour oublier ses chimères. Cela arrive si souvent aux filles !

— Ma chère, tout ça, c'est très joli, mais il y a deux ans déjà que Polly a fait ses premiers pas dans le monde, lorsque nous étions aux Indes. Il ne manquait pas d'hommes séduisants là-bas, joueurs de polo, etc. ; pas de notre monde, évidemment, et j'aurais été navrée que Polly tombât amoureuse de l'un d'eux ; mais enfin je n'aurais pas trouvé contre nature qu'elle le fît. La fille de cette pauvre Delia s'est bien toquée d'un Rajah !

— Je ne saurais l'en blâmer, dit Mrs Chaddesley Corbett. Les Rajahs, c'est le septième ciel, ma chère ; tous ces diamants, songez donc !

— Oh ! non, ma chère ! N'importe quelle famille anglaise possède des pierres plus belles que les leurs. Je n'ai jamais rien vu de comparable aux miennes, aussi longtemps que j'ai vécu aux Indes. Mais ce Rajah, je dois le reconnaître, avait beaucoup de charme, bien que Polly ne l'eût pas remarqué ! Elle ne remarque jamais rien ! Ah ! Mon Dieu ! Mon Dieu ! Si seulement nous étions français ! Les choses sont tellement plus faciles dans leur pays ! D'abord, Polly hériterait tout ce que nous possédons, à la place de ces gens stupides de la Nouvelle-Écosse, si vulgaires — vous imaginez des coloniaux vivant ici ? — et ensuite nous lui choisirions un époux ; une fois mariés, ils vivraient tantôt dans sa famille à lui, tantôt ici, avec nous. Cela n'est-il pas d'un bon sens lumineux ? Cette vieille grue m'a expliqué tout le système, hier soir. »

Lady Montdore était célèbre pour la manière, toute personnelle, dont elle choisissait des mots — qu'elle ne comprenait pas — et leur donnait un sens totalement imprévu. Elle pensait, sans aucun doute, que « grue » signifiait « vieille gourde » ou quelque chose d'approchant. Mrs Chaddesley Corbett était ravie ; elle poussa un gloussement de joie et s'élança vers sa chambre en prétextant qu'elle devait s'habiller pour le dîner. Lorsque, dix minutes plus tard, je montai à mon tour, elle racontait à chacun les dernières nouvelles à travers les portes des salles de bains.

Mise en verve par ces premiers aveux, Lady Montdore se mit en tête de me séduire et, naturellement, y réussit. La chose, à vrai dire, n'offrait pas grande difficulté. J'étais jeune et aisément terrifiée ; elle était vieille, grande et terrifiante. Un sourire, un élan de sympathie, parfois un petit signe complice : il n'en fallut pas plus pour me persuader que je l'adorais. Lady Montdore avait du charme ; et le charme, lorsqu'il s'ajoute aux privilèges de la fortune et de la naissance, est presque toujours irrésistible ; voici pourquoi ceux qui faisaient profession de haïr Lady Montdore ne l'avaient le plus souvent jamais vue ou bien elle les avait elle-même, de ferme propos, ignorés ou snobés. Mais quand elle condescendait à faire l'effort de plaire, on aurait eu mauvaise grâce, tout en admettant qu'elle demeurait impossible, à ne pas reconnaître que, tout de même, « elle était très charmante et forçait l'amitié ». De son côté, elle ne doutait pas un instant que chacun l'adorât, à quelque rang qu'il appartînt.

Le lundi matin, avant mon départ de Hampton, Polly me conduisit dans la chambre de sa mère, qui était encore au lit, afin que je puisse prendre congé de Lady Montdore. Quelques-uns des invités étaient partis la veille au soir, les autres se mettaient en route dans leurs énormes autos rutilantes, et la maison ressemblait à une grande école qui se vide à l'instant des vacances. Au long des corridors, les portes des chambres étaient ouvertes sur un fouillis de papier de soie, des lits défaits, des valets bataillant avec les bagages, et des invités bataillant avec leurs manteaux. Tout le monde, soudain, semblait ivre de hâte fébrile et d'agitation.

La chambre de Lady Montdore — je m'en souvenais précisément — était énorme, de la taille d'une salle de bal, et décorée dans le style qui avait été à la mode à l'époque où Miss Perrotte s'était fiancée ; les murs en étaient tendus de soie rose, recouverte de dentelle blanche ; sur une estrade, l'immense lit, en vannerie, avait des rideaux de soie rose moirée. Les meubles étaient laqués blanc, avec un capiton de satin rose que soulignaient des roses en guirlande. Des vases d'argent étaient posés sur toutes les tables et dans des cadres — d'argent encore — de nombreuses photographies, de têtes couronnées pour la plupart, portaient des dédicaces d'une longueur inversement proportionnelle à l'importance du personnage : pour les rois régnants, un simple prénom, un R et parfois une date, tandis que les ex-rois et reines, les archiduchesses et les grands-ducs avaient éparpillé des « Sonia chérie », accompagnés de tendres sentiments, tout au long de leurs traînes ou en travers de leurs pantalons d'uniforme.

Au milieu de tant de soie, de satin et d'argent, Lady Montdore dessinait un sujet assez comique, buvant son thé noir, dans un grand désordre d'oreillers de dentelle, ses cheveux gris ébouriffés pointant de tous côtés ; elle portait ce qui semblait être un pyjama d'homme, en flanelle rayée, sous une liseuse en plumes de cygne. Ce pyjama n'était pas seul à détonner dans cette immensité. Sur la coiffeuse, habillée d'un napperon de dentelle, sous l'énorme miroir d'argent crénelé, parmi les brosses, bouteilles et boîtes d'émail incrusté d'argent, avec le chiffre de Lady Montdore reproduit en diamants, se trouvaient une brosse à cheveux de chez Pearson et un pot de Pond's cold cream, tandis qu'en plein milieu des rois régnants erraient une lime à ongles rouillée, un peigne cassé et un vieux tampon de coton. Pendant que Lady Montdore me parlait, sa femme de chambre s'approcha du lit et, avec de petits claquements de langue désapprobateurs, se disposa à enlever ces horreurs ; mais Lady Montdore lui dit qu'elle n'en avait pas terminé et lui ordonna de tout laisser en place.

Sur le couvre-pieds étaient épars un grand nombre de journaux et des lettres décachetées ; Lady Montdore tenait en main le *Times*, soigneusement ouvert à la page des « Communiqués de la cour », la seule colonne qu'elle lût sans doute dans tout le journal, puisque aussi bien — avait-elle coutume de dire — il est toujours loisible — et de manière tellement plus vivante ! — de glaner les nouvelles sur la bouche même de ceux qui les font. Elle trouvait « confortable » de commencer la journée sur la nomination de Mabell, comtesse d'Airlie, au poste de dame d'honneur de la Reine, en remplacement de Lady Elizabeth Motion. Cette lecture lui était aussi apaisante qu'une prière et lui apportait la réconfortante certitude que la terre continuait à tourner, conformément aux lois sacrées de la nature.

« Bonjour, Fanny chérie, dit-elle, voici, je pense, qui va t'intéresser. »

Elle me tendit le *Times*, où je vis que les fiançailles de Linda avec Anthony Krœsig étaient enfin annoncées.

« Pauvres Alconleigh ! poursuivit-elle sur un ton d'intense jubilation. Je comprends bien leur dépit. Quelle sotte que cette fille — je n'ai jamais changé d'avis à son sujet. Un homme qui n'a pas de terre ! Riche, naturellement, mais la fortune d'un banquier, cela vient et repart... Non ! il n'y a pas de richesse, si grande soit-elle, qui vaille "tout ça". »

« Tout ça » était une expression favorite de Lady Montdore. Elle ne désignait pas cette incomparable beauté naturelle, cette étrange et gigantesque maison de conte de fées, à l'intersection de quatre grandes avenues, gravissant en pente douce le mamelon artificiel que couronnait le château, ou encore les ordonnances d'arbres, de pelouses et de ciel que l'on apercevait de ses fenêtres, ou même l'émotion provoquée par les trésors qui se découvraient à chaque pas ; car le sens du beau faisait défaut à Lady Montdore, et son admiration, pour autant qu'elle fût capable d'admirer quelque chose, allait à ce qu'on est convenu d'appeler le romantisme d'agent de change. Elle s'était fait aménager dans un recoin du parc un petit jardin, imité d'une exposition de fleurs de Chelsea et où les roses grimpantes, les myosotis et les cyprès entouraient une source à l'italienne ; elle se retirait souvent dans ce lieu de prédilection pour y admirer à son aise le coucher du soleil. « C'est si beau, disait-elle, que les larmes m'en viennent aux yeux. » Elle était dominée par la sentimentalité de son époque, et cette sentimentalité, se développant en elle comme la mousse sur un rocher, prêtait à la rudesse foncière de sa nature une illusion de tendresse, dont personne n'était dupe d'ailleurs, sauf elle-même. Lady Montdore demeurait convaincue que sa sensibilité était extrême.

Dans sa bouche, « tout ça » représentait un rang social, solidement établi sur des hectares, des mines de charbon, des immeubles, de l'argent, des tableaux, des incunables et tous autres biens de même espèce, dont, par un bonheur singulier, Lord Montdore était nanti en quantités prodigieuses.

« Je n'attendais certes pas de la pauvre petite Linda qu'elle fît un mariage convenable, continua Lady Montdore. Sadie, bien sûr, est une femme admirable, et j'ai pour elle beaucoup d'estime, mais je crains qu'elle n'ait pas la moindre idée sur la façon dont il convient d'élever les filles. »

Il n'en restait pas moins que, à peine claquée sur elles la porte de leur école, les filles aînées de Tante Sadie étaient happées et épousées ; et ces mariages, pour médiocres qu'ils fussent, ulcéraient Lady Montdore, dont les espérances matrimoniales, qu'elle nourrissait pour sa fille, tournaient à la monomanie.

Entre Hampton et Alconleigh, les relations avaient pris le tour suivant : Lady Montdore éprouvait pour Tante Sadie une sorte de tendresse intolérante et irritée ; elle l'admirait à la fois pour son incontestable droiture et la méprisait pour son manque de sens mondain qu'elle jugeait tout à fait déplacé chez une femme de sa condition ; elle abhorrait Oncle Matthew et le tenait pour un aliéné. Oncle Matthew, de son côté, révérait Lord Montdore — sans doute la seule personne au monde dont il ne se jugeât pas l'égal — et haïssait Lady Montdore, à ce point qu'il souhaitait ouvertement pouvoir l'étrangler un jour. Depuis le retour des Indes de Lord Montdore, Oncle Matthew et lui se rencontraient régulièrement à la Chambre des Lords et aux diverses manifestations agricoles qu'ils patronnaient tous deux ; rentrant à Alconleigh, mon oncle citait les moindres propos de Lord Montdore comme s'ils fussent tombés de la bouche d'un prophète : « Montdore m'a dit... », « Montdore prétend... » Inutile de discuter l'oracle ; dans l'esprit d'Oncle Matthew, les avis de Lord Montdore demeuraient sans appel.

« Merveilleux type, ce Montdore ! Je me demande comment nous avons pu vivre sans lui, des années durant, dans ce pays. Années gaspillées chez les moricauds, en vérité, alors que nous avions si grand besoin ici d'un homme de son espèce. »

Il en arrivait même, par égard pour Lord Montdore, à enfreindre la règle qu'il s'était faite de ne jamais mettre les pieds chez aucun de ses voisins. « Puisque Montdore nous en prie, j'estime que notre devoir est d'y aller.

— C'est Sonia qui nous en prie, rectifiait Tante Sadie, non sans malice.

— Cette vieille louve ! Je ne comprendrai jamais à quelle folie a cédé Montdore en épousant cette femme ! Sans doute n'a-t-il pas réalisé, au moment même, quelle sacrée vieille garce c'était !

— Chéri ! Voyons, chéri !

— Une abominable garce ! Parfaitement ! Mais, si Montdore nous le demande, je pense que nous devons y aller. »

Quant à Tante Sadie, elle s'exprimait de façon si nébuleuse et demeurait si constamment dans la lune qu'il était bien malaisé de savoir ce qu'elle pensait au juste de ses voisins ; je crois cependant qu'elle appréciait assez, à petites doses, bien entendu, la compagnie de Lady Montdore ; mais elle ne partageait sûrement pas l'admiration de mon oncle à l'endroit de Lord Montdore, dont elle parlait toujours avec une note de commisération dans la voix.

« Cet homme a je ne sais quoi de niais », disait-elle volontiers, mais seulement quand Oncle Matthew était absent, car il en eût été horriblement choqué.

« Eh bien ! reprit Lady Montdore, voilà Louisa et la pauvre Linda casées toutes deux. C'est ton tour, Fanny !

— Oh ! non, dis-je. Jamais personne ne voudra m'épouser. »

Je le pensais de tout mon cœur. Les autres filles que je connaissais me semblaient tellement plus attirantes... Je me faisais horreur, des pieds à la tête ; je haïssais mes bonnes joues roses et mes cheveux noirs, aux boucles rebelles, qui refusaient d'auréoler harmonieusement mon visage, en dépit de l'eau que j'y répandais, et qui persistaient à pousser dans le mauvais sens, en hauteur, comme la bruyère.

« Quelle stupidité ! dit Lady Montdore. Et ne va pas épouser le premier venu, par amour. Souviens-toi que l'amour ne dure pas, ne dure jamais, tandis que si tu épouses "tout ça", tu en jouiras ta vie entière. Un jour, Fanny, ne l'oublie pas, tu seras vieille ; songe à l'amertume que doit éprouver une femme qui ne peut même pas s'offrir des boucles d'oreilles de diamant, par exemple. Les diamants sont nécessaires à un visage de femme âgée, comme le mien : ils lui rendent l'éclat disparu. Et puis te vois-tu, aux repas, placée pour toujours au côté des gens les plus médiocres ? Et pas d'auto... Bien tristes perspectives ! Naturellement, ajouta-t-elle après un instant de réflexion, j'ai eu beaucoup de chance ; j'ai trouvé à la fois l'amour et "tout ça" ; mais je suis un cas exceptionnel et, lorsque tu auras à faire ton choix, rappelle-toi ce que je viens de te dire… »

Elle se tourna vers Polly :

« Ah ! je pense qu'il est l'heure, pour Fanny, de partir si elle ne veut pas manquer son train. Quand tu l'auras embarquée, cherche Boy et envoie-le-moi. Je voudrais préparer avec lui le dîner de la semaine prochaine. Allons ! Au revoir, Fanny ! Et viens souvent nous voir, maintenant que nous sommes de retour à Hampton. »

Dans l'escalier, nous tombâmes sur Boy.

« Mummy veut vous voir », dit Polly d'un air grave, en attachant sur lui le regard de ses yeux bleus.

Boy la saisit par l'épaule, qu'il caressa vigoureusement.

« Bon, dit-il. C'est au sujet du prochain dîner, je présume. Est-ce que tu y assisteras, ma petite ?

— Mais, sans doute, répondit Polly. Je ne suis plus un bébé, vous savez.

— Ce dîner me remplit d'appréhensions. Les idées de ta mère sur le *placement* à table des invités deviennent de plus en plus étranges. Le dîner d'hier soir était une pure extravagance ; la duchesse n'en décolère pas ! Sonia ferait mieux de n'avoir personne, si elle ne peut traiter ses hôtes convenablement. »

Une phrase que j'avais entendue souvent sur les lèvres de Tante Emily, mais elle parlait des animaux.

VII

De retour à la maison, je fus naturellement incapable de parler d'autre chose que de mon séjour à Hampton. Davey était ravi et m'assura qu'il ne m'avait jamais connue aussi bavarde.

« Mais, ma chère enfant, dit-il, n'étais-tu pas pétrifiée ? Sauveterre et les Chaddesley Corbett ! C'est bien pire encore que je n'avais imaginé !

— Oui, au début, j'ai vraiment cru en périr. Mais, à vrai dire, personne n'a fait attention à moi, sauf Mrs Chaddesley Corbett et Lady Montdore.

— Oh ! et quelle sorte d'attention t'ont-elles prêtée, s'il te plaît ?

— Eh bien ! Mrs Chaddesley Corbett a dit que Mummy avait fait sa première fugue avec Mr Chaddesley Corbett.

— C'est bien vrai, dit Davey. Ce vieux raseur de Chad ! J'avais complètement oublié. Mais ne me dis pas que c'est Veronica qui t'a raconté cette histoire ! Même de sa part, je ne le croirais pas !

— Non, j'ai seulement entendu Mrs Chaddesley Corbett qui la racontait aux autres, en *gue-de-gue*.

— Je vois ! Et Sonia ?

— Oh ! elle a été adorable avec moi.

— Adorable, hein ? Tu me donnes le frisson...

— Qu'est-ce qui vous donne le frisson ? demanda Tante Emily en entrant, accompagnée de son chien. Il fait un temps magnifique et je vous trouve stupides, tous les deux, de rester ici, à étouffer, alors qu'il fait si bon dehors.

— Nous parlions de cette *party* hamptonesque où vous avez eu l'imprudence de laisser aller Fanny. Si Sonia s'est mis en tête de patronner cette enfant — et elle m'en a tout l'air — il faut vous attendre au pire.

— Comment ? m'écriai-je.

— Sonia adore jongler avec la vie des autres. Je ne suis pas près d'oublier ce fameux docteur chez qui elle m'avait envoyé : il a bien failli me tuer. Ce n'est pas sa faute si je suis ici aujourd'hui. Elle n'a aucun scrupule. Son sacré charme et son prestige lui donnent un ascendant dont elle joue trop facilement en imposant ses façons de voir.

— Pas à Fanny, en tout cas, dit Tante Emily tranquillement. Regardez ce menton !

— Vous me cassez la tête avec le menton de Fanny ! C'est bien la seule marque de volonté qu'elle possède. Les petites Radlett la feraient passer par le trou d'une aiguille.

— Nous verrons bien qui a raison, dit Tante Emily. À propos, Siegfried est complètement retapé ; il vient de faire une bonne petite promenade.

— Bravo ! dit Davey. C'est l'huile d'olive. »

Et ils regardèrent tous deux, avec tendresse, leur pékinois Siegfried.

Mais je mourais d'envie d'extirper à Oncle Davey quelques potins supplémentaires sur les Montdore.

« Continuez, Dave, dis-je d'un ton enjôleur. Parlez-moi encore de Lady Montdore. Comment était-elle, dans sa jeunesse ?

— Exactement comme maintenant. »

Je soupirai.

« Non, je veux dire à quoi ressemblait-elle ?

— Je te l'ai dit : exactement à ce qu'elle est aujourd'hui. Je l'ai toujours connue, depuis ma petite enfance. Elle n'a pas changé d'une ligne.

— Oh ! Davey... » protestai-je.

Mais je m'en tins là. À quoi bon insister ? pensai-je. Les vieilles personnes sont toutes pareilles, têtues comme des mules ; elles prétendent toujours que les gens de leur âge n'ont pas pris une ride depuis vingt ans : comment y croire ? En tout cas, si elles disent vrai, quelle horrible génération elles ont dû faire, flétries et boursouflées, grisonnant avant leur vingtième année, avec des mains noueuses, des triples mentons et les yeux enfoncés dans un fouillis de rides ! J'additionnais méchamment tous ces travers en regardant les visages de Davey et de Tante Emily, assis en face de moi, et en essayant de me persuader qu'ils avaient toujours été ainsi. Pure folie que de discuter des questions d'âge avec de vieilles personnes ; c'est un sujet qui les fait déraisonner. « Pas vieux du tout, à peine soixante-dix ans », disent-elles couramment, ou bien : « Très jeune, plus jeune que moi, tout juste la quarantaine. » Lorsqu'on a dix-huit ans, ces jugements paraissent proprement imbéciles ; tandis que, maintenant, ayant pris quelques années, je commence à en comprendre le sens, car Davey et Tante Emily me semblent, à leur tour, n'avoir jamais changé, aussi loin que je remonte dans les souvenirs de ma petite enfance.

« Qui y avait-il encore ? demanda Davey. Les Dougdale ?

— Oui, bien sûr. Vous ne le trouvez pas stupide, le Satyre ? »

Davey se mit à rire.

« Et lubrique, aussi ?

— Non. Pas vraiment lubrique. En tout cas, pas avec moi.

— Bien entendu, la présence de Sonia l'empêchait de donner libre cours à ses instincts ; il n'a pas osé. Il a été son chevalier servant pendant des années, tu sais !

— Pas possible ! » m'écriai-je avec passion.

Le merveilleux avec Davey, c'est qu'il savait tout, sur tout le monde. Mes tantes, elles, ne se choquaient plus de nos questions, maintenant que nous étions de grandes filles, mais elles avaient tout oublié et n'attachaient d'ailleurs aucun intérêt à ce qui se passait hors de la famille.

« Davey ! criai-je de nouveau, comment osait-elle ?

— Boy est très joli garçon, répondit Davey. Je me demande, moi : comment pouvait-il ? Mais j'incline à penser qu'il s'agissait là d'un amour platonique qui leur convenait, à tous deux, parfaitement. Boy sait le *Gotha* par cœur, et tout ce qui s'y rapporte, de près ou de loin : il est une sorte de majordome hors classe. Et Sonia, de son côté, offre à Boy l'occasion de déployer ses talents. Je vois ça très bien. »

Encore une chance, pensai-je, que les gens âgés soient contraints de s'en tenir à ces tendresses platoniques ! Mais je me tus, car rien, je ne l'ignorais pas, ne les vexe plus que d'être soupçonnés d'avoir dépassé l'âge de l'amour. Davey et le Satyre étaient du même âge ; ils étaient allés à l'école ensemble. Mais Lady Montdore, naturellement, était encore plus vieille.

« Parle-nous de Polly, dit Tante Emily. Et ensuite vous irez prendre l'air, avant le thé ; il le faut absolument. Dis-moi, Fanny, est-il vrai que Polly montre déjà cette beauté dont Sonia nous vantait, d'avance, la perfection ?

— Elle est sûrement ravissante, dit Davey. Vous savez bien que Sonia arrive toujours à ce qu'elle veut.

— Ravissante, dis-je, à un point que vous n'imaginez pas. Et si gentille ! La plus charmante fille que j'aie jamais rencontrée.

— Fanny et sa manie d'adorer toujours quelqu'un ! dit en riant Tante Emily.

— Je ne suis pas éloigné de penser qu'elle a raison, dit Davey. Du moins en ce qui concerne la beauté de Polly. Indépendamment du fait que Sonia arrive toujours à ses fins, les Hampton sont une race magnifique et, après tout, cette vieille Sonia elle-même n'est pas si mal. Elle a dû ajouter un peu de vigueur au vieux sang des Hampton. Montdore ressemble trop à un vieux lévrier.

— Et qui va-t-elle épouser, cette fille merveilleuse ? demanda Tante Emily. Sérieux problème pour Sonia. Je ne vois pas qui sera à la hauteur.

— Pure affaire de fleurons à la couronne, dit Davey. Dommage que Polly soit un peu trop grande pour le prince de Galles ; il n'aime que les femmes minuscules. Je ne peux m'empêcher de songer que Montdore, l'âge venant, doit être désespéré de ne pouvoir laisser Hampton à sa fille. J'en ai parlé longuement avec Boy, l'autre jour, à la London Library. Bien entendu, Polly sera très riche, fabuleusement riche, car elle héritera tout ; mais ils adorent Hampton ; je comprends leur tristesse.

— Peut-il laisser à Polly les tableaux de l'hôtel Montdore ? demanda Tante Emily. Il me semble qu'ils doivent revenir à celui qui héritera le titre ?

— Il y a d'admirables peintures à Hampton, interrompis-je. Rien que dans ma chambre, un Raphaël et un Caravage. »

Ils se mirent à rire moqueusement. J'en fus vexée.

« Oh ! ma pauvre chérie, des tableaux de chambre à coucher, à la campagne ! Mais la collection de l'hôtel Montdore, à Londres, est fameuse dans le monde entier ; et je pense qu'elle reviendra à ton amie. Le jeune garçon de la Nouvelle-Écosse aura simplement Hampton et tout ce qui s'y trouve ; mais Hampton ressemble à la caverne d'Aladin : mobilier, argenterie, bibliothèque, autant de trésors sans prix. Boy me disait que les Montdore devraient convoquer ce garçon et lui enseigner les rudiments de notre civilisation avant qu'il ne devienne par trop américain.

— À propos, quel âge a-t-il ? demanda Tante Emily.

— Il a six ans de plus que moi, dis-je, environ vingt-quatre ans. Et il s'appelle Cedric, comme le petit Lord Fauntleroy. Quand nous étions petites, Linda et moi avions l'habitude de chercher dans le *Debrett* pour voir s'il pourrait faire notre affaire.

— Je vous reconnais bien là ! dit Tante Emily. Mais j'aurais plutôt pensé qu'il conviendrait parfaitement à Polly : c'est une solution qui simplifierait bien des choses.

— La vie n'est pas si simple, dit Davey. Oh ! flûte ! À tant parler, j'ai oublié ma pilule de trois heures !

— Prenez-la maintenant, dit Tante Emily. Et ensuite, pour l'amour du ciel, sortez tous deux ! »

Dès cette époque, je recommençai à beaucoup voir Polly. J'allai, comme chaque année, chasser à Alconleigh et, de là, je me rendais fréquemment à Hampton pour un jour ou deux. Les grandes réceptions y avaient fait place à un flot incessant d'allées et venues et je ne pense pas que les Montdore et leur fille aient jamais trouvé l'occasion de dîner en famille. Boy Dougdale, qui habitait Silkin House, à quelque dix milles de Hampton, y venait presque chaque jour. Il lui arrivait souvent de retourner se changer chez lui pour le dîner et d'en repartir passer la soirée chez les Montdore. La santé de Lady Patricia donnait des inquiétudes et la contraignait à se coucher de bonne heure.

Je ne pouvais me faire à l'idée que Boy était un homme comme les autres, sans doute parce qu'il semblait toujours jouer un rôle. Boy-don Juan alternait avec Boy-ancien élève d'Eton, squire de Silkin, ou Boy-le cosmopolite raffiné. Aucun de ces rôles n'était joué de manière convaincante. Ce don Juan ne marquait des points qu'auprès des femmes ignorantes, Lady Montdore exceptée. Quelles qu'aient pu être leurs tendresses passées, elle le traitait moins, désormais, comme un amant que comme une demoiselle de compagnie ou un secrétaire privé. Le Boy-ancien étonien, squire de Silkin, jouait au cricket, d'une manière affectée, avec les jeunes gens de son village et faisait des conférences aux villageoises, mais, en dépit de tous ses efforts, campait mal son personnage de châtelain. Quant au cosmopolite raffiné, il s'effondrait piteusement dès qu'il tentait, par le pinceau ou par la plume, de faire valoir ses prétendus talents.

Lui et Lady Montdore passaient beaucoup de leur temps à peindre en été des paysages à l'aquarelle, en hiver de vastes toiles à l'huile, dans une chambre qui leur servait d'atelier. Ils couvraient des kilomètres de toile et admiraient tant leurs propres œuvres que l'opinion des autres leur importait fort peu. Leurs tableaux étaient toujours encadrés et accrochés aux murs de leurs maisons respectives, les meilleurs dans les salons, les autres au long des corridors.

Le soir, cependant, Lady Montdore aspirait à quelque détente.

« J'adore travailler dur, tout le jour, disait-elle, puis me délasser en agréable compagnie et terminer ma soirée en jouant aux cartes. »

Il y avait toujours des invités pour le dîner : un ou deux professeurs d'Oxford, avec lesquels Lord Montdore, qui adorait faire étalage de sa culture, parlait de Livie, de Plotin et de la famille des Claude ; Lord Merlin, grand favori de Lady Montdore et qui répétait partout les bons mots de son hôtesse ; enfin, dans un ordre sévèrement respecté, les voisins les plus marquants du comté. Il était bien rare que le dîner réunît moins de dix convives. En comparaison de la vie à Alconleigh, le changement était total.

J'aimais beaucoup ces visites à Hampton. Lady Montdore me terrifiait moins et me charmait chaque fois davantage. Lord Montdore demeurait parfaitement insignifiant sous sa délicieuse courtoisie ; Boy continuait à me donner la chair de poule ; quant à Polly, elle devint ma meilleure amie, après Linda.

Tante Sadie me proposa d'amener Polly à Alconleigh, ce que je fis naturellement. Le moment, à vrai dire, n'était pas des mieux choisis, car chacun, à Alconleigh, avait les nerfs à vif depuis les fiançailles de Linda ; mais Polly ne parut pas sensible à l'électricité qui flottait dans l'air, et il n'y a pas à douter que sa présence empêcha Oncle Matthew de donner libre cours à l'extrême violence de ses sentiments. Tandis que nous retournions toutes deux à Hampton, après sa visite à Alconleigh, elle me dit qu'elle enviait et admirait beaucoup l'atmosphère de douceur et d'affection qui baignait la jeunesse de mes cousines Radlett ; une telle remarque ne pouvait guère sortir que des lèvres d'une personne ayant, dans le refuge de la meilleure chambre d'ami, vécu à l'abri des concerts phonographiques qu'Oncle Matthew déclenchait à l'aurore, ainsi que des accès de colère de cet homme terrible. Même alors, les mots de Polly demeuraient étranges, car, si quelqu'un avait toujours été entouré d'affection, c'était bien elle. Mais je n'avais pas encore compris à quel point les relations devenaient difficiles entre elle et sa mère.

VIII

POLLY et moi, nous fûmes demoiselles d'honneur au mariage de Linda, au mois de février. Ensuite je rejoignis Hampton avec Polly et sa mère et passai quelques jours chez elles. J'étais reconnaissante à mon amie d'avoir suggéré à Lady Montdore de m'inviter, car je me souvenais, non sans malaise, de l'affreuse impression de vide qui avait succédé au mariage de Louisa et qui ne manquerait pas, après celui de Linda, de se révéler dix fois pire encore. Avec le mariage de ma plus grande amie, c'est une part de ma vie — de la sienne aussi — qui appartenait soudain au passé, et je me sentais bien misérable comme l'est une fille dont l'enfance est révolue et dont la vie d'épouse n'a pas encore commencé.

Aussitôt donc que Linda et Anthony furent partis, Lady Montdore fit demander sa voiture et nous nous entassâmes, toutes trois, sur le siège arrière. Polly et moi portions encore nos robes de demoiselles d'honneur — en mousseline rose pois de senteur — et, bien enveloppées dans nos manteaux de fourrure, une couverture de Shetland roulée autour de nos jambes, nous ressemblions à des enfants revenant de leur cours de danse. Le chauffeur étendit en outre une peau d'ours sur nos genoux et glissa une bouillotte sous nos souliers d'argent. Il ne faisait pas vraiment froid, mais la pluie n'avait cessé de ruisseler toute la journée et l'humidité nous transperçait. La nuit tombait. La voiture filait, parmi les éclaboussements, avec un grand bruit mouillé, le long de la route luisante ; la pluie tapotait contre les vitres ; c'était une sensation exquise d'être au sec, à l'intérieur de cette petite boîte bien chaude, et de savoir que, quelque part dans la nuit, au terme de ce voyage, nous trouverions la chaleur et la lumière d'une grande maison confortable.

C'est ce que, pour sa part, Lady Montdore exprima en ces termes :

« J'adore être au sec dans mon auto et voir tous les autres pauvres gens trempés comme des barbets. »

Elle faisait la route pour la seconde fois de la journée, car elle avait quitté Hampton le matin même, alors que Polly en était partie la veille, avec son père, pour le dernier essayage de sa robe et afin d'assister à un dîner dansant.

Naturellement, nous parlâmes, avant toute autre chose, du mariage. C'est à potiner sur une cérémonie de ce genre que Lady Montdore se révélait véritablement merveilleuse ; rien n'échappait à son œil en vrille et nul sentiment de charité n'atténuait l'acidité de ses remarques.

« Cette pauvre Lady Krœsig ! Quelle drôle de touche, en vérité ! Avez-vous vu son chapeau ? Il y avait de tout sur ce chapeau : de la fourrure, des plumes, un bout de dentelle, et, pour couronner dignement l'ensemble, une broche de diamants ! Incroyable ! On avait dû lui raconter que cela portait bonheur. Et les diamants ! Taillés en rose — croyez-moi, je les ai bien regardés. Il me semble vraiment que les gens qui passent pour être les plus riches ne possèdent jamais un bijou à peu près décent ; c'est étrange, mais vrai ; je l'ai souvent noté. Et avez-vous remarqué les minables petits cadeaux qu'ils ont offerts à la pauvre Linda ? Un chèque — oui, bien sûr, mais de combien ? Je serais curieuse de le savoir. Des perles de culture — du moins je l'imagine, sans quoi il y en aurait pour dix mille livres — et un hideux petit bracelet. Pas de collier, pas la moindre petite tiare ! Que portera la pauvre enfant lorsqu'elle ira à la cour ? Du linge — nous ne l'avons pas vu ! —, une argenterie ultramoderne et une horrible maison dans un square, près de Marble Arch. Vraiment pas de quoi faire oublier ce nom germanique barbare, à mon avis. Et, m'a dit Davey, même pas un contrat convenable !

Vraiment, Matthew Radlett aurait mieux fait de ne pas avoir d'enfants, si c'est tout ce qu'il peut faire pour eux ! Cependant, je dois dire qu'il avait très bon air en montant dans la nef ; et Linda était très en beauté aussi, tout à fait charmante. »

Si Lady Montdore éprouvait autant d'affectueuse compassion pour Linda, c'est, je crois, qu'elle lui demeurait secrètement reconnaissante de s'être retirée à temps de la compétition. Polly, certes, était beaucoup plus jolie, mais beaucoup moins populaire auprès des jeunes gens.

« As-tu remarqué notre service à dessert, Fanny ? Linda l'a aimé, dis-tu ? J'en suis ravie. Elle peut le changer, si ça lui chante ; il vient de chez Goodes, mais peut-être voudra-t-elle le garder. Ce qui m'a amusée, par exemple, c'est la différence d'allure entre notre côté, à l'église, et le côté Krœsig. Bonté du ciel ! Que ces banquiers sont laids à voir ! C'est déjà hautement déplaisant de les connaître ; mais les épouser ! Le pire est que cette sorte de gens se trouve atteinte aujourd'hui d'une sorte de folie des grandeurs. Nous aurons toutes les peines du monde à couper les ponts. Et la sœur de Krœsig ? L'as-tu observée ? Oh ! mais bien sûr, elle marchait à ton côté dans le cortège... Elle ne sera pas facile à caser !

— Elle prépare, dis-je, un examen pour devenir vétérinaire.

— Enfin ! Voilà au moins une preuve de bon sens ! La première qu'il me soit donné d'entendre sur cette impossible famille. Pas question d'encombrer les salles de bal avec des filles de cet acabit ; ce serait déloyal envers tout le monde. Dis-moi, Polly, je voudrais savoir en détail ce que tu as fait hier.

— Oh ! Pas grand-chose.

— Ne sois pas exaspérante. Tu es arrivée à Londres vers midi, je suppose ?

— En effet », répondit Polly avec résignation.

Elle savait qu'il lui faudrait rendre compte de chaque minute et de chaque geste. Mieux valait se hâter de tout raconter plutôt que de se faire extirper, un à un, les détails de sa journée. Elle se mit à tripoter sa couronne de demoiselle d'honneur en feuilles d'argent.

« Attendez une minute, dit-elle. Il faut que j'enlève cette couronne qui me donne mal à la tête. »

La parure était fixée dans ses cheveux par un fil d'acier. Polly tira, poussa, tourna et réussit enfin à se libérer. Elle jeta la couronne à terre.

« Ouf ! dit-elle, quel mal cela me faisait ! Bon. Laissez-moi réfléchir... Oui. Nous sommes arrivés, comme vous le dites. Daddy a filé à son rendez-vous et j'ai déjeuné de bonne heure à la maison.

— Seule ?

— Non. Avec Boy. Il était venu rapporter quelques livres et, comme je savais par Bullitt qu'il y avait un énorme déjeuner, je lui ai demandé de me tenir compagnie.

— Bon. Continue. Après le déjeuner ?

— Coiffeur.

— Shampooing et mise en plis ?

— Naturellement.

— On ne le dirait pas. Il va falloir te trouver un meilleur coiffeur. Ce n'est pas Fanny, je le crains, qui nous renseignera : ses cheveux ressemblent toujours à une tête de loup. »

Lady Montdore était en train de se mettre en colère, et, comme un enfant grognon, elle cherchait à blesser tous ceux qui se trouvaient à portée.

« Mes cheveux, reprit Polly, ont été parfaits jusqu'au moment où il a fallu mettre cette couronne. Ensuite, thé avec Daddy aux Lords ; après le thé, repos ; le dîner, vous êtes au courant ; enfin, au lit. Est-ce tout ? »

Polly avait débité sa leçon d'une haleine. Elle et sa mère semblaient à bout de nerfs. L'intérieur de la voiture fut soudain éclairé par les phares d'une auto venant en sens inverse et, comme je m'étais tournée vers Polly, je vis qu'elle jetait à sa mère un regard presque méchant. Lady Montdore ne s'en aperçut pas ; pas plus, sans doute, que du son aigre de sa propre voix lorsqu'elle répondit :

« Non. Ce n'est pas tout. Loin de là. Tu ne m'as pas encore dit un seul mot sur ce dîner. Quels étaient tes voisins, à table ?

— Oh ! Mummy… Je ne peux pas me rappeler tous les noms des gens !

— Tu ne te rappelles jamais le nom de quiconque ! C'est trop bête ! Comment veux-tu que j'invite tes amis si je ne sais même pas comment ils se nomment ?

— Mais ce ne sont pas mes amis ! Ces gens d'hier étaient les plus effroyables raseurs qu'on puisse imaginer. Je n'ai rien pu trouver à leur dire. »

Lady Montdore poussa un profond soupir.

« Et après dîner, tu as dansé ?

— Oui. Dansé et mangé des glaces infectes.

— Oh ! pour cela, je suis sûre que les glaces étaient excellentes. Sylvia Waterman fait toujours très bien les choses. Naturellement, il y avait du champagne ?

— J'ai horreur du champagne.

— Et qui t'a reconduite à la maison ?

— Une Lady je-ne-sais-pas-quoi. Ce n'était guère son chemin, car elle habite Chelsea !

— Par exemple ! dit Lady Montdore, étonnée et secrètement ravie à l'idée que quelques pauvres ladies étaient contraintes d'habiter Chelsea. Et qui pouvait-elle bien être ? »

Les Dougdale, qui avaient également assisté au mariage, étaient invités à Hampton pour le dîner. En fait, n'ayant pas, comme nous, attendu le départ de Linda pour s'éclipser, ils se trouvaient déjà là quand nous arrivâmes. Polly, qui paraissait fort lasse, monta aussitôt dans sa chambre et nous fit dire, par sa camériste, qu'elle dînerait au lit. Les Dougdale, Lady Montdore et moi dînâmes, sans nous être changés, dans le petit salon où étaient toujours servis les repas lorsqu'il y avait moins de huit convives. Cette pièce était sans doute la plus réussie de toute la maison. Elle avait été entièrement importée de France ; les boiseries, finement sculptées, étaient de deux tons, bleu et blanc ; en face des trois fenêtres à la française se trouvaient trois vitrines emplies de porcelaines de Chine du XVIIIe ; dominant les vitrines, les fenêtres et les portes, des trumeaux, par Boucher, étaient sertis dans les moulures des boiseries.

La conversation, pendant le dîner, roula sur le bal que Lady Montdore projetait de donner pour Polly, à l'hôtel Montdore.

« Le premier mai, je pense, dit-elle.

— Parfait, dit Boy. Si vous désirez que les gens s'en souviennent, ce bal doit être le premier ou le dernier de la saison.

— Oh ! Pas le dernier, en tout cas. Il me faudrait inviter toutes les filles qui auraient eu Polly à leurs bals, et rien n'est plus redoutable, dans une soirée, que la surabondance de femmes.

— Mais si vous ne les conviez pas, dit Lady Patricia, continueront-elles à inviter Polly ?

— Oh ! oui, répondit sèchement Lady Montdore, elles meurent toujours d'envie d'avoir Polly à leurs *parties*. J'ai d'autres moyens de leur rendre leur politesse. Mais, de toute manière, je n'ai pas l'intention de lâcher trop souvent Polly dans ce milieu de débutantes (ces odieuses soirées des quartiers SW !), je n'en vois pas l'utilité. Ces *parties* sont épuisantes et Polly risquerait d'y rencontrer un tas de gens indésirables. Non. Deux bals par semaine, soigneusement choisis : voilà ce que je projette pour elle. C'est bien assez pour une fille d'une santé délicate. Après dîner, si vous voulez bien m'aider, Boy, nous dresserons une liste des femmes qui, recevant à dîner ce soir-là, pourront m'amener leurs hôtes, étant bien entendu qu'elles n'inviteront que les personnes préalablement désignées par moi. Pas question pour elles de faire, à mes frais, des politesses à tous leurs parents et amis ! »

Après dîner, nous nous installâmes dans la Longue Galerie. Boy se remit à sa tapisserie, pendant que nous, les femmes, demeurions oisives. Boy possédait une sorte de talent pour les travaux d'aiguille ; il avait ourlé quelques draps pour la maison de poupées de la Reine et fait lui-même la tapisserie au petit point de plusieurs fauteuils à Silkin et à Hampton. Il travaillait maintenant à un écran de foyer pour la Galerie ; le dessin, dont il était également l'auteur et qui rappelait le style touffu de l'époque de Jacques Ier, avait la prétention de représenter les fleurs du jardin de Lady Montdore, mais rappelait plutôt une mêlée de gros insectes repoussants. J'étais trop jeune et trop pourrie de préjugés pour pouvoir apprécier son ouvrage ; et j'éprouvais un véritable malaise à voir un homme — un homme affreux ! — pencher sa tête grisonnante sur le canevas où il mêlait habilement des laines marron de plusieurs tons. Ses cheveux étaient aussi rétifs que les miens et je n'ignorais pas qu'il avait dû les mouiller et les pincer pour y produire ces ondulations et ces boucles folles comme en ont les petits garçons.

Lady Montdore se fit apporter du papier et un crayon afin de noter les noms des dames susceptibles de donner un dîner le soir du bal.

« Nous allons, dit-elle, écrire tous les noms qui nous viennent à l'esprit. Puis nous ferons le tri. »

Mais elle abandonna bientôt cette occupation et recommença à gémir sur l'extravagance de sa fille. J'avais entendu déjà l'essentiel de ses reproches, lorsqu'elle s'était lamentée dans le sein de Mrs Chaddesley Corbett ; mais, ce soir, sa voix avait un ton singulièrement aigu et agressif.

« On remue ciel et terre pour ces filles, dit-elle. Sans doute ne le croirez-vous pas, mais j'ai passé la moitié de la journée à faire des projets pour Polly — rendez-vous, robes, réceptions, etc. Je n'ai plus une minute pour voir mes amies ; c'est à peine si j'ai touché une carte, depuis des mois ; j'ai délaissé ma peinture — cette fille nue d'Oxford, vous savez, est toujours en panne —, bref je me dévoue, entièrement, à cette enfant. Notre hôtel de Londres n'est ouvert que pour elle. J'ai horreur de Londres l'hiver, vous le savez, et Montdore se contenterait parfaitement de deux pièces, sans cuisinier — avec des repas froids à son club — mais, bien au contraire, j'entretiens un énorme personnel qui nous coûte les yeux de la tête, tout cela uniquement pour Polly. Et vous pensez peut-être qu'elle m'en a quelque reconnaissance ? Pas du tout. Elle est maussade et désagréable et je n'arrive pas à lui tirer un mot. »

Les Dougdale demeuraient silencieux. Boy triait ses laines avec application et Lady Patricia, appuyée au dossier de son fauteuil, les yeux clos, souffrait, sans mot dire, comme toujours. Elle ressemblait, mieux que jamais, à l'une de ces mélancoliques statues, telles qu'on en voit, l'hiver, dans les parcs ; son teint et sa robe beige étaient exactement de la même couleur ; la peine et la tristesse, marquant durement son pauvre visage, lui composaient un masque de tragédie antique.

Sans tenir aucun compte de ma présence attentive, Lady Montdore revint à ses gémissements.

« Je prends une peine infinie afin qu'elle puisse sortir et séjourner chez des gens "bien". Mais il semble qu'elle s'y ennuie toujours à périr et elle m'accable, en revenant, de plaintes et de reproches. Les seuls endroits où elle se plaise sont Alconleigh et la petite habitation d'Emily Warbeck. Temps perdu ! Alconleigh est un asile de fous ; naturellement, j'adore Sadie, comme tout le monde ; elle est merveilleuse, pauvre chérie, et ce n'est pas sa faute si tous ses enfants sont impossibles — elle fait tout ce qu'elle peut —, mais ils sont le portrait tout craché de leur père ; en disant cela on a tout dit ! Quant à Fanny, je suis ravie que Polly et elle s'entendent si bien ; et Davey et Emily, nous les connaissons depuis toujours — Emily a été notre demoiselle d'honneur et Davey figurait un lutin au tout premier des bals d'époque que j'ai organisés —, mais il n'en demeure pas moins que Polly n'a aucune chance de rencontrer quiconque chez eux ; si elle ne rencontre jamais des gens "bien", comment, je vous prie, pourra-t-elle les épouser ?

— Est-il si urgent pour elle de se marier ? demanda Lady Patricia.

— Elle aura vingt ans au mois de mai ; les choses ne peuvent pas traîner éternellement. Et si elle ne se marie pas, que fera-t-elle, sans intérêt dans la vie, sans occupation ? L'art, le sport, le monde : tout lui est indifférent. Elle n'a pour ainsi dire pas d'amis — oh ! se peut-il vraiment que Montdore et moi ayons une enfant pareille ! —, quand je me revois à son âge ! Je me souviens si bien du jour où Mr Asquith a déclaré qu'il n'avait jamais vu personne doué d'un tel génie d'improvisation.

— Oui, vous étiez merveilleuse, dit Lady Patricia avec un léger sourire. Mais, après tout, peut-être Polly est-elle simplement moins précoce que vous ne l'étiez ; et vous venez de nous dire qu'elle n'a pas encore vingt ans. L'idée de la garder, un an ou deux encore, avec vous, devrait vous réconforter.

— Le fait est, répondit Lady Montdore, que les filles ne sont guère aimables ; c'est un âge horrible. Tant qu'elles sont des enfants, si douces et jolies, vous vous réjouissez à la pensée de les couver longtemps encore. Mais de quel agrément nous est-elle, à Montdore et à moi ? Elle vit dans les nuages, toujours à moitié grognon ou à moitié fatiguée, et rien de ce qui l'entoure ne l'intéresse le moins du monde. Non, ce qu'il lui faut, c'est un mari. Et, sitôt qu'elle sera mariée, nous nous entendrons de nouveau à merveille ; cela arrive si souvent entre mère et fille ! J'en parlais avec Sadie, l'autre jour, et elle était tout à fait de mon avis ; Linda, paraît-il, a été odieuse avec elle, les derniers temps avant son mariage. Louisa, elle, bien entendu, ne lui a jamais causé le moindre ennui, elle possède un caractère délicieux et s'est mariée à sa sortie de l'école. C'est un point en faveur des Radlett : elles ont vite fait de se marier, bien que, naturellement, elles n'épousent pas des hommes à qui l'on pourrait souhaiter donner sa propre fille. Un banquier et un pair écossais ruiné — mais le fait demeure, elles sont mariées. Tandis que Polly... Enfin, qu'a donc cette fille ? Si belle et pas de B.A.[1] pour un sou !

— S.A., corrigea doucement Lady Patricia, ou B.O.

— Je vous demande un peu ! répliqua Lady Montdore. De notre temps, rien n'existait de tout cela, grâce au ciel. S.A. et B.O. : quelle stupidité ! On était une beauté ou une *jolie-laide*, un point c'est tout ; et on savait à quoi s'en tenir. Tout de même, maintenant que ces choses ont été inventées, il est préférable de les posséder ; les hommes aiment ça et Polly, vous le voyez bien, en est totalement dépourvue. Ah ! poursuivit-elle avec un soupir, que la vie est donc décevante ! Depuis le jour de sa naissance, je n'ai cessé de me tracasser et de m'agiter pour elle. J'ai envisagé tous les malheurs possibles. Supposez que Montdore meure avant qu'elle soit mariée !

1. Lady Montdore se trompe et veut dire S.A. (*sex-appeal*). Lady Patricia rectifie en se moquant et ajoute, par plaisanterie, deux autres initiales rendues célèbres par la publicité (B.O. : *body odour*, littéralement : odeur du corps, contre laquelle on préconise tel ou tel produit). Ce jeu des initiales permet de suggérer ce qu'il serait mal séant d'exprimer dans la conversation. (*N.d.T.*)

Nous n'aurions plus de foyer ! Ou bien encore qu'elle perde sa beauté (elle était presque trop jolie, à quatorze ans), ou qu'elle ait un accident et doive terminer son existence dans un fauteuil roulant — j'en avais des cauchemars qui me réveillaient en sursaut ; j'y pensais tout le reste de la nuit... Mais une chose, du moins, ne m'avait jamais traversé l'esprit : c'est que Polly pût finir dans la peau d'une vieille fille ! »

En prononçant ces derniers mots, Lady Montdore criait presque et le ton aigu de sa voix révélait une sorte d'hystérie.

« Allons, Sonia, dit Lady Patricia presque durement, Polly, je le répète, n'a pas encore vingt ans. Avant d'en faire une vieille fille, attendez la fin de la prochaine saison de Londres. Elle y découvrira bien assez vite un homme aimable — soyez-en sûre.

— Ah ! si je pouvais vous croire, répondit Lady Montdore, mais j'ai le pressentiment qu'elle ne découvrira rien du tout, ou, pire encore, que personne ne songera à la découvrir elle-même. Elle n'a pas l'œil aguicheur. Oh ! c'est vraiment trop affreux ! Et elle laisse allumée la lumière de sa salle de bains, toutes les nuits, je la vois briller de ma fenêtre... »

Lady Montdore devenait très pingre dès qu'il s'agissait d'électricité.

IX

Ainsi que Lady Montdore l'avait prévu, l'été passa sans apporter aucun changement dans la vie de Polly. La « saison » de Londres s'ouvrit, à l'hôtel Montdore, sur un bal qui coûta deux mille livres — du moins Lady Montdore l'affirmait volontiers — et qui fut des plus brillants. Polly y parut dans une robe de satin blanc, garnie de roses au corsage, avec une ceinture doublée de rose (« touches de rose », lut-on dans le *Tatler*). La robe avait été choisie à Paris par Mrs Chaddesley Corbett et expédiée à Londres, par la valise diplomatique, grâce aux bons offices d'un diplomate sud-américain, afin d'éviter les droits de douane ; on laissa Lord Montdore dans l'ignorance de ce stratagème, qui l'eût rempli d'horreur. Rehaussée encore par cette robe et un léger maquillage, la beauté de Polly causa une sensation profonde, singulièrement sur les gens d'âge, qui furent unanimes à prétendre que, depuis Lady Helen Vincent, depuis Lily Langtry et les sœurs Wyndham (l'une ou l'autre, selon le goût de chacun), Londres n'avait rien vu d'aussi parfait. Auprès des gens de sa génération, cependant, Polly souleva moins de véhémente admiration ; on reconnut qu'elle était belle, mais on ajouta qu'elle était ennuyeuse et trop grande. Le véritable triomphe revint à de petites femmes maigriotes, aux yeux de langouste, contrefaçons de Mrs Chaddesley Corbett, qui pullulèrent durant cette « saison ». Quant aux nombreux ennemis de Lady Montdore, ils déclarèrent qu'elle laissait trop sa fille dans l'ombre ; le grief était injuste, car, s'il est vrai que la personnalité de Lady Montdore ne manquait jamais, partout où elle apparaissait, d'occuper toute la scène, elle prit cependant beaucoup de mal à pousser Polly au premier plan, comme un otage, et elle ne pouvait être tenue responsable de la hâte extrême mise par sa fille à rejoindre aussitôt les arrière-plans.

À l'occasion de ce bal, un certain nombre d'Altesses Royales daignèrent s'évader un instant des cadres d'argent où elles trônaient dans la chambre de leur hôtesse et apparaître en chair et en os, assez poussiéreuses, les pauvres chères, et beaucoup moins prestigieuses, vues ainsi au naturel. Les immenses salons de l'hôtel Montdore en étaient piquetés, un peu partout, et les mots « Sir » ou « Ma'am » résonnaient confusément de tous côtés. Les pauvres « Ma'ams » avaient un air pathétique, presque affamé, et apparaissaient si vieilles, dans d'étonnantes robes, antiques et frippées ; quant aux « Sirs », certains d'entre eux, rasés au bleu, étaient d'un terrifiant exotisme. Je fus particulièrement frappée par l'une de ces Altesses mâles, dont on m'assura qu'elle était recherchée en France par la police et indésirable partout ailleurs, plus spécialement dans sa patrie, où le roi, son cousin, s'attendait à être, d'une heure à l'autre, découronné par un méchant coup de vent d'est. Le prince répandait une forte et pénible odeur de camélia ; il avait le teint ocre et luisant.

Il arrivait que les invités s'étonnassent d'une telle présence dans une aussi respectable réunion.

« Si je l'ai invité, expliquait Lady Montdore, c'est par égard pour ma chère vieille princesse Irène. Je n'oublierai jamais quel ange de bonté elle fut pour Montdore et moi, lorsque nous traversâmes les Balkans. Certains prétendent — je le sais — que le prince est un inverti et j'ignore, à vrai dire, ce qu'il convient exactement d'entendre par là ; mais s'il fallait écouter les racontars de tous sur chacun, nous n'aurions personne ici ce soir ! Et d'ailleurs, ces rumeurs — j'en suis convaincue — sont le fait des anarchistes. »

Lady Montdore aimait le sang royal, d'un amour ému et tout à fait désintéressé, car les princes, qu'ils fussent exilés ou régnants, lui inspiraient la même dévotion passionnée qui trouvait son expression suprême dans le plongeon de la révérence. Les révérences de Lady Montdore, eu égard au caractère massif de sa charpente osseuse, ne rappelaient que de très loin la gracieuse inclinaison du blé sous la brise. Elle s'effondrait en avant, comme un chameau qui s'agenouille, et, à l'instant de se remettre sur pied, pointait du derrière, comme une vache qui se relève : une très surprenante performance, qui devait lui coûter d'atroces efforts, bien que son visage réussît à n'en rien trahir. Ses genoux craquaient comme deux revolvers, mais son sourire ne cessait, fût-ce un instant, de manifester une joie presque céleste.

J'étais la seule jeune fille invitée au dîner qui précéda le bal. Il y avait quarante convives et nos gracieuses Majestés, en l'honneur desquelles chacun se fit un devoir d'arriver à la minute exacte, de telle sorte que tous les invités se présentèrent ensemble à la porte de l'hôtel Montdore et que la foule des passants, au long de Park Lane, eut tout loisir de fouiller du regard l'intérieur des voitures arrêtées en longue file. Moi seule étais en taxi.

Lorsque nous fûmes entrés dans la maison commença une attente interminable, sans que fût offert le moindre cocktail ; les plus stoïques d'entre nous, Mrs Chaddesley Corbett elle-même, se sentirent bientôt à bout de nerfs, comme s'ils eussent été soumis à une tension excessive ; debout, au port d'armes, ils échangeaient des stupidités sur un ton distingué. Le maître d'hôtel s'approcha enfin de Lord Montdore et lui murmura quelques mots à l'oreille. Aussitôt Lady Montdore et son mari descendirent dans le hall, afin d'y recevoir leurs hôtes, pendant que les invités, sous la direction de Boy, se formaient en demi-cercle. Avec une majestueuse lenteur, Lady Montdore conduisit les éminentes Altesses devant le front des troupes, leur présentant chacun de nous de cette voix basse, respectueuse et appliquée que mes tantes réservaient aux répons liturgiques. Puis, après s'être donné le bras, en levant très haut le coude, à la manière ancienne, les Montdore et leurs hôtes se dirigèrent à pas lents vers la salle à manger, dont ils franchirent solennellement les portes ouvertes à deux battants ; le reste des invités, chaque cavalier ayant offert son bras à la cavalière désignée, les imita et suivit le mouvement. Tout se passa avec une précision mécanique.

Peu après la fin du dîner, qui dura longtemps et dont la chère se révéla hamptonienne au suprême degré, les personnes conviées au bal commencèrent d'arriver. Lady Montdore, en lamé d'or, couverte de diamants, portant sa célèbre tiare en diamants roses ; Lord Montdore, cordial et noble, en culotte et bas de soie, l'ordre de la Jarretière fixé à l'une de ses longues jambes minces, une douzaine de décorations miniatures, dont le ruban de la Jarretière, pendant sur sa poitrine ; Polly enfin, ravissante dans sa robe blanche : tous trois, debout au sommet de l'escalier, accueillirent, une heure durant, les invités dont le flot brillant et chamarré s'écoulait devant eux. Fidèle à sa parole, Lady Montdore avait convié peu de filles, et de mères moins encore. Les hôtes, ni trop jeunes ni trop âgés, étaient donc dans tout l'éclat de leur maturité.

Personne ne m'invita à danser. Les jeunes gens, d'ailleurs, n'étaient guère plus nombreux que les jeunes filles, compte non tenu de ceux que l'on savait inséparables du clan des jeunes mariés. Mais j'éprouvais un vif plaisir à demeurer spectatrice et, ne connaissant âme qui vive dans cette foule, je ne ressentais aucune honte de la solitude où j'étais laissée. Je fus cependant ravie lorsque apparurent — de bonne heure, comme toujours — les Alconleigh, Louisa et Linda avec leurs maris, Tante Emily et Davey, qui avaient dîné de compagnie. Je me joignis à leur groupe joyeux et nous nous installâmes dans la galerie des tableaux, de manière à jouir pleinement du spectacle qui nous était offert. Cette galerie donnait d'un côté sur la salle de bal et, de l'autre, sur la salle à manger ; les allées et venues y étaient nombreuses et les groupes suffisamment clairsemés, néanmoins, pour que nous pussions contempler à notre aise les robes et les bijoux des femmes qui y passaient. Derrière nous, au mur, se trouvait un *Saint Sébastien*, par le Corrège, portant sur son visage le tragique sourire qui est devenu classique.

« Quelle horrible fantaisie ! dit Oncle Matthew. Avec toutes ces flèches dans le ventre, le pauvre type n'aurait pas le sourire. Il serait mort depuis longtemps. »

En face, était accroché le fameux Botticelli de la collection Montdore, dont Oncle Matthew nous assura qu'il ne donnerait pas plus de 7,6 shillings ; et lorsque Davey lui désigna, un peu plus bas, un dessin de Vinci, Oncle Matthew, après un coup d'œil furieux, prétendit que les mains lui démangeaient de tenir une gomme pour effacer ce gribouillis.

« Un jour, nous dit-il, j'ai vu dans les magasins *Army and Navy* un tableau qui représentait des chevaux de trait dans la neige. Rien de plus : juste trois chevaux devant un morceau de barrière brisée. Un bigrement beau tableau ! Si j'avais été riche, je l'aurais acheté. On voyait combien ces pauvres bêtes devaient avoir froid. Mais, ajouta-t-il en désignant les toiles de la galerie, si toutes ces horreurs valent vraiment quelque chose, ce tableau devait valoir une fortune. »

Oncle Matthew, qui, au grand jamais, ne sortait le soir et à qui la seule idée d'un bal donnait la nausée, n'aurait même pas songé à refuser une invitation à l'hôtel Montdore, en dépit des observations de Tante Sadie, qui savait que son mari éprouvait, à demeurer éveillé après le dîner, une souffrance telle que ses pauvres yeux se révulsaient de sommeil.

« Vraiment, chéri, disait-elle, au point où nous en sommes parvenus — deux de nos filles mariées et les deux autres trop jeunes pour aller dans le monde —, rien ne nous oblige à sortir, si vous n'en avez pas envie. Sonia comprendra parfaitement et sera ravie d'inviter un autre ménage à notre place. »

Mais Oncle Matthew répondait d'un air sombre :

« Si Montdore nous invite, c'est qu'il désire nous voir à son bal. Je pense que nous devons y aller. »

En conséquence, il s'introduisait, en grognant comme un ours, dans les vieilles culottes de cérémonie de sa jeunesse, devenues si redoutablement étroites que c'est à peine s'il osait s'asseoir et préférait demeurer debout, comme une cigogne, près du fauteuil de sa femme ; Tante Sadie, elle, après avoir retiré ses diamants de son coffre en banque, en prêtait quelques-uns à Linda, d'autres à Tante Emily, et, cette distribution terminée, en possédait assez encore pour faire une belle impression. Ils étaient donc tous réunis, bavardant gaiement avec leurs amis et relations du comté ; et Oncle Matthew, lui-même, semblait prendre quelque plaisir à tout ce hourvari, lorsque, le plus inopinément du monde, une affreuse mésaventure lui survint : il fut prié de conduire l'ambassadrice d'Allemagne à la table du souper.

Voici comment les choses se passèrent. Lord Montdore, qui se trouvait, par hasard, près d'Oncle Matthew, s'écria soudain d'un ton plein d'horreur :

« Seigneur Dieu ! L'ambassadrice d'Allemagne qui est assise, toute seule, là-bas, dans ce fauteuil !

— Bien fait pour elle ! » dit Oncle Matthew.

Il eût été mieux inspiré de ne pas souffler mot. Lord Montdore, au son de ces paroles dont il ne perça pas le sens, se retourna d'un bloc, reconnut Oncle Matthew et, le saisissant par le bras, l'emmena rapidement vers le fond du salon :

« Ah ! mon cher Matthew ! Exactement l'homme qu'il me fallait ! Baronne de Breslau, puis-je vous présenter mon voisin, Lord Alconleigh... ? Le souper est prêt dans le salon de musique. Vous connaissez la maison, Matthew... »

On pourra se faire une idée juste de l'influence exercée par Lord Montdore sur mon oncle si j'ajoute que celui-ci ne songea nullement à tourner le dos à l'ambassadrice et à rentrer chez lui ventre à terre. Nulle autre personne au monde n'eût réussi à le retenir et à lui faire serrer la main d'une Teutonne, bien moins encore à lui offrir son bras et à veiller à ce qu'elle se nourrît bien. Ce qu'il fit, non sans jeter, par-dessus l'épaule, un regard lugubre à sa femme.

Lady Patricia s'approcha de notre groupe, s'assit à côté de Tante Sadie, et toutes deux se mirent à parler, à bâtons rompus, des affaires du comté. À la différence de son mari, Tante Sadie éprouvait du plaisir à sortir de temps en temps dans le monde, à la condition toutefois que la soirée ne tirât pas en longueur et qu'il lui fût permis d'observer calmement le spectacle sans être contrainte de se creuser la tête pour entretenir ses commensaux. Les étrangers l'ennuyaient et la fatiguaient ; elle ne supportait avec agrément que la compagnie des gens avec qui elle possédait en commun des intérêts dans la vie quotidienne, tels ses voisins de campagne ou les membres de sa propre famille ; mais, même avec eux, elle demeurait souvent distraite. Ce soir, cependant, c'était au tour de Lady Patricia d'être à demi perdue dans les nuages ; elle répondait à peine à Tante Sadie qui, s'étendant sur la libération de l'idiot du village de Silkin, expliquait le danger qu'impliquait pour chacun une telle mesure, depuis que cet énergumène avait fait la preuve de ses capacités physiques en gagnant la course de cent yards organisée à l'asile.

« Et il ne cesse de poursuivre les gens ! » conclut Tante Sadie avec indignation.

Mais les pensées de Lady Patricia étaient hors d'atteinte du véloce aliéné. Elle songeait, j'en étais convaincue, aux *parties* qui avaient eu lieu autrefois, dans ces mêmes salons, au temps de sa jeunesse, lorsqu'elle adorait Boy ; elle se rappelait quelle avait été sa souffrance quand il s'était mis à danser et à flirter avec d'autres femmes et combien il était plus amer encore, à l'écart de toute vie active, de se voir réduite à soigner sa maladie de foie.

J'avais appris de Davey (« Oh ! quelle chance nous avons, disait souvent Linda, que Davey soit une si merveilleuse concierge ; sans lui, nous ne saurions rien ! ») que Lady Patricia avait aimé Boy pendant plusieurs années avant que celui-ci lui demandât de l'épouser et qu'elle avait presque perdu tout espoir. Bonheur bien bref, cependant : six mois ne s'étaient pas écoulés qu'elle le trouvait dans le lit d'une fille de cuisine.

« Boy n'a jamais visé très haut, dit un jour Mrs Chaddesley Corbett. Ce qu'il aime, c'est trousser le premier jupon venu et maintenant, naturellement, il est la risée de tout le monde. »

Avoir épousé un homme dont chacun se moque, quelle affreuse chose !

« À quand, demanda Lady Patricia à Tante Sadie, à quand remonte le premier bal auquel vous avez assisté ici ?

— À 1906, je pense ; l'année de mon entrée dans le monde. Je me souviens de l'émotion que j'ai ressentie à voir le roi Édouard, en chair et en os, et à entendre son rire bruyant, si peu britannique.

— Vingt-quatre ans déjà ! dit Lady Patricia. L'année de mon mariage ! Pendant la guerre, vous rappelez-vous ? on pensait généralement que l'époque des grands bals était close pour toujours. Regardez ! Regardez seulement les bijoux ! »

Et, comme Lady Montdore apparaissait au loin, Lady Patricia ajouta :

« Sonia est vraiment prodigieuse, ne trouvez-vous pas ? Elle a plus d'allure et est mieux habillée que jamais. »

Autant de ces remarques, propres aux personnes d'âge mûr, et que je trouvais incompréhensibles. On ne pouvait, à mon avis, dire de Lady Montdore qu'elle eût de l'allure ou fût bien habillée ; elle était vieille, voilà. D'un autre côté, on ne pouvait nier qu'elle fît encore grande impression, couverte d'énormes diamants, depuis sa tiare et ses colliers jusqu'à ses boucles d'oreilles et à l'immense croix palatine qu'elle portait sur la poitrine, avec des bracelets lui couvrant les bras du poignet au coude, par-dessus ses gants de suède, et des broches énormes partout où il restait assez de place pour en fixer. Ainsi constellée de joyaux admirables, entourée de tous les signes extérieurs de la fortune — de « tout ça », comme elle disait —, gonflée du propre sentiment de sa supériorité, elle demeurait, comme un taureau de combat dans l'arène, ou une idole dans sa niche, la justification et le centre mêmes du spectacle tout entier.

Oncle Matthew, ayant réussi à semer son ambassadrice sur un profond salut empreint d'un dégoût tout aussi profond, rallia le groupe familial.

« Cette vieille cannibale ! dit-il. Elle ne cessait de demander de la viande ! Et il n'y a pas une heure qu'elle a ingurgité son dîner ! Je faisais la sourde oreille. Aucune envie de m'aplatir devant cette vieille ogresse. Après tout, qui a gagné la guerre, hein ? Quelle abnégation chez Montdore, d'accueillir toute cette lie d'étrangers dans sa maison ! Le diable m'emporte ! Je serais incapable d'en faire autant ! Tenez, regardez-moi ce rat d'égout ! »

Il désigna l'altesse au menton bleu, qui se dirigeait, Polly à son bras, vers la salle à manger.

« Allons, allons, Matthew, dit Davey. Les Serbes ont été nos alliés, vous le savez bien !

— Alliés ! » rugit Oncle Matthew en grinçant des dents.

Autant agiter une cape rouge devant un taureau ! Le méchant Davey ne renonçait jamais à ce plaisir.

« Alors, c'est un Serbe, hein ? Pas difficile à deviner, il a besoin de se raser. Des pourceaux ! Voilà ce qu'ils sont tous ! Naturellement, Montdore ne les invite que pour le bien du pays. J'admire ce type : il ne songe qu'à son devoir... Quel exemple pour chacun de nous ! »

Un éclair de malice illumina, un instant, le visage triste de Lady Patricia ; elle n'était pas dénuée d'humour et demeurait l'une des favorites — bien peu nombreuses — d'Oncle Matthew, qui ne parvenait pas, pour autant, à se montrer courtois envers Boy et levait les yeux au plafond, avec un mépris extrême, chaque fois que le Satyre passait à proximité de notre petit groupe, escortant de vieilles altesses jusqu'à la salle à manger. Aux yeux d'Oncle Matthew, Boy, parmi tant d'erreurs impardonnables, en avait commis une qui les surpassait toutes : aide de camp d'un général, pendant la guerre, il avait été surpris, un jour, par mon oncle, alors qu'il dessinait tranquillement un château, à l'arrière des lignes. Aucun doute : il y a quelque chose de pourri chez un homme qui gaspille son temps à dessiner ou à remplir les humbles charges d'un aide de camp, au lieu de massacrer des ennemis à longueur de journée.

« C'est un rien du tout ! Tout juste une femme de chambre ! grommelait Oncle Matthew chaque fois que le nom de Boy était prononcé devant lui. Cet animal me dégoûte. Et ça se fait appeler Boy ! Dougdale ! Quelle prétention ! Il y avait autrefois, à Silkin, des gens parfaitement respectables, qui s'appelaient Blood, Major et Mrs Blood ! C'était au temps du vieux Lord... »

Le « vieux Lord » n'était autre que le père de Lord Montdore. Parlant de lui, Jassy avait dit, une fois, en ouvrant des yeux immenses : « Seigneur ! Ce qu'il devait être vieux ! » À quoi Tante Sadie avait répondu que les gens n'ont pas le même âge toute leur vie et qu'il était sûrement arrivé au vieux Lord d'être jeune en son temps, de même que Jassy — mais elle n'en crut rien — pouvait s'attendre à devenir vieille un jour.

Il n'était pas très équitable, de la part d'Oncle Matthew, de mépriser à ce point les accomplissements militaires de Boy. En effet, Lord Montdore, son grand héros, n'avait, de sa vie, entendu le bruit délicieux d'une fusillade, ni approché, fût-ce à prudente distance, d'un champ de bataille ; son âge, il est vrai, l'avait privé de participer à la Grande Guerre, mais d'autres occasions s'étaient offertes, au temps de sa jeunesse — et il les avait également négligées — de guerroyer l'indigène, sans oublier la guerre des Boers, dont Oncle Matthew gardait un rayonnant souvenir, pour y avoir fait ses premières expériences de bataille et de bivouac.

« Quatre jours et quatre nuits dans un wagon à bestiaux, racontait-il avec ravissement, et, dans mon ventre, un trou gros comme le poing, et grouillant de vers ! La plus heureuse période de ma vie ! Un seul ennui : on se dégoûtait, à la longue, de la viande de mouton ; et pas la moindre vache à l'horizon, dans ce bled ! »

Non, Oncle Matthew se montrait injuste, en somme. Mais il était d'un bloc : rien à reprocher, jamais, à ceux qu'il portait dans son cœur ; tout à reprocher, toujours, à ceux qu'il n'aimait pas.

C'est ainsi que Lord Montdore représentait, à lui seul, la Loi et les Prophètes. Oncle Matthew avait même été jusqu'à excuser cette fameuse lettre ouverte, adressée au *Morning Post*, plusieurs mois avant la capitulation allemande, et où Lord Montdore prétendait démontrer que la guerre avait assez duré et qu'il était aisé d'y mettre un terme. Mon oncle avait eu du mal à lui pardonner de vouloir ainsi gâcher son plaisir, mais voulut bien tout de même considérer que Lord Montdore avait dû s'inspirer, pour publier un tel écrit, de raisons profondes dont personne ne savait rien.

Mes regards se fixèrent sur la porte de la salle de bal où j'avais cru apercevoir un profil connu. Ainsi donc, il était venu, après tout ! Le peu d'espoir que je nourrissais de le rencontrer (un homme tellement sérieux !) n'atténuait en rien le dépit que j'éprouvais à constater son absence. Et puis, le voici ! Je dois confesser que l'image du duc de Sauveterre, après avoir régné souverainement, pendant plusieurs mois, sur mon cœur accablé, s'était récemment évanouie pour laisser la place à un visage moins irréel, plus positif et prometteur.

Un simple profil, entr'aperçu quelques secondes dans le tourbillon d'un bal, un profil si différent de tous les autres qu'il semble auréolé d'une lumière divine : il n'en faut pas plus pour agiter à l'extrême le cœur d'une jeune fille, dans l'esprit de qui les questions se bousculent aussitôt : va-t-il se retourner ? Me verra-t-il ? Et, s'il me voit, prononcera-t-il simplement les mots d'usage, ou bien m'invitera-t-il à danser ? Ah ! combien je souhaitais tourbillonner déjà au bras de quelque séducteur, au lieu de rester assise, à faire tapisserie, auprès de mes oncles et tantes ! Mais qu'importait, au fond ? Un instant encore d'attente éperdue... Puis il tourna la tête et me vit ; et aussitôt il vint droit à moi, me salua beaucoup plus affectueusement qu'il n'est en usage de le faire et m'entraîna dans la danse. Une sotte histoire de culottes de cérémonie, empruntées et puis perdues, avait failli l'empêcher de venir. Il invita ensuite Tante Emily à danser, puis moi de nouveau, Louisa enfin, après m'avoir priée de souper avec lui.

« Qui est cette jeune brute ? grogna Oncle Matthew, lorsque mon flirt s'éloigna en dansant avec Louisa. Et pourquoi revient-il sans cesse vers nous, comme une mouche sur du sucre ?

— Il s'appelle Alfred Wincham, dis-je. Désirez-vous que je vous le présente ?

— Oh ! de grâce, Fanny ! Pitié !

— Quel affreux vieux pacha vous faites ! » dit Davey.

C'était bien vrai. S'il eût pu les plier à sa volonté, Oncle Matthew aurait assurément exigé de toutes les femmes de sa famille qu'elles gardassent, sinon une absolue virginité, du moins une rigoureuse chasteté ; il ne supportait pas qu'elles fussent remarquées par des étrangers.

Dans l'intervalle des danses, je demeurais assise auprès de mes tantes. Ayant dansé deux fois déjà et reçu la promesse de souper avec Mr Wincham, je me sentais apaisée et prenais patience en écoutant la conversation de mes aînés.

Tante Sadie et Tante Emily allèrent souper ensemble, ainsi qu'elles faisaient volontiers en de telles occasions. Davey s'assit près de Lady Patricia, et Oncle Matthew resta planté, derrière la chaise de Davey, dormant debout comme un cheval qui attend, patiemment, l'heure de rentrer à l'écurie.

« Ce Meyerstein est une révélation, disait Davey. Il faut aller le voir, Patricia ; il guérit tout par élimination des sels de l'organisme. Vous sautez sur place afin d'éliminer vos sels par sudation ; et vous ne mangez que des mets sans sel, naturellement. Peu appétissant, je vous l'accorde. Mais vos cristaux organiques n'y résistent pas.

— Sauter ? Sauter à la corde ?

— Oui. Des centaines de fois chaque matin. Il faut compter. J'arrive à sauter trois cents fois de suite, sans compter les sauts de fantaisie.

— Mais c'est horriblement fatigant ?

— Rien ne fatigue Davey, dit Oncle Matthew en ouvrant un œil. Ce type est fort comme un bœuf. »

Davey jeta à son beau-frère un regard plein de tristesse et dit que le système d'élimination des sels était, bien entendu, atrocement éreintant, mais que les résultats s'en avéraient merveilleux.

J'aperçus Polly qui dansait avec Boy. Elle ne semblait pas rayonnante de bonheur, comme une fille aussi tendrement gâtée eût dû l'être à son premier bal londonien. Elle paraissait lasse, au contraire, ses traits étaient tirés et elle ne bavardait pas joyeusement à l'imitation des autres femmes.

« Je n'aimerais pas qu'une de mes filles lui ressemble, dit Tante Sadie. On jurerait qu'elle est troublée par quelque pensée secrète. »

Et mon nouvel ami Mr Wincham me dit à son tour, pendant que nous dansions avant le souper :

« Elle est très belle, c'est évident et je le reconnais. Cependant elle ne m'attire pas. Cette expression boudeuse doit cacher une grande sottise. »

J'élevai un commencement de protestation et allais affirmer que Polly n'était ni morose ni sotte, quand Mr Wincham m'appela soudain « Fanny », pour la première fois, et ajouta une quantité de choses qu'il m'était essentiel d'écouter avec une attention extrême afin de pouvoir m'en souvenir et me les répéter à moi-même lorsque je serais seule.

Mrs Chaddesley Corbett, qui tourbillonnait aux bras du prince de Galles, me cria, en passant près de moi :

« *Hullo !* ma charmante ! Quelles nouvelles de la Trotteuse ? Êtes-vous toujours amoureuse ?

— Comment ! balbutia Mr Wincham. Qui est cette femme ? Et qui est la Trotteuse ? Est-ce vrai que vous êtes amoureuse ?

— Mrs Chaddesley Corbett ! » répondis-je.

Pour la Trotteuse, je sentais que les temps n'étaient pas venus encore d'en dévoiler les aventures.

« Et... ce "amoureuse" ? Que dois-je comprendre ?

— Rien, dis-je en rosissant. Simple plaisanterie.

— Bon. J'aime assez imaginer que vous êtes au seuil de l'amour, sans y avoir cédé tout à fait. C'est un état exquis, aussi longtemps qu'il dure. »

Mais, bien entendu, j'avais franchi déjà ce seuil charmant et, plongeant dans la mer bleue des illusions, je nageais vers ce qui m'apparaissait comme les îles enchanteresses du bonheur et n'était, en réalité, que les soucis du ménage, les peines de la maternité, bref, la destinée habituelle des femmes.

Un respectueux silence se fit soudain dans la foule, tandis que Leurs Altesses Royales manifestaient l'intention de rentrer chez elles, les unes d'un cœur serein, dans la certitude où elles étaient de trouver, au pied de leur lit, le poulet froid traditionnel ; les autres — « Ma'ams » pathétiques et « Sirs » lugubres — à demi étouffés par la nourriture qu'ils avaient ingurgitée en hâte, comme s'ils eussent craint de ne point retrouver de sitôt une occasion semblable... Quant aux jeunes princes les plus joyeux, ils s'apprêtaient à danser jusqu'à l'aube avec les ravissantes petites personnes du type Veronica.

« Comme ils sont restés tard ! dit Boy à sa femme. Quel triomphe pour Sonia ! »

Les danseurs s'ouvrirent comme la mer Rouge et formèrent deux digues de dos courbés et de révérences chatoyantes, au long desquelles Lord et Lady Montdore conduisirent leurs invités.

« Si aimable à vous de le dire, Ma'am. Oui, à la prochaine réception de la cour. Oh ! je suis confuse, vraiment... »

De retour dans la galerie des tableaux, les Montdore, radieux et comblés, disaient et répétaient, sans s'adresser à personne en particulier :

« Comme ils sont simples ! Si faciles à recevoir ! Satisfaits d'un rien... Quelle noblesse de manières ! Et quelle mémoire ! Une incroyable connaissance des Indes, le Maharadjah en était stupéfait. »

On éprouvait, à les entendre, l'impression que les princes étaient à ce point éloignés de la vie, que la plus petite marque d'humanité, le simple fait qu'ils recouraient, pour exprimer leurs pensées, aux artifices du langage commun méritaient d'être relevés avec admiration.

Pour ma part, je vécus le reste de la soirée en un état de transe bienheureuse, qui effaça tous autres souvenirs. À cinq heures, dans l'aube exquise d'un matin de mai, je fus ramenée à l'hôtel Goring — où nous étions tous descendus — par Mr Wincham, qui avait tout fait pour me convaincre que ma compagnie ne lui était nullement désagréable.

X

Ce bal marqua l'entrée officielle de Polly dans la société londonienne. Elle continua d'y jouer son rôle jusqu'à la fin de la « saison », avec la même grâce qu'elle avait montrée le soir de ses débuts : une grâce un peu froide à quoi manquaient, pour la rendre parfaite, une pointe de tempérament, une touche de vitalité. Elle fit tout ce que lui demanda Lady Montdore, assista aux réceptions prévues, porta les robes choisies pour elle et se lia d'amitié avec les personnalités que sa mère avait estimées utiles ou convenables ; elle ne se livra jamais à aucun caprice dont Lady Montdore eût été en droit de prendre ombrage. D'un autre côté, elle ne se soucia jamais, non plus, de créer quelque animation dans les *parties* organisées en son honneur ; sa mère, il est vrai, déployait trop d'efforts à cet égard pour s'apercevoir que Polly, si gracieuse et avenante qu'elle fût, demeurait insensible et comme étrangère au charme brillant des spectacles et des soirées auxquels elles se rendaient ensemble. Lady Montdore y prenait, pour sa part, un plaisir extrême, semblait satisfaite de Polly et ravie des échos élogieux qui la représentaient comme la plus belle et la plus importante des débutantes de l'année. Mais elle se dépensait si généreusement et voyait tant de monde, tout au long de la saison, qu'elle eût été bien incapable, au fond, de savoir si Polly avait — ou non — un succès véritable. La saison terminée, elles partirent toutes deux pour Goodwood et

Cowes, puis pour les brumes et les bruyères d'Écosse, où Lady Montdore trouva sans doute le temps d'établir un bilan de la situation. Pendant plusieurs semaines, elles disparurent de ma vie.

Lorsque je les retrouvai, à l'automne, la tension entre elles avait repris sa virulence et il était clair qu'elles se supportaient l'une l'autre avec difficulté. Tante Emily avait loué, à Londres, pour la durée de l'hiver, une petite maison près de Saint-Leonard's Terrace et je m'y étais installée avec elle. J'y vécus une des plus délicieuses époques de ma vie et me fiançai, au cours de l'hiver, à Alfred Wincham, ce jeune homme dont le profil m'avait si fort troublée au bal de l'hôtel Montdore. Pendant les semaines qui précédèrent mes fiançailles, je vis beaucoup Polly. Elle avait pris l'habitude de me téléphoner le matin :

« Quoi de nouveau, Fanny ?

— Je m'ennuie à mourir », répondais-je. C'était là une infortune dont souffraient cruellement les filles avant l'invention de ce merveilleux antidote que fut le « *national service* ».

« Parfait, disait Polly. Alors, je peux disposer de toi ? Oh ! il ne s'agit pas de choses amusantes, je t'en préviens, mais si tu t'ennuies autant que tu le dis... Donc, il faut que j'aille essayer ce chapeau de velours bleu chez *Madame* Rita et prendre livraison des gants chez Debenhams — ils doivent les avoir reçus aujourd'hui. Mais il y a pire ! Fanny, serais-tu vraiment disponible au point de consentir à déjeuner avec ma tante Edna, à Hampton Court, et à lui tenir compagnie pendant que je serai chez le coiffeur ? Mais non ! C'est trop ! Oublie ce que je viens de dire. Enfin, nous verrons... Je passe te prendre dans une demi-heure. »

J'étais d'une parfaite docilité. Je n'avais d'ailleurs rien à faire et trouvais plaisant de courir Londres dans la grande Daimler, pendant que Polly remplissait les mille devoirs qui incombent à une beauté en vue. Bien que la vie mondaine fût pour elle sans attrait, mon amie prenait un soin assidu de son élégance et, à la différence de Lady Patricia, n'y eût renoncé à aucun prix.

Nous allâmes donc chez *Madame* Rita et j'essayai tous les chapeaux du magasin, pendant que la dernière main était mise à celui de Polly ; je constatai, une fois de plus, que les chapeaux ne vont jamais à ma tête — peut-être à cause de mes cheveux rebelles. De là, nous nous rendîmes à Hampton Court, où la vieille grand-tante de Polly, veuve d'un général, avait un appartement. Elle faisait des patiences, à longueur de journée, en attendant son départ pour un monde meilleur.

« Malgré tout, je ne crois pas qu'elle s'ennuie, tu sais ! dit Polly.

— J'ai remarqué, répondis-je, que les femmes mariées, fussent-elles veuves, ne s'ennuient jamais. Il doit exister quelque vertu dans le mariage, qui chasse la mélancolie pour toujours. Mais j'ignore comment. »

Polly ne répondit pas. Dès que le mot mariage était prononcé, mon amie devenait aussi muette qu'une huître. Détail qu'il convenait de ne pas oublier lorsqu'on s'entretenait avec elle.

La veille du jour où l'annonce de mes fiançailles devait paraître dans le *Times*, Tante Emily m'envoya à l'hôtel Montdore afin que je fisse part de l'événement aux parents de Polly. J'ai horreur d'arriver à l'imprévu chez les gens qui, surpris par ma venue, peuvent en être contrariés dans leurs projets ; mais je compris le point de vue de Tante Emily lorsqu'elle m'expliqua qu'en égard à l'extrême amabilité de Lady Montdore pour moi et à la grande amitié qui me liait à Polly, il n'était pas convenable qu'elles apprissent mes fiançailles, par hasard, en parcourant les journaux.

Je m'exécutai donc, non sans appréhension. Bullitt, le maître d'hôtel, me glaçait toujours d'effroi. Il ressemblait au monstre de Frankenstein et j'éprouvais, à suivre sa démarche saccadée à travers une suite de salons, solennels et guindés comme des salles de bal, l'impression de visiter un immense musée, avant d'arriver enfin au petit bureau vert, où se tenaient d'ordinaire les Montdore. Ce jour-là, cependant, la porte me fut ouverte par un valet d'apparence plus humaine, qui m'annonça, à ma joie, que Milady n'était pas rentrée encore et que Lady Polly se trouvait seule à la maison ; nous nous mîmes donc en route et finîmes par découvrir Polly environnée de l'attirail classique qui apparaissait chaque jour à l'heure du thé :

bouilloire d'argent sur son réchaud, théière, tasses et assiettes de Crown Derby, et gâteaux en quantité suffisante pour lancer une pâtisserie. Mon amie était assise sur le bras d'un fauteuil et lisait le *Tatler*.

« Jour béni que celui où paraît le *Tatler* ! dit-elle, c'est un journal qui aide à tuer l'ennui. Il y a une photo de moi, une de Linda ; mais rien de toi, cette semaine. Gentil à toi de venir si fidèlement ; je manquais d'une compagnie agréable... Et maintenant prenons notre thé. »

Je me demandais comment elle accueillerait l'annonce de mes fiançailles : je ne lui avais jamais parlé d'Alfred, sinon pour la prier de l'inviter au bal, et je savais combien elle détestait les jeunes gens et tout ce qui se rapporte à l'amour. Mais à peine lui eus-je fait ma confession qu'elle manifesta un grand enthousiasme ; elle me reprocha seulement de m'être montrée si discrète.

« Je me rappelle, dit-elle, que tu m'as demandé de l'inviter au bal. Mais, depuis, tu ne m'en as plus dit un mot.

— Je n'ai pas osé en parler, dis-je, pour le cas où... Je veux dire que c'était si important pour moi...

— Oh ! comme je te comprends ! Je suis heureuse que tu l'aies aimé avant qu'il se déclare ; les autres, celles qui doivent réfléchir indéfiniment avant de se décider, ne m'inspirent pas confiance. Quelle chance tu as ! Épouser l'homme qu'on aime ! Tu ne connais pas ton bonheur. »

Je vis que ses yeux étaient pleins de larmes.

« Allons, Fanny ! dit-elle, raconte, raconte ! »

Chez Polly, à l'ordinaire si froide et si réservée, cette émotivité me surprit, mais, toute à la joie égoïste de mon bonheur si neuf, je ne m'attardai pas à chercher le sens du trouble qu'elle montrait. Et, qui plus est, je mourais d'envie de me confier.

« Il a été terriblement gentil avec moi pendant ce bal, chez toi, Polly. Je n'espérais guère l'y retrouver, d'abord à cause des culottes de cérémonie, je pressentais qu'il n'en aurait pas. Et puis, il est toujours si occupé et il déteste les réceptions ; alors, quand je l'ai vu soudain, tu peux imaginer mon émotion ! Et il m'a invitée à danser ; mais il a dansé aussi avec la vieille Louisa et même avec Tante Emily. Alors j'ai pensé : Oh ! il ne connaît personne d'autre, c'est pour ça ! Mais alors il m'a emmenée souper et il m'a dit qu'il aimait ma robe et qu'il espérait bien que j'irais le voir à Oxford. Puis il a ajouté quelque chose qui prouvait qu'il se rappelait une conversation que nous avions eue ensemble auparavant. Tu sais combien est encourageante cette sorte de preuve ! Après cela, il m'a invitée à Oxford, deux fois ; une fois, il avait organisé un déjeuner ; la seconde fois, il était seul. Mais, pendant les vacances, il est parti pour la Grèce. Et les vacances d'Oxford sont terriblement longues, tu sais ! Pas un mot, pas même une carte postale ! Alors j'ai pensé que tout était fini. Et puis, jeudi, je suis retournée à Oxford et il m'a demandé de l'épouser, et regarde ! »

Je montrai à Polly la bague qu'il m'avait donnée, une jolie bague ancienne, ornée d'un grenat entouré de diamants.

« Tu ne vas pas me dire, s'écria Polly en riant, qu'il avait cette bague, toute prête, dans sa poche, comme dans *The Making of a Marchioness* !

— Exactement ! Mais ce n'est pas un rubis !

— Ton grenat est de la taille d'un œuf de pigeon ! Tu es une heureuse fille ! »

À cet instant, Lady Montdore entra en coup de vent. Elle portait encore chapeau et manteau et paraissait singulièrement épanouie.

« Ah ! les filles ! dit-elle. Parlant bals et réceptions, comme d'habitude, j'imagine ! Tu vas chez les Gravesend, ce soir, Fanny ? Donnez-moi du thé, je suis morte ! Quel terrible après-midi avec la grande-duchesse ! Je viens de la poser à Kensington Palace. On ne croirait jamais que cette femme touche à ses quatre-vingts ans, elle est éreintante d'activité et d'énergie ; et si charmante, si humaine, inutile de surveiller ses mots quand on lui parle. Nous sommes allées chez Woollands acheter des lainages — la pauvre souffre du froid. Il lui faudrait des doubles fenêtres, comme en Russie. »

Il devait être bien pénible à Lady Montdore — mais, au fond, s'en apercevait-elle ? Cette femme avait un tel talent pour ignorer les tristesses de l'existence ! — de ne réussir à nouer des liens d'amitié avec les Altesses Royales qu'à compter du moment où la gloire de celles-ci s'était définitivement éteinte. Tsarskoë-Selo, Schönbrunn, le Quirinal, le palais Kotrocheny, Miramar, Laeken, Corfou : autant de résidences magnifiques où l'on avait ignoré Lady Montdore, perdue dans la foule immense des visiteurs. Si elle séjournait, avec son mari, dans une capitale étrangère, elle était, bien entendu, invitée aux réceptions officielles ; et, de même, les chefs d'État étrangers, lorsqu'ils se rendaient à Londres, daignaient apparaître aux soirées de l'hôtel Montdore ; mais ces échanges demeuraient empreints du formalisme glacé propre aux cérémonies officielles. À défaut de l'intelligence qui leur eût permis de demeurer sur le trône, les têtes couronnées n'étaient cependant pas stupides au point de ne pas deviner en Lady Montdore une de ces personnes redoutables à qui l'on ne peut tendre le petit doigt sans que le bras y passe en entier. À peine découronnées et en exil, ces anciennes Majestés s'avisaient, tout soudain, que Lady Montdore possédait un charme exquis ; chaque monarchie déchue venait ainsi ajouter quelques Altesses aux réceptions de l'hôtel Montdore ; et quand ces Altesses, ayant tout dépensé de ce qu'elles avaient réussi à sauver du naufrage, se trouvaient vraiment réduites à la dernière extrémité, Lady Montdore était enfin autorisée à prendre rang de dame d'honneur et à les accompagner chez Woollands.

Polly apporta une tasse de thé à sa mère et lui annonça mes fiançailles. Aussitôt la lueur de satisfaction qui colorait le visage de Lady Montdore au souvenir de son après-midi archiducale s'évanouit d'un seul coup et mon hôtesse devint suprêmement désagréable.

« Fiancée ? dit-elle. Eh bien ! je suppose que c'est parfait. Alfred, dis-tu ? Alfred quoi ? Qui est-ce ?

— Il est chargé de cours à Oxford.

— Oh ! ma chère, quelle étrange chose ! Tu ne t'es tout de même pas mis en tête d'aller vivre à Oxford ? Vraiment, il ferait mieux d'entrer dans la vie politique et de s'acheter une propriété à la campagne. Il n'en a pas une déjà, par hasard ? Attends. Laisse-moi réfléchir... Oui ! Pourquoi ton père ne te donnerait-il pas une propriété comme cadeau de mariage ? Tu es le seul enfant qu'il aura jamais. Je vais lui écrire immédiatement. Où est-il, à l'heure actuelle ? »

Je répondis évasivement que mon père, je le croyais du moins, devait se trouver à la Jamaïque, mais que j'ignorais son adresse.

« Seigneur ! Quelle famille ! Mais je saurai tout cela par le ministre des Colonies et j'enverrai un mot par la valise, c'est plus sûr. Bon. Ensuite, ce "Mr je ne sais quoi" s'installera à la campagne et écrira des livres. Cela pose un homme d'écrire des livres. Fanny, je te conseille de l'inviter à s'y mettre sans délai.

— Je crains, dis-je avec embarras, d'avoir sur lui bien peu d'influence...

— Eh bien ! prends-en, mon enfant ! Et vite, crois-moi. C'est stupide d'épouser un homme sur qui on n'a pas d'influence. Regarde ce que j'ai fait pour Montdore ; j'ai toujours veillé à ce qu'il s'intéresse à quelque chose, je l'ai forcé à accepter des charges, à se tenir en vue, à ne pas se laisser glisser à l'arrière-plan. Une femme doit être sans cesse sur le qui-vive ; les hommes sont si paresseux de nature ! Montdore, par exemple, veut toujours faire une petite sieste l'après-midi, mais j'y ai mis le holà ; si vous vous abandonnez ainsi — lui ai-je dit —, c'en est fait de vous ; la vieillesse vous guette et les gens qu'elle atteint perdent tout intérêt dans la vie, ne sont plus au courant de rien et mieux vaudrait pour eux être déjà morts. Si Montdore, aujourd'hui, n'en est pas arrivé au même point que tant de ses amis qui errent misérablement autour du Marlborough Club comme des mouches expirantes et sont à peine capables de se traîner jusqu'à la Chambre des Lords, c'est à moi qu'il le doit, c'est moi qu'il peut remercier. Je l'envoie tous les jours aux Lords, quelque temps qu'il fasse. En vérité, ma chère Fanny, plus j'y pense, plus il me paraît ridicule de ta part d'épouser un professeur. Qu'en dit Emily ?

— Elle est ravie.

— Emily et Sadie sont désespérantes. C'est à moi qu'il faut demander conseil en ces matières. Je suis heureuse que tu sois venue. Nous allons chercher un moyen de te sortir de là. Tu pourrais appeler ton Alfred-Chose au téléphone et lui dire que tu as changé d'avis ? Ce serait assurément la manière la moins déplaisante de lui annoncer le contretemps, et qui lui fera le moins de mal.

— Oh ! Non. Je ne peux pas faire cela.

— Mais pourquoi pas, ma chère ? Rien n'a paru encore dans les journaux.

— Ce sera annoncé demain.

— Ah ! Voilà précisément où je puis t'être utile. Je vais envoyer chercher Geoffrey Dawson et faire retirer l'avis. »

J'étais terrifiée.

« Je vous en prie ! balbutiai-je. Oh ! non. Je vous en prie ! »

Polly vint à mon secours.

« Mais elle meurt d'envie de l'épouser, Mummy ! Elle l'adore ! Et regardez sa jolie bague ! »

Lady Montdore regarda et son opposition s'en trouva renforcée.

« Mais ce n'est pas un rubis ! dit-elle, comme si j'avais prétendu que c'en fût un. Quant à l'amour, je pensais que l'exemple de ta mère t'aurait servi de leçon ! Tu sais où l'amour l'a menée ? Parlons-en de l'amour ! Celui qui l'a inventé devrait être fusillé !

— Pourquoi êtes-vous tellement contre les professeurs ? dit Polly. Daddy a beaucoup d'amis parmi eux.

— Oh ! à condition d'aimer ce genre, j'admets qu'ils sont parfaits à un dîner. Il arrive à Montdore d'en inviter quelques-uns, de temps en temps, mais de là à ce qu'ils se croient autorisés à épouser les gens, non ! Quelles affreuses manières ! Une sorte de mégalomanie, en vérité. Tant de personnes en sont atteintes, à l'époque où nous vivons ! Non, non, Fanny, je suis terriblement inquiète.

— Oh ! dis-je, ne soyez pas peinée, je vous en prie.

— D'ailleurs, reprit Lady Montdore, si tout est arrangé, comme tu le dis, je ne puis, sans doute, plus rien faire pour conjurer le péril, sauf t'aider à tirer le meilleur parti possible de l'aventure. Montdore pourra demander au secrétaire général du parti, aux Communes, s'il n'y aurait pas quelque chose en vue... Oui, c'est cela qu'il faut faire. »

J'eus sur le bout de la langue de lui dire que ce « quelque chose en vue », je l'attendais de Dieu et non du secrétaire général du parti ; mais je me retins et n'osai même pas lui avouer qu'Alfred n'était pas conservateur.

On se mit alors à parler de mon trousseau, au sujet duquel Lady Montdore se montra également impérieuse, mais sans que j'en ressentisse autant de trouble. J'éprouvais, à cette époque de ma vie, peu d'intérêt pour la toilette ; toutes mes pensées allaient à cette charmante vieille petite maison qu'Alfred m'avait fait visiter, après m'avoir mis au doigt mon grenat-œuf de pigeon, et qui, par miracle, était à louer. Je songeais comment il faudrait l'arranger et la meubler.

« Ce qui est important, continuait Lady Montdore, c'est d'avoir un vraiment bon manteau de fourrure, je veux dire un vrai manteau de fourrure sombre. »

Lorsque Lady Montdore disait fourrure, elle pensait « vison » ; elle ne concevait pas qu'il fût tolérable de porter une autre fourrure — la zibeline exceptée, qu'elle appelait par son nom.

« Non seulement toutes tes robes s'en trouveront embellies, mais, comme un tel manteau ne se quitte guère, tu n'auras pas besoin de te soucier du reste. Et surtout ne va pas gaspiller ton argent en vêtements de dessous ; rien de plus stupide ! Pour ma part, j'emprunte toujours les siens à Montdore. Bien. Pour le soir, une broche de diamants est très utile, à condition que les pierres soient grosses et belles. Oh ! ma chère, quand je songe aux diamants que ton père a donnés à cette femme ! Quel dommage ! C'est à en pleurer. Mais, tout de même, il n'a pas dû dilapider tout ce qu'il avait ; il était extrêmement riche quand il hérita la fortune de ses parents. Je vais lui écrire. Allons, chérie, soyons pratiques, et ne perdons pas de temps. »

Elle sonna sa secrétaire et lui dit que l'adresse de mon père devait être découverte à tout prix.

« Téléphonez de ma part au sous-secrétaire d'État aux Colonies et dites-lui mon souvenir. Notez aussi que j'aurai à écrire, dès demain, à Lord Logan. »

Elle chargea encore sa secrétaire d'établir une liste des magasins où la lingerie, les sous-vêtements et le matériel de ménage pouvaient être acquis au prix de gros.

« Apportez cette liste ici pour Miss Logan, dès que vous l'aurez terminée. »

Lorsque sa secrétaire fut sortie, Lady Montdore, se tournant vers Polly, se mit à lui parler exactement comme si j'étais partie, moi aussi, et qu'elles fussent seules toutes deux. C'était là, chez elle, une manie qui m'embarrassait fort, car j'ignorais ce que Lady Montdore attendait de moi et si je devais l'interrompre pour prendre congé, ou affecter un air dégagé et regarder simplement par la fenêtre, comme si j'eusse été dans la lune. Mais aujourd'hui l'affaire était claire et je n'avais pas le choix : il me fallait attendre la liste des adresses.

« Dis-moi, Polly, as-tu pensé à un jeune homme à inviter pour le trois ?

— Que diriez-vous de John Coningsby ? » répondit Polly avec une indifférence qui exaspéra visiblement sa mère.

Lord Coningsby était en quelque sorte son prétendant officiel. Elle l'invitait à toutes les *parties* et Lady Montdore en éprouva d'abord un vif plaisir, car John était riche, beau garçon, agréable et « fils aîné », ce qui, dans le langage de Lady Montdore, signifiait : « fils aîné d'un pair » (pas question, en aucun cas, pour Mr Jones ou Mr Robinson, quel que fût leur rang de primogéniture, d'être considérés comme des « fils aînés »). Très vite, cependant, elle découvrit que Polly et lui étaient excellents amis et ne seraient jamais autre chose ; non sans regret, elle se désintéressa alors complètement de Lord Coningsby.

« Oh ! John ne compte pas.

— Il ne compte pas ? Que voulez-vous dire ?

— Ce n'est qu'un ami. J'ai songé chez Woollands — j'ai souvent d'excellentes idées dans les magasins — que nous pourrions inviter Joyce Fleetwood. »

Hélas ! l'époque était bien révolue où « moi, Albert-Christian-George-Andrew-Patrick-David » demeurait la seule personne au monde qui fût digne de « te prendre, Léopoldina, pour mon épouse », puisque c'est sur un Joyce Fleetwood qu'on se rabattait maintenant pour lui confier la succession. Peut-être Lady Montdore s'était-elle résignée à l'idée que, du moment où Polly ne montrait aucune inclination à épouser un homme solidement établi par l'héritage et le rang, le moindre mal consisterait sans doute à choisir un garçon capable de se créer, par sa valeur et son courage, une situation convenable. Joyce Fleetwood était un jeune député conservateur, bruyant et agité, très satisfait de lui-même, qui possédait à fond un ou deux des sujets les plus rebutants qui fussent jamais traités à la Chambre des Communes, tels que l'agriculture ou l'Empire, et demeurait toujours disposé à en discuter longuement à chaque séance. Il avait fait impression sur Lady Montdore qui disait de son intelligence des choses tout à fait excessives ; ses parents possédaient une propriété dans le Norfolk et Lady Montdore les connaissait.

« Eh bien ! Polly ?

— Pourquoi pas ! dit Polly. C'est le déluge dès qu'il ouvre la bouche. Mais, invitons-le tout de même. Il est tellement fascinant, n'est-ce pas ? »

Cette fois, Lady Montdore perdit patience et sa voix s'envola dans les aigus. J'éprouvais vraiment quelque sympathie pour elle, car le ton de Polly — on ne pouvait s'y tromper — était délibérément provocant.

« Polly ! s'écria-t-elle, cela ne peut pas durer ainsi ! »

Polly ne répondit pas. Penchant la tête, elle fit semblant de lire, à l'envers, les titres du journal qui était déplié sur un fauteuil, près du siège de sa mère. Son attitude signifiait clairement : « Continuez ! Continuez ! Horrible femme vulgaire que vous êtes... Je me moque de ce que vous dites. Vous êtes moins que rien pour moi. »

« Je te prie d'écouter, quand je te parle, Polly. »

Polly continua à regarder de biais les titres du journal.

« Polly, veux-tu, s'il te plaît, faire attention à ce que je dis ?

— Que disiez-vous ? Il s'agissait de Mr Fleetwood, je crois ?

— Laisse Mr Fleetwood tranquille pour l'instant. Je désire savoir ce que tu as l'intention de faire dans la vie. As-tu décidé de rester à la maison et de continuer à vivre dans la lune ?

— Que puis-je faire d'autre ? Vous ne m'avez guère préparée à une carrière, n'est-ce pas ?

— C'est justement ce qui te trompe ! Je t'ai préparée au mariage. Et à mon avis — oh ! je sais que je ne suis plus à la page ! — le mariage est la plus belle de toutes les carrières qui s'offrent à une femme.

— Tout ça est très joli, mais comment pourrai-je me marier, si personne ne veut de moi ? »

C'était bien là que le bât blessait cruellement Lady Montdore : personne ne demandait sa fille en mariage.

Une Polly coquette et enjouée, entourée de prétendants parfaits, favorisant l'un d'eux contre tous, puis abandonnant cet élu d'un instant pour en taquiner un autre, une Polly désirée par les hommes mariés et toujours en train de briser les idylles de ses amies : à une fille de ce genre, Lady Montdore, plongée dans le ravissement, eût permis de jouer, quelques années encore, à ces jeux charmants, à la condition, bien entendu, que tout se terminât par un grand mariage et un établissement convenable. Ce qui perçait le cœur maternel de Lady Montdore, c'était, précisément, le peu d'attrait exercé sur les hommes par cette fille d'une incontestable beauté. Les « fils aînés » lui jetaient un coup d'œil, déclaraient : « Elle est vraiment ravissante ! » puis couraient épouser quelque fille au menton plat de Cadogan Square. Récemment encore, trois ou quatre fiançailles de ce genre avaient été annoncées, qui faisaient défaillir de rage la pauvre Lady Montdore.

« Et pourquoi ne te demandent-ils pas en mariage ? Uniquement parce que tu ne fais rien pour les encourager. Enfin, Polly, ne peux-tu donc essayer d'être un peu plus gaie et gentille avec eux ? Les hommes n'aiment pas faire la cour à une momie ; c'est trop décourageant !

— Je vous remercie, mais je ne tiens pas à ce qu'on me fasse la cour.

— Oh ! Dieu tout-puissant ! Mais qu'est-ce que tu veux alors ?

— Que vous me laissiez tranquille, Mère, s'il vous plaît.

— Et tu vas rester ici, avec nous, jusqu'à ta mort ?

— Daddy n'y verrait aucun inconvénient, j'en suis sûre !

— Oh ! que si ! Ne te fais pas d'illusions à cet égard. Ton père te garderait volontiers un an ou deux, mais il serait ensuite aussi malheureux que moi. Il n'y a pas de parents qui puissent désirer que leur enfant devienne une vieille fille acariâtre — et tu serais de l'espèce acariâtre, cela crève les yeux, ma chère —, acariâtre et desséchée ! »

Je n'en croyais pas mes oreilles. Était-ce bien Lady Montdore qui parlait ainsi, en termes aussi durs et crus, à sa fille, cette perle sans défaut, qu'elle adorait au point de lui pardonner de n'être pas un garçon, héritier des biens et du nom ? J'étais atterrée, glacée jusqu'aux os.

Il y eut un long silence, qui ajouta encore à mon malaise. Il fut rompu par le monstre de Frankenstein qui entra, de son pas saccadé, pour annoncer que le roi du Portugal demandait Lady Montdore au téléphone. La mère de Polly sortit en clopinant et je saisis l'occasion qui s'offrait de m'éclipser à mon tour.

« Je la déteste, dit Polly en m'embrassant, je la déteste ! Je voudrais qu'elle soit morte. Oh ! Fanny, quelle chance tu as eue de n'être pas élevée par ta mère... Tu n'imagines pas combien ça peut être affreux.

— Pauvre Polly ! dis-je, toute bouleversée. Quand tu étais petite, les choses allaient si bien !

— Non. Cela a toujours été horrible. Toujours. Et je l'ai toujours haïe, du plus profond de mon cœur. »

Je ne la crus pas.

« Est-ce qu'elle est ainsi tout le temps ?

— De pire en pire. Mieux vaut profiter de son absence pour filer, chérie, si tu ne veux pas être coincée de nouveau. Je te téléphonerai bientôt... »

XI

Je me mariai au début des vacances de Noël. Lorsque nous revînmes, Alfred et moi, de notre voyage de noces, nous allâmes habiter Alconleigh, en attendant que notre petite maison d'Oxford fût prête à nous recevoir. C'était la solution la meilleure et la plus pratique : Alfred pouvait se rendre chaque jour à Oxford pour ses cours, et j'étais moi-même à pied d'œuvre pour surveiller l'installation de notre home. Cependant, bien qu'Alconleigh eût été pour moi, depuis ma petite enfance, un véritable foyer d'adoption, j'éprouvai, en acceptant l'offre de Tante Sadie, quelque appréhension à l'idée d'y séjourner longuement avec mon mari, au début de notre vie conjugale. Oncle Matthew était célèbre pour la violence de ses humeurs — les mauvaises l'emportant de beaucoup sur les bonnes — et pour l'habitude qu'il avait de ne jamais tenter de dissimuler, si peu que ce fût, les unes et les autres. Je m'aperçus très vite qu'il nourrissait, à l'endroit du pauvre Alfred, une aversion préconçue et très vive. Quant à moi, personne ne l'ignorait dans la famille, il m'avait en horreur. Il haïssait aussi les nouveaux visages et les hommes qui épousaient ses parentes ; il haïssait et méprisait enfin ceux qui ne pratiquaient pas les sports violents. Alfred, je le sentais, partait dans la course avec des chances minimes, d'autant que — suprême abomination — « ce phénomène lisait des livres ».

Cet ostracisme, il est vrai, avait atteint Davey lui-même lorsqu'il était, dans le rôle de fiancé de Tante Emily, apparu pour la première fois sur la scène ; mais Oncle Matthew, bientôt, s'était trouvé saisi d'une inexplicable tendresse pour lui et il ne fallait pas compter qu'un tel miracle pût se renouveler en faveur de mon mari. Mes craintes, cependant, ne furent pas absolument justifiées. Il est à présumer que Tante Sadie avait fait à son époux, avant notre arrivée, les trois sommations réglementaires, cependant que je m'efforçais, pour ma part, de mettre toutes les chances de notre côté. J'exigeai d'Alfred qu'il se fît tondre les cheveux à la manière des officiers de la garde ; je le suppliai de ne jamais ouvrir un livre sauf dans le secret de sa chambre à coucher, et le pressai enfin de se montrer exact à l'heure fatidique des repas. C'était, lui dis-je, une des manies d'Oncle Matthew de nous réunir tous dans la salle à manger, cinq minutes au moins avant que le repas fût prêt. « Allons ! Allons ! nous criait-il, en route ! Et maintenant, assis. » Tous les membres de la famille, assis en rond autour de la table, les yeux rivés sur la porte de l'office, se réchauffaient en s'appliquant les assiettes chaudes au creux de l'estomac — une fois, même, Tante Sadie, distraite, versa délicatement une soupe claire dans l'échancrure de son corsage.

J'essayai d'expliquer toutes ces choses au cher Alfred qui m'écoutait avec patience, mais sans y rien comprendre ; je tentai aussi de le prémunir contre l'assaut des colères dévastatrices de mon oncle et réussis surtout à terroriser inutilement le malheureux garçon.

« Installons-nous à la *Mitre*, me suggéra-t-il.

— Peut-être, répondis-je sans y croire, peut-être ne sera-ce pas, chez Oncle Matthew, aussi terrible que nous le craignons. »

Et, en effet, la vie à Alconleigh fut, à la longue, beaucoup moins odieuse que prévu. La haine traditionnelle qu'Oncle Matthew avait contre moi, et qui, aussi loin que remontent mes souvenirs, avait jeté un voile de terreur sur mon enfance, appartenait plus à la légende qu'à la réalité. Il était si conservateur, et je faisais à ce point partie de sa maison, que son aversion à mon égard — comme d'ailleurs celle qu'il nourrissait contre Josh, le groom, et contre un certain nombre de ses proches — non seulement avait perdu de sa virulence avec les années, mais s'était même muée en une sorte d'amour. Je dis bien : amour, car une tiède affection, telle que les oncles en éprouvent d'ordinaire pour leurs nièces, demeurait un sentiment définitivement étranger à sa nature.

Quoi qu'il en fût, Oncle Matthew ne montra aucune velléité d'empoisonner les débuts de ma vie conjugale et fit même de touchants efforts pour maîtriser les irritations successives que provoquaient en lui les insuffisances d'Alfred, son extraordinaire maladresse de conducteur, son irrégularité aux repas et sa fatale inclination à répandre sur la nappe la confiture d'oranges du petit déjeuner. Alfred, grâce au Ciel, nous quittait chaque jour à neuf heures pour se rendre à Oxford et n'en revenait que pour dîner ; si j'ajoute que nous partions, lui et moi, passer tous nos week-ends dans le Kent, chez Tante Emily, on comprendra comment Oncle Matthew parvint à supporter notre présence et comment Alfred, qui était loin de partager mon admiration sans bornes pour tous les membres de la famille Radlett, réussit, pour sa part, à survivre aux angoisses d'un tel séjour.

Les fils de Tante Sadie avaient regagné leur école, et ma cousine Linda — l'être au monde que je chérissais le plus après Alfred — était installée à Londres et y attendait un enfant ; Alconleigh, sans elle, m'apparaissait comme une maison sans âme ; Jassy et Victoria, ses sœurs, demeuraient cependant chez leurs parents — aucune des petites Radlett ne fut jamais envoyée dans une école — et c'est à elles que la vieille maison devait de résonner, comme autrefois, de cris, de querelles et de hurlements idiots. Il y avait toujours quelque plaisanterie en cours à Alconleigh et répétée au point de rendre chacun enragé. Celle qui était en honneur à cette époque consistait à se donner la repartie en chantant, à longueur de journée, les titres du *Daily Express*.

Jassy : *Aff*reuse *ago*nie d'un *hom*me dans une *ca*ge *d'as*censeur.

Victoria : Len*te*ment é*crasé*, il *meurt* dans *d'a*troces *souf*frances.

Tante Sadie, bien entendu, se fâchait tout rouge et disait à ses filles qu'elles étaient trop âgées pour montrer si peu de cœur et que toute cette plaisanterie manquait absolument d'esprit, était sotte et ridicule. Puis, elle leur interdisait de continuer à chanter de la sorte. Aussitôt, Jassy et Victoria reprenaient le rythme en tapant chacune sur le dos de l'autre, en cognant aux portes ou sous la table de la salle à manger, en claquant la langue ou en clignant de l'œil, le tout accompagné de ricanements détestables. Alfred — c'était visible — les trouvait complètement idiotes et eut beaucoup de peine à maîtriser son indignation lorsqu'il apprit qu'elles avaient définitivement abandonné leurs études.

« Bénie soit votre Tante Emily ! disait-il. J'aurais été incapable d'épouser une fille totalement illettrée. »

Moi aussi, bien entendu, je bénissais dans mon cœur ma chère Tante Emily ; mais, dans le même instant, Jassy et Victoria me faisaient rire si fort et je les aimais tant qu'il m'était impossible de les souhaiter différentes. Dès mon arrivée, elles me traînèrent dans la cachette où avaient lieu leurs plus secrets conciliabules — le placard des *Honorables* — pour me demander à quoi *cela* ressemblait.

« Linda prétend que ce n'est pas tellement épatant, dit Jassy, et, connaissant Tony, nous n'en sommes pas surprises.

— Oui, dit Victoria, mais Louisa assure que, avec un peu d'entraînement, c'est absolument, absolument *merveilleux* ! Et quand nous pensons à John, cela nous étonne rudement.

— Que leur reprochez-vous, à ces malheureux ?

— Ils sont vieux et embêtants. Allez, Fanny, raconte. »

Je répondis que j'étais du même avis que Louisa, mais refusai d'entrer dans les détails.

« C'est dégoûtant tout de même ! Personne ne veut nous expliquer. Sadie n'a aucune idée de la chose — c'est évident — et Louisa est une vieille pimbêche ; mais nous comptions beaucoup sur Linda et toi. Eh bien ! tant pis. Nous entrerons, absolument ignorantes, dans le lit de notre époux, comme les femmes de l'époque victorienne, et, au petit matin, on nous trouvera raides, les yeux révulsés par l'horreur ; et le reste de notre vie, nous le passerons dans un cabanon qui coûtera les yeux de la tête à la famille. Alors, Fanny, tu regretteras de ne nous avoir pas secourues en temps utile !

— Accablées sous le poids des pierreries et des dentelles de Valenciennes, d'un prix inestimable, dit Victoria. Le Satyre était ici, la semaine dernière, et il a raconté à Sadie quelques histoires d'amour dans ce genre-là. Naturellement, nous n'étions pas censées écouter, mais tu devines ce qui s'est passé : Sadie n'a rien compris et nous avons tout entendu !

— À votre place, dis-je, je demanderais au Satyre. Il vous expliquera.

— Expliquera ? Il nous fera une démonstration ! Merci, très peu pour moi. »

Polly vint me voir. Elle avait maigri, était pâle, avec des cernes sous les yeux, et paraissait plus secrète que jamais, surtout en comparaison des exubérantes petites Radlett. À côté de Jassy et de Victoria, elle ressemblait à un cygne, nageant de conserve avec deux petits canards, tapageurs et agités. Mais elle les aimait beaucoup. Pour quelque raison mystérieuse, Polly ne s'était jamais très bien entendue avec Linda, mais elle adorait tous les autres habitants d'Alconleigh, particulièrement Tante Sadie, et se trouvait avec Oncle Matthew plus à l'aise que quiconque au monde — exception faite de la proche famille de ce dernier. De son côté, Oncle Matthew dédiait à Polly une part de ce culte qu'il avait voué à Lord Montdore ; il l'appelait Lady Polly, et un sourire attendri se dessinait sur ses lèvres chaque fois qu'il regardait le beau visage de mon amie.

« Et maintenant, mes enfants, dit Tante Sadie, laissez en paix Fanny et Polly. Elles ont des confidences à se faire et se passeront de vous un instant.

— C'est vraiment injuste. Naturellement, Fanny va *tout* raconter à Polly maintenant. Tant pis ! À nous le dictionnaire médical et la Bible ! Si seulement ces bouquins imprimés expliquaient les choses d'une manière moins sordide et moins glacée ! Ce qu'il nous faudrait, c'est une femme mariée, un peu intelligente, pour éclairer les points obscurs. Mais où la trouver ? »

Polly et moi eûmes une petite conversation à bâtons rompus et n'abordâmes aucun des sujets qui nous tenaient au cœur. Je lui montrai des photographies d'Alfred et de moi, prises sur la Côte d'Azur où nous nous étions rendus afin qu'il pût faire la connaissance de ma pauvre mère, la Trotteuse, qui y était installée avec son dernier mari, que je trouvai affreux. Polly m'apprit que les Dougdale projetaient d'y partir la semaine suivante, car Lady Patricia souffrait cruellement du froid. Elle me dit aussi qu'il y avait eu, à Hampton, une grande réception à l'occasion de Noël, et que Joyce Fleetwood était tombé en disgrâce auprès de Lady Montdore parce qu'il s'obstinait à ne pas payer ses dettes de bridge.

« J'en suis ravie, dit Polly. La grande-duchesse séjourne encore à la maison, pauvre vieille chérie. Seigneur, qu'elle est donc bécasse, mais Mummy n'est pas de cet avis. Mrs Chaddesley Corbett les nomme, elle et Mummy, Ma'am et Super-Ma'am. »

Je n'osai pas demander à mon amie quel tour avaient pris ses relations avec sa mère, et Polly, de son côté, n'en souffla mot, bien qu'elle parût très malheureuse.

« Viens vite nous voir, dit-elle en prenant congé. Et amène Alfred. »

Mais je redoutais les incartades de Lady Montdore, plus encore que celles d'Oncle Matthew ; je répondis qu'Alfred était très occupé et que j'irais seule à Hampton un jour prochain.

« J'ai entendu dire, me confia Tante Sadie après le départ de Polly, que Sonia et elle ont recommencé à se disputer comme chien et chat.

— Cette infernale vieille grue ! grommela Oncle Matthew, il y a beau temps que je l'aurais noyée, si j'étais à la place de Montdore.

— Oui, s'écria Victoria, ravie, ou bien il aurait pu la couper en petits morceaux avec ses ciseaux à ongles, comme fit ce duc français, dont le Satyre vous parlait, Sadie ; vous n'écoutiez pas, mais nous avons bien entendu.

— Ne m'appelez pas Sadie, mes enfants, s'il vous plaît. Et n'appelez pas Mr Dougdale le Satyre.

— Mais c'est toujours ainsi que nous vous appelons, dès que vous avez le dos tourné. Alors, vous comprenez, cela nous échappe forcément, de temps en temps, quand vous êtes là ! »

Davey arriva sur ces entrefaites. Il était en traitement pour une dizaine de jours, à la clinique Radcliffe. Tante Emily, qui éprouvait un attachement de plus en plus impérieux pour ses chers animaux, ne se résignait pas volontiers à les abandonner ; j'en rendais grâces au Ciel, car nos week-ends dans le Kent nous étaient devenus, à Alfred et moi, une indispensable détente.

« J'ai croisé Polly dans l'avenue, dit Davey. Nous nous sommes arrêtés et avons fait un brin de conversation. Je lui ai trouvé une mine effroyable.

— Allons donc ! dit Tante Sadie, qui ne croyait pas aux maladies, l'appendicite exceptée, Polly se porte comme un charme. Elle a besoin d'un mari, c'est tout.

— Voilà bien les femmes ! s'écria Davey. L'amour physique, ma chère Sadie, n'est pas une panacée à tous les maux. Je le regrette infiniment, d'ailleurs.

— Je ne parle pas de cette chose », dit Tante Sadie, extrêmement choquée par l'interprétation donnée à ses paroles.

Elle se montrait, en effet, très « antisexuelle », comme disaient ses filles, et ces questions n'entraient jamais en ligne de compte dans ses raisonnements.

« Ce que j'ai dit, reprit-elle, et je l'ai dit comme je le pensais, c'est qu'elle a besoin d'un mari. Les filles de son âge, qui vivent chez leurs parents, sont bien rarement heureuses, Polly moins que toute autre, car elle n'a strictement rien à faire, ne s'intéresse ni à la chasse, ni aux réceptions, ni à quoi que ce soit. Et, qui plus est, elle se dispute sans cesse avec sa mère. Sonia, il est vrai, l'assomme de reproches et de sermons et ne manque pas une gaffe ; c'est une femme sans tact, mais, au fond, elle a raison. Il faut à Polly une vie indépendante, des enfants, des soucis et des occupations personnels — il lui faut un foyer, disons le mot — et tout cela, c'est un mari qui le lui apportera.

— Ou bien une lady de Llangollen, dit Victoria.

— C'est l'heure d'aller au lit, mademoiselle ; disparaissez toutes les deux.

— Oh ! pas moi. Ce n'est pas encore mon heure !

— J'ai dit toutes les deux. Allez, vite, au lit ! »

Elles sortirent du salon, aussi lentement que possible, et montèrent l'escalier en scandant, à grands coups de pied : « *Affreuse agonie d'un homme...* » tout au long du couloir de la nursery ; il était impossible de ne pas les entendre, la maison tout entière en était ébranlée.

« Je crois, dit Tante Sadie, que ces enfants lisent trop de livres. Mais impossible de les arrêter. Faute de mieux elles lisent jusqu'aux noms des médicaments sur les bouteilles du pharmacien.

— Oh ! s'écria Davey, mais, moi aussi, j'adore déchiffrer les noms des remèdes ! C'est une passionnante lecture. »

XII

Le lendemain matin, lorsque je descendis pour le petit déjeuner, je trouvai tous les visages, ceux des enfants compris, marqués d'une gravité inhabituelle. Tante Sadie, par l'intermédiaire de je ne sais quel mystérieux tam-tam local, avait, en effet, appris la mort de Lady Patricia Dougdale, qui s'était éteinte soudainement au cours de la nuit. Prévenu aussitôt, Lord Montdore, quelque hâte qu'il eût mis à faire la route, avait trouvé sa sœur dans le coma. Une heure plus tard, elle était morte.

« Oh ! Pauvre Patricia ! » ne cessait de répéter Tante Sadie, vraiment bouleversée.

Quant à Oncle Matthew, à qui les larmes venaient aisément, il se tamponnait tumultueusement les yeux, et, penché sur son assiette chaude, attaquait avec moins d'enthousiasme que de coutume sa saucisse favorite qu'il nommait, dans son argot personnel, un « banger ».

« Je l'ai rencontrée, dit-il, la semaine dernière encore dans Clarendon Yard.

— Oui, reprit Tante Sadie, vous me l'aviez dit, je m'en souviens. Pauvre Patricia, je l'aimais profondément, bien qu'elle fût un peu lassante à la longue avec ses histoires de santé.

— Ah ! s'écria triomphalement Davey, vous finissez par reconnaître qu'elle était fragile. Eh bien ! elle en est morte. Son foie l'a tuée. Êtes-vous convaincue, maintenant ? Je voudrais que vous finissiez par comprendre, vous autres Radlett, qu'il n'existe pas de maladie imaginaire. Aucune personne bien portante ne consentirait à s'astreindre à toutes les choses par où moi, par exemple, je suis obligé de passer afin de garder en vie ma pauvre vieille carcasse. »

À ces derniers mots, Jassy et Victoria pouffèrent de rire et Tante Sadie elle-même ne put s'empêcher de sourire, car nul n'ignorait que, bien loin d'en éprouver le moindre ennui, Davey adorait se dorloter et passait, à suivre d'effrayants régimes, la meilleure partie de son temps.

« Oh ! naturellement, dit Davey avec une colère froide, je m'y attendais. Vous trouvez tous que c'est une énorme plaisanterie et je suis sûr que Jassy et Victoria étoufferont de rire quand on me découvrira, un beau matin, raide mort dans mon lit. Laissez-moi vous dire que cette histoire ne me fait pas rire, moi, et que la pauvre Patricia, avec un foie aussi malade, n'a pas dû rire non plus !

— Pauvre Patricia, je crains qu'elle n'ait pas eu la vie bien drôle avec cet odieux Satyre. »

On reconnaissait bien là Tante Sadie ; après avoir protesté, depuis des années, contre le nom que nous donnions à Boy, elle en usait à son tour, le plus naturellement du monde. Il en était toujours ainsi avec elle ; on pouvait même prévoir que, tôt ou tard, elle chanterait à son tour l'*Affreuse agonie d'un homme...*

« Par un phénomène que je n'ai jamais compris, elle aimait sincèrement son mari.

— Jusqu'à ces derniers temps, du moins, dit Davey. Mais, depuis un an ou deux, la roue, je crois, avait tourné, et c'est à Boy que la tendresse était venue. Trop tard, cependant ! Elle avait cessé de se tracasser à son sujet.

— C'est bien possible. En tout cas, la chose est fort triste. Chéri, il faut envoyer une couronne, immédiatement. En cette saison, nous devrons la commander à Oxford... Quel gaspillage, en vérité ! »

Jassy se mit à chanter :

« Envoyez une couronne d'œufs de grenouille, d'œufs de grenouille, d'œufs de grenouille ! Une ravissante couronne d'œufs de grenouille ! Ah ! que j'aime les œufs de grenouille !

— Si vous continuez à être aussi sottes, mes enfants, dit Tante Sadie, à qui l'indignation exprimée par le visage d'Alfred n'avait pas échappé, je serai obligée de vous envoyer dans une école.

— En aurez-vous les moyens ? demanda Victoria. Il faudra que vous nous achetiez des robes d'uniforme, des tenues de gymnastique, du linge en quantité convenable et quelques malles bien solides. J'ai vu des filles qui partaient pour l'école : elles étaient, de la tête aux pieds, couvertes de choses coûteuses. Naturellement, nous serions ravies : des béguins pour les grandes, des chahuts dans le dortoir, pensez donc ! Et puis, vous savez, Sadie, l'école a un côté sexuel, tenez, par exemple, le mot "maîtresse", Sadie... »

Mais Sadie n'écoutait pas. Elle était dans la lune, comme d'habitude.

« Allons, allons ! dit-elle, vous êtes de petites sottes. Et ne m'appelez pas Sadie, je vous prie. »

Tante Sadie et Davey se rendirent ensemble aux funérailles. Oncle Matthew siégeait, ce jour-là, en justice de paix et tenait à être présent pour s'assurer qu'un certain bandit, qui devait y comparaître, serait bien envoyé aux assises, où il avait toutes chances d'attraper quelques années de travaux forcés, agrémentés de châtiments corporels. Un ou deux des juges suppléants qui assistaient Oncle Matthew avaient, paraît-il, sur la justice, des idées modernes très étranges, et mon oncle se voyait contraint de mener contre eux une guerre sournoise, en quoi il était grandement aidé par un amiral à la retraite, qui vivait dans les environs.

Ils allèrent donc sans lui à l'enterrement, et en revinrent fort déprimés.

« Eh bien ! en voilà une de partie, dit Tante Sadie, tristement. La première de notre génération. J'ai toujours redouté cet instant. Ce sera notre tour, bientôt. Oh ! parlons d'autre chose.

— Quelle bêtise ! dit vivement Davey. La science moderne nous permettra bientôt de rester vivants, et jeunes aussi, pendant de longues années. Les organes de Patricia étaient dans un état épouvantable, j'ai parlé un instant avec le docteur Simpson, tandis que vous causiez avec Sonia ; c'est un miracle que la pauvre créature ait vécu aussi longtemps. Quand les enfants seront au lit, je vous raconterai.

— Non, merci, dit Tante Sadie, tandis que les enfants suppliaient Davey de les accompagner immédiatement jusqu'au placard des *Honorables* et de tout leur expliquer.

— C'est injuste ! Sadie ne veut pas écouter, et nous, nous en mourons d'envie.

— Quel âge avait Patricia ? demanda Tante Sadie.

— Elle était plus âgée que nous, répondit Davey. Au moment de son mariage, le bruit courait, je m'en souviens, que Boy avait quelques années de moins qu'elle.

— Aujourd'hui, dans ce vent aigre, il avait l'air d'un vieillard.

— Oui ; et il semblait accablé de douleur, pauvre Boy. »

Pendant son bref entretien, au cimetière, avec Lady Montdore, Tante Sadie avait appris que la mort de Patricia avait stupéfié tous ses intimes et que, en dépit du mauvais état de sa santé, qui était évident, personne n'imaginait qu'elle se trouvât en danger de s'éteindre aussi brusquement ; elle-même se réjouissait d'avance du voyage qu'elle devait faire en France, la semaine suivante. Lady Montdore, à qui la mort inspirait une sorte d'horreur, trouvait vraiment très inconsidéré, de la part de sa belle-sœur, d'avoir brisé avec tant de soudaineté leur petit cercle familial ; quant à Lord Montdore, qui adorait sa sœur, il se remettait péniblement du choc terrible que lui avait causé cette course nocturne jusqu'au chevet d'une mourante. Assez curieusement, la plus frappée avait été Polly. Un violent malaise l'avait saisie, à l'annonce de la triste nouvelle ; elle était demeurée prostrée pendant deux jours et paraissait si mal en point que Lady Montdore s'était opposée à ce qu'elle assistât aux funérailles.

« C'est étrange, dit Tante Sadie. Je ne me doutais pas qu'elle avait une telle affection pour Patricia. Qu'en penses-tu, Fanny ?

— Choc nerveux, dit Davey. Sans doute la première fois que la mort frappe si près d'elle.

— Oh ! non, s'écria Jassy. Et Ranger ?

— Les chiens, ma chère Jassy, ne sont tout de même pas des êtres humains. »

Mais, pour les petites Radlett, il n'y avait aucune différence, à cette réserve près que les chiens, dans l'ensemble, leur paraissaient beaucoup plus attachants que les hommes.

« Et la tombe ? demanda Victoria. Comment était la tombe ?

— Il n'y a pas grand-chose à en dire, répondit Tante Sadie. Juste une tombe avec des montagnes de fleurs et de la boue.

— On l'avait bordée d'une guirlande de bruyères de Craigside, dit Davey. Pauvre Patricia, elle aimait tant l'Écosse.

— Et où était le tombeau ?

— Dans le cimetière de Silkin, naturellement, entre le séquoia et l'auberge des *Blood Arms*. Sous les fenêtres de la chambre de Boy, pour ainsi dire. »

Jassy se mit à parler à mots pressés, avec un grand sérieux.

« Promettez-moi de m'enterrer ici, quoi qu'il arrive, s'il vous plaît, promettez-moi, je vous en prie. J'ai trouvé la place exacte que je désire ; je la regarde chaque fois que je vais à l'église ; c'est juste à côté de cette vieille dame qui est morte à près de cent ans.

— Mais ce n'est pas l'emplacement de notre tombe au cimetière ! Le caveau de ton grand-père se trouve bien loin de là.

— Peut-être, mais c'est tout de même la place que je veux. J'ai vu là, un jour, un petit rat des champs qui était mort. Je vous prie, je vous en prie, n'oubliez pas !

— D'ici là, tu auras épousé quelque coquin et tu seras partie avec lui aux antipodes ! dit Oncle Matthew qui était de retour. Ils ont libéré mon bandit, en prétendant qu'il n'y avait pas de preuves. Au diable, les preuves ! Il suffisait de regarder sa figure pour voir qu'il était coupable ! C'est ce que j'appelle un après-midi perdu. L'amiral et moi, nous avons résolu de démissionner.

— Si je meurs au loin, reprit Jassy, alors faites revenir mon corps, dans un baril de sel. Je paierai ce qu'il faudra. Je jure que je paierai. S'il vous plaît, Pa, promettez-le-moi !

— Écris tes dernières volontés, dit Oncle Matthew en tendant à Jassy un morceau de papier et un stylo. Si ces choses ne sont pas écrites, on les oublie. Et je désire une caution de dix shillings, s'il te plaît.

— Retenez-les sur mon cadeau d'anniversaire, répondit Jassy, qui griffonnait avec une extrême application. J'ai dessiné une petite carte, comme dans *L'Île au trésor,* ajouta-t-elle. Vous voyez ?

— Oui. Merci, dit Oncle Matthew. C'est parfaitement clair. »

Il se dirigea vers le mur, tira de sa poche son passe-partout, ouvrit un petit coffre et y déposa le testament de sa fille. Chaque pièce, à Alconleigh, possédait un de ces coffres muraux, dont le contenu eût profondément surpris et dépité le cambrioleur qui se fût avisé de les forcer. Les joyaux de Tante Sadie — qui comprenaient quelques très belles pierres — n'y étaient jamais enfermés ; ils traînaient au hasard, dans la maison ou le jardin, partout où Tante Sadie avait eu l'idée de les ôter pour être plus à l'aise, puis les avait oubliés : dans la lessiveuse du sous-sol, près du massif de fleurs qu'elle entreprenait de désherber, quand ils ne partaient pas pour la blanchisserie, encore fixés à son porte-jarretelles qu'ils avaient servi à attacher. Les parures de cérémonie étaient confiées en garde à une banque. Quant à Oncle Matthew, il ne possédait pas de bijoux et méprisait les hommes qui en portaient (la chevalière de Boy et sa chaîne de montre en platine et perles le faisaient grincer des dents). Sa montre personnelle était un énorme oignon, en acier extra-dur, qui tictaquait comme une horloge ; il la réglait, deux fois par jour, sur le chronomètre de son bureau et affirmait qu'elle avançait de trois secondes par semaine sur l'heure officielle de Greenwich. Elle était attachée à un anneau brisé, en travers de son gilet de velours, par un lacet de cuir auquel Tante Sadie faisait fréquemment des nœuds pour se ressouvenir des choses qu'elle craignait d'oublier.

Les coffres, cependant, étaient pleins de trésors, d'une valeur incertaine sans doute, mais d'une extraordinaire variété, par exemple une pierre, extraite sur la propriété et dont Oncle Matthew affirmait qu'elle avait emprisonné, deux mille ans durant, un crapaud vivant ; le premier soulier de Linda ; le squelette d'une souris vomie par un hibou ; un petit fusil pour tirer sur les mouches à viande ; des cheveux, tressés en bracelet, de chacun des enfants ; une silhouette de Tante Sadie, découpée dans du papier noir, par un artiste de foire ; une noix ciselée ; un bateau dans une bouteille ; bref, un étrange ramassis où le sentiment, l'histoire naturelle et le caprice trouvaient également leur part.

« Viens ! Viens vite voir ! » dit Jassy à Victoria.

Elles coururent vers le coffre. L'ouverture de ces coffres demeurait un événement passionnant, extrêmement rare ; et la prospection des trésors secrets qu'ils contenaient était un vrai régal.

« Oh ! le ravissant petit éclat d'obus ! Est-ce que je peux l'avoir ?

— Non. Tu ne peux pas. Je l'ai reçu dans le ventre, où il est resté une semaine entière.

— Nous parlions de la mort, dit Davey. Le plus étonnant mystère des temps présents est précisément que le cher Matthew soit encore parmi nous.

— J'y vois, dit Tante Sadie, la preuve que rien ici-bas n'a la moindre importance. C'est pure folie que de tenter — et Dieu sait grâce à quels affreux efforts — de prolonger notre existence.

— Oh ! s'écria Davey, ce sont les efforts qui font toute la joie de la vie. »

Pour une fois, Davey disait la vérité.

XIII

DEUX semaines environ après les obsèques de Lady Patricia, Oncle Matthew, les sourcils froncés et grinçant des dents avec férocité, se tenait debout, montre en main, sur le perron, depuis la fin du déjeuner. L'heure approchait de l'événement le plus considérable de l'année, celui que mon oncle chérissait par-dessus tous les autres : la « récolte des chevesnes. » Le charmeur de chevesnes était convoqué pour deux heures et demie.

« Deux heures vingt-trois et quinze secondes, grommela furieusement Oncle Matthew. Dans six minutes trois quarts exactement, ce damné animal sera en retard ! »

Être simplement à l'heure, c'était, aux yeux d'Oncle Matthew, être en retard. Seuls, les gens en avance à leurs rendez-vous trouvaient grâce à ses yeux. Voici pourquoi il ne manquait jamais de s'agiter fébrilement une bonne demi-heure avant l'instant prévu, perdant ainsi le temps qu'il reprochait aux autres de lui faire perdre et n'y gagnant qu'une humeur de chien.

La fameuse rivière à truites qui serpentait dans la vallée, en contrebas d'Alconleigh, était l'un des biens de ce monde à quoi Oncle Matthew avait voué sa plus sûre tendresse. Il se montrait d'ailleurs excellent pêcheur à la mouche et, en tout temps, son bonheur consistait à patauger, en bottes de pêche, dans sa rivière chérie et à inventer des aménagements merveilleux et nouveaux. Réalisant enfin ses rêves de petit garçon, il construisait des digues, creusait des écluses, coupait les herbes, aplanissait les rives ; il tirait les hérons, piégeait les loutres et repeuplait, chaque année, avec de jeunes truites. Mais le foisonnement des poissons d'espèce commune, comme les chevesnes, qui dévoraient les petites truites — ainsi d'ailleurs que la nourriture de ces dernières — lui causait un grand souci. Un jour, feuilletant l'*Exchange and Mart*, il tomba sur l'annonce suivante : « Débarrassez-vous des poissons voraces grâce au charmeur de chevesnes. »

Les petites Radlett prétendaient que leur père était totalement illettré, mais en fait, à condition d'être captivé par son sujet, il lisait parfaitement ; la meilleure preuve en demeure qu'il découvrit tout seul, sans aide aucune, l'existence du charmeur de chevesnes. Il s'assit, sur-le-champ, à son bureau et pria le charmeur de venir sans délai. La lettre lui demanda de grands efforts ; respirant lourdement, il dut, comme d'habitude, s'y reprendre à plusieurs fois et faire plusieurs brouillons avant de cacheter et de timbrer sa correspondance.

« Le type demande de joindre une enveloppe timbrée, avec l'adresse. Mais je ne vais pas en passer par ses quatre fantaisies. Libre à lui de venir ou non ; c'est son affaire. »

Le charmeur vint. Il se promena le long de la rivière et jeta, dans les eaux calmes, une semence magique qui porta des fruits magiques : bientôt, en effet, battant de la queue, mourant, à demi évanouis, suffoquant, complètement et indubitablement charmés, des centaines et des centaines de chevesnes apparurent à la surface. Toute la population mâle du village, prévenue en temps utile et armée de râteaux et de filets, se jeta sur les chevesnes expirants, en remplit plusieurs brouettes dont le contenu servit, selon les préférences, à fumer les jardins ou à confectionner des pâtés maigres.

À compter de ce jour, la « récolte des chevesnes » prit une place d'honneur dans les annales d'Alconleigh : le charmeur reparaissait régulièrement avec les perce-neige et son entreprise mystérieuse était observée par tous avec un plaisir toujours nouveau.

Nous l'attendions ce jour-là, comme chaque année, Oncle Matthew en arpentant furieusement le perron, les autres, au chaud derrière les vitres, en surveillant l'avenue, et tous les hommes du village, en s'assemblant déjà le long des rives. Aucun de nous — même Tante Sadie — ne voulait manquer la moindre phase de l'opération. Seul, Davey était monté dans sa chambre en disant :

« C'est un genre de chose qui ne me passionne pas ; et moins encore avec ce froid. »

Soudain, nous entendîmes un ronronnement de moteur, le crissement des pneus sur le gravier et le son, grave et profond, d'une trompe d'auto ; Oncle Matthew, après un dernier coup d'œil à sa montre, réintégrait celle-ci dans la poche de son gilet, lorsque apparut majestueusement, au tournant de l'avenue, non pas la petite Standard du charmeur, mais l'énorme Daimler noire de Hampton Park, amenant Lord et Lady Montdore.

La sensation produite fut immense. Les visiteurs étaient une espèce inconnue à Alconleigh ; et si, par hasard, quelques héros inconscients se risquaient à venir, Tante Sadie disparaissait, les enfants se jetaient à plat ventre sur le sol, pour n'être pas vues, tandis qu'Oncle Matthew lançait des regards furibonds affreusement embarrassants pour tout le monde et restait planté à une fenêtre, bien en vue, jusqu'à ce que le maître d'hôtel eût informé les visiteurs qu'il n'y avait personne à la maison. Les voisins, depuis longtemps, avaient tout bonnement renoncé. Quant aux Montdore, qui se considéraient comme des monarques régnant sur le comté, ils ne faisaient jamais de visites et attendaient que les notables vinssent à eux. De toute manière, l'événement était donc extrêmement singulier. Je ne connais personne au monde qui, faisant ainsi intrusion à l'heure sacrée de la « récolte des chevesnes », n'eût été mis à la porte par Oncle Matthew avec la dernière brutalité et poursuivi, le cas échéant, à coups de pierres. Mais, lorsqu'il reconnut les augustes occupants de la Daimler, Oncle Matthew, un instant pétrifié par l'étonnement, se précipita et ouvrit la portière avec la même vénération qu'un seigneur de l'ancien temps eût mise à tenir l'étrier à son suzerain.

« L'infernale vieille grue » — nous le notâmes aussitôt, malgré l'éloignement — montrait tous les signes d'une dépression profonde. Son visage était couperosé et gonflé, comme celui d'une personne qui vient de pleurer des heures durant ; elle ne prêta aucune attention à Oncle Matthew à qui elle n'adressa ni un mot ni même un regard pendant qu'elle tricotait violemment des pieds pour rejeter sa couverture de voyage et s'extirpait avec peine de la voiture. Une fois à terre, c'est avec la démarche chancelante d'une très vieille femme qu'elle se dirigea vers la maison. Tante Sadie, qui s'était hâtée à sa rencontre, lui passa un bras autour de la taille et l'entraîna dans le salon dont elle claqua la porte avec une autorité qui signifiait : vous, les enfants, laissez-nous tranquilles. Au même instant, Lord Montdore et Oncle Matthew s'enfermaient dans le bureau. Jassy, Victoria et moi restâmes à nous dévisager avec des yeux ronds comme des hublots, incapables de dire un mot, ahuries par l'étrangeté de cet événement. Avant même que nous ayons recouvré la parole, la petite auto du charmeur stoppa devant la maison, à la minute prévue.

« Sacré animal ! s'exclama plus tard Oncle Matthew, s'il n'avait pas été tellement en retard, nous aurions eu le temps de commencer la "récolte" avant l'arrivée des Montdore. »

Le charmeur rangea sa minuscule boîte à sardines à côté de l'énorme Daimler et franchit d'un bond, avec un gracieux sourire, les marches du perron. Lors de sa première visite à Alconleigh, il s'était modestement annoncé à l'entrée de service, mais le succès de la récolte magique lui avait à ce point concilié la tendresse d'Oncle Matthew qu'il était désormais autorisé à se présenter à la grande porte et dégustait toujours un verre de porto avec mon oncle avant d'entreprendre ses miraculeux accomplissements. Oncle Matthew, à n'en pas douter, lui eût offert du tokay impérial si la cave d'Alconleigh en avait possédé.

Jassy ouvrit la porte avant que le charmeur ait eu le temps de sonner et nous restâmes autour de lui, les bras ballants, pendant qu'il buvait son porto, en répétant : « Plutôt froid aujourd'hui, hein ? », sans parvenir à cacher son embarras.

« Sa Seigneurie n'est pas malade, j'espère ? » dit-il, surpris sans doute de n'avoir pas, comme d'habitude, aperçu mon oncle en train de trépigner sur le perron, de cet air furieux qui se muait soudain en affectueuses démonstrations de bienvenue, tandis qu'il tapait sur le dos du charmeur et lui versait un grand verre de porto.

« Non. Oh ! non. Il est occupé, mais il sera sûrement là dans un instant.

— Guère dans les habitudes de Sa Seigneurie d'être en retard, pas vrai ? »

À cet instant, Oncle Matthew nous fit parvenir un message, qui nous enjoignait de descendre à la rivière et de commencer la récolte. Il nous semblait extravagant d'ouvrir la fête sans lui, mais, bien entendu, la récolte devait être achevée avant le coucher du soleil. Nous nous glissâmes donc hors de la maison, pour nous entasser dans la petite Standard du charmeur et filer dans le vent du nord glacial qui soufflait sur la vallée.

Pendant que le charmeur semait à grands gestes la semence magique, nous restâmes au chaud dans son auto et échangeâmes nos impressions sur l'imprévisible et extraordinaire visite qui était en cours. Nous mourions, littéralement, de curiosité.

« Le gouvernement a dû tomber, dit Jassy.

— Il n'y aurait pas là de quoi faire pleurer Lady Montdore.

— Comment ! Mais qui se chargera désormais de ses petites commissions ?

— De toute façon, il y aura bientôt un nouveau gouvernement, conservateur peut-être cette fois-ci, pour faire ses corvées. Elle y gagnera encore.

— Et si Polly était morte ?

— Mais non ! Ils pleureraient à chaudes larmes sur son ravissant cadavre, au lieu de sillonner les routes en auto et de faire des visites.

— Peut-être qu'ils ont perdu tout leur argent et qu'ils viennent habiter avec nous ? » dit Victoria.

Cette perspective — très plausible — jeta un froid. À cette époque, où la richesse était si largement répandue et la fortune si solidement assise, les gens vivaient dans la terreur de la ruine imminente ; les petites Radlett, par exemple, mouraient de peur à l'idée de finir leurs jours à l'hôpital, et Oncle Matthew, encore que très à l'aise avec un revenu de dix mille livres, traversait, tous les deux à trois ans, des crises financières qui le bouleversaient et le laissaient convaincu qu'il en serait bientôt réduit à la charité publique.

Le charmeur ayant terminé son travail, nous sortîmes de la voiture avec nos épuisettes. C'était un instant passionnant : assemblés sur les rives, les paysans jetaient sur l'eau des regards avides, et, bientôt, les pauvres poissons commencèrent à se tortiller à la surface. Je réussis à en attraper deux, énormes, puis un troisième, de plus petite taille, et je m'apprêtais à en débarrasser mon filet quand une voix bien connue, tremblante de colère, s'écria derrière moi :

« Rejette-le dans l'eau immédiatement, sacrée petite idiote ! Tu ne vois donc pas que c'est une brême ? Oh ! Seigneur, que ces femmes sont stupides ! Et fais voir cette épuisette. Mais c'est la mienne ! Je l'ai cherchée partout ! »

J'abandonnai la partie, non sans soulagement. Dix minutes de barbotage, par ce vent glacial, m'avaient amplement suffi.

« Regarde ! Regarde ! cria Jassy. Ils s'en vont ! »

Et, en effet, la Daimler traversait le pont, Lord Montdore assis très droit sur le siège arrière et s'inclinant légèrement d'un côté et de l'autre, comme font les chefs d'État en sortie officielle. La grosse auto doubla une camionnette de boucher et Lord Montdore, se penchant en avant, adressa au boucher son plus gracieux sourire, pour le remercier d'avoir dégagé la route. Enfoncée dans son coin, Lady Montdore était presque invisible. Ils disparurent au tournant.

« Allez, Fanny ! dirent mes petites cousines en jetant à terre leurs engins de pêche, vite ! À la maison ! Il fait trop froid ici ! » crièrent-elles en direction de leur père.

Mais ce dernier ne répondit pas, tout occupé qu'il était à enfourner dans sa poche-revolver un énorme chevesne à l'agonie.

« Et maintenant, dit Jassy, tandis que nous remontions la colline à toutes jambes, toutes chez Sadie et tirons-lui les vers du nez ! »

À vrai dire, ce ne fut pas nécessaire : Tante Sadie eût été bien incapable de se taire. Elle se montrait, avec ses dernières filles, plus naturelle et plus humaine qu'elle ne le fut jamais avec les aînées. Son ancienne attitude, tantôt distraite et impressionnante, tantôt redoutablement sévère, qui, en composition avec les colères d'Oncle Matthew, avait toujours terrifié Louisa, Linda et les garçons et les avait poussés à se réfugier dans le placard des *Honorables* pour y trouver un semblant de liberté, son attitude s'était bien transformée à l'égard de Jassy et de Victoria. Certes, Tante Sadie vivait toujours dans les nuages, mais sa sévérité avait disparu et ses filles trouvaient en elle une amie plus qu'une mère. Elle traitait d'ailleurs ses enfants comme s'ils avaient été tous du même âge et les plus jeunes bénéficiaient de la liberté d'expression dont elle usait désormais envers Louisa et Linda depuis leur mariage.

Nous la trouvâmes dans le hall, avec Davey. Elle était rose d'émotion ; quant à Davey, il semblait aussi excité que s'il eût, la minute d'avant, découvert en lui les symptômes d'une nouvelle et terrible maladie.

« Eh bien ? demandèrent les enfants, le visage ravagé de curiosité, racontez, voyons !

— Tu ne devinerais jamais, dit Tante Sadie en se tournant vers moi. Polly Montdore a annoncé à sa malheureuse mère qu'elle allait épouser Boy Dougdale. Son oncle, pense donc ! Avez-vous jamais entendu parler d'une chose pareille ? Et la pauvre Patricia, à peine refroidie dans sa tombe !...

— Oh ! dit Jassy à la dérobée, bien fraîche déjà, par cette température...

— Ignoble individu ! s'écria Tante Sadie qui, c'était clair, partageait à cent pour cent l'indignation de Lady Montdore, vous voyez maintenant, Davey, combien Matthew avait raison de le juger sévèrement !

— Pauvre Boy ! dit Davey avec embarras. Il n'est pas si méchant que vous croyez.

— Après ce coup-là, je ne comprends pas comment vous avez le front de le soutenir encore !

— Mais, Sadie, dit Victoria, comment peut-elle l'épouser, puisqu'il est son oncle ?

— C'est bien mon avis. Mais il semble qu'un oncle par alliance on puisse l'épouser. Auriez-vous jamais imaginé qu'une chose aussi dégoûtante fût autorisée ?

— Ça vous plairait, à vous, Dave ? demanda Jassy.

— Ah ! non, merci bien. Épouser un démon comme toi ? À aucun prix.

— Quelle législation ! dit Tante Sadie. J'ignore de quand elle date. Mais, en tout cas, des lois pareilles, c'est la fin de la vie de famille !

— C'en est le commencement, pour Polly !

— Qui a annoncé la chose à Lady Montdore ? » demandai-je.

J'en perdais le souffle. Ce dénouement stupéfiant éclairait pour moi tout le passé. Comment avais-je été assez stupide pour ne pas le prévoir ?

« C'est Polly qui a informé sa mère, dit Tante Sadie. Voici comment les choses se sont passées. Boy, qui avait attrapé un refroidissement aux funérailles de Patricia, était condamné à la chambre et ne mettait plus les pieds à Hampton. Sonia avait, elle aussi, attrapé un rhume — elle l'a encore — et ne bougeait pas de chez elle. Mais ils se téléphonaient chaque jour, comme ils ont l'habitude de le faire. Donc, hier, se sentant mieux, Boy se rendit à Hampton pour parler à Sonia des lettres de condoléances qu'il avait reçues des Infantes, etc. Ils eurent une passionnante conversation à ce sujet, puis discutèrent sur le choix d'une inscription à graver sur la tombe de la pauvre Patricia. Ils tombèrent d'accord sur celle-ci : "Tu vieilliras moins que nous, qui continuons à vivre..."

— Stupide, dit Jassy. Elle était déjà vieille comme la lune.

— Vieille ? protesta Davey. À peine quelques années de plus que moi !

— C'est bien ce que je disais ! répondit Jassy.

— Assez, mademoiselle ! coupa Tante Sadie. Sonia a ajouté qu'il lui avait semblé terriblement triste et déprimé, évoquant la mémoire de Patricia, le souvenir ému qu'il gardait d'elle et l'épouvantable vide causé par sa soudaine disparition. Bref, tout ce qu'on peut ressentir après vingt-trois ans, ou à peu près, de vie commune. Le misérable vieil hypocrite ! Donc, il était convenu qu'il restait dîner à Hampton et qu'il n'irait pas se changer, à cause de son rhume. Lorsque Sonia redescendit de sa chambre, où elle était allée passer une robe du soir, elle trouva Polly, en tailleur d'après-midi, assise sur la fourrure blanche, devant la cheminée. Elle lui dit : "Que fais-tu là, Polly ? Il est tard. Va te changer. Où est Boy ?" Alors Polly se leva, s'étira et répondit : "Il est rentré chez lui. Et j'ai quelque chose à vous annoncer : Boy et moi allons nous marier." Naturellement, Sonia crut d'abord à une plaisanterie ; mais ce n'est guère le genre de Polly et elle vit d'ailleurs que sa fille était parfaitement sérieuse. Alors, elle entra dans une telle colère qu'elle faillit en devenir folle — je la comprends si bien ! — et se rua sur Polly pour la battre, mais Polly la repoussa violemment et Sonia tomba assise dans un fauteuil, tandis que sa fille allait s'enfermer dans sa chambre. La pauvre Sonia a dû faire une vraie crise d'hystérie ; elle finit par sonner sa femme de chambre qui l'aida à monter et à se mettre au lit. Quant à Polly, après s'être habillée comme de coutume, elle descendit et passa la soirée avec son père, sans souffler le moindre mot de l'aventure et en expliquant que Sonia, souffrant d'un mal de tête, avait préféré s'abstenir de dîner. C'est ce matin seulement que Lord Montdore a tout appris de la bouche de sa femme ; il paraît que ce fut terrible : il aime tant Polly. Puis Sonia essaya de joindre Boy au téléphone, mais l'ignoble froussard était parti — ou prétendait l'être — sans laisser d'adresse. Avez-vous jamais entendu une histoire pareille ! »

Je restai muette. Davey déclara :

« Pour ma part, raisonnant en tant qu'oncle, je trouve que le plus à plaindre est le malheureux Boy.

— Mais enfin, quelle folie, Davey ! Représentez-vous le chagrin des Montdore — ce matin, alors qu'ils essayaient de la faire revenir sur sa décision, Polly leur a répondu qu'elle aimait Boy avant même de partir pour les Indes, qu'elle l'adorait déjà lorsqu'elle n'avait que quatorze ans.

— C'est bien possible. Mais êtes-vous sûre qu'il désirait un tel amour ? Je pense, pour ma part, qu'il n'avait jamais soupçonné le danger qu'il courait.

— Allons, Davey, réfléchissez ! Les petites filles de quatorze ans ne tombent pas amoureuses sans y avoir été encouragées.

— Oh, si ! Pour leur malheur, dit Jassy. Regardez Mr Fosdyke et moi. Il ne m'a jamais dit un mot, jamais jeté le moindre regard, et pourtant il est la lumière de ma vie. »

Mr Fosdyke était le maître d'équipage local.

Je demandai si Lady Montdore avait eu vent de cette aventure — sachant parfaitement, au fond de moi-même, qu'il n'en était rien, car la mère de Polly n'était pas femme à cacher ses sentiments et, eût-elle pressenti quelque chose, ni Boy ni Polly n'auraient connu le moindre répit.

« Elle était à cent lieues d'imaginer quoi que ce fût, répondit Tante Sadie. Un vrai coup de tonnerre dans un ciel bleu. Pauvre Sonia, elle a bien des défauts, mais elle ne méritait pas une telle disgrâce. Elle m'a dit que, pendant leurs séjours à Londres, Boy se montrait toujours empressé à sortir Polly pour la mener à l'Académie royale et ailleurs ; Sonia en était ravie, car Polly avait peu d'amies, et de distractions moins encore. C'est une fille difficile à contenter, vous savez ; je l'aime beaucoup, je l'ai toujours aimée, mais je n'aurais pas voulu être à la place de sa mère, qui a dû en voir de dures avec elle. Pauvre, pauvre Sonia, je crois que... vous, les enfants, vous sentez le poisson à plein nez ; allez vous laver les mains avant le thé.

— Ça, c'est le comble, protesta Victoria. Le plus intéressant, vous allez le dire quand nous serons parties. Et Fanny ? Elle aussi sent le poisson !

— Fanny est une grande personne. Elle se lavera les mains quand elle jugera bon de le faire. Allez vite ! Et pas de discussion. »

Ses filles parties, Tante Sadie, se tournant vers Davey et moi, ajouta, d'une voix que l'horreur déformait :

« Figurez-vous que Sonia, qui ne se possédait plus — et je ne saurais l'en blâmer ! — est allée jusqu'à me laisser entendre que Boy fut autrefois son amant !

— Bien chère Sadie, répliqua Davey en riant, vous êtes l'innocence personnifiée ! Cette liaison est célèbre au point que tout le monde — sauf vous — en connaît à peu près chaque détail depuis des années. J'en arrive à donner raison à vos enfants : vous vivez vraiment en marge de la vie !

— Eh bien ! j'en rends grâces au Ciel ! Quelles sinistres horreurs ! Croyez-vous que Patricia ait été au courant ?

— Mais bien sûr ! Et elle en était ravie. Avant son aventure avec Sonia, Boy avait coutume de faire chaperonner par Patricia les petites débutantes pour lesquelles il se sentait un faible : et ces pauvres petites cruches allaient ensuite pleurer sur l'épaule de Patricia et la supplier de divorcer — ce dont Boy n'eût voulu à aucun prix, bien entendu. Pauvre Patricia ! Elle en a vu de toutes les couleurs avec son Boy.

— Je me souviens, en effet, d'une fille de cuisine...

— Oui. Ce n'était qu'une aventure entre cent autres qui se succédèrent jusqu'au jour où Sonia mit l'embargo sur lui. Mais elle sut le tenir, et la vie de Patricia en devint soudain infiniment plus agréable et plus facile. Mais alors ce fut sa maladie de foie qui ne lui laissa plus un instant de repos.

— Malgré tout, dis-je, il continuait à s'intéresser aux petites filles. Rappelez-vous les histoires de Linda...

— Tu crois vraiment ? dit Tante Sadie. Je me suis souvent demandé... Oh ! l'affreux homme ! Comment osez-vous prendre son parti, Davey ? Et comment osez-vous prétendre qu'il ignorait l'amour que lui avait voué Polly ? Ce qu'il a fait à Linda, il n'a pas manqué de le faire à Polly, soyez-en sûr !

— Mais Linda ne l'aime pas, que je sache ! On ne peut tout de même pas reprocher à un homme qui caresse les cheveux d'une petite fille de quatorze ans de n'avoir pas deviné que celle-ci, quand elle en aura vingt, lui demandera de l'épouser ! C'est une vraie catastrophe pour un homme, je vous assure.

— Vous êtes désespérant, Davey ! Mais vous voulez me taquiner, je le sais bien. Sinon, je ne vous pardonnerais pas.

— Pauvre Sonia ! reprit Davey. Je la plains de tout cœur. Perdre, d'un seul coup, sa fille et son amant, c'est dur. Le cas est fréquent, mais n'en reste pas moins cruel.

— C'est sur sa fille qu'elle pleure, dit Tante Sadie. De Boy, elle m'a tout juste dit deux mots, incidemment. Mais Polly, si parfaitement belle, gâcher ainsi sa vie ! Sonia en gémissait de désespoir. J'avoue que j'en ferais autant s'il arrivait à l'une de mes enfants... — cet odieux vieux garçon, qu'elles ont connu toute leur vie ! Et encore est-ce pire pour Sonia qui n'a que cette fille.

— Et combien adorée ! La prunelle de leurs yeux, en vérité. Plus je vais dans la vie, plus je suis reconnaissant au Ciel de ne m'avoir pas donné d'enfant.

— De deux à six ans, les enfants sont merveilleux, dit Tante Sadie, avec une tristesse dont je fus frappée. Mais je dois avouer que ces drôles de petits êtres causent ensuite bien du tracas... Une autre flèche dans le cœur de Sonia, c'est l'ignorance où elle est de ce qui a bien pu, pendant toutes ces années, se passer entre Polly et Boy. Elle n'a pas — m'a-t-elle avoué — fermé l'œil, la nuit passée, en songeant au nombre de fois où Polly était, soi-disant, allée chez son coiffeur, alors qu'il apparaissait, à l'évidence, qu'elle n'en avait rien fait... Vous voyez ce que je veux dire ? Ces soupçons la rendent folle.

— Elle a tort, dis-je fermement. Je suis absolument sûre qu'il n'est rien arrivé. De tout ce qu'a pu me confier Polly et dont je me souviens, je garde la conviction que son amour pour le Satyre lui a toujours paru sans espoir. Polly est foncièrement sage, vous savez, et, de plus, elle aimait beaucoup Lady Patricia.

— Je pense que tu as raison, Fanny. Sonia elle-même m'a avoué que, lorsqu'elle descendit pour le dîner et trouva sa fille à demi étendue sur la peau d'ours devant la cheminée, elle pensa aussitôt : "Polly vient de faire une sottise." Sonia ne l'avait jamais vue ainsi : le sang au visage, les yeux immenses et une mèche de cheveux lui pendant en désordre sur le front. Elle fut stupéfaite par son attitude et son air ; et c'est alors que Polly lui dit... »

Je me représentais parfaitement la scène. Polly assise sur la fourrure de l'ours, dans une pose qui n'était qu'à elle, puis se relevant lentement et s'étirant avant de planter ses banderilles, à sa manière gracieuse et nonchalante, ouvrant ainsi un combat qui durerait jusqu'à la mort.

« J'imagine, dis-je, que Boy a dû se montrer trop attentif et tendre lorsque Polly était petite et qu'elle est tombée amoureuse de lui sans qu'il en soupçonne rien. Je ne connais pas de fille plus secrète et réservée que Polly ; je suis convaincue qu'il n'y a rien eu entre eux jusqu'à l'autre soir.

— Tout cela est abominable, dit Tante Sadie.

— En tout cas, dit Davey, Boy ne devait pas s'attendre à être embarqué séance tenante ; s'il avait senti venir l'orage, il n'aurait pas eu cette conversation avec Lady Montdore sur la lettre de l'Infante, le tombeau et le reste. Je pense, moi aussi, que Fanny voit juste. »

Hors d'haleine, les petites Radlett firent irruption :

« Vous vous êtes raconté des choses ! C'est injuste ! Et les mains de Fanny sentent toujours le poisson !

— Je me demande, dis-je, ce qu'Oncle Matthew et Lord Montdore ont pu se dire dans le bureau. »

Je n'arrivais pas à imaginer que ces deux hommes, tels que je les connaissais, eussent jamais pu s'entretenir d'une aventure semblable.

« Ils ont parlé de choses et d'autres, dit Tante Sadie. C'est moi qui ai tout raconté à Matthew après le départ des Montdore ; il a piqué une colère épouvantable. Mais je ne vous ai pas dévoilé encore le véritable but de la visite de Sonia : elle envoie Polly passer une semaine ou deux à Alconleigh.

— Non ! nous écriâmes-nous en chœur.

— Formidable, dit Jassy. Et pourquoi ?

— C'est Polly qui s'est mis en tête de venir ici. Sonia, d'ailleurs, ne veut plus la voir pour le moment, et je la comprends. J'avoue que j'ai hésité d'abord à accepter ; mais j'aime beaucoup cette fille, je lui suis très attachée et, si elle restait à Hampton, on pourrait craindre que l'humeur de sa mère ne la poussât à faire une fugue un jour prochain, tandis que si elle vient ici nous tâcherons de la détourner de cet horrible mariage — quand je dis "nous", il ne s'agit pas de vous, mes enfants. Essayez, s'il vous plaît, de montrer du tact, une fois dans votre vie.

— J'essaierai, dit Jassy. Mais, c'est la pauvre petite Vic qu'il faut sermonner ; elle n'a aucun "tac", c'est trop évident, et vous avez eu tort, à mon avis, d'avoir raconté tout cela devant elle... Oh ! oh ! Au secours ! Au secours, Sadie, elle m'étrangle !

— Ce que j'ai dit est valable pour vous deux, déclara Tante Sadie avec un calme souverain, sans se troubler le moins du monde du pugilat qui se déroulait sous ses yeux. Pendant le dîner, parlez de la récolte des chevesnes. Ce sera un sujet de tout repos.

— Quoi ? s'écrièrent ensemble Jassy et Victoria en cessant soudain la lutte. Elle ne vient pas aujourd'hui ?

— Si. Après le thé.

— Oh ! que c'est passionnant ! Et croyez-vous que le Satyre se cachera dans un sac de charbon pour entrer dans la maison et retrouver sa bien-aimée ?

— Ils ne se rencontreront pas sous mon toit, dit fermement Tante Sadie. Je l'ai promis à Sonia, étant bien entendu que je ne suis pas responsable des allées et venues de Polly. Je m'en rapporte à son sens des bonnes manières pour se conduire ici comme il convient. »

XIV

Dès le premier instant, tout, dans l'attitude de Polly, montra que Tante Sadie avait eu raison de faire confiance à mon amie dont le calme parfait ne se démentit jamais. Le seul signe visible de la crise par où elle passait était une aura de bonheur qui transformait profondément son apparence. Elle ne dit, ni ne fit rien d'étrange, ou qui eût pu révéler à quiconque la violence et l'intensité des heures dramatiques qu'elle venait de vivre. Quant à Boy, il était évident qu'elle n'entretenait avec lui de communications d'aucune sorte. Elle ne toucha pas au téléphone, ne perdit pas son temps à griffonner des lettres et n'en reçut aucune — je le sus par les enfants — qui portât le tampon de la poste de Silkin. Elle quittait peu la maison et, si elle sortait, c'était pour se promener en notre compagnie et non pour accomplir de longues courses solitaires qui eussent pu la conduire à quelque rendez-vous.

Romanesques comme tous les Radlett, Jassy et Victoria jugeaient cette conduite incompréhensible et extrêmement décevante. Elles avaient espéré se trouver plongées dans une atmosphère d'opéra-comique et voyaient déjà le Satyre, soupirant, mais plein d'espoir, errer dans les environs, tandis que Polly, soupirant aussi et rongée par l'attente, passerait les nuits de lune à son balcon jusqu'au jour béni où, grâce à l'entremise de deux petites filles au cœur généreux, les amoureux pourraient enfin s'enfuir ensemble pour Gretna Green[1].

Elles transportèrent, en grand secret, dans le placard des *Honorables*, un matelas et tout un stock de vivres, pour le cas où Boy manifesterait le désir de s'y cacher pendant un jour ou deux. Elles avaient tout prévu, pensé à tout, me dirent-elles, et pris beaucoup de peine à fabriquer une échelle de corde. Mais Polly refusait d'entrer dans le jeu.

« Si jamais tu as des lettres à poster, chère Polly, enfin une lettre en particulier — tu vois ce que je veux dire — nous ferons un saut jusqu'au village sur nos bécanes. C'est facile, tu sais !

— Vous êtes très gentilles, mes chéries ; mais mes lettres partiront tout aussi vite si je les pose sur la table du hall, n'est-ce pas ?

— Oh ! bien sûr, tu peux faire comme il te plaira ! Mais tout le monde lira tes enveloppes, en bas... Alors, nous pensions... Pas d'autres messages ? Il y a un téléphone à la poste du village. Il est vrai qu'on entend tout, mais en parlant français...

— Je ne sais pas très bien le français. Et d'ailleurs n'y a-t-il pas un téléphone ici ?

— Oh ! c'est une saleté, avec des branchements partout. Aucune sécurité. Ah ! autre chose : nous connaissons, dans le parc, un arbre creux, bien assez grand pour qu'un homme puisse s'y cacher. Veux-tu que nous te le montrions ?

— Volontiers. Mais pas aujourd'hui, il fait trop froid.

— Sais-tu, Polly, qu'il y a une merveilleuse petite chapelle dans les bois, de l'autre côté de la rivière ? Si nous allions y faire un tour ?

— La folie Faulkner ? Là où sont toujours fixés les rendez-vous de chasse ? Mais voyons, Jassy, je la connais depuis longtemps ; j'y suis souvent allée. Très jolie, en effet.

— Ce que je voulais te confier, c'est que la clé est cachée sous une certaine pierre que nous sommes disposées à te montrer. Ainsi tu pourrais entrer quand tu voudrais.

---

1. Village écossais, près de la frontière, où se mariaient clandestinement les jeunes gens à qui leurs parents refusaient leur consentement en Angleterre. (N.d.T.)

— Mais il n'y a rien à l'intérieur, sauf des araignées, dis-je. La chapelle n'a jamais été terminée. »

Jassy me lança un regard furibond.

« Aucun "tac" ! murmura-t-elle.

— Nous irons l'été prochain, mon chou, dit Polly, et nous y ferons un pique-nique. Mais je n'ai aucun plaisir à me promener par cette température. Mes yeux pleurent trop lorsqu'il fait froid. »

Découragées, les petites Radlett s'en allèrent, en traînant les pieds. Polly éclata de rire.

« Est-ce qu'elles ne sont pas délicieuses ? Mais je ne vois pas à quoi riment ces efforts désespérés pour me faire rencontrer Boy quelques minutes dans une chapelle glacée ou lui écrire des insanités, alors que je vivrai bientôt avec lui le reste de ma vie. Et, qui plus est, je ne voudrais, pour rien au monde, ennuyer Lady Radlett, qui se montre avec moi d'une bonté angélique. »

Tante Sadie, tout en se félicitant de la tenue de Polly, qui lui évitait tout souci, trouvait néanmoins son attitude contre nature.

« N'est-ce pas étrange ? me dit-elle. On voit, du premier coup d'œil, que Polly est très heureuse ; mais, cette apparence de bonheur mise à part, personne n'imaginerait qu'elle est amoureuse. Mes filles à moi vivaient dans les nuages, noircissaient des rames de papier, sautaient en l'air chaque fois que sonnait le téléphone, et ainsi de suite. Avec Polly, rien de tout cela. Je l'observais hier soir lorsque Matthew joua *Che Gelida Manina* sur son gramophone : elle était complètement indifférente. Te souviens-tu de cette atroce époque qui suivit le départ de Tony pour l'Amérique ? Linda ressemblait à une fontaine intarissable ! »

Mais Polly avait été élevée à plus rude école qu'aucune des Radlett ; Lady Montdore, peu sentimentale de nature, soumettait sa fille à une inquisition constante et ne tolérait pas qu'elle eût des idées contraires aux siennes. On ne pouvait s'empêcher d'admirer le succès obtenu par une telle persévérance. Le caractère de Polly possédait la dureté de l'acier et demeurait un monde incompréhensible pour mes petites cousines, sans cesse emportées dans les tourbillons d'un romantisme échevelé.

Je m'arrangeai pour avoir, de temps en temps, avec Polly, pendant le séjour qu'elle fit à Alconleigh, de longues conversations, mais la chose ne me fut guère facile. Terrifiées à l'idée de manquer quelque révélation sensationnelle, Jassy et Victoria ne nous laissaient pas en paix une seule minute et écoutaient effrontément aux portes. Les meilleurs instants d'intimité que j'avais autrefois avec Polly, lorsque nous nous brossions les cheveux avant de nous mettre au lit, j'avais dû y renoncer depuis mon récent mariage. Mais nous pouvions, grâce au Ciel, compter chaque jour sur une heure ou deux de tranquillité, pendant la promenade à cheval de mes petites cousines ; les chasses étaient provisoirement suspendues en raison de la fièvre aphteuse qui sévissait dans la contrée.

Peu à peu, je parvins à y voir clair ; non que Polly sortît volontiers de la réserve que commandait sa nature, mais, ici et là, à la faveur d'un éclair de franchise spontanée, le paysage s'illuminait soudain et le caractère de mon amie découvrait ses ressorts secrets. Il m'apparut que tout s'était passé à peu près ainsi que nous avions pensé. Lorsque je lui parlai, par exemple, des circonstances dans lesquelles Boy lui avait avoué son amour, elle répondit nonchalamment :

« Oh ! Boy ne s'est jamais déclaré. Et je pense qu'il ne l'eût jamais fait, étant donné sa nature — je veux dire qu'il est si désintéressé, redoutant que je pleure mon héritage compromis et autres sottises du même genre. D'autre part, il connaît le caractère de Mummy et appréhendait le hourvari effroyable qu'elle ne manquerait pas de provoquer et qui l'épouvantait pour moi. Non, non ! J'ai toujours su qu'il m'appartiendrait de faire le premier pas, et je l'ai fait. Cela n'a pas été bien difficile. »

Ainsi donc, Davey ne s'était pas trompé. L'idée d'un tel mariage n'eût jamais effleuré l'esprit de Boy si Polly ne la lui avait pas imposée d'abord. Après quoi, il devenait bien au-dessus des forces du pauvre Satyre de renoncer à une « prise » aussi sensationnelle : la plus éclatante beauté et la plus riche héritière de sa génération, la future mère de ces petits Dougdale-Hampton qu'il avait si éperdument désiré d'engendrer. Dès l'instant où tout lui était offert, où il lui suffisait d'un geste pour tout saisir, Boy ne pouvait plus dire non.

« Je l'ai toujours aimé, aussi loin que je me souvienne ! Oh ! Fanny, n'est-ce pas merveilleux de toucher au bonheur ? »

J'étais moi-même trop sensible à mon propre bonheur pour ne pas applaudir de tout mon cœur à celui que découvrait mon amie. Sa félicité, cependant, demeurait étrangement statique et son amour évoquait moins ce feu dévorant dont brûlent les jeunes fiancées, que la douce chaleur d'un amour ancien, solidement établi, qui n'éprouve plus le besoin de s'affirmer sans cesse par la vue de l'être aimé, la correspondance ou la parole, et dont la réalité est trop évidente, dans le cœur de chacun, pour qu'il soit nécessaire d'y ajouter aucune certitude nouvelle. Les jalousies et les doutes, qui causent tant de tracas et transforment en torture la moindre amourette à ses débuts, semblaient bien étrangers à Polly ; loin de se perdre en folles alarmes, elle estimait, avec simplicité, que, l'infranchissable barrière qui l'avait si longtemps séparée de Boy ayant maintenant disparu, il leur appartenait, à tous deux, de s'engager ensemble sur le chemin sans fin de la béatitude conjugale.

« Qu'importe, que nous ayons encore à patienter pendant quelques pénibles semaines, puisque nous sommes destinés à vivre ensemble jusqu'à notre mort et à être enterrés dans la même tombe ?

— Être enterrée dans la même tombe que le Satyre ! Fanny, est-ce que tu peux imaginer une horreur pareille ! dit Jassy en se glissant dans ma chambre avant le déjeuner.

— Jassy, c'est abominable d'écouter ainsi aux portes !

— Ne te fâche pas, Fanny ! J'ai l'intention de devenir une romancière — les critiques raffolent de très jeunes auteurs ! —, alors, tu comprends, il faut que j'étudie à fond la nature humaine.

— Et moi, il faut, je crois, que je dise tout à Tante Sadie.

— C'est ça ! Va rejoindre le clan des vieillards, comme Louisa, maintenant que tu es mariée ! Non, sérieusement, Fanny, suppose que tu sois enterrée dans le même cercueil que ce vieux Satyre !

Est-ce que ce n'est pas dégoûtant ? Et puis, que va-t-on faire de Patricia ?

— Elle se trouve à l'abri dans son propre tombeau entouré de bruyères. Elle est bien où elle est.

— Moi, je trouve ça honteux ! »

Cependant, Tante Sadie, de son côté, s'efforçait d'influencer Polly, mais, sa timidité naturelle lui interdisant d'aborder franchement des sujets aussi scabreux que la vie conjugale et l'amour physique, elle recourait à une méthode détournée qui consistait à lancer, à l'occasion, des insinuations transparentes, avec l'espoir que Polly en tirerait la matière d'utiles réflexions.

« Rappelez-vous toujours, mes enfants, que le mariage est fait d'échanges très intimes. Vous pensez peut-être qu'il suffit de s'asseoir auprès d'un homme et de bavarder avec lui. Pas du tout ! Il y a d'autres choses, bien plus importantes, vous savez ! »

Elle éprouvait pour Boy la même répulsion que ressentaient, à n'en pas douter, toutes celles, parmi les femmes, qui ne le trouvaient pas irrésistible, et elle escomptait que si Polly parvenait à se former une image suffisamment claire des conditions physiques du mariage, elle serait amenée à renoncer à Boy pour toujours.

Jassy émit une réflexion qui ne manquait pas de bon sens.

« Sadie est tordante ! Elle n'arrive pas à piger que ce qui attire Polly vers Boy, ce sont justement toutes ces affreuses petites choses qu'il lui a faites, comme il a essayé d'en faire à Linda et moi ; et maintenant, ce à quoi elle aspire le plus au monde, c'est à se rouler sans fin dans un grand lit avec son Satyre bien-aimé.

— Oui, pauvre Sadie, elle n'est vraiment pas forte en psychologie, dit Victoria. Le dernier espoir qui nous reste de guérir Polly de cette sorte d'abcès de fixation avunculaire, c'est de la psychanalyser. Mais, acceptera-t-elle de se livrer à l'expérience ?

— Petites sottes, je vous défends formellement d'essayer, dis-je avec fermeté. Et, si vous ne m'obéissez pas, je raconterai à Tante Sadie comment vous écoutez aux portes ! »

J'imaginais d'avance les monstrueuses questions qu'elles poseraient à Polly qui, réservée comme je la connaissais, ne manquerait pas d'en être profondément choquée. Jassy et Victoria se livraient, depuis quelque temps, à une étude frénétique des méthodes psychanalytiques. Elles avaient déniché un livre sur ce sujet et pendant les trois jours qu'elles passèrent à s'en faire l'une à l'autre la lecture à haute voix, dans le placard des *Honorables*, la maison connut une paix miraculeuse. Une fois en possession de leur affaire, elles passèrent à l'action.

« Venez et faites-vous psychanalyser ! proposaient-elles à tout le monde. Laissez-nous vous délivrer du poison qui paralyse votre processus mental. Nous vous révélerons à vous-même... Et si nous commencions avec Pa ? C'est le cas le plus simple de la maison.

— Simple ? Que veux-tu dire ? grommela Oncle Matthew.

— Pour nous, c'est l'ABC du système. Non, non ! Pas votre main, cher vieux Daddy ! Nous avons dépassé le stade reculé de la chiromancie ! Nous sommes des scientifiques !

— Bon ! Bon ! Eh bien ! allez-y.

— Hum ! Il apparaît d'abord que vous êtes un cas type de frustration. Vous auriez voulu être garde-chasse et vous voilà Lord malgré vous. Frustration normalement accompagnée d'une surcompensation qui fait de vous un psycho-neurotique du type hystérique, sujet à obsessions, avec, pour résultat final, des tendances paranoïaques et schizoïdes.

— Mes enfants ! s'exclama Tante Sadie, vous oubliez que vous parlez à votre père !

— La vérité scientifique, Sadie, répondit Jassy, n'est arrêtée par aucune considération de ce genre. Et d'ailleurs, notre expérience nous a prouvé que chacun ressent du plaisir à mieux se connaître. Si vous voulez, Pa, nous allons maintenant mesurer votre intelligence, grâce au système de la tache d'encre.

— Qu'est-ce que c'est que ça ?

— Nous pourrions d'ailleurs vous soumettre à cette expérience, tous l'un après l'autre, et vous donner des notes de zéro à vingt. Le test est très facile : il consiste à montrer au sujet une simple tache d'encre sur du papier blanc et alors, selon la représentation que chacun s'en fait (vous comprenez, l'un dit que ça ressemble à une araignée, l'autre à l'Himalaya, tout le monde voit des choses différentes), il est aisé à un expérimentateur habile de coter immédiatement le niveau mental des sujets.

— Et vous êtes des expérimentateurs habiles ?

— Eh bien ! nous nous sommes étudiées l'une l'autre d'abord ; ensuite, nous avons psychanalysé toute la famille du groom, ainsi que Mrs Aster. Les résultats, nous les avons notés dans notre agenda scientifique. Alors, vous voyez ! Maintenant, commençons. »

Oncle Matthew regarda un bon moment la tache d'encre et finit par avouer que, à son avis, elle ressemblait étonnamment à une tache d'encre Stephen bleu-noir et ne lui suggérait rien du tout.

« Exactement ce que je craignais, dit Jassy. Voilà qui dénote un niveau intellectuel très nettement subhumain. Le groom lui-même a mérité une meilleure note. Oh ! Pauvre Pa ! Subhumain, c'est mauvais... »

Mais, cette fois, Jassy avait dépassé les limites autorisées : Oncle Matthew poussa un hurlement de fureur et l'envoya se coucher. Elle partit en chantonnant : « paranoïaque *et* schizoïde... paranoïaque *et* schizoïde », sur l'ancien thème de l'*Affreuse agonie d'un homme...*

« Naturellement, me dit-elle le lendemain, que tu te places au point de vue de l'hérédité ou à celui de l'environnement, c'est tragique pour nous tous de nous trouver enfermées ici avec ce vieux paranoïaque subhumain. De toute manière, nous sommes frites ! »

Davey s'avisa qu'il serait aimable de sa part d'aller voir sa vieille amie Lady Montdore ; il l'appela donc au téléphone et fut invité à déjeuner. Sa visite à Hampton se prolongea bien après l'heure du thé, et la chance voulut que, quelques instants avant son retour, Polly montât se reposer. Il put donc nous faire tout à son aise un compte rendu complet.

« Elle est dans une rage, dit-il, une rage épouvantable. Tout bonnement terrifiante. Elle a pris ce que les Français appellent un *coup de vieux* et paraissait avoir cent ans. Je ne voudrais pas être haï par quiconque comme elle hait Boy ! Après tout — sait-on jamais ? — les scientistes chrétiens ont peut-être raison ; pourquoi les pensées malignes, la haine, etc., à condition d'être efficacement dirigées contre quelqu'un, n'affecteraient-elles pas le corps du sujet visé ? Et comme elle le déteste ! Elle est allée jusqu'à couper, à grands coups de ciseaux, la tapisserie qu'il avait faite pour l'écran de foyer, dans la Galerie. L'écran est toujours là, avec un grand trou en plein milieu. Cela m'a donné un coup.

— Pauvre Sonia, je la reconnais bien là ! Et que vous a-t-elle dit de Polly ?

— Elle la pleure et lui en veut beaucoup d'avoir si jalousement gardé son secret pendant tant d'années. Je lui ai dit : "Vous ne vous attendiez tout de même pas à ce qu'elle se confessât à vous ?" Mais elle n'a pas compris. Elle m'a accablé de questions sur Polly et son état d'esprit. J'ai été contraint de lui répondre que je ne savais rien des pensées intimes de sa fille, mais que Polly paraissait plus jolie que jamais, et que cette beauté nouvelle était sans doute un effet du bonheur.

— Oui, dit Tante Sadie, c'est un signe, chez les filles, qui ne trompe jamais. Sans cela, j'aurais été tentée de croire qu'elle se moque royalement de tout, quoi qu'il arrive. Quelle curieuse fille, en vérité !

— Pas si curieuse que ça, répondit Davey. Les femmes sont des êtres énigmatiques. À l'inverse de vos chères filles, bien peu d'entre elles rient lorsqu'elles sont gaies et pleurent quand elles sont tristes ; leurs réactions offrent plus de nuances. C'est un des charmes d'Alconleigh, que la vie y tende toujours vers un extrême dans la simplicité ; je ne m'en plains pas, bien au contraire, mais vous auriez tort d'en déduire que le reste du monde est fait à l'image des Radlett. Votre famille, croyez-moi, est exceptionnelle.

— Vous êtes resté bien longtemps à Hampton.

— Pauvre Sonia, sa solitude m'a peiné. Elle est si abandonnée, songez-y. Nous n'avons parlé que de cette aventure, tournant et retournant la question, jusque dans les petits détails. Elle m'a prié de rendre visite à Boy et de voir s'il ne serait pas, contre tout espoir, disposé à renoncer à ce mariage et à s'expatrier pour quelque temps. Lord Montdore lui a, paraît-il, fait savoir par son notaire que, du jour où Polly l'aurait épousé, il la déshériterait et couperait la rente consentie à Patricia, dont il avait eu l'intention de faire bénéficier Boy sa vie durant. Même en ce cas, Lady Montdore, tout en reconnaissant que le coup serait rude, craint qu'il ne leur reste encore assez d'argent pour vivre à l'aise. Je n'ai rien promis, mais je pense que j'irai tout de même faire un tour à Silkin.

— Oh ! il le faut absolument, dit Jassy. Pensez à nous, Davey !

— N'interrompez pas tout le temps, mes enfants, dit Tante Sadie. Si vous continuez, je serai obligée de vous renvoyer lorsque nous parlons, Davey et moi, de choses sérieuses. »

Le visage de Tante Sadie devint sévère, tout d'un coup, comme il arrivait souvent, naguère, lorsque Linda et moi étions petites.

« Au fait, reprit-elle, mieux vaut que vous sortiez tout de suite. Allons, vite, dehors, mesdemoiselles ! »

Les petites Radlett se dirigèrent à contrecœur vers la porte. Ce faisant, Jassy déclara à haute voix, comme pour elle-même :

« Cette propension instable et irraisonnée à l'autoritarisme constitue un danger permanent pour notre jeune influx psychologique. Je pense vraiment que Sadie devrait montrer plus de prudence.

— Oh ! non, Jassy, dit Victoria, au bout du compte, ce sont nos complexes qui nous rendent si merveilleusement sensibles.

— Vous savez, Sadie, dit Davey, avec beaucoup de sérieux, lorsque la porte fut refermée, vous les élevez tout de travers.

— Ah ! mon Dieu ! répondit Tante Sadie, j'en ai bien peur. J'ai eu trop d'enfants, Davey. On se contraint, pendant quelques années, à être sévère. Mais ensuite l'effort devient trop grand. Ne croyez-vous pas, d'ailleurs, qu'elles eussent été les mêmes, de toute manière, une fois grandes ?

— Je le crains fort pour elles. Ce seront des diables toute leur vie. Mais regardez Fanny et dites-moi si elle n'est pas un modèle de bonne éducation !

— Davey ! m'écriai-je, vous n'avez jamais été sévère, si peu que ce fût, à mon égard. Au contraire, vous m'avez horriblement gâtée !

— C'est bien vrai, dit Tante Sadie. Vous lui avez permis de faire toutes sortes de choses abominables — surtout depuis qu'elle va dans le monde. Se maquiller le visage, voyager seule, monter en taxi avec des jeunes gens et même — une fois au moins — n'est-elle pas allée dans une boîte de nuit ? Heureusement pour vous, il semble qu'elle ait hérité un fonds excellent. Comment est-ce possible, avec des parents comme les siens, c'est ce que je renonce à comprendre ! »

Un peu avant le dîner, lorsque Polly redescendit au salon, Davey lui dit qu'il était allé voir Lady Montdore.

« Comment allait Daddy ? demanda-t-elle simplement.

— Il était à Londres. Grand débat sur les Indes à la Chambre des Lords. Votre mère semblait très lasse, Polly.

— Elle ne décolère pas », dit Polly.

Et elle sortit.

Le lendemain, Davey décida de se rendre à Silkin.

« Franchement, c'est plus fort que moi, dit-il. Je n'y résiste pas. »

Et il partit à fond de train dans sa petite auto, avec l'espoir de trouver le Satyre au gîte. Celui-ci refusait toujours de répondre au téléphone et faisait simplement dire qu'il était absent pour quelques semaines. Mais tout le monde s'accordait à penser qu'il n'avait jamais quitté Silkin ; il se trouva que tout le monde avait raison.

« Ahuri, solitaire et lugubre, pauvre vieux Boy, et affligé, en outre, d'un rhume épouvantable dont il n'arrive pas à se défaire (l'influence maligne de Sonia, qui sait ?). Et bien vieilli, lui aussi. Il prétend qu'il n'a vu âme qui vive depuis ses fiançailles — pas étonnant, d'ailleurs, il s'est barricadé dans sa maison de Silkin ; mais il semble persuadé que tous les amis qu'il a rencontrés, à la London Library et ailleurs, ont fait exprès de l'éviter comme s'ils avaient désapprouvé son prochain mariage, alors que, s'ils lui ont vraiment tourné le dos, c'est parce qu'il est en deuil ou, plus simplement encore, par crainte d'attraper son rhume — quoi qu'il en soit, il s'en montre mortellement vexé. Enfin — il ne l'a pas dit, mais cela crève les yeux —, Sonia lui manque terriblement ; la chose n'est pas surprenante : il la voyait chaque jour que Dieu fait, depuis des années. Patricia aussi lui manque, d'ailleurs...

— Lui avez-vous parlé de Polly en toute franchise ?

— Oh ! oui. C'est elle, m'a-t-il dit, qui a tout manigancé. Quant à lui, il n'aurait jamais imaginé une aventure semblable.

— C'est vrai, coupai-je, Polly m'a dit exactement la même chose.

— Et si vous voulez savoir le fond de ma pensée, reprit Davey, je suis sûr que toute cette histoire le consterne. Il craint que le premier résultat n'en soit de le mettre au ban de la société. C'est la carte que devrait jouer Sonia, si elle avait la moindre intelligence, mais sans attendre qu'ils soient mariés, bien entendu. Si elle avait laissé entrevoir à Boy en quel imminent péril il se trouve, d'être considéré comme un hors-la-loi par tout ce qui sait vivre en Angleterre, peut-être serait-elle parvenue à conjurer le danger. Il est si terriblement mondain, le pauvre garçon ! S'il est jamais mis à l'index, il en mourra. Mais au fond — je ne le lui ai pas dit, mais j'en suis sûr — dès qu'ils seront mariés, les gens redeviendront charmants à leur égard.

— Mais vous ne pensez pas qu'ils vont vraiment se marier ?

— Ma chère Sadie, je viens de passer dix jours sous le même toit que Polly ; mon opinion est faite : ils se marieront sûrement. Qui plus est, Boy se rend parfaitement compte que les dés sont joués, qu'il le veuille ou non ; et il en éprouve une sorte de satisfaction désespérée. Ce sont les conséquences qu'il redoute, alors que, selon toutes probabilités, il n'y aura pas de conséquences du tout. On oublie si vite ce genre d'aventure ! Et d'ailleurs, qu'y a-t-il à oublier, sinon une faute de goût ?

— *Détournement de mineure ?*

— Allons donc ! Personne n'imaginera que Boy ait jamais pu envoûter Polly lorsqu'elle était petite. Nous-mêmes n'y aurions jamais pensé sans le récit que nous fit Linda de ses propres mésaventures. D'ici un an ou deux, tout le grabuge provoqué par ce mariage sera oublié par tout le monde, sauf par la famille.

— Ce n'est que trop vrai, répondit Tante Sadie. Regardez la Trotteuse ! Scandale sur scandale, tous horribles ; fugues, coups de cravache ; accepte d'être le gros lot dans une loterie ; rois nègres — et je ne sais quoi encore ! —, gros titres dans les journaux, procès, etc. Eh bien ! s'avise-t-elle dc débarquer à Londres ? Les mois n'ont pas assez de jours pour les *parties* données en son honneur. Mais n'allez pas relever le courage de Boy en lui citant un tel exemple. Lui avez-vous suggéré de tout planter là et de prendre le large ?

— Bien sûr, mais sans aucun succès. Je vous l'ai dit : Sonia lui manque, toute l'histoire lui fait horreur, il déteste l'idée que sa rente soit supprimée — bien qu'il possède quelque fortune personnelle —, il a un rhume affreux, bref il est complètement à plat ; mais, en même temps, il éprouve une secrète attirance pour ce projet insensé et, aussi longtemps que Polly mènera le jeu, soyez sûre qu'il suivra le train. Oh ! ma chère, vous me voyez, à mon âge, convolant avec une jeunesse ? De quoi m'épuiser sans retour ! Et Boy aussi ! Il aurait mieux fait de rester veuf. Je le plains de tout mon cœur.

— Vous le plaignez ! Il n'avait qu'à laisser les petites filles tranquilles.

— Implacable Sadie ! C'est payer cher quelques vieilles caresses ! Si vous pouviez voir le pauvre type...

— À quoi s'occupe-t-il, toute la journée ?

— À broder un couvre-pieds, dit Davey. Son cadeau de mariage pour Polly. Il appelle ça une courtepointe.

— Par exemple ! dit Tante Sadie en frissonnant. Cet homme est l'être le plus abominable que je connaisse. Mieux vaut ne rien raconter à Matthew ; je ne lui dirai même pas que vous êtes allé à Silkin. Il est à deux doigts d'avoir une attaque chaque fois qu'il est question de Boy, et je ne saurais le lui reprocher. Une courtepointe ! Je vous demande un peu ! »

XV

QUELQUES jours plus tard, Polly fit part à Tante Sadie de son intention d'aller, le lendemain, à Londres où elle avait rendez-vous avec Boy. Nous nous trouvions, toutes trois, dans le petit bureau de ma tante. C'était la première fois, depuis le début de son séjour à Alconleigh, que Polly prononçait le nom de son oncle devant quiconque — moi exceptée : elle le fit cependant, sans la moindre gêne, comme si son prochain mariage avec Boy eût fourni jusqu'alors l'élément essentiel de nos conversations. Je demeurai, pour ma part, muette d'admiration. Il y eut un silence embarrassé. Ce fut Tante Sadie qui rougit ; d'une voix incertaine et cassante elle demanda enfin avec angoisse :

« Puis-je savoir ce que tu comptes faire, Polly ?

— Prendre le train de 9 heures 30, si vous n'y voyez pas d'inconvénient.

— Je ne parle pas de tes projets pour la journée de demain. Je parle de ta vie.

— Eh bien ! c'est justement ce dont je désire parler avec Boy demain. Nous n'avons, lui et moi, rien fixé encore de précis. La dernière fois que je l'ai vu, nous nous sommes fiancés, c'est tout.

— Mais, ma chère Polly, ce mariage, y es-tu vraiment décidée ?

— Oui, tout à fait. C'est pourquoi je trouve insensé d'attendre encore. Puisque nous sommes tous deux résolus à nous marier, quelles que soient les conséquences, à quoi bon surseoir indéfiniment ? Mieux vaut, à tous points de vue, que la chose ait lieu très vite. Il ne saurait être question pour moi de retourner vivre avec ma mère, et je ne puis pas m'éterniser chez vous. Vous avez été mille fois trop bonne déjà.

— Oh ! mon enfant chérie, ne parle pas ainsi ! Dès l'instant où Matthew les aime, nos hôtes sont toujours les bienvenus. Regarde Davey et Fanny ; rien ne les presse de partir, ils savent que nous sommes heureux de les garder ici.

— Sans doute, mais ils font partie de votre famille.

— Toi aussi, Polly ; ou c'est tout comme. Nous te recevons ici du même cœur. Je dois aller à Londres bientôt, tu le sais, pour la naissance du bébé de Linda ; ne t'en tracasse pas, je t'en prie, et reste à Alconleigh aussi longtemps qu'il te plaira. Fanny sera là ; et, si Fanny s'en va, les enfants demeureront — elles t'adorent, tu es leur héroïne et ton départ les jetterait dans la consternation. Ne pense plus à nous quitter si vite. Surtout, ma chérie, ne va pas te marier sur un coup de tête, simplement parce que tu ne sais plus où aller vivre ; ce n'est pas le cas, d'ailleurs, puisque tu peux t'installer ici ; et, de toute manière, il n'y a aucune raison pour que tu prennes à la hâte une décision aussi grave.

— Il ne s'agit pas d'un coup de tête, répondit Polly, mais du seul mariage auquel je pourrai jamais consentir. Si les circonstances avaient continué de le rendre impossible, je n'en aurais fait aucun autre et serais morte vieille fille.

— Je n'en crois rien, dit Tante Sadie. Tu n'imagines pas à quel point la vie est longue et changeante. Les jeunes gens sont persuadés qu'elle dure le temps d'un éclair et qu'ils ont à peine le loisir de faire une chose ou deux avant de mourir. C'est une grosse erreur, je t'assure. Sans doute ai-je tort de te parler ainsi, Polly, puisque tu sembles vraiment décidée, mais songe que tu as devant toi une longue vie de femme mariée et qu'il n'est pas sans douceur de jouir encore de ton état présent. Tu ne seras plus jamais une jeune fille. Et tu as à peine vingt ans ! Pourquoi tant de hâte ?

— Cet état de jeune fille, dont vous parlez, me fait horreur. Je l'ai toujours haï depuis que j'ai été en âge de raisonner. Et d'ailleurs croyez-vous vraiment qu'une vie entière soit si longue, lorsqu'on la vit dans le bonheur ? Moi pas... »

Tante Sadie poussa un grand soupir.

« Je ne comprendrai jamais pourquoi les filles sont unanimes à attendre du mariage une telle félicité. Ce doit être une astuce de Dame Nature, cette vieille fûtée, pour les précipiter dans son piège !

— Chère Lady Radlett, ne soyez pas aussi cynique !

— Tu as raison, Polly, tu as raison. C'est mal de ma part. Tu as arrêté ta décision et je sais que, quoi qu'on puisse te dire maintenant, elle demeurera inébranlable. Et pourtant je suis sûre que tu commets là une terrible erreur... Je ne t'en dis pas plus et ne reviendrai pas sur ce sujet. La voiture te conduira à la gare à 9 heures 30. Quel train prendras-tu au retour : 16 heures 45 ou 18 heures 10 ?

— 16 heures 45, s'il vous plaît. J'ai demandé à Boy de m'attendre au *Ritz* à une heure. Il a dû recevoir ce matin la carte postale envoyée hier. »

Cette carte avait traîné toute la journée sur la table du hall et, par un miracle singulier, ni Jassy ni Victoria ne l'avaient repérée. Les chasses avaient repris et les petites Radlett étaient autorisées à en suivre une chaque semaine ; la fatigue qu'elles en ressentaient contribuait pour beaucoup à maintenir leur pétulance dans des limites supportables. Quant à Oncle Matthew, qui n'en manquait aucune, il éprouvait un mal extrême à demeurer éveillé après le thé et dodelinait de la tête, debout dans son bureau, en écoutant ses disques favoris. Toutes les trois minutes, il sursautait violemment et courait changer l'aiguille ou retourner le disque.

Ce soir-là, quelques instants avant le dîner, nous étions réunis dans le bureau et écoutions le grand air de *Lakmé*, qui figurait parmi les disques récemment achetés aux grands magasins *Army and Navy*. Oncle Matthew grinça des dents avec fureur lorsque les échos harmonieux des cloches du temple furent soudain étouffés par la sonnerie insistante et grêle du téléphone ; il grogna plus fort encore en reconnaissant la voix de Boy, qui demandait Polly à l'appareil. Il tendit aussitôt le récepteur à mon amie et, avec cette courtoisie un peu solennelle dont il usait toujours envers ceux qu'il aimait, approcha un fauteuil afin qu'elle pût s'asseoir pendant la communication. Oncle Matthew ne traitait pas Polly comme n'importe quelle jeune fille de vingt ans, et je ne suis pas éloignée de penser qu'elle lui inspirait une sorte de crainte respectueuse.

Dans un grand silence, nous entendîmes Polly :

« Oui ? Oh ?... Très bien... Au revoir. »

Et elle raccrocha. Cette épreuve n'avait pas troublé le moins du monde sa sérénité.

Elle nous dit que Boy, jugeant inutile de faire le voyage de Londres, avait suggéré que leur rendez-vous fût fixé au restaurant de la *Mitre*, à Oxford, qui lui paraissait d'un accès plus commode.

« Nous pourrions nous y rendre ensemble, Fanny chérie ? »

J'allais, en effet, surveiller chaque jour l'aménagement de ma maison.

« Il crève de honte, dit Davey, lorsque Polly eut regagné sa chambre, et redoute d'être vu en compagnie de sa fiancée. Les langues commencent à marcher. Sonia n'a jamais pu garder un secret et, si la bande de Kensington Palace a eu vent de l'affaire, on peut être assuré que tout Londres l'a sue une heure après.

— Mon Dieu ! gémit Tante Sadie, mais s'ils sont vus à la *Mitre* ce sera bien pire encore ! Quel tracas ! J'ai promis à Sonia qu'ils ne se rencontreraient pas ici. Maintenant, que faire ? Dois-je la mettre au courant ? Qu'en pensez-vous ?

— Voulez-vous que j'aille à Silkin et que je tue ce pourceau ? demanda Oncle Matthew en se réveillant à demi.

— Oh ! non, chéri, je vous en prie, n'en faites rien ! Conseillez-moi, Davey.

— Ne vous tracassez donc pas pour cette vieille louve ! reprit Oncle Matthew. Bon Dieu ! Qui l'a jamais prise au sérieux ? »

S'il n'avait voué à Boy une haine aussi féroce, Oncle Matthew se fût montré aussi ardent que ses filles pour soutenir Polly dans toute entreprise susceptible d'humilier Lady Montdore.

« Moi non plus, dit Davey, je ne me soucierais pas trop de cette vieille Sonia. Polly a été parfaitement loyale à votre égard et a toujours joué cartes sur table. Mais supposez qu'elle ne vous ait rien dit ? Elle va presque chaque jour à Oxford avec Fanny… Mieux vaut fermer les yeux et simuler l'ignorance. »

Le lendemain, nous filâmes donc, Polly et moi, à Oxford et je déjeunai, comme d'habitude, avec Alfred, au *George*. (On s'étonne peut-être que je fasse à la personnalité de mon mari une place si succincte dans ce récit ; Alfred est un homme à ce point indifférent aux affaires des autres qu'il ignorait à peu près tout, j'en suis convaincue, des événements que je relate ici et qui lui eussent paru dénués de tout intérêt. À l'exception de moi-même, de ses enfants et, peut-être, de quelque élève particulièrement brillant, Alfred n'entrevoit le reste des humains qu'à travers une brume irréelle et vit, pour sa part, dans le monde des abstractions et de la pensée pure.)

Après le déjeuner, je passai une heure glaciale et déprimante dans ma petite maison dont il me sembla qu'elle dût être, pour toujours, hantée par les peintres et les maçons. Je remarquai, avec désespoir, que ceux-ci avaient arrangé, à leur manière, l'une des pièces du rez-de-chaussée afin d'y trouver quelque confort et de s'y sentir chez eux : le feu brillait dans la cheminée, le thé sifflait dans la bouilloire, et les murs étaient constellés de photos d'actrices de cinéma. Autant que je pusse m'en rendre compte, ils ne devaient guère quitter ce havre hospitalier et je n'arrivais pas à les en blâmer tant se révélaient humides et froides les autres pièces de la maison. Accompagnée du contremaître, je fis une tournée d'inspection au cours de laquelle je comptai plus de tuyaux débranchés et moins de lames de parquet posées que lors de ma visite précédente. Désolée, je m'approchai de la fenêtre de mon futur salon, afin de trouver quelque apaisement dans la contemplation des magnifiques bâtiments de Christ Church, qui se détachaient sur un fond de nuées noires. « Un jour, pensai-je — c'était un acte de foi —, je serai assise près de cette fenêtre-ci, large ouverte sur des arbres verts et sur le bleu du ciel. » Regardant à travers les vitres couvertes de plâtre et de poussière, je m'efforçais d'imaginer cette douce scène d'été, lorsque soudain, au bout de la rue, apparurent Polly et le Satyre, luttant contre le vent d'est. Ils formaient un triste tableau, mais la faute en était sans doute au gris du ciel et au climat. Pas de flânerie insouciante, la main dans la main, pour les pauvres amoureux anglais, pas de beau soleil aux rayons délicieux ; et, s'il leur faut absolument sortir de chez eux, le choix leur reste entre une marche frénétique dans l'air froid ou un long étouffement dans la moiteur abrutissante du cinéma. Mains enfoncées dans les poches, tête penchée contre le vent, plongés tous deux, semblait-il, dans une profonde mélancolie, Polly et Boy disparurent en clopinant au coin de la rue.

Avant de rentrer à Alconleigh, je passai chez Woolworth, pour y acheter, sur la recommandation expresse de Jassy, un bocal à poisson rouge où elle pût déposer sa récente récolte d'œufs de grenouille. Ayant brisé le sien, la veille, Jassy n'avait eu, disait-elle, que le temps de transporter en toute hâte la précieuse gelée dans la salle de bains de la chambre d'ami et d'en éviter ainsi la perte irrémédiable. Aussi longtemps qu'elle n'aurait pas déniché un nouveau bocal, nous étions, Alfred et moi, obligés de descendre, chaque matin, dans la salle de bains de la nursery.

« Tu vois, m'avait dit Jassy, qu'il est dans ton propre intérêt de ne pas oublier ! »

Une fois entrée chez Woolworth, j'y procédais à diverses emplettes supplémentaires, ainsi qu'il arrive toujours dans un grand magasin, lorsque je me trouvai soudain nez à nez avec Polly et Boy. Ce dernier tenait à la main un piège à souris, dont il venait de faire l'acquisition, mais c'est, je crois, d'un abri contre les intempéries qu'ils avaient eu besoin tous deux.

« Tu rentres bientôt ? me demanda Polly.

— Tout de suite, veux-tu ? »

J'étais morte de fatigue.

« Entendu. Filons. »

Nous nous acheminâmes donc, tous trois, vers Clarendon Yard, où nos voitures étaient garées. Le Satyre souffrait encore d'un rhume affreux qui le rendait plus repoussant que de coutume, et il paraissait très renfrogné. Quand il me dit au revoir, il n'accompagna sa poignée de main d'aucune fantaisie supplémentaire, ni ne nous chatouilla les jambes en étendant la couverture sur nos genoux, toutes choses qu'il n'eût pas manqué de faire s'il se fût trouvé dans son état normal. Enfin, lorsque nous démarrâmes, il rejoignit mélancoliquement sa voiture, sans se retourner pour nous saluer d'un geste conquérant ou d'un dernier trémoussement de ses ridicules petits cheveux bouclés. Il était manifestement tombé au dernier degré de la dépression.

Polly se pencha en avant et ferma la vitre qui nous séparait du chauffeur.

« Enfin ! dit-elle. Tout est réglé, grâce au Ciel. Dans un mois aujourd'hui, si je parviens à décrocher le consentement de mes parents — je suis encore mineure, tu sais. Donc, objectif numéro un : bataille rangée avec Mummy. J'irai à Hampton demain, si elle s'y trouve elle-même, et lui ferai remarquer que je serai majeure en mai, et que, par conséquent, le mieux pour elle est d'avaler la pilule et de faire contre mauvaise fortune bon cœur. Pas question, bien entendu, de célébrer mon anniversaire désormais, puisque, de toute manière, Pa me déshérite jusqu'au dernier shilling.

— Tu crois qu'il le fera vraiment ?

— Cela m'est bien égal ! Seul, Hampton me tient au cœur, et il ne pourrait me le laisser, même s'il le désirait. Je leur dirai : "Êtes-vous résolus à prendre la chose du bon côté et à accepter que je me marie dans la chapelle du château — Boy y tient terriblement, je ne sais trop pourquoi, mais je dois avouer que j'en serais heureuse, moi aussi — ou bien devons-nous filer furtivement et nous marier à Londres ?" Pauvre Mummy ! Maintenant que je suis sortie de ses griffes, elle m'inspire une sorte de pitié. Le plus tôt ce sera terminé, le mieux cela vaudra pour tout le monde. »

Boy — c'était clair — avait laissé à Polly le plus ingrat de l'ouvrage. Peut-être son rhume émoussait-il sa volonté, ou peut-être la seule perspective d'épouser, à son âge, une femme jeune et belle, suffisait-elle à l'épuiser déjà.

Conformément au plan prévu, Polly téléphona à sa mère et lui demanda si elle pourrait déjeuner à Hampton le lendemain et l'entretenir de ses projets. Sans doute eût-il été plus avisé de s'en tenir au seul entretien, sans y ajouter la pénible contrainte qui accompagnerait le repas, mais Polly n'imaginait pas qu'une visite, à la campagne, pût aller sans quelque collation. Lady Montdore, il est vrai, se montrait fort gourmande et d'un caractère plus accessible pendant ou immédiatement après les repas qu'à toute autre heure de la journée. Quoi qu'il en fût, Polly demanda à déjeuner et pria sa mère d'envoyer une voiture, afin de ne pas mobiliser, deux jours de suite, celle de Lord Alconleigh. Lady Montdore acquiesça, mais insista pour que je vinsse aussi. Lord Montdore se trouvait encore à Londres, et j'imagine qu'elle supportait mal l'idée de déjeuner seule avec sa fille. Elle était d'ailleurs de ces personnes qui évitent, à tout prix, un *tête-à-tête*, fût-ce avec le plus intime de leurs proches. Polly m'assura qu'elle eût, de son propre chef, prié sa mère de m'inviter, si celle-ci n'avait pris les devants.

« Il me faut un témoin, ajouta-t-elle. Si elle me donne son agrément en ta présence, elle ne pourra plus se dédire à l'avenir. »

Tout comme Boy, la pauvre Lady Montdore paraissait extrêmement déprimée ; non pas seulement vieillie et malade (il semblait que le rhume contracté par Boy et elle aux funérailles de Lady Patricia mît en jeu de virulents microbes), mais positivement malpropre. À vrai dire, même au plus haut de sa forme, Lady Montdore n'avait jamais pris grand soin de sa personne, mais cette négligence était rachetée par le rayonnement de sa magnifique santé, son amour de la vie et le sentiment de supériorité qui lui venait de son rang, de sa fortune et de « tout ça ». Ces vertus de remplacement se trouvaient annihilées par le rhume dont elle souffrait et par les défections conjuguées de Polly, qui ôtait à « tout ça » une grande part de sa valeur, et de Boy, son compagnon fidèle et le dernier amant qu'elle aurait jamais eu. La vie, pour Lady Montdore, avait soudain perdu son sens et son attrait.

Le déjeuner commença dans un profond silence. Polly touchait à peine à son assiette et Lady Montdore refusa du premier plat, tandis que j'éprouvais quelque embarras à manger, tout en appréciant l'excellence de la cuisine en comparaison des menus d'Alconleigh. À cette époque, la chère, chez Tante Sadie, était fort simple.

Après avoir bu un verre ou deux de vin, Lady Montdore s'anima et commença à parler. Elle nous raconta que son amie la grande-duchesse lui avait envoyé une si « jeulie » carte postale du cap d'Antibes, où elle se trouvait en séjour avec d'autres membres de la famille impériale. Elle ajouta qu'il eût été du devoir du gouvernement de s'attacher à attirer en Angleterre des visiteurs de cette qualité.

« J'en parlais, l'autre jour encore, à Ramsay, gémit-elle. Il partage entièrement mon avis, mais rien ne sera fait, bien entendu ; il en est toujours ainsi dans notre navrant pays. Vraiment déprimant ! Tous les Rajahs sont de retour à Suvretta House, le roi de Grèce est parti pour Nice et le roi de Suède pour Cannes ; quant aux jeunes Italiens, ils vont aux sports d'hiver. Pourquoi, je vous le demande, avons-nous la sottise de ne pas les inviter ?

— Sans doute parce qu'il n'y a pas de neige, dit Polly.

— Allons donc, l'Écosse en est couverte. Et nous pourrions aussi leur apprendre à chasser ; ils adoreraient ça, pour peu que nous les y encouragions.

— Pas de soleil, dis-je.

— Aucune importance ! Persuadez-les que le soleil est passé de mode, et ils accourront tous, comme ils sont venus à mon bal ou aux obsèques de la reine Alexandra. Ils aiment ce qui les sort de leur traintrain, les pauvres chers ! Le gouvernement devrait nous payer pour donner un grand bal chaque année : cela restaurerait confiance et amènerait un monde fou.

— Je ne vois pas, dit Polly, quel bienfait nous apportent toutes vos Altesses lorsqu'elles daignent venir en Angleterre.

— Oh ! si, si. Elles attirent les Américains et ainsi de suite, répondit évasivement Lady Montdore. C'est une bonne chose, pour une famille aussi bien que pour un pays, de recevoir des gens importants. Je m'y suis toujours efforcée pour ma part, et j'aurais été bien sotte de ne pas le faire. Regardez la pauvre Sadie, par exemple : jamais personne d'influent n'a mis les pieds à Alconleigh.

— Eh bien ? dit Polly, où est le mal ?

— Le mal ! Mais il crève les yeux, le mal ! Et d'abord les maris de ses filles... » Ici, Lady Montdore s'arrêta tout net, se souvenant sans doute de la situation critique où elle se trouvait elle-même, dans son rôle de future belle-mère. « Pauvre Matthew, reprit-elle, il n'a jamais rien décroché : aucun emploi et pas même la Victoria Cross pendant la guerre, et Dieu sait pourtant quelle bravoure ! Il n'est pas taillé pour faire un gouverneur, je vous l'accorde, surtout en pays noir ; cependant il n'y a rien qu'il n'eût pu obtenir si seulement Sadie avait montré quelque adresse. Un emploi à la cour, par exemple. Cela l'aurait sûrement calmé. »

À la seule idée d'Oncle Matthew à la cour, je m'étranglai avec mes crêpes. Mais Lady Montdore n'y prit pas garde et poursuivit :

« Je crains qu'il n'en aille de même pour ses fils. Il paraît qu'ils ont été envoyés à la plus mauvaise pension d'Eton parce que Sadie ne sut auprès de qui se renseigner au moment de les inscrire. Il faut avoir des relations dans la vie ; tout en dépend en ce bas monde, et je crains qu'il n'existe pas d'autre moyen d'arriver à ce qu'on désire. Quant à moi, grâce au Ciel, j'adore les gens importants, et cela marche comme sur des roulettes entre eux et moi ; mais, même s'ils m'ennuyaient, j'aurais assurément cultivé leur amitié ; la carrière de Montdore m'en fait un devoir. »

Lorsque le repas fut terminé, nous nous installâmes dans la Longue Galerie ; le maître d'hôtel apporta le plateau du café et Lady Montdore lui dit que nous nous servirions nous-mêmes. Elle buvait toujours plusieurs tasses de café noir, très fort. Dès que nous fûmes seules, elle se tourna vers Polly et lui demanda d'un ton coupant :

« Eh bien ! Qu'as-tu à me dire ? »

Je fis mine de me retirer discrètement, mais elles s'opposèrent toutes deux à mon départ. J'avais prévu qu'elles me prieraient de demeurer.

« Je désire me marier dans un mois d'ici, dit Polly, et ne puis le faire sans votre consentement, puisque je n'atteindrai ma majorité qu'en mai prochain, c'est-à-dire dans neuf semaines. Comme je suis résolue à me marier de toute façon, ne pensez-vous pas que mieux vaudrait en prendre votre parti et ratifier ma décision ?

— C'est du propre, en vérité ! Alors que ta pauvre tante est à peine refroidie dans sa tombe !

— Que Tante Patricia soit morte depuis trois mois ou depuis trois ans, je ne vois pas où est, pour elle, la différence. Ne la mêlons donc pas à nos débats. Les faits sont ce qu'ils sont. Je ne puis rester longtemps encore à Alconleigh ; je ne puis pas, non plus, vivre avec vous ; alors mieux vaudrait, je crois, entamer ma nouvelle vie le plus tôt possible.

— Te rends-tu compte, Polly, que, du jour où tu épouseras Boy Dougdale, ton père te déshéritera ?

— Oui, oui, oui ! dit impatiemment Polly. Vous me l'avez dit cent fois déjà.

— Non pas. Une seule fois avant aujourd'hui.

— J'ai reçu une lettre à ce sujet. Boy aussi. Nous sommes au courant.

— Et sais-tu que Boy Dougdale est très pauvre ? Ils vivaient, sa femme et lui, sur la pension faite par ton père à Patricia et dont, en d'autres circonstances, Boy eût continué à jouir jusqu'à sa mort. Cette pension aussi disparaîtra, si vous vous mariez.

— Oui. C'était expliqué tout au long dans les lettres dont je viens de vous parler.

— N'espère pas que ton père change jamais d'avis. Je serai là pour l'en empêcher, tu sais !

— Je n'en doute pas un instant.

— Tu penses qu'il importe peu d'être pauvre. Mais te fais-tu la moindre idée de ce qu'est la pauvreté ?

— Si quelqu'un au monde en ignore tout, c'est bien vous !

— Je n'en ai, il est vrai, aucune expérience, grâce au Ciel. Mais je sais regarder. Il suffit, pour se former une opinion, de voir l'expression avide et désespérée des pauvres gens.

— Je ne suis absolument pas d'accord avec vous. Mais, en tout état de cause, nous ne serons pas dans la misère. Boy a huit cents livres de rente, sans compter ce que lui rapportent ses livres.

— Le pasteur de Hampton et sa femme, eux aussi, ont huit cents livres, dit Lady Montdore. Et regarde-moi de quoi ils ont l'air !

— Cet air, ils l'ont de naissance, répondit Polly, et, si ma beauté dépasse la leur, c'est à vous que je le dois. En tout cas, Mummy, rien ne sert d'ergoter sans fin. Tout est fixé déjà et notre décision est irrévocable. Ne perdons pas notre temps en vaines disputes.

— Mais alors, pourquoi es-tu venue ? Qu'attends-tu de moi ?

— D'abord, je veux me marier le mois prochain, et j'ai besoin, je vous l'ai dit, de votre consentement. Ensuite, je désirerais savoir quelles sont vos préférences, à vous et à Daddy, en ce qui concerne la cérémonie elle-même. Nous marierons-nous ici, dans la chapelle de Hampton, ou bien à Londres, sans vous ? Bien entendu, notre vœu est que personne n'assiste au mariage, à l'exception de Fanny, de Lady Alconleigh et de vous, si vous le voulez bien. J'aimerais beaucoup, je l'avoue, que Daddy me conduise à l'autel. »

Lady Montdore réfléchit un instant et finit par répondre :

« Il est inadmissible de ta part de nous placer, ton père et moi, dans cette position ridicule. J'en parlerai à Montdore. Mais, à tout prendre, j'estime que, si tu es résolue à faire, à tout prix, ce mariage indécent, les gens jaseront moins s'il est célébré avant ton anniversaire. Je n'aurai pas à expliquer pourquoi nous ne donnons aucune fête en l'honneur de ta majorité ; les fermiers commencent à me poser des questions déjà. Tu peux donc, en principe, compter sur un mariage à Hampton, le mois prochain ; après quoi, petite dévergondée incestueuse, je fais des vœux pour ne plus jamais vous revoir, ni toi ni ton oncle ridicule. Et inutile d'espérer de moi un cadeau de mariage ! »

Un flot de larmes inonda les joues de Lady Montdore. Elle pleurait sur elle-même, sur ses illusions perdues, sur sa propre peine. Et sans doute songeait-elle au magnifique collier de diamants, sous son globe de cristal, contre lequel — les choses fussent-elles allées autrement — tant de visages curieux se seraient pressés pendant la réception de mariage à l'hôtel Montdore. « Offert par les parents de la mariée. » Son vieux rêve, son rêve le plus cher, se terminait en cauchemar.

« Ne pleurez pas, Mummy, je suis si, si heureuse !

— Moi, pas ! » dit Lady Montdore.

Et elle s'élança furieusement hors de la pièce.

XVI

UN mois plus tard, exactement, Davey, Tante Sadie et moi, les oreilles bourdonnant encore des lamentations de Jassy et de Victoria, roulions vers Hampton pour assister au mariage de Polly.

Les petites Radlett n'avaient pas été invitées. Elles en concevaient une grande amertume, qu'elles exprimaient avec force :

« Polly est horrible ! Elle méprise les *Honorables* et nous la détestons ! Nous nous sommes mis les doigts en sang pour lui fabriquer une échelle de corde ; nous étions prêtes à cacher le Satyre dans notre placard, à partager notre nourriture avec lui, sans compter tout le reste... Il n'y a pas de risque que nous n'aurions pris pour leur procurer, à tous deux, quelques instants de bonheur ! Est-ce notre faute s'ils n'ont pas assez de tempérament pour profiter des chances que nous leur offrions ? Et maintenant elle ne nous invite même pas à son mariage ! Enfin, Fanny, tout de même, c'est raide !

— Ce n'est pas moi qui le lui reprocherai, dis-je. Un mariage est une chose sérieuse et elle n'a pas envie d'être dérangée pendant toute la cérémonie par vos ricanements et vos fous rires.

— Nous avons ricané à ton mariage ?

— Oh ! sûrement. Mais l'église était grande et pleine de monde. Je ne vous ai pas entendues. »

Oncle Matthew, en revanche, avait été invité, mais il nous dit qu'il n'irait pour rien au monde.

« Ce serait plus fort que moi, ajouta-t-il, j'étranglerais ce pourceau ! Ce Boy ! poursuivit-il avec un mépris écrasant. Une seule chose m'intéresse : vous entendrez prononcer son véritable nom ; écoutez bien et notez-le pour moi. J'ai une envie folle de mettre une fiche à son nom dans un tiroir. »

Oncle Matthew croyait dur comme fer — c'était une de ses superstitions favorites — que si vous écriviez le nom de quelqu'un sur un morceau de papier et enfermiez le papier dans un tiroir, la personne visée ne manquait pas de mourir au cours de l'année. Les tiroirs d'Alconleigh étaient pleins de petits débris de papier, portant les noms des créatures dont mon oncle souhaitait débarrasser l'univers : personnes du voisinage ou hommes célèbres tels que Bernard Shaw, de Valera, Gandhi, Lloyd George et le Kaiser ; il n'était pas un tiroir, dans toute la maison, qui ne contînt le nom de Labby, le chien de Linda. Le sortilège, cependant, ne semblait guère efficace, car Labby poursuivait une vieillesse paisible et avait depuis longtemps dépassé l'âge moyen des chiens du Labrador ; cet échec éclatant n'affaiblissait en rien la foi d'Oncle Matthew et si, de temps à autre, quelques-unes de ses victimes mouraient des suites de leur grand âge, mon oncle montrait, pendant un jour ou deux, le visage d'un homme tout à la fois repentant et satisfait.

« Son nom ? dit Tante Sadie en regardant Davey. Nous l'avons entendu sûrement lors du mariage de Patricia, mais je ne m'en souviens pas. Et vous ? J'ai l'impression qu'il ressemblait à l'un de ces noms patronymiques comme Stanley ou Norman. C'est si loin déjà ! Une éternité ! Pauvre Patricia, que dirait-elle de tout cela !

— S'était-elle mariée, elle aussi, dans la chapelle de Hampton ? demandai-je.

— Non. À Londres. Et j'essaie de me rappeler où. Lord Montdore et Sonia s'étaient mariés à l'Abbaye de Westminster, bien entendu. J'en garde un exact souvenir parce que Emily était demoiselle d'honneur et que j'en crevais de jalousie. Ma nurse me conduisit à la cérémonie, mais nous restâmes à l'extérieur de l'Abbaye, car Mummy était persuadée que nous aurions, de là, une vue meilleure que du dedans, à demi enfouies derrière un des tombeaux qui garnissent la nef. Ce fut un mariage royal, ou presque. J'avais naturellement débuté déjà dans le monde lorsque vint le tour de Patricia — à Sainte-Margaret, je crois. Oui, j'en suis à peu près sûre maintenant. Nous pensions toutes qu'elle était bien trop âgée pour se marier en blanc : trente ans ou quelque chose de terrible dans ce genre !

— Mais elle était très belle, dit Davey.

— Oui, d'une beauté que l'on retrouve chez Polly ; mais Patricia n'eut jamais ce je ne sais quoi qui rend Polly indiscutablement et radieusement belle. Je voudrais bien savoir pourquoi ces femmes, ravissantes toutes deux, ont eu la tête tournée par ce vieux Satyre. Ce n'est pas naturel.

— Pauvre Boy », dit Davey en soupirant avec sympathie.

Oncle Davey, qui avait, au terme de sa cure, rejoint Tante Emily dans le Kent, était revenu à Alconleigh, où il se trouvait à pied d'œuvre pour se rendre à Hampton et y servir de témoin à Boy Dougdale. Il avait accepté — disait-il — en souvenir de Patricia, mais plutôt, à mon avis, parce qu'il mourait d'envie d'assister au mariage ; il était ravi, d'ailleurs, de justifier ainsi ses courses incessantes entre Silkin et Hampton et d'être au courant de tout ce qui se passait dans ces maisons frappées toutes deux par le même maléfice.

Polly était retournée à Hampton. Elle ne se souciait nullement de se constituer un trousseau et, comme l'annonce des fiançailles et celle du mariage devaient paraître simultanément dans le *Times* (« cérémonie tout intime en raison d'un deuil récent » : la rédaction était l'œuvre de Davey), elle n'avait aucune lettre à écrire, aucun cadeau à dépaqueter, bref aucune de ces mille occupations qui précèdent généralement un mariage. Cédant à l'insistance de son père, elle avait consenti à recevoir le notaire de celui-ci, qui était venu de Londres tout exprès, pour lui expliquer, en bonne et due forme, que tous les biens qui, aux termes du testament de Lord Montdore, devaient lui revenir, à elle et à ses enfants, c'est-à-dire l'hôtel Montdore, à Londres, le château de Craigside en Écosse, le domaine du Northumberland et les mines qui s'y trouvaient, les nombreux immeubles londoniens, d'une valeur considérable, un ou deux chantiers de constructions maritimes, enfin deux millions de livres sterling environ, étaient désormais attribués en pleine propriété au seul héritier mâle de Lord Montdore, Cedric Hampton. Si les choses avaient suivi leur cours normal, Cedric n'eût hérité que Hampton Park et les titres de Lord Montdore ; mais, par la grâce de ce testament nouveau, il était appelé à devenir l'un des cinq ou six personnages les plus riches d'Angleterre.

« Comment Lord Montdore prend-il les choses ? demanda Tante Sadie, lorsque Davey, au retour d'une échappée à Hampton, *via* Silkin, rapporta ces nouvelles.

— Bien difficile à dire. Sonia est anéantie, Polly est nerveuse, mais Montdore demeure identique à lui-même. Vous jureriez, à le voir, que rien n'est changé dans sa vie monotone.

— C'est un vieux niais, je l'ai toujours dit. Mais, saviez-vous, Davey, qu'il était aussi riche ?

— Oh ! oui, c'est une des plus grandes fortunes d'Angleterre.

— Et Sonia qui se montre si ladre, sur les petites choses ! Combien de temps, à votre avis, demeurera-t-il ferme dans sa décision de déshériter Polly ?

— Aussi longtemps que Sonia sera en vie. Elle n'est pas près d'oublier le tort que Polly lui fait, soyez-en sûre. Et Lord Montdore ne lève pas le petit doigt sans son agrément.

— C'est vrai. Et Boy ? Comment se fait-il à l'idée de vivre, une fois marié, avec huit cents livres par an ?

— Il s'y fait mal. C'est une idée qui lui déplaît. Il envisage de louer Silkin et d'aller vivre à l'étranger, quelque part où la vie soit bon marché. Je lui ai conseillé d'écrire davantage. Il ne s'en tire pas si mal, vous savez ; mais il est extrêmement déprimé, le pauvre vieux.

— Cela lui fera du bien, dis-je, de partir pour quelque temps.

— Hum ! Oui, répondit Davey d'un air qui en disait long. Mais...

— Et je me demande à quoi peut bien ressembler Cedric Hampton ?

— Nous nous le demandons tous. Boy en parlait récemment, mais on ignore même où il se trouve. Son père était un drôle de phénomène ; il partit pour la Nouvelle-Écosse, y tomba malade et épousa son infirmière, une vieille Canadienne, qui n'eut que ce fils. Puis il mourut — le père — et là s'arrêtent nos informations. Montdore fait à Cedric une petite pension, versée annuellement au compte d'une banque canadienne. Ne trouvez-vous pas étrange qu'il ne se soit pas intéressé davantage à ce garçon qui portera son nom et représente, à lui seul, tout l'avenir de cette magnifique famille ?

— Sans doute Montdore était-il brouillé avec le père de Cedric ?

— Je ne crois pas qu'il l'ait même jamais rencontré. Ils appartenaient à des générations bien différentes — cousins d'issus de germains, ou quelque chose de ce genre. C'est à Sonia, je pense, qu'il faut attribuer cette attitude indifférente ; elle ne pouvait supporter l'idée que Hampton échapperait à Polly, et elle en arrivait à se persuader que ce Cedric n'existait pas — vous savez son talent pour ignorer délibérément les choses ou les gens qui lui déplaisent. Il lui faudra bien, désormais, se rendre à l'évidence ; Montdore désirera sûrement faire la connaissance de ce neveu qui devient son légataire universel.

— Ce gros colonial, maître de Hampton ! Triste perspective, ne trouvez-vous pas ?

— Tragique, vous voulez dire, renchérit Davey. Pauvres Montdore, je comprends leur détresse. »

Les précisions fournies par Davey me découvrirent un aspect nouveau de l'aventure, dont j'ignorais jusqu'alors les incidences matérielles. Je comprenais maintenant que « tout ça » représentait un ensemble presque fabuleux de richesses, dont il paraissait invraisemblable qu'elles pussent être léguées, en bloc, à un garçon totalement inconnu.

Lorsque nous arrivâmes à Hampton, Davey se rendit auprès de Boy ; Tante Sadie et moi fûmes conduites directement à la chapelle, où nous nous assîmes dans une solitude complète.

La chapelle, d'époque victorienne, était située au milieu des dépendances. Elle avait été construite par le « vieux Lord » et contenait, outre son effigie en grand costume de la Jarretière, et celle de sa femme Alice, taillées toutes deux dans le marbre, des vitraux lumineux, de très belles orgues et des stalles réservées à la famille, d'un dessin rappelant celui des loges d'opéra, avec abondance de velours rouge et rideaux latéraux. Davey s'était assuré le concours d'un excellent organiste d'Oxford, qui nous joua quelques *Préludes* de Bach. Aucune des parties intéressées ne semblait s'être souciée de mettre au point les détails de la cérémonie. Davey avait choisi lui-même la musique, et le jardinier, livré à sa propre inspiration, avait noyé la chapelle sous une abondance de ces fleurs de serre qu'adorent toujours les jardiniers et dont la disposition faisait songer à une exposition horticole. Je me sentis envahie par une insurmontable tristesse : les préludes, les fleurs, cette chapelle déserte, tout incitait à la mélancolie. Qu'on le voulût ou non, ce mariage apparaissait comme une déprimante aventure.

Montant par l'allée latérale, accompagné de Davey, Boy vint nous serrer la main. Il s'était enfin débarrassé de son rhume et semblait très en forme ; je remarquai que ses cheveux ondulaient savamment et bouclaient même ici et là ; sa silhouette, assez élégante, de dos surtout, était mise en valeur par sa jaquette de bonne coupe. Il portait un œillet blanc à sa boutonnière, et Davey un œillet rouge. En dépit du soin apporté à sa toilette, Boy manquait de conviction dans le rôle nouveau qu'il ajoutait à son répertoire ; il évoquait moins un fiancé montant vers l'autel qu'un proche parent conduisant un deuil. Davey dut lui montrer sa place, près des marches du chœur. Je n'avais, de ma vie, vu un homme aussi désemparé.

Le pasteur s'avança devant l'autel ; son visage marquait clairement sa désapprobation. Au même instant, Lady Montdore apparut, à notre gauche, dans l'enceinte réservée à la famille, qui possédait une entrée particulière. Je n'osais pas la dévisager avec trop d'insistance, mais je notai, d'un coup d'œil, qu'elle semblait prête à défaillir. Boy lui lança un bref regard, et tout, dans son attitude, montrait clairement le désir où il était de se glisser près de sa vieille amie et d'avoir avec elle une bonne longue conversation.

C'était la première fois qu'il revoyait Lady Montdore depuis leur discussion sur la lettre de l'Infante.

L'organiste s'arrêta sur un dernier prélude qu'il jouait, depuis quelques minutes, avec une conviction décroissante. Tournant la tête, je vis Lord Montdore, debout sous le porche d'entrée. Serein, bien conservé, figé dans une excessive perfection, on eût dit qu'il s'apprêtait à conduire sa fille au long de la grande nef de l'Abbaye de Westminster pour la donner en mariage au roi d'Angleterre.

O Perfect Love, all Human Thought Transcending...

L'hymne, chanté dans la tribune par un chœur invisible, résonna sous la voûte.

Et alors, calme et confiante, rayonnante de noblesse et de bonheur, Polly, une main pâle posée sur le bras de son père, s'avança lentement dans l'allée centrale, dissipant, par sa seule présence, la gêne mélancolique qui pesait comme un brouillard dans la chapelle.

Elle avait réussi, je ne sais comment, à se procurer une robe de mariée — ou bien était-ce une des robes de sa dernière « saison » de Londres ? Mais peu importe ! — et elle émergeait, ravissante, d'un nuage de tulle blanc et de muguets. La plupart des jeunes mariées ne savent quelle contenance adopter lorsqu'elles montent ainsi vers l'autel ; elles apparaissent affectées, tourmentées ou — ce qui est pire — exagérément impatientes ; mais Polly semblait flotter au sein d'une pure félicité et dessinait une figure dont la beauté ne s'effacera jamais de ma mémoire.

Soudain, à notre gauche, un bruit sourd nous fit sursauter ; la porte de la loge familiale claqua. Lady Montdore était partie.

Le pasteur commença de psalmodier les paroles rituelles. « Étant donné que... », etc. « Qui donne cette femme en mariage à cet homme ? » Lord Montdore s'inclina légèrement, débarrassa Polly de son bouquet et rejoignit le banc le plus proche.

« Veuillez répéter après moi : "Moi, Harvey, je te prends, Léopoldina, pour mon épouse..."

Tante Sadie, qui avait bien écouté, m'adressa un clin d'œil.

Tout fut bientôt terminé. Un hymne encore, et je demeurai seule à ma place, pendant que les assistants allaient signer sur le registre, derrière un rideau.

Dans le fracas de la marche nuptiale de Mendelssohn, Polly glissa vers la sortie, aussi radieuse et noble qu'à son entrée, mais au bras, cette fois, d'un autre vieil homme bien conservé.

Pendant que Polly et Boy se changeaient et revêtaient leurs costumes de voyage, nous attendîmes dans la Longue Galerie pour leur dire au revoir et assister à leur départ.

Ils se rendaient en auto à l'hôtel *Lord Warden*, à Douvres, où ils comptaient passer la nuit pour s'embarquer le lendemain. J'espérais un peu que Polly m'enverrait chercher et que je la rejoindrais dans sa chambre pour y avoir, avec elle, un dernier entretien. Elle n'en fit rien cependant, et je restai, en bas, avec les autres. Sans doute était-elle heureuse au point de n'avoir pas remarqué notre présence ; ou, peut-être, préférait-elle demeurer seule.

Lady Montdore ne reparut pas. Lord Montdore s'entretenait avec Davey et le félicitait d'une anthologie, récemment publiée par les soins de mon oncle et intitulée *De la maladie à la santé*. Je l'entendis qui déclarait qu'à son avis Browning était insuffisamment exploité, mais que, cette réserve faite, toutes les citations lui paraissaient des plus judicieuses.

« Mais Browning jouissait d'une si belle santé ! » objecta Davey.

Tout l'accent du livre portait en effet sur la maladie.

Un valet de pied passa parmi nous, un plateau garni de coupes de champagne entre les mains. Tante Sadie et moi nous installâmes — comme l'habitude s'en prenait toujours à Hampton — devant la table des revues illustrées et feuilletâmes longuement le *Tatler*, le *Sketch* et le *Bystander* ; Polly fut si longue à descendre que j'en arrivai, en désespoir de cause, à parcourir le *Country Life*, dernier de la série. Mais, au-delà du chatoyant défilé des épouses de baronnets, souriant gracieusement parmi leurs enfants, leurs chiens, leurs tweeds et leurs châteaux, au-delà des gros plans montrant des cheveux d'or et des clips de diamants, je percevais nettement que l'atmosphère, dans la Longue Galerie comme à la chapelle, demeurait glaciale et angoissée. Boy, lorsqu'il descendit enfin, jeta un regard horrifié sur les débris déchiquetés de l'écran de foyer, puis, comprenant sans doute qui était à l'origine de ce méfait, se réfugia dans l'embrasure d'une fenêtre et nous tourna le dos. Personne ne lui adressa la parole. Lord Montdore et Davey, ayant dit de l'anthologie tout ce qu'il y avait à en dire, buvaient leur champagne en silence.

Polly apparut bientôt. Elle portait son manteau de vison de l'an passé et un petit feutre brun. Dépouillée de son nuage de tulle, elle irradiait encore la même félicité profonde ; sans le moindre embarras, elle étreignit son père, nous embrassa tous, Davey compris, et, passant son bras sous celui de Boy, entraîna son mari vers la porte. Nous les suivîmes. Les domestiques, le visage attristé et les plus âgés d'entre eux reniflant leurs larmes, étaient réunis dans le hall ; la plus jeune des femmes de chambre lança, selon la coutume, mais sans gaieté, quelques poignées de riz ; Polly leur dit au revoir à tous, puis, suivie mélancoliquement de Boy, monta dans la grande Daimler, qui fila aussitôt vers les grilles.

Nous prîmes poliment congé de Lord Montdore et partîmes à notre tour. Lorsque nous fûmes arrivés au bas de l'avenue, je me retournai : les valets avaient déjà refermé la grande porte d'entrée et il me sembla que la magnifique demeure, qui se profilait sur le vert tendre et printanier des pelouses et le bleu pâle d'un ciel de fin d'hiver, serait désormais déserte et lugubre pour toujours. Toute jeunesse l'avait quittée ; Hampton n'était plus que le triste foyer de deux vieillards.

Deuxième partie

I

C'EST alors que commença ma véritable existence de femme mariée : je m'installai avec *mon* mari dans *notre* maison. Un jour, en effet, au cours d'une des visites d'inspection que je faisais régulièrement à Oxford, je notai ce qui me parut être un miracle : les murs de ma maison étaient tendus du papier que j'avais choisi et qui me sembla plus joli encore que je n'aurais pu l'espérer ; l'odeur du tabac bon marché, du ciment frais, du thé bouillant, de la carie sèche du bois, toutes ces puanteurs avaient disparu pour faire place aux parfums délicieux de la peinture neuve, de la bonne cire et de la propreté ; les parquets étaient lisses et solides, et les fenêtres si claires qu'on doutait qu'elles eussent des vitres. La journée était magnifique, le printemps s'annonçait et j'allais m'installer enfin dans ma maison : je me sentais heureuse au-delà de toute expression. Pour ajouter la dernière touche à ce bonheur presque parfait, la femme d'un professeur m'avait rendu visite ; sa carte et celle de son mari avaient été posées bien en évidence sur la cheminée par les soins des ouvriers : professeur et Mrs Cozens, 209, Banbury Road. Il ne fallait plus en douter : j'étais véritablement une femme mariée, bien assise dans la vie, qui recevait des visites. Je trouvai la chose très émouvante.

J'avais alors dans l'esprit une idée romantique et fort précise de ma future existence à Oxford. J'imaginais une sorte de Little

Gidding, une exquise communauté de gens actifs et cultivés, unis par le même goût passionné des travaux de l'esprit et la volonté tenace d'enrichir les jeunes intelligences qui leur étaient confiées. Je me représentais les épouses des professeurs comme de belles femmes tranquilles, expertes dans tous les accomplissements de leur sexe — coquetterie exceptée —, s'évertuant, non sans quelque fatigue, à élever parfaitement, dans des « homes » irréprochables, un grand nombre d'enfants remarquablement doués, se délassant des soucis domestiques par la lecture de Kafka, et toujours prêtes, quels que fussent leurs occupations ou leur épuisement, à se plonger avec délice dans l'une de ces longues et sérieuses discussions qui touchent également aux problèmes de l'intelligence pure et de la vie pratique. Moi-même, je me voyais courant gaiement, à longueur de journée, de l'une à l'autre des maisons occupées par ces charmantes créatures, vieilles demeures dont les fenêtres s'ouvraient sur quelque merveille d'architecture ancienne — comme les miennes sur Christ Church ; je me voyais partageant chaque détail de leur vie et prêtant, chaque soir, une oreille attentive aux graves et subtils propos de nos époux. Bref, j'espérais découvrir, au sein de cette communauté familiale merveilleusement nouvelle, une quintessence de mes chers Radlett, enrichie de tous les trésors de la culture intellectuelle et de la maturité. Les cartes de visite déposées par le professeur et Mrs Cozens m'apparurent comme les messagers avant-coureurs de cette intimité délicieuse. Le fait qu'ils habitassent Banbury Road me choqua un instant, mais il me devint vite évident que les ingénieux Cozens avaient su découvrir, dans ce faubourg ingrat, quelque exquise vieille maison, folie d'un gentilhomme d'autrefois, dernier vestige d'une poésie campagnarde depuis longtemps évanouie, et qu'ils s'étaient résignés à l'extrême laideur du quartier en considération du portail et des corniches de la maison, du style rococo de ses plafonds et de la belle ordonnance de ses pièces.

Je n'oublierai jamais ce jour mille fois heureux. La maison, enfin, m'appartenait, les ouvriers étaient partis, les Cozens étaient venus, les jonquilles perçaient dans le jardin et un merle s'égosillait dans l'arbre le plus proche. Arrivant à l'improviste, Alfred me donna à comprendre que mon exaltation lui semblait dénuée de fondements raisonnables. Il n'avait jamais douté, me dit-il, que la maison fût prête, tôt ou tard, ni éprouvé aucune des alternatives d'espérance et de désolation par où j'avais passé moi-même. Quant à la visite des Cozens — bien que je susse à quel point Alfred jugeait tous les êtres humains du même œil glacé —, l'indifférence de mon mari me parut terriblement déprimante.

« C'est si affreux ! me lamentai-je. Je ne puis leur rendre leur visite, nos cartes ne sont pas encore arrivées. On nous les a promises pour la semaine prochaine, mais j'aimerais aller tout de suite à Banbury Road, sans attendre une minute. Comprenez-vous, Alfred ?

— Vous irez la semaine prochaine, dit brièvement Alfred. Ce sera largement suffisant. »

Bientôt après, pointa l'aube d'un jour plus merveilleux encore. Je me réveillai dans mon lit *à moi*, dans ma chambre *à moi*, où tout se révélait conforme à mes désirs les plus secrets. Il y faisait, il est vrai, un froid épouvantable, la pluie ruisselait aux vitres et, comme je n'avais pas encore de domestique, je dus me lever très tôt et préparer le petit déjeuner d'Alfred. Mais qu'importait ? Alfred était mon mari *à moi*, et c'est dans ma cuisine *à moi* que je m'affairais. Je vivais dans une félicité quasi céleste.

« Et maintenant, pensais-je, en route pour cette fraternité bienheureuse dont j'ai toujours rêvé. » Mais, hélas ! ainsi qu'il arrive trop souvent dans la vie, ce rêve tourna à mon entière confusion. Je me trouvai nantie de deux âmes sœurs, dont aucune n'offrait la moindre ressemblance avec les délicieuses créatures que j'avais souhaité découvrir. L'une était Lady Montdore, et l'autre Norma Cozens. J'étais moi-même, à cette époque, non seulement très jeune — vingt ans à peine —, mais d'une naïveté extrême. Le cercle de mes connaissances ne dépassait guère les membres de ma famille et les jeunes filles de mon âge, camarades d'école ou débutantes, avec lesquelles j'avais entretenu des rapports dénués de toute complication ; je n'imaginais pas que la vie pût offrir des problèmes plus embarrassants. L'amour même m'était venu de la manière la plus naturelle et la plus aisée du monde. Je pensais, dans la simplicité de mon cœur, qu'il convenait d'aimer tous ceux qui me montraient quelque affection, et que cette convenance devenait un devoir moral s'il s'agissait de personnes plus âgées que moi. En ce qui concerne mes deux âmes sœurs, il ne me vint sans doute jamais à l'esprit qu'elles dévoraient mon temps et usaient mon énergie sans en ressentir le moindre scrupule. Avant la naissance de mes enfants, je disposais de beaucoup de temps et me trouvais assez oisive. À Oxford, contrairement à l'opinion communément admise, la vie de société est le fait presque exclusif des célibataires, et les charmes de l'esprit comme ceux de la table demeurent réservés à des réunions où les femmes ne sont pas admises ; c'est une ville de tradition monastique où le besoin des femmes ne se fait pas sentir.

Je n'aurais jamais, de propos délibéré, choisi Norma Cozens pour mon amie intime, mais j'en viens à croire, avec le recul du temps, que sa compagnie me parut alors préférable à la solitude où j'étais laissée. Quant à Lady Montdore, elle m'apportait, à défaut d'un souffle d'air frais, l'écho de ce vaste monde, dont nous étions si retranchés à Oxford, de ce monde où le succès des femmes n'est pas exclusivement fondé sur leurs vertus domestiques.

Les antennes de Mrs Cozens s'étendaient un peu au-delà d'Oxford, mais dans une direction singulière. Elle était née Boreley, et sa famille ne m'était pas inconnue ; son grand-père avait fait construire, en 1890, non loin d'Alconleigh, une énorme bâtisse de style élisabéthain et passait, dans la région, pour incarner le type achevé du nouveau riche. Avant de devenir Lord Driersley, ce grand-père avait fait fortune dans les chemins de fer étrangers, épousé une fille de petite noblesse terrienne et engendré une immense famille dont il avait, le moment venu, marié et installé tous les membres à petite distance de Driersley Manor ; ceux-ci s'étaient, à leur tour, reproduits et multipliés au point que les Boreley couvraient une bonne partie de l'Angleterre de l'ouest et qu'il devenait impossible de dresser un tableau à peu près cohérent des cousins, oncles, tantes et alliés de cette famille tentaculaire. Ils étaient tous du même type invariable et commun, ressemblaient à des cochons d'Inde en colère, partageaient les mêmes opinions et menaient la même vie sportive et campagnarde ; ils n'allaient presque jamais à Londres. Leurs voisins les respectaient pour leur conformisme au goût du jour, leur moralité, leur fortune et leur habileté dans tous les sports. Ils remplissaient exactement leurs obligations civiques, présidaient les tribunaux locaux, faisaient partie des conseils du comté, dressaient des chiens de chasse et dirigeaient les équipes féminines de scouts. L'un d'eux siégeait aux Communes ; un autre était maître d'équipage. Bref, ils apparaissaient comme les piliers de l'Angleterre rurale. Oncle Matthew, qui les rencontrait parfois aux manifestations régionales, les haïssait tous et remplissait les tiroirs d'Alconleigh de petits papiers au nom de Boreley, par quoi se trahissait la détestation collective qu'il leur avait vouée. Comme Labby, chien du Labrador, les Boreley poursuivaient cependant des existences florissantes que n'endeuilla jamais aucune sensationnelle hécatombe.

Ma première sortie dans la société d'Oxford, en tant que femme d'un jeune chargé de cours, eut lieu à l'occasion d'un dîner offert en mon honneur par les Cozens. Le professeur, titulaire de la chaire de théologie scholastique, était le chef direct d'Alfred ; il pouvait, à ce titre, décider de l'avenir de mon mari et influer sur le cours de nos deux existences. Je le compris sans qu'Alfred eût à s'étendre dans les détails.

Pour ma part, je désirais fort que mes débuts à Oxford fussent un succès, et j'étais anxieuse de causer une impression favorable, de paraître à mon avantage et de servir ainsi la carrière de mon mari. Ma mère m'avait donné une robe du soir de chez Mainbocher, qui me sembla convenir parfaitement à la réception projetée ; la jupe, à petits plis, était en mousseline blanche et le corsage, en jersey de soie noire, à col montant et manches longues, était retenu à la taille par une large ceinture de cuir noir. À cet ensemble j'ajoutai le seul bijou que je possédais, un clip en diamants, envoyé par mon père ; ainsi vêtue et parée, j'avais l'espoir d'être à la fois joliment et convenablement habillée. J'ajoute, entre parenthèses, que mon père n'avait donné aucune suite favorable à la suggestion de Lady Montdore qui l'avait pressé de m'offrir une propriété à la campagne ; il était trop complètement ruiné, écrivait-il, pour augmenter si peu que ce fût, à l'occasion de mon mariage, la pension qu'il me faisait déjà. Mais il m'envoya un chèque et ce très joli clip.

La maison des Cozens n'était pas le délicieux vieux rendez-vous de chasse que j'avais imaginé. C'était l'habitation la plus laide de Banbury Road, une maison horrible, encadrée de lauriers. La porte nous fut ouverte par une souillon. Ce genre de filles de cuisine était une nouveauté pour moi, mais j'en reconnus l'espèce au premier coup d'œil que je jetai à celle-ci. Une fois dans le vestibule, Alfred, moi et la souillon trébuchâmes de concert sur une énorme voiture d'enfant et éprouvâmes quelque mal à retrouver notre équilibre. Cet écueil à peine doublé et nos manteaux enlevés, la souillon nous projeta, sans nous annoncer, dans le terrifiant salon des Cozens, parmi les aboiements aigus de quatre terriers écossais.

Je vis aussitôt que ma robe allait faire scandale. Quelques semaines plus tard, énumérant les gaffes affreuses que j'avais soi-disant commises au cours de cette mémorable soirée, Norma m'expliqua qu'il eût été bienséant de ma part, en qualité de jeune mariée, de porter en cette occasion ma robe de mariage. Cette bévue mise à part, un corsage de jersey, pour parisien qu'il fût, ne convenait nullement à un dîner dans la haute société oxfordienne. Les autres femmes présentes portaient, en effet, des robes de dentelle ou de crêpe marocain, décolletées en arrière jusqu'à la ceinture, et avaient les bras nus, le tout, contenant et contenu, de la même teinte rose bonbon.

Succédant à une journée fraîche, la soirée était glacée ; aucun feu cependant ne brûlait dans la cheminée, dont la grille était recouverte de papier plissé. Mais ces ladies demi-nues semblaient insensibles au froid ; elles ne frissonnaient pas, n'avaient pas le moins du monde la chair de poule, n'étaient même pas bleues comme je l'eusse immanquablement été à leur place. Je devais bientôt apprendre qu'il est de bon ton, dans les milieux enseignants d'Oxford, de considérer l'été comme tropical et l'hiver comme une saison douce et tonifiante, mais de ne tenir aucun compte des entre-saisons ou des indications du thermomètre ; on est traditionnellement insensible au froid. Avec ou sans feu, le salon offrait d'ailleurs un aspect désolant. Le petit sofa, les quelques petits fauteuils raides et durs étaient recouverts d'une cretonne au dessin si imprécis et aux teintes si lugubres qu'il était impossible d'imaginer que quiconque — fût-ce une Boreley — eût jamais pu entrer dans un magasin et, parmi toutes les cretonnes qu'on lui montrait, s'écrier soudain : « Arrêtez ! Voici exactement celle que je désire. » Il était inconcevable qu'une telle étoffe eût jamais fait l'objet d'une préférence ou d'un choix. La lumière crue des lampes, que ne tamisait aucun abat-jour, était accentuée encore par des réflecteurs d'acier chromé ; au sol, pas de tapis, mais quelques descentes de lit qui glissaient sous le pied ; aux murs, pas de tableaux, mais une peinture brillante, d'un jaune-crème uni ; nulle part le moindre objet, le moindre vase de fleurs pour habiller la nudité pénible de la pièce.

Mrs Cozens, dont le visage agressif et chiffonné — comme ceux de tous les Boreley — réveilla en moi de vieux souvenirs de chasse, nous accueillit d'assez bonne grâce ; le professeur s'avança ; il avait un faux air de Lord Montdore, avec cette onction pleine de cordialité, propre aux gens d'Église ; mais il jouait petitement ce rôle et faisait figure de curé modeste là où Lord Montdore eût campé un cardinal. Trois autres ménages — chargés de cours et leurs épouses — avaient été conviés, à qui je fus présentée. Je demeurais fascinée par ces gens au milieu desquels j'allais vivre désormais ; ils étaient laids et manquaient de cordialité. Mais je pensais que la profondeur de leur esprit rachèterait largement cette décevante apparence.

Le dîner, servi par la souillon dans une salle à manger d'aspect également déprimant, fut mauvais à ce point que je ne doutai pas une seconde qu'un accident fût survenu et plaignais de tout cœur notre hôtesse. J'ai absorbé, depuis ce soir-là, tant de repas épouvantables que le menu de ce dîner s'est effacé de ma mémoire ; je crois, cependant, me rappeler que le festin s'ouvrit sur une soupe de conserve et s'acheva sur des croûtons secs, recouverts de débris de sardines aussi sèches que les croûtons ; je crois aussi que nous bûmes quelques gouttes de vin blanc.

Quant à la conversation, qui fut loin d'être brillante, j'en attribuai d'abord l'étonnante stupidité à l'infection des aliments que nous tentions d'avaler ; je compris, plus tard, que la platitude en était due à la présence des femmes de ces messieurs. Les estomacs des professeurs ont une longue habitude de la mauvaise chère, mais leurs esprits demeurent frappés, par le beau sexe, d'une sorte de paralysie.

La dernière queue de la dernière sardine était à peine déglutie que Mrs Cozens se leva ; nous retournâmes au salon, laissant aux hommes le privilège de se régaler d'un porto d'excellent cru, seule compensation aux abominations du dîner. Nos époux ne reparurent qu'à l'heure de prendre congé.

Tout en buvant leur café, les femmes, assises en demi-cercle autour de la cheminée voilée de papier plissé, se mirent à parler de Lady Montdore et du surprenant mariage de Polly. À l'inverse de leurs maris qui, tous, connaissaient plus ou moins Lord Montdore, aucune d'entre elles n'avait rencontré Lady Montdore — pas même Norma Cozens qui, appartenant à une famille importante du comté, s'était pourtant rendue à Hampton une fois ou deux, en des occasions solennelles. À les entendre, on eût cependant juré non seulement qu'elles étaient toutes avec Lady Montdore sur le pied d'une réelle intimité, mais encore que celle-ci leur avait, à chacune, causé un tort irrémédiable. Lady Montdore n'était pas populaire dans le comté pour cette simple raison qu'elle méprisait les petits seigneurs terriens et leurs épouses autant que les commerçants locaux et leurs denrées et qu'elle importait tout directement de Londres : aliments et invités.

Il est toujours intéressant — et irritant aussi — d'entendre les gens parler de ceux que nous connaissons et qu'ils ne connaissent pas. En cette occasion, je bouillais positivement de colère contenue. Personne ne me demanda mon avis ; je demeurai donc silencieuse, mais tout oreilles, sur mon petit fauteuil. Toutes ces dames s'accordaient à prétendre que Lady Montdore, dans son infernale méchanceté, avait, depuis de longues années, jalousé sa fille pour sa jeunesse et sa beauté, qu'elle l'avait gourmandée, démoralisée et séquestrée de son mieux et qu'elle s'était ingéniée, pour peu que Polly eût suscité quelque tendresse dans le cœur d'un jeune homme, à renvoyer promptement ce dernier à ses affaires, bref avait rendu sa fille si malheureuse que celle-ci s'était finalement résolue à se jeter à contrecœur dans les bras de son oncle.

« J'ai la quasi-certitude que Polly — elles l'appelaient toutes Polly, bien qu'aucune ne la connût le moins du monde — était sur le point, tout récemment encore, de se fiancer à Joyce Fleetwood, qui séjournait à Hampton pour les fêtes de Noël ; il paraît que la chose marchait comme sur des roulettes. C'est la sœur de Joyce qui m'a tout raconté. Eh bien ! Lady Montdore l'a expulsé en moins de temps qu'il n'en faut pour le dire.

— Mais oui ! Et n'en a-t-il pas été de même pour John Coningsby ? Polly l'aimait à la folie et il aurait gagné la partie si Lady Montdore n'avait finalement soupçonné ce qui se préparait. Pauvre John ! Il a été renvoyé, lui aussi, sans ménagements !

— Et aux Indes, ma chère ! Le cas en devenait banal ! Il suffisait que Polly montrât quelque préférence envers un homme pour que celui-ci disparût mystérieusement. »

Elles parlaient de Lady Montdore comme si elle eût été une magicienne de conte de fées.

« Elle était horriblement jalouse de la prétendue beauté de sa fille, bien que, pour ma part, je n'aime guère ces visages inexpressifs.

— Mais, alors, elle aurait dû s'efforcer de se débarrasser de Polly le plus vite possible !

— Impossible de prévoir comment agit la jalousie !

— J'ai toujours entendu dire que Dougdale était l'amant de Lady Montdore.

— Bien sûr qu'il l'a été ! Et c'est pourquoi elle ne soupçonna jamais qu'il pût rien y avoir entre Polly et lui. C'est bien fait pour elle ! Elle n'avait qu'à laisser sa fille épouser ses nombreux prétendants !

— Quelle astuce, tout de même, cette Polly ! Elle a tout manigancé sous le nez de sa mère et de sa tante !

— Oh ! il n'y a guère à se lamenter sur elles ! C'est le pauvre vieux Lord Montdore que je plains ; un homme si merveilleux ! Elle lui a mené la vie dure, depuis longtemps, presque depuis leur mariage. Mon père prétend qu'elle a complètement ruiné sa carrière et que, sans elle, il aurait pu devenir Premier ministre ou quelque chose dans ce genre.

— Mais il a été vice-roi », dis-je, me lançant enfin dans la bagarre.

J'étais décidée à soutenir Lady Montdore, de toutes mes forces, contre ces ignobles créatures.

« Il l'a été, en effet, et chacun sait qu'il a failli perdre les Indes. C'est là que l'action de Lady Montdore se révéla le plus néfaste. Mon père connaît intimement un juge aux Indes. Ah ! Il faut entendre les histoires qu'il raconte ! La grossièreté de Lady Montdore...

— Bien des gens affirment que Polly n'est pas la fille de Lord Montdore, mais du roi Édouard. Je l'ai entendu, de mes oreilles, répéter de différents côtés.

— Bah ! Peu importe maintenant de qui elle descend ! Lord Montdore l'a déshéritée, et c'est à un Américain que va toute la fortune.

— Ah ! je croyais qu'il s'agissait d'un Australien. Un Australien à Hampton ! Vous imaginez une chose pareille ? Triste tout de même.

— Toute la faute en revient à cette vieille femme, à cette vieille grue. Qu'est-elle d'autre, après tout, malgré ses grands airs ? »

Je sentis la colère éclater en moi. Je connaissais, certes, les erreurs commises par Lady Montdore, je savais qu'elle était odieuse à bien des aspects, mais il me paraissait cent fois plus odieux encore d'entendre des femmes qui ne l'avaient jamais vue et dont les calomnies n'étaient que racontars et ragots, parler d'elle de cette manière. Je compris qu'une obscure jalousie les animait et qu'il eût suffi à Lady Montdore d'en distinguer quelques-unes et de répandre sur elles une étincelle de son charme souverain, pour les transformer aussitôt en adoratrices éperdues.

« On m'a dit, reprit la femme dont le père connaissait un juge aux Indes, on m'a dit qu'elle avait fait une scène terrible pendant la cérémonie du mariage : cris, hurlements, une véritable crise d'hystérie.

— C'est faux, dis-je.

— Ah ! comment le savez-vous ?

— Parce que j'y étais. »

Elles me dévisagèrent avec curiosité et une malveillance certaine, comme pour me reprocher de n'avoir pas parlé en temps utile, puis, changeant de conversation, elles se lancèrent, à corps perdu, dans la discussion de ces drames éternels que sont les maladies des enfants et les ennuis domestiques.

Je gardai cependant l'espoir de rencontrer, à ma prochaine sortie, les femmes nobles, intelligentes et distinguées, qui avaient peuplé mes rêves oxfordiens — si, toutefois, elles existaient vraiment.

Norma Cozens, pour quelque raison que je ne parvins jamais à éclaircir, s'enticha de moi et prit l'habitude de s'arrêter à la maison, à l'aller ou au retour des interminables promenades qu'elle faisait chaque jour avec ses terriers écossais. Cette Norma était bien l'être le plus grognon que j'aie jamais rencontré : rien ni personne ne trouvait grâce à ses yeux, et sa conversation, faite de sermons, de conseils et de reproches, était ponctuée de furieux soupirs. Mais le fond demeurait bon, le cœur sensible et elle me manifesta souvent une gentillesse sincère. J'en vins à l'aimer davantage qu'aucune des autres femmes de mon petit cercle ; elle avait le mérite rare d'être toujours spontanée, sans l'ombre d'une prétention, et d'élever simplement ses enfants. Mais ces femmes outrecuidantes et affectées, bourrées d'idées soi-disant modernes, et entourées d'enfants mal élevés et mal lavés, je ne pus jamais m'en accommoder. Norma était d'un type que je connaissais bien, celui des femmes sportives et simples de la campagne anglaise ; elle pouvait paraître déplacée, sans doute, dans le milieu universitaire, mais il n'existait pas en elle trace de sottise ou de méchanceté. Quoi qu'il en fût, elle devint et demeura un élément essentiel de ma nouvelle vie, sans que je pusse songer, un seul instant, à rien faire pour l'en exclure.

II

Les relations qui s'établirent, à cette époque, entre ma seconde âme sœur et moi, s'avérèrent beaucoup plus délicates et pénibles. Lady Montdore prit l'habitude de tomber à l'improviste chez moi, aux heures les plus extravagantes — Norma elle-même se montrait plus discrète — et se mit en devoir de me transformer en dame de compagnie. Elle n'y trouva pas grande difficulté ; personne ne m'a jamais autant subjuguée ; comme Lord Montdore — et à la différence de Polly —, j'étais toujours prête à me plier à ses moindres volontés. Alfred lui-même, lorsqu'il lui arrivait de sortir un instant des nuages de la théologie scholastique, voyait juste. Il me dit qu'il ne comprenait pas mon attitude et en concevait de l'irritation.

« Vous n'aimez pas Lady Montdore et vous en plaignez constamment. Pourquoi, lorsqu'elle vient, ne pas faire dire que vous êtes sortie ? »

Pourquoi, en effet ? À la vérité, je n'avais pas réussi encore à surmonter l'espèce de terreur physique que Lady Montdore m'inspirait depuis mon enfance ; bien que je susse maintenant à quoi m'en tenir sur sa nature et ses défauts, et que l'idole fût tombée de son piédestal, bien que le matador eût quitté son costume de lumière pour un vêtement de confection et se révélât sous les traits d'un pauvre être égoïste et vieilli, je continuais à ressentir devant Lady Montdore une sorte de panique. Lorsque Alfred me pressait de refuser de la recevoir, je me savais d'avance incapable de recourir à un tel expédient.

« Oh ! non, chéri, je ne crois pas que je pourrai ! »

Il haussait les épaules et n'insistait pas. Jamais mon mari ne tentait de m'influencer ; c'est à peine si, de temps à autre, il semblait observer ma conduite et me donner quelques conseils.

Ainsi que je l'ai dit, Lady Montdore, allant à Londres ou en revenant, arrivait en trombe chez nous et, s'il lui restait quelques courses à faire à Oxford, me mobilisait pour les accomplir avec elle. Je devais, des heures durant, lui vouer une dévotion attentive et me consacrer exclusivement à sa personne ; elle m'épuisait, comme font les petits enfants, puis s'envolait soudain, me laissant mécontente de la vie et de moi-même. Sentant son étoile pâlir, mais considérant comme une faiblesse d'en convenir, même en son for intérieur, elle se voyait contrainte d'exalter encore les agréments et le prix de « tout ça », et, afin de convaincre ses amis qu'elle y trouvait une parfaite compensation, elle ne manquait pas de critiquer le genre de vie qu'ils menaient eux-mêmes. Sans doute y découvrait-elle quelque apaisement et je n'imagine pas d'autre excuse à la méchanceté qu'elle mettait à dénigrer ma pauvre petite maison, si peu prétentieuse, ou ma petite vie, toute simple ; elle le faisait cependant avec une violence si persuasive qu'il me fallait parfois plusieurs jours pour me remettre de ces algarades.

Plusieurs jours... ou la visite d'une de mes chères Radlett. La venue de celles-ci avait un effet exactement opposé et me rendait toujours confiance en moi-même grâce à leur manière, célèbre dans la famille, d'exprimer leur admiration en poussant des exclamations.

« Les souliers de Fanny ! De chez qui ? Lilley et Skinner ? Oh ! je veux les mêmes ! Et cette jupe ravissante ! Encore un nouvel ensemble ! Et avec une doublure de soie ! Fanny ! Quelle chance tu as ! Ce n'est pas juste !

— Oh ! J'aimerais tant que mes cheveux bouclent ainsi ! Et quels cils ! Tu as trop de chance, Fanny ! Ce n'est pas juste ! »

Ces exclamations, que j'entendais depuis ma plus tendre enfance, s'adressaient maintenant à ma maison et à tout ce qui s'y trouvait.

« Ce papier peint, Fanny ! Et ton lit — ce n'est pas possible ! Oh ! regarde cette délicieuse petite porcelaine de Beleck ! Où l'as-tu dénichée ? Non ! laisse-nous entrer ! Un nouveau coussin ! Oh ! ce n'est pas juste, tu as trop de veine !

— Et les repas chez Fanny ! Des toasts tant qu'on en veut ! Et du Yorkshire pudding ! Pourquoi ne pouvons-nous pas vivre toujours chez Fanny ? C'est un paradis, cette maison ! Ah ! que je voudrais être à ta place, Fanny ! »

Cette véhémente admiration m'était très douce. Grâce au Ciel, chaque fois qu'une voiture partait pour Oxford, Jassy et Victoria profitaient de l'occasion et venaient ainsi me voir souvent. Quant à leurs aînées, elles ne manquaient jamais de me rendre visite lorsqu'elles se rendaient à Alconleigh.

À mesure que je prenais du caractère de Lady Montdore une connaissance plus complète, je découvrais en elle un égoïsme monumental ; cette femme ne pensait qu'à elle-même et ne pouvait traiter aucun sujet sans l'aiguiller aussitôt, non sans adresse, dans la direction qui servait le plus directement sa personne ou ses projets. La seule chose qui l'intéressât chez les autres demeurait l'opinion qu'ils avaient d'elle ; pour savoir quelle impression elle avait faite sur eux, elle était prête à tout et même à tendre aux étourdis des pièges où mon innocence me précipitait presque toujours.

« Ton mari est sûrement un homme intelligent ; c'est du moins ce que prétend Montdore. Mais quel dommage qu'il soit si horriblement pauvre — j'ai horreur de te voir vivre dans cette affreuse et inconvenante petite bicoque — oui, si pauvre et si peu important. Mais Montdore dit qu'il a une certaine réputation d'intelligence. »

Lady Montdore était arrivée, comme une bombe, à l'instant où je prenais mon thé accompagné de quelques biscuits de régime en miettes ; la bouilloire de la cuisine se trouvait encore sur le plateau, et ma tasse n'avait pas de soucoupe. J'étais affreusement surmenée, cet après-midi-là, et Mrs Heathery, ma bonne à tout faire, l'était aussi, au point que j'avais préparé moi-même mon thé, sans y apporter aucun soin. Par un déplorable hasard, Lady Montdore ne me rendait jamais visite les jours fastes — gâteau au chocolat et service d'argent — bien que, en dépit de mes fantaisies de maîtresse de maison toute novice, ces jours fussent assez fréquents.

« C'est ton thé que tu prends là ? Merci, ma chère, j'en veux bien une petite tasse. Hum ! Comme il est léger ! Non, non, ne te dérange pas, je m'en contenterai. Oui, ainsi que je te le disais, Montdore a parlé de ton mari à l'évêque, ce matin, pendant le déjeuner. Ils avaient lu quelque chose de lui et en paraissaient assez impressionnés. C'est donc qu'il est assez brillant, après tout.

— Oh ! Alfred est l'homme le plus intelligent que j'aie jamais rencontré ! » dis-je, tout heureuse.

J'adorais parler d'Alfred. J'y trouvais une consolation à son absence.

« Et, bien entendu, poursuivit Lady Montdore, il est persuadé que je suis idiote. »

Elle regarda, d'un air de profond dégoût, les morceaux de biscuits de régime et se résigna à en prendre un.

« Oh ! mais, pas du tout ! » m'écriai-je.

Alfred, à dire vrai, ne m'avait jamais, d'aucune manière, fait part de son opinion à ce sujet. J'en étais réduite à inventer.

« Si, si ! dit Lady Montdore, j'en suis convaincue. Tu ne vas pas prétendre qu'il me trouve intelligente ?

— Mais si ! Très intelligente. Peut-être ne vous considère-t-il pas tout à fait comme une intellectuelle... »

Crac ! J'étais tombée dans la trappe.

« Vraiment ? Pas comme une intellectuelle, dis-tu ? »

Je vis aussitôt qu'elle était affreusement vexée et fis des efforts désespérés pour sortir de ma trappe, sans autre résultat que de m'y enfoncer davantage.

« Alfred est ainsi, vous savez... Il ne croit pas que les femmes puissent jamais être des intellectuelles, à une exception près sur dix millions... Ainsi, Virginia Woolf peut-être...

— Sans doute pense-t-il que je ne lis jamais ? Des tas de gens le pensent parce qu'ils me voient mener une vie active et me dépenser sans cesse pour les autres. As-tu songé quelquefois que je préférerais peut-être m'asseoir dans un fauteuil et lire un livre ? C'est justement ce que j'aimerais ! Mais il ne peut en être question, dans la position que j'occupe. Je n'ai pas le droit de ne penser qu'à moi. Je ne lis jamais de livres pendant la journée, c'est vrai ; je n'ai pas une seconde pour le faire. Mais ton mari ne sait pas — et toi non plus — ce que je fais la nuit. La nuit, ma chère, je ne dors pas bien, je dors très mal, et je lis des livres. »

« Oui, les vieilles collections du *Tatler* », pensai-je. Lady Montdore les faisait relier depuis la guerre. Ce devait être une lecture passionnante.

« Tu sais, Fanny, reprit-elle, pour de drôles de petites gens comme vous, c'est très bien de lire des livres à longueur de journée ; vous n'avez d'autres soucis en tête que ceux qui touchent à vos petites personnes, tandis que nous, Montdore, nous sommes, en quelque sorte, les serviteurs de la communauté, nous avons un idéal à défendre, une tradition à maintenir, des devoirs à remplir ; tu le vois, notre cas n'offre aucune ressemblance avec le vôtre. On attend beaucoup de nous et non sans raison — je le crois fermement. Ne t'y trompe pas, c'est une vie difficile, dure et lassante, mais qui comporte parfois de merveilleuses satisfactions : ce tribut d'admiration, par exemple, que les gens nous témoignent quand ils en trouvent l'occasion ; ainsi, lorsque nous sommes revenus des Indes et que les chers villageois ont tiré notre auto tout le long de l'avenue ? Si touchant, en vérité ! Vous autres, intellectuels, ne connaissez pas des moments semblables. »

Elle se leva, prête à partir.

« Oui, poursuivit-elle, chaque jour que l'on vit apporte son enseignement. Je sais maintenant que le clan des intellectuels refuse de m'adopter. Naturellement, ma chère enfant, il ne faut pas perdre de vue que toutes ces étudiantes donnent vraisemblablement à ton mari une très étrange idée de ce qu'est, en fait, le sexe féminin. Je me demande s'il se rend compte que les seules filles qui viennent ici sont celles qui n'ont rien de mieux à espérer ailleurs ? Peut-être les trouve-t-il ravissantes, après tout ? Il n'est jamais chez lui, en tout cas. »

Lady Montdore — c'était visible — s'apprêtait à piquer une colère épouvantable.

« Et si je puis te donner un petit conseil, Fanny, ce serait de lire moins de livres, ma chère, et d'arranger un peu mieux ta maison. C'est la seule chose qui intéresse un homme, à la longue ! »

Elle jeta, sur le plateau du thé, un regard éloquent et s'en alla sans me dire au revoir.

Je demeurai navrée d'avoir manqué de tact et de l'avoir si grièvement vexée et tenais pour assuré qu'elle ne remettrait plus jamais les pieds à la maison. Si étrange qu'il y paraisse, loin de me réconforter, cette perspective me désolait.

Je n'eus pas, cependant, le temps de me livrer à la mélancolie, car, sur les talons mêmes de Lady Montdore, les petites Radlett entrèrent en se bousculant.

« Des biscuits digestifs ! Vic, regarde ! Des vrais ! Cette Fanny est merveilleuse, toujours des choses exquises chez elle ! Il y a des semaines que je n'ai pas mangé de biscuits digestifs, et pourtant, Dieu sait que je les aime plus que tout au monde ! »

Mrs Heathery, qui adorait les enfants et qui avait entendu les cris poussés par Jassy et Victoria, nous apporta du thé bouillant et un gâteau de chez Fuller, qui déclencha une nouvelle série de hurlements.

« Oh ! Mrs Heathery, ange du Ciel, un gâteau à la noix de chez Fuller ? Comment fais-tu, Fanny ? Nous n'en avons pas eu un seul à la maison depuis la dernière panique financière de Pa ! Mais les choses commencent à aller mieux : nous avons de nouveau du bon papier à lettres... Tu sais, à la maison, quand le papier de cabinet devient épais et le papier à lettres mince, c'est toujours mauvais signe !

— Pa a dû venir à Oxford pour une histoire de harnais, et il nous a déposées devant ta porte, mais pour dix minutes à peine. Alors, voilà : nous avons une drôle d'histoire à te raconter au sujet de

Sadie. Tu nous écoutes, Fanny ? Bon. Donc Sadie a déclaré, l'autre jour, que certaines gens, avant la naissance de leurs bébés, regardaient longuement les tableaux de Greuze afin que les bébés ressemblent à ceux des tableaux, et elle a ajouté : "On ne peut savoir ce qu'il y a de vrai dans tout cela ; lorsque j'étais encore petite fille, dans le Suffolk, un enfant est né, dans le village, avec une tête d'ours ; eh bien ! croyez-le ou non, neuf mois plus tôt un ours apprivoisé avait passé dans les environs." Alors Victoria a dit : "Voilà qui ne m'étonne pas du tout. J'ai toujours pensé que les ours sont des animaux terriblement séduisants." Alors Sadie a fait un saut formidable — elle n'avait encore jamais sauté aussi haut — et a crié : "Tu es une horrible enfant ! Ce n'est absolument pas ce que je voulais dire !" Tu ne trouves pas ça tordant, Fanny ?

— Nous avons, dit Victoria, aperçu, à l'instant, ta nouvelle amie, Mrs Cozens, et ses délicieux terriers. Tu en as de la chance d'avoir de nouvelles amies. Nous n'en avons jamais, nous, ce n'est pas juste ! Nous sommes comme Lady of Shalott ; nous menons des vies terriblement pathétiques. Même Davey ne vient plus nous voir depuis le mariage de l'horrible Polly. Oh ! à propos, nous avons reçu une carte postale de l'horrible Polly, mais inutile de nous bombarder de cartes postales maintenant ! Nous ne lui pardonnerons jamais !

— D'où venait la carte ?

— De Séville. C'est en Espagne.

— Et Polly avait l'air heureuse ?

— Dis donc, Fanny, tu sais voir d'après les cartes postales si les gens sont heureux, toi ? Temps magnifique, tout va bien : voilà ce qu'on écrit sur les cartes postales. Celle-là représentait un tableau ; une fille ravissante, appelée La Macarena, et le plus drôle, figure-toi, c'est que cette Macarena ressemblait à l'horrible Polly comme deux gouttes d'eau ! Est-ce que tu crois que Lady Montdore y aurait par hasard jeté un coup d'œil avant la naissance de l'H.P. ?

— Ne l'appelez pas Horrible Polly ! Vous savez combien je l'aime.

— Nous verrons, nous verrons. Nous l'aimons aussi, d'une certaine manière, malgré tout, et peut-être dans quelques années consentirons-nous à lui pardonner. Mais je doute fort que nous puissions jamais oublier sa basse trahison. Est-ce qu'elle t'a écrit ?

— De simples cartes postales. Une de Paris et une autre de Saint-Jean-de-Luz. »

Polly n'avait jamais aimé écrire.

« Je me demande, reprit Jassy, si c'est aussi épatant qu'elle l'a pensé, d'être au lit avec son vieux Satyre.

— Le lit n'est pas tout dans le mariage, dis-je sèchement. Il y a bien d'autres choses.

— Va dire ça à Sadie. Ah ! voilà Pa qui klaxonne ! Dépêchons-nous et ne le laissons pas attendre si nous voulons qu'il nous emmène encore ! Nous lui avons promis d'être là au premier coup de trompe. Allons ! en route pour les champs d'orge et de seigle ! Quelle heureuse fille tu es, de vivre dans cette charmante petite maison au sein d'une ville étincelante ! Au revoir, Mrs Heathery ! Ah ! ce gâteau ! »

Elles en prirent deux gros morceaux qu'elles avalèrent en descendant dans le hall.

« Entrez prendre une tasse de thé », dis-je à Oncle Matthew qui était au volant de sa grosse Wolseley toute neuve.

Chaque fois qu'Oncle Matthew traversait une crise financière, il s'achetait une auto neuve.

« Non, merci, Fanny. C'est très gentil à toi, mais une excellente tasse de thé m'attend à la maison et tu sais que, lorsque je puis l'éviter, je n'entre jamais chez les autres ! Au revoir ! »

Il enfonça sur sa tête son immense et célèbre chapeau vert et démarra.

À son tour, Norma Cozens vint prendre un verre de sherry, mais sa conversation fut d'un ennui tel que je renonce à la transcrire ici. Elle me parla, pêle-mêle, des abcès aux pattes dont souffrait la mère de ses terriers écossais, des ravages causés aux draps par la blanchisseuse, de sa souillon qu'elle soupçonnait de voler des provisions dans les placards et de son projet de la remplacer par une Autrichienne qui demandait deux shillings de moins par semaine.

« Vous avez bien de la chance, me dit-elle enfin, d'avoir Mrs Heathery. Mais prenez garde ! Les balais neufs balaient toujours bien ; vous découvrirez sûrement, à la longue, que Mrs Heathery n'est pas aussi parfaite qu'elle en a l'air. »

Je m'étais bien trompée en pensant que Lady Montdore avait, à tout jamais, disparu de ma vie. Moins d'une semaine après notre algarade, elle reparaissait, en coup de vent comme toujours. La porte de ma maison demeurait ouverte toute la journée, ainsi qu'il est courant à la campagne ; Lady Montdore ne prenait pas la peine de sonner et montait au salon sans autre avertissement.

Ce jour-là, il était une heure moins cinq lorsqu'elle fit irruption à l'improviste, et je compris aussitôt qu'il me faudrait partager avec elle la petite tranche de saumon qui composait l'essentiel de mon déjeuner.

« Où est ton mari, aujourd'hui ? »

Afin de mieux montrer le mépris où elle tenait mon mariage, Lady Montdore ne désignait jamais Alfred autrement. Pour elle, il demeurait Mr Chose.

« Il déjeune à l'Université.

— Ah ! oui ? Eh bien ! tant mieux. Il n'aura pas à supporter ma conversation d'illettrée. »

Je redoutai que toute la scène ne recommençât, y compris les éclats d'une nouvelle colère, mais il apparut que Lady Montdore avait décidé de prendre les choses du bon côté et de trouver amusante ma funeste remarque.

« J'ai raconté à Merlin, dit-elle, que les cercles d'Oxford refusaient de me considérer comme une intellectuelle. Ah ! Fanny, si tu avais vu sa tête ! »

Lorsque Mrs Heathery passa le saumon, Lady Montdore vida délibérément le plat dans son assiette. Aucune fâcheuse inhibition ne l'incita à se demander ce qu'il me resterait à manger ; je me contentai de quelques pommes de terre et d'une petite salade. Elle poussa la bonté jusqu'à me déclarer que la chère, chez moi, semblait être en progrès.

« Ah ! s'écria-t-elle, je sais ce que je voulais te demander. Qui est cette Virginia Woolf dont tu m'as cité le nom ? Merlin, lui aussi, parlait d'elle, l'autre jour, chez Maggie Greville.

— C'est une femme de lettres, dis-je, une romancière.

— Je vois. Et, sans doute, une de ces intellectuelles dont tous les héros sont des chefs de gare ?

— Oh ! non. Ce n'est pas le cas, je vous assure.

— Moi qui ne suis pas une intellectuelle, je préfère, je te l'avoue, les livres qui mettent en scène des gens du monde.

— Elle a justement écrit, dis-je, un livre merveilleux, intitulé *Mrs Dalloway*, sur une femme de la société.

— Alors, peut-être le lirai-je. Ah ! j'avais oublié ! Selon toi, je ne lis jamais et ne sais même pas lire. Mais ne t'inquiète pas et prête-moi tout de même ce bouquin, pour le cas où j'aurais quelques loisirs cette semaine. Excellent fromage ! Est-il possible que tu en trouves de semblable à Oxford ? »

Lady Montdore, décidément, montrait une humeur charmante. Je crois que la chute de la monarchie espagnole l'avait émoustillée et qu'elle prévoyait l'arrivée prochaine, à l'hôtel Montdore, d'un essaim de jeunes Infantes ; les moindres échos de la révolution madrilène la transportaient d'aise. Elle me dit que le duc de Barbarossa (peut-être n'est-ce pas là le nom exact, mais cela y touche de près) lui en avait raconté tous les détails intimes ; il avait dû les raconter aussi au *Daily Express* où je me souvenais d'avoir lu, trois jours plus tôt, et dans des termes identiques, les secrets qu'elle me livrait maintenant en toute confidence.

À l'instant de partir, elle eut assez de présence d'esprit pour me réclamer le livre de Virginia Woolf, que j'avais eu la sottise de mentionner. C'était une édition originale à laquelle je tenais beaucoup.

J'en avais fait mon deuil, lorsqu'elle me le rapporta, la semaine suivante, en déclarant qu'elle avait résolu d'écrire elle-même un livre qui serait, elle en était sûre, infiniment supérieur à celui-là.

« Pas pu le lire, dit-elle. J'ai essayé, mais il est vraiment trop ennuyeux. Et je n'ai découvert nulle part cette femme du monde dont tu parlais. Dis-moi, as-tu lu les *Mémoires de la Grande-Duchesse* ? Je ne veux pas te prêter mon exemplaire ; achète le livre, Fanny, tu aideras ainsi la pauvre chère duchesse, qui touchera une guinée supplémentaire. Ces souvenirs sont passionnants ! Une bonne partie, presque un chapitre entier, en est consacrée à Montdore et à moi, aux Indes — elle a séjourné avec nous, tu sais, au palais du vice-roi. Elle en restitue l'atmosphère avec une étonnante fidélité, bien qu'elle ne soit restée là-bas qu'une semaine ; vraiment, je n'aurais pu faire mieux moi-même ; elle décrit une garden-party que j'avais donnée au palais, et aussi la vie des maharanees dans leurs harems et montre tout ce que j'ai réalisé en faveur de ces malheureuses femmes hindoues et combien elles m'adoraient. Pour ma part, je trouve les souvenirs biographiques tellement plus intéressants que n'importe quel roman ; on y lit des choses vraies. Il se peut que je ne sois pas une intellectuelle, mais j'aime savoir la vérité. Dans un livre comme celui de la grande-duchesse, tu assistes à l'élaboration de l'Histoire, et si tu aimes l'Histoire comme moi (ne va pas dire à ton mari que j'aime l'Histoire ! Il ne le croirait pas !), tu ne peux manquer d'être passionnée par les ressorts secrets des événements ; or seuls des personnages comme la grande-duchesse sont en mesure de nous les révéler. Ah ! à propos, Fanny chérie, voudrais-tu appeler pour moi Downing Street au téléphone et demander le Premier ministre ou son secrétaire — tu me passeras l'appareil quand tu auras la communication. J'arrange un petit dîner en l'honneur de la grande-duchesse, pour lancer son livre. Bien entendu, je ne te demande pas d'y assister ; ce ne serait pas assez intellectuel pour toi : juste quelques hommes politiques et quelques écrivains. Voici le numéro du Premier. »

Je traversais, alors, une période d'économie forcenée ; l'arrangement de ma maison m'avait coûté fort cher et je m'étais fait une règle de ne jamais téléphoner — même à Tante Emily ou à Alconleigh — lorsqu'une lettre pouvait suffire ; c'est donc à contrecœur que je fis ce que Lady Montdore me demandait. Il y eut une longue attente avant que le Premier ministre répondît en personne. Lady Montdore entama aussitôt une conversation interminable et le sinistre tac-tac-tac, annonçant la fin de chaque unité de trois minutes, résonna cinq fois au moins, comme un glas, à mes oreilles. Elle fixa d'abord la date du dîner, ce qui exigea bien des palabres, et des silences aussi pendant lesquels le Premier consultait son secrétaire — en tout, deux tac-tac. Elle demanda ensuite des nouvelles de Madrid.

« Oui, dit-elle, bien mal conseillé, le pauvre homme (tac-tac-tac), la chose est sûre. J'ai vu Freddy Barbarossa hier soir — ils sont tous si courageux, si stoïques... Oui, au *Claridge* — et il me racontait... (Ici, un flot de nouvelles et d'opinions, toutes directement inspirées du *Daily Express*.) Mais Montdore et moi nous faisons un souci tout particulier au sujet de notre Infante... Oui, une très intime amie à nous... Oh ! cher Premier ministre, si vous pouviez recueillir quelques renseignements, nous vous en aurions une telle reconnaissance. Est-ce possible, vraiment ? Il y a précisément dans le livre de la grande-duchesse un chapitre entier sur Madrid, si brillant, et d'une actualité saisissante... Oui, une proche parente... Elle dépeint le panorama (tac-tac-tac) du palais royal... Oui, plutôt lugubre, j'y étais moi-même, mais quels magnifiques couchers de soleil ! Oui, je sais, pauvre femme... Oh ! elle les a haïs, dès le début ; elle s'était fait faire des jumelles de théâtre avec des verres noirs pour les moments les plus pénibles... Savez-vous où ils se rendent ? Oui, Barbara Barbarossa me l'a dit aussi, mais je m'étonne qu'ils ne songent pas à venir ici — vous devriez essayer de les en persuader... Oui, oui, je comprends... Eh bien ! nous reparlerons de tout cela, cher Premier ministre ; je ne veux pas vous retenir plus longtemps (tac-tac-tac). Nous nous reverrons donc le 10... Oh ! moi aussi. J'enverrai une carte de rappel à votre secrétaire, bien entendu. Au revoir ! »

Elle se tourna vers moi, rayonnante :

« J'ai, dit-elle, une merveilleuse influence sur cet homme. Il m'adore au point que j'en suis émue moi-même. Il ne jure que par moi et serait incapable de rien me refuser, vraiment rien, je t'assure ! »

Elle ne parlait jamais de Polly. Je supposai d'abord que la fréquence de ses visites était un effet de la profonde amitié qui me liait, depuis toujours, à Polly et qu'elle ne la séparait pas de moi dans son cœur ; j'imaginais que, tôt ou tard, elle se confierait à moi et tenterait, par mon entremise, de se réconcilier avec sa fille. Mais je compris bientôt que Polly et Boy avaient cessé d'exister pour elle et ne lui étaient plus, ni l'un ni l'autre, d'aucune utilité : Boy, parce qu'il ne serait plus jamais son amant, et Polly parce qu'elle ne pourrait plus jamais apparemment lui faire honneur aux yeux du monde. Lady Montdore les avait exclus tous deux de ses pensées et de sa vie. Les visites qu'elle me rendait assidûment étaient inspirées par deux motifs : la solitude d'une part et, de l'autre, les commodités de ma maison, située à mi-chemin de Londres et de Hampton, et dont elle usait à la fois comme restaurant, vestiaire et cabine téléphonique.

Il était aisé de voir à quel point elle se sentait seule. Hampton regorgeait, à chaque fin de semaine, de personnages importants, de personnalités élégantes, ou même de gens dépourvus de ces distinctions éminentes, et, si grand est l'amour des Anglais pour la vie à la campagne, qu'ils cédaient volontiers aux instances de leur hôtesse et demeuraient à Hampton du vendredi jusqu'au mardi. Mais, même ainsi, il restait à Lady Montdore deux jours creux au milieu de chaque semaine. Elle allait de moins en moins à Londres. Hampton avait toujours eu ses préférences ; elle y régnait seule, sans aucune de ces rivales inévitables qu'elle rencontrait à Londres où, sans Polly à distraire et sans Boy pour l'aider à recevoir, la vie lui apparaissait vide de sens et pleine d'ennui.

III

C'EST à la désolation présente de sa vie que Lady Montdore dut assurément d'attacher enfin quelque intérêt à la personne de Cedric Hampton, seul héritier de Lord Montdore. Son mari et elle ignoraient à peu près tout de ce garçon, hormis son existence dont ils se seraient bien passés puisque, sans elle, l'ensemble de leur fortune et de « tout ça », Hampton compris, serait revenu à Polly ; quelle que fût par ailleurs la valeur des biens que leur fille eût pu légalement hériter, ils songeaient surtout à Hampton, qui demeurait leur bien le plus cher. Je n'ai jamais réussi à tirer au clair la nature exacte de la parenté existant entre Cedric et Lord Montdore ; je me rappelle que Linda et moi, lorsque nous cherchions à savoir si Cedric était d'âge à épouser l'une de nous, c'est à grand-peine, après avoir ânonné sur la liste des pairs et remonté de génération en génération, que nous avions découvert : « Henry, né en 1875, épousa Dora, fille de Stanley Honks, Esq., d'Annapolis, Nouvelle-Écosse ; mort en 1913, laissant une descendance.

— Cedric, actuel héritier, né en 1907. »

L'âge convenait. Mais que penser de cette Nouvelle-Écosse ? Hâtivement consulté, l'atlas nous révéla un pays terriblement marin. « Une sorte d'île de Wight transatlantique, dit Linda. Non, merci ! » Les brises océanes, dans la mesure où elles favorisent la pureté du teint, constituaaient à nos yeux un moyen et non une fin. Notre idéal, à cette époque, était de vivre dans une grande ville et d'aller, tous les soirs, couvertes de diamants, à l'Opéra. — « Qui est donc cette ravissante femme ? » — et la Nouvelle-Écosse ne convenait nullement à de tels amusements. L'idée ne nous vint jamais à l'esprit que Cedric avait fort bien pu quitter sa lande natale pour s'installer à Paris, Londres ou Rome. C'était un colonial, pensions-nous ; et, dans notre naïveté, le mot suffisait à le classer. Lady Montdore, je crois, n'en savait guère plus que nous à cet égard. Elle n'avait jamais éprouvé la moindre curiosité pour ces gens extravagants qui habitent le Canada ; ils faisaient partie des choses désagréables de la vie et elle préférait, pour sa part, n'y pas penser. Mais maintenant, abandonnée au milieu de « tout ça » qui, tôt ou tard — tôt sans doute, à en juger par l'apparence de Lord Montdore —, reviendrait à Cedric, elle se prit à songer à lui, à parler de lui sans cesse et se mit en tête qu'il serait amusant de le connaître enfin.

À peine eut-elle accueilli cette idée qu'elle désira, bien entendu, la réaliser à la minute même : il lui fallait Cedric sur-le-champ. La lenteur des recherches la mit hors d'elle. Cedric, en effet, demeurait introuvable.

Je fus tenue informée de la marche de l'enquête et de tous les détails s'y rapportant, car Lady Montdore ne pouvait désormais penser à rien d'autre.

« Cette idiote a changé d'adresse, me dit-elle, parlant de la mère de Cedric. L'avocat de Montdore a eu toutes les peines du monde à établir le contact avec elle. Quelle idée aussi de ne pas rester tranquillement où elle était ! Tous les endroits se valent dans un pays pareil ! Simple gaspillage, à mon avis ; rien d'autre, en vérité. Bref, ils ont fini par mettre la main dessus et maintenant il semble que Cedric ne vive pas avec elle, mais en Europe, Dieu sait où ! Je suis surprise qu'il ne nous ait pas rendu visite, dans ces conditions. En tout cas, il va falloir encore attendre. Oh ! ma chère, les gens sont vraiment trop écervelés ! Et d'un égoïsme ! Moi, moi, moi, rien d'autre ne compte ! »

Finalement, on trouva Cedric à Paris. (« Tout à fait extraordinaire, s'écria Lady Montdore, qu'est-ce qu'un Canadien peut bien faire à Paris, je me demande un peu ! Je n'aime pas ça ! ») Une invitation fut lancée et acceptée.

« Il arrive mardi prochain, pour quinze jours. J'ai eu soin de préciser les dates ; je n'y manque jamais lorsqu'il s'agit d'un séjour à la campagne, tout malentendu est ainsi évité, et les gens savent exactement à quoi s'en tenir. Si nous le trouvons agréable, nous l'inviterons de nouveau ; de Paris, le voyage ne compte pas. Mais à quoi peut-il bien s'occuper dans une ville pareille ? J'espère que ce n'est pas un artiste ! Dans ce cas, nous lui en ferons passer le goût ; il faut désormais qu'il apprenne à vivre convenablement… Nous envoyons la voiture le prendre à Douvres ; il sera donc ici pour dîner. Montdore et moi avons décidé de ne pas nous habiller ce soir-là ; je présume qu'il n'a pas de smoking et nous désirons que le pauvre garçon se sente à l'aise le jour de son arrivée. »

Cette délicatesse me surprit chez Lady Montdore, dont la distraction favorite consistait précisément à intimider ses hôtes. Mais Cedric était devenu le caprice du jour et, jusqu'au moment inéluctable où pâlirait son étoile — comme celle de Mrs Heathery, au dire de Norma Cozens —, rien ne serait trop bon pour lui, ni aucun artifice assez savant pour le séduire.

Je commençai à beaucoup me préoccuper de Cedric : la situation était passionnante et je me demandais comment s'en tirerait ce jeune sauvage du Far-West canadien, confronté soudain avec cette aristocratique Angleterre en pleine décadence, ce grand seigneur en carton-pâte, mais d'une suprême distinction, cette maison immense et luxueuse, ces serviteurs terrifiants, toute cette atmosphère, enfin, de richesse inépuisable. Je me souvenais de l'impression excessive que j'en avais ressentie dans mon enfance et imaginais que Cedric en éprouverait, à son tour, la même sensation d'écrasement.

Je songeais aussi qu'il aurait peut-être tôt fait de s'entendre fort bien avec Lady Montdore, pour peu que celle-ci s'attachât à lui plaire ; il y avait en elle quelque chose de spontané, de quasi enfantin qui rejoignait la simplicité assez fruste du tempérament américain. C'était, pensais-je, la seule chance de Cedric, car un garçon timide risquait d'être anéanti sans retour. De vieilles expressions, confusément associées avec le Canada, me revenaient à la mémoire : bois de charpente, cabane forestière, faire valoir un droit (Oncle Matthew, lors de son orageuse jeunesse et de ses incartades au poker, avait pris une participation dans une concession minière dans l'Ontario, avec Harry Oakes). Je mourais d'envie d'assister à l'arrivée de ce bûcheron et à la manière dont il ferait valoir ses droits sur cette cabane, modèle anglais, que figurait Hampton. Jamais vœu ne fut plus promptement exaucé ; à peine l'avais-je formé que Lady Montdore m'appela au téléphone pour me demander de venir passer la soirée et la nuit à Hampton, afin, m'expliqua-t-elle, que la présence d'une jeune femme rendît plus facile et plus agréable le premier contact entre Cedric et sa famille.

Cette invitation compensait largement les ennuis que j'avais éprouvés dans mon rôle de dame de compagnie. Je le fis remarquer à Alfred.

« Si vous vous êtes dépensée aussi longtemps, me répondit-il, dans l'espoir d'une revanche, je ne vois à la chose nul inconvénient. J'y étais opposé dans la mesure où je pensais que vous ne suiviez le sillage de cette vieille folle que par une sorte de bonté naturelle et paresseuse ou même sans aucun motif. Cette faiblesse me paraissait dégradante. Mais, dès l'instant où vos efforts sont justifiés par l'espoir d'une récompense, le problème, bien entendu, change de nature, si tant est toutefois, ajouta-t-il en me lançant un regard plein de reproche, que la récompense vous paraisse en valoir la peine. »

C'était le cas.

Les Montdore envoyèrent une voiture me chercher à Oxford. À mon arrivée à Hampton, je fus conduite directement dans ma chambre où je pris un bain et, conformément au désir que Lady Montdore me fit exprimer par sa femme de chambre, revêtis une robe d'après-midi. C'était ma première nuit à Hampton depuis mon mariage. Sachant qu'il déplaisait à Alfred de s'y rendre, j'avais toujours refusé les invitations de Lady Montdore. Ma chambre, cependant, dont je connaissais par cœur chaque recoin, m'était restée familière ; on n'avait touché à rien et les volumes, entre les serre-livres d'acajou, étaient ceux mêmes que je parcourais, le soir, à chacun de mes séjours, depuis douze ans — plus de la moitié de ma vie ! —, romans de Robert Hichens et de W. J. Locke ; *Napoleon, The Last Phase*, de Lord Rosebery ; *The House of Mirth*, d'Edith Wharton ; *Two Noble Lives*, de Hare, et un livre sur le dressage des chiens. En face, sur un chiffonnier d'acajou, se trouvait une bouilloire à thé, en bronze, ornée de nénuphars ciselés. Aux murs, outre les deux tableaux de maître, méprisés par Davey, étaient accrochés une gravure de Morland, *Veille de foire*, une aquarelle de Richmond, représentant le « vieux Lord » en kilt, et un paysage de Tolède à l'huile, œuvre de Boy ou de Lady Montdore. Leurs styles étaient identiques, mais le tableau était à leur ancienne manière et devait être fixé là depuis vingt ans au moins. Ma chambre... Je m'y sentais étonnamment confortable et protégée non seulement parce qu'elle était si chaude et calfeutrée dans la douceur de ses velours rouges, mais aussi en raison de la terreur qui m'assaillait toujours à l'idée d'en partir pour m'aventurer au rez-de-chaussée. Ce soir-là, j'éprouvais, tout en m'habillant, le bienfait d'être enfin une grande personne, une femme mariée qui n'a plus peur de quiconque. De Lord Merlin encore un peu, cependant ; et aussi du gouverneur de Wadham, peut-être ; mais ces effrois ne ressemblaient plus aux paniques irréfléchies et insurmontables de naguère et relevaient plutôt de la crainte naturelle qu'inspirent des aînés pleins de vertus.

Lorsque je fus prête, je descendis dans la Longue Galerie, où je trouvai Lord et Lady Montdore, assis dans leurs fauteuils habituels, de chaque côté de la cheminée, mais en proie à une agitation tout à fait inaccoutumée. Telle était même leur nervosité qu'ils tressaillirent tous deux lorsque je pénétrai dans la pièce et ne s'apaisèrent qu'après m'avoir reconnue. Il m'apparut que, pour un étranger, pour un bûcheron arriéré du continent américain, ils étaient exactement dans la note voulue. Lord Montdore, en veston du soir, de velours vert, demeurait imposant, avec ses cheveux blancs et son visage sculptural et impassible ; quant à Lady Montdore, la négligence extrême de sa tenue prouvait à quel point elle se savait audessus de ces détails ; c'était là un trait qui ne manquerait pas de faire grande impression. Elle portait une robe de crêpe de Chine imprimé, blanche et noire, et n'avait d'autre parure que d'énormes cabochons, qui scintillaient sur ses doigts vigoureux de vieille femme ; elle était, comme toujours, assise les genoux écartés, les pieds, dans leurs gros souliers à boucles, solidement posés à plat sur le sol, et les mains enfouies dans son giron.

« Nous avons, dit-elle, fait allumer ce petit feu, pour le cas où il se sentirait frileux après la traversée. »

Il n'était guère dans les habitudes de Lady Montdore de faire allusion à des préparatifs de ce genre ; elle attendait généralement de ses invités qu'ils fussent ravis, sans condition, de ce qu'ils trouvaient chez elle et, dans le cas contraire, qu'ils fissent du moins semblant de l'être.

« Crois-tu que nous entendrons la voiture lorsqu'elle débouchera sur la terrasse ? Le vent d'ouest porte bien les sons, en général.

— Je crois que j'entendrai, dis-je maladroitement, j'entends tout.

— Oh ! nous ne sommes pas complètement sourds nous-mêmes. Montdore, montrez donc à Fanny le cadeau que vous projetez de faire à Cedric. »

Lord Montdore me tendit un petit livre, relié en maroquin vert : les *Poèmes*, de Gray.

« Si tu jettes un coup d'œil sur la page de garde, dit-il, tu verras que ce volume fut donné à mon grand-père par feu Lord Palmerston, le jour même où naquit le grand-père de Cedric. Ils dînaient ensemble, à n'en pas douter. Nous avons pensé que ce souvenir pourrait lui causer quelque plaisir. »

Je l'espérai pour ma part. Ces deux vieillards m'inspiraient une soudaine pitié et je souhaitai, de tout cœur, que la visite de Cedric fût pour eux un réconfort et un divertissement.

« Les Canadiens, poursuivit Lord Montdore, doivent connaître parfaitement le poète Gray, car le général Wolfe, à la prise de Québec… »

Des pas résonnèrent dans le salon rouge ; était-il possible que nous n'eussions rien entendu ? Lord et Lady Montdore se levèrent et se tinrent debout, côte à côte, le dos à la cheminée. La porte s'ouvrit et le maître d'hôtel annonça : « Mr Cedric Hampton. »

Une sorte de libellule à figure humaine traversa la pièce comme un éclair bleu et or et se retrouva à genoux sur la peau d'ours, aux pieds des Montdore, une longue main blanche tendue vers chacun d'eux. Cedric était un grand garçon, aussi mince et souple qu'une fille ; il portait un costume d'un bleu vif, ses cheveux dorés avaient l'éclat d'une boule de cuivre étincelante et, si toute sa personne évoquait irrésistiblement l'image d'un gros insecte, la faute en était à d'énormes lunettes bleues, dont la monture d'or, large d'un pouce, lui cachait tout le haut du visage.

Ainsi agenouillé, parfaitement à son aise, il dédiait tour à tour, à chacun de ses hôtes, un céleste sourire.

« Ne parlez pas ! dit-il. Pas encore ! Laissez-moi goûter cet instant et vous regarder, vous, merveilleuses, merveilleuses créatures ! »

Lady Montdore — je le notai aussitôt — était visiblement charmée. Elle rayonnait de joie. Lord Montdore, après un rapide coup d'œil à son épouse pour voir comment elle prenait les choses, conclut que le rayonnement devait être l'attitude indiquée en cette occasion. Il se mit donc à rayonner lui-même incontinent.

« Soyez, dit Lady Montdore, le bienvenu à Hampton.

— Quelle beauté ! reprit Cedric, en oscillant sur ses jambes comme un pantin désossé. J'en suis ivre, en vérité. Et cette Angleterre, tellement plus belle que tout ce que j'avais imaginé (on ne m'avait jamais dit grand bien de ce pays). Et cette maison, si romantique, un vrai tabernacle de trésors sans prix ! Et, par-dessus tout, vous — les deux êtres les plus beaux que j'aie jamais rencontrés ! »

Il parlait avec un étrange accent, ni français ni canadien, tout à fait singulier, dans lequel chaque syllabe se trouvait plus accentuée qu'il n'est en usage de le faire en anglais. Tandis qu'il parlait, son sourire extasié continuait d'illuminer son visage, s'évanouissant un peu, puis rayonnant de nouveau, mais sans jamais disparaître tout à fait.

« Vous déplairait-il d'enlever vos lunettes ? dit Lady Montdore. J'aimerais voir vos yeux.

— Plus tard, chère Lady Montdore, plus tard ! Lorsque ma terrible, ma paralysante timidité — une vraie maladie chez moi — aura complètement disparu. Ces lunettes m'aident, à la manière d'un masque, à garder confiance en moi quand mes nerfs sont sur le point de m'abandonner. À l'abri d'un masque, on peut faire face, on ose être soi-même. Ah ! mon rêve serait que la vie fût un perpétuel bal masqué ; Lady Montdore, n'êtes-vous pas de mon avis ? J'adorerais savoir qui était l'Homme au masque de fer ; et vous, cher Lord Montdore ? Vous souvenez-vous, lorsque Louis XVIII, après la Restauration, rencontra, pour la première fois, la duchesse d'Angoulême ? Avant de lui exprimer la moindre sympathie — "La Révolution ne fut-elle pas trop pénible ?" ou quelque chose dans ce genre — il lui demanda si le pauvre Louis XVI lui avait révélé l'identité de l'Homme au masque de fer. J'aime Louis XVIII pour ce trait. Tellement comme *soi-même* ! »

Lady Montdore me désigna de la main :

« Voici notre cousine, Cedric, une de vos parentes éloignées : Fanny Wincham. »

Cedric se saisit de ma main et me dévisagea longuement.

« Je suis enchanté de vous connaître », dit-il, comme s'il l'eût été véritablement.

Puis, se tournant de nouveau vers les Montdore :

« J'éprouve un grand bonheur à me trouver ici.

— Mon cher garçon, nous sommes ravis de vous recevoir. Vous auriez dû venir plus tôt ; nous n'avions pas la moindre idée... nous pensions que vous viviez toujours en Nouvelle-Écosse. »

Le regard de Cedric s'était posé sur la grande table française sur laquelle étaient rangées les revues.

« Riesener, dit-il. Voilà qui est étrange ! Vous aurez peine à me croire, Lady Montdore, mais là où je vis en France, nous en avons l'exacte réplique. Ce matin encore, à Chèvres, je m'appuyais sur cette table-là !

— Chèvres ?

— Chèvres-Fontaine, où je vis actuellement, en Seine-et-Oise.

— Ce doit être, dit Lady Montdore, une maison de très vastes proportions pour contenir une table de ce genre.

— Un peu plus grande, dans tous les sens, que le corps de bâtiment central de Versailles ; et avec beaucoup plus d'eau. Il ne reste plus, à Versailles, que sept cents *bouches* (comment dit-on *bouches* ? Jets d'eau ?). À Chèvres, nous en avons quinze cents, et elles jouent sans arrêt. »

Le dîner fut annoncé. Sur le chemin de la salle à manger, Cedric s'arrêta, à plusieurs reprises, pour examiner diverses pièces du mobilier et les caresser avec amour.

« Weisweiler, murmurait-il, Boulle... Caffieri... Jacob. D'où tenez-vous de telles merveilles, Lord Montdore, des pièces d'une telle qualité ?

— Mon arrière-grand-père (votre trisaïeul), qui était de mère française, passa son existence à les réunir. Il en acheta quelques-unes aux ventes du mobilier royal, qui eurent lieu après la Révolution ; le reste provient de la famille de sa mère, les Montdore. »

Nous entrâmes dans la petite salle à manger.

« Et ces boiseries ! dit Cedric. Pur Louis XV ! Nous n'avons rien d'aussi beau à Chèvres. Quelle finesse de sculpture ! C'est de l'orfèvrerie !

— Mon aïeul les rapporta aussi de France, et construisit Hampton à leur mesure. »

Lord Montdore était visiblement flatté par l'enthousiasme de Cedric ; il aimait beaucoup, pour sa part, les styles français, mais trouvait rarement en Angleterre des amateurs pour partager ses goûts.

« Service de porcelaine au chiffre de Marie-Antoinette ! Ravissant ! Nous possédons, à Chèvres, le service qu'elle ramena de Vienne, lors de sa venue en France. Chèvres est rempli, d'ailleurs, de souvenirs d'elle, pauvre chère !

— Qui habite Chèvres ? demanda Lady Montdore.

— J'y vis moi-même, répondit négligemment Cedric, lorsque je désire me reposer un peu à la campagne. Mais j'ai à Paris un appartement de toute beauté, un avant-goût du Ciel, selon *soi-même.* »

Cedric faisait grand usage du mot « soi-même » qu'il prononçait avec une emphase singulière. Lady Montdore l'employait volontiers, elle aussi, mais l'accentuait différemment, « soè-mém ».

« Le premier étage de l'hôtel Pomponne, reprit Cedric. Voyez-vous ce que je veux dire ? Du plus pur Louis XIV. Minuscule, en vérité, mais rien n'y manque. Deux chambres dont l'une aussi grande qu'une salle de bal. Il faut venir, chère Lady Montdore, et y habiter quelque temps avec moi. Je vous donnerai ma chambre, qui possède tout le confort souhaitable, et je me transporterai dans la salle de bal. Promettez-moi de venir.

— Nous verrons, répondit Lady Montdore. Je n'ai pas, en ce qui me concerne, un goût très vif pour la France. Les gens y sont si frivoles. Je préfère, de beaucoup, les Allemands.

— Les Allemands ! dit Cedric, avec un grand sérieux, en se penchant sur la table pour dévisager Lady Montdore à travers ses lunettes bleues. Mais on est terrifié *soi-même* par la frivolité germanique. J'ai, à Paris, un ami allemand ; croyez-moi, Lady Montdore, il n'existe pas au monde de créature plus frivole. Cette frivolité, je vous assure, m'a causé mille angoisses.

— J'espère, Cedric, que vous allez maintenant vous lier d'amitié avec des Anglais comme il faut.

— Oui, oui ! Je le désire ardemment. Mais la première, la plus précieuse de mes affections anglaises, ne pourrait-ce pas être vous, chère, bien chère Lady Montdore ?

— Vous devriez nous appeler Tante Sonia et Oncle Montdore.

— Puis-je, réellement ? Oh ! que vous êtes charmante ! Et quel bonheur est le mien de me trouver ici ! Il semble, Tante Sonia, que vous répandez la félicité autour de vous !

— Vous dites vrai. La raison en est, sans doute, que je m'attache à vivre pour les autres. Les gens, malheureusement, ne paraissent pas apprécier toujours cette générosité. Ils sont si égoïstes !

— Oui, n'est-ce pas, ils le sont si terriblement ! J'ai été, moi aussi, toute ma vie, une victime de cet égoïsme universel. Cet ami allemand, dont je vous parlais à l'instant, son égoïsme passait l'imagination. On en éprouva, *soi-même*, une telle souffrance !

— Vous dites bien *un* ami, n'est-ce pas ? demanda Lady Montdore, non sans appréhension.

— Oui. Un garçon nommé Klugg. Mon séjour ici va m'aider à l'oublier. Maintenant, Lady Montdore, chère Tante Sonia, j'ai une grâce à vous demander. Voudriez-vous, après dîner, mettre tous vos bijoux, afin que je vous voie étincelante de leurs feux ? J'en meurs, littéralement, d'envie.

— Mais, mon cher garçon, mes bijoux sont à la cave, dans une chambre forte. Il y a des éternités qu'ils n'ont pas été nettoyés.

— Oh ! ne dites pas non ! Ne hochez pas ainsi votre chère tête ! Depuis l'instant même où je vous ai vue, je ne pense à rien autre. Vous devez être si éblouissante avec vos pierres ! Mrs Wincham (vous êtes Madame, j'espère ? Oh ! oui, oui, j'en jurerais ! Il n'y a rien d'une vieille fille en vous), Mrs Wincham, quand avez-vous vu, pour la dernière fois, Tante Sonia toute couverte de ses bijoux ?

— C'était au bal donné pour... » Je m'arrêtai, terrifiée, dérobant comme un cheval devant l'obstacle, à la seule idée du nom de Polly, qui n'était plus jamais prononcé à Hampton. Cedric me sauva de l'embarras où je me trouvais :

« Un bal ! s'écria-t-il. Tante Sonia, comme j'aimerais vous voir à un bal ! Je vous imagine si bien à toutes les grandes manifestations de la vie anglaise : couronnements, Chambre des Lords, bals, Ascot, Henley — au fait, qu'est-ce donc que Henley ? Mais peu importe — et surtout, je vous vois aux Indes, trônant comme une déesse sur votre éléphant blanc. Comme ils ont dû vous adorer, là-bas !

— Je crois, dit Lady Montdore, qu'ils m'adoraient en effet. Une sorte de vénération, extrêmement émouvante. Nous la méritions d'ailleurs, nous avons tant fait pour eux ! J'oserai dire que nous avons créé les Indes. C'est à peine si nos amis, avant que nous nous rendions là-bas, avaient entendu parler de cette contrée.

— Ah ! Je n'en doute pas un instant. Quelle vie fascinante et merveilleuse vous menez, Tante Sonia ! N'avez-vous pas rédigé un journal intime de votre séjour en Orient ? Oh ! dites oui, je vous en prie ! J'aimerais tant le lire ! »

C'était un maître coup. Les Montdore avaient en effet accouché d'un énorme livre, dont la couverture de maroquin, timbrée d'une couronne de comte, portait en titre : *Extraits de notre journal aux Indes.* « M. et S. M. »

« Une sorte d'album, dit Lord Montdore. Comptes rendus de nos déplacements à l'intérieur du pays, photographies, dessins de Sonia et de notre beau-f... — je veux dire d'un beau-frère que nous avions alors, lettres de félicitation des Rajahs...

— Et la traduction, par Montdore, de plusieurs poèmes hindous : *Prière d'une veuve devant Suttee, Mort d'un vieux cornac*, etc. Si émouvant ! Impossible de les lire sans pleurer.

— Oh ! Je vais dévorer tout le livre, sans en passer un mot ! Je puis à peine attendre, en vérité ! »

Lady Montdore rayonnait. Combien et combien de fois n'avait-elle pas entraîné ses hôtes, comme on mène des chevaux à l'abreuvoir, vers l'énorme volume des *Extraits*, pour retrouver les malheureux, quelques instants plus tard, errant dans la Galerie, les yeux brouillés encore par l'ennui de leur brève lecture ? Je suis bien sûre que personne, au grand jamais, n'avait encore demandé, avec tant de véhémence, à se plonger dans ces terribles souvenirs.

« Mon cher garçon, dit Lady Montdore, parlez-nous un peu de la vie que vous menez. Quand avez-vous quitté le Canada ? Vous habitiez la Nouvelle-Écosse, je crois ?

— J'y ai vécu jusqu'à ma dix-huitième année.

— Montdore et moi n'avons jamais été au Canada. Aux États-Unis, oui, bien entendu ; nous avons passé un mois, autrefois, à New York et Washington, et visité les chutes du Niagara, mais on eut soudain besoin de nous ici et notre voyage s'en trouva interrompu. Je le regrette, car l'accueil avait été délirant. Mais Montdore et moi sommes astreints à remplir certains devoirs ; nous ne pouvons suivre toujours notre fantaisie. Il y a bien longtemps de tout cela, quelque vingt-cinq ans, je pense. J'aime à croire, d'ailleurs, que la Nouvelle-Écosse ne change guère avec les ans ?

— Je suis très, très reconnaissant à la nature d'avoir accumulé, entre la Nouvelle-Écosse et moi, un immense nuage de brouillard et d'oubli. C'en est au point que je n'ai pas gardé de ce pays le moindre souvenir.

— Quel étrange garçon vous faites ! » dit Lady Montdore avec indulgence.

Ce nuage et ce brouillard l'arrangeaient à merveille, car elle redoutait que Cedric ne se lançât dans d'interminables souvenirs sur sa famille canadienne ; mieux valait, assurément, oublier le tout et, plus particulièrement, que Cedric avait une mère.

« Ainsi donc, dit-elle, vous êtes venu en Europe à l'âge de dix-huit ans ?

— Oui, à Paris. J'y ai été envoyé par mon tuteur, un banquier, pour y apprendre les rudiments de je ne sais quel affreux métier, dont j'ai oublié la nature, ayant pris grand soin de m'en tenir éloigné. Pourquoi, d'ailleurs, travailler à Paris, quand on y a, *soi-même,* d'aussi délicieux amis !

— Vraiment ? Comme c'est curieux ! J'ai toujours cru que les Français étaient si ladres !

— On n'a pas, *soi-même,* à s'en plaindre. Loin de là ! Mes besoins, il est vrai, sont fort simples ; mais, tels qu'ils sont, ils n'ont cessé, un seul instant, d'être tous parfaitement satisfaits.

— Et quels sont ces besoins ?

— Il me faut une profusion de beauté autour de moi, de belles choses partout où se posent mes regards et des êtres beaux en totale communion d'esprit avec ce qu'on aime *soi-même.* À ce sujet, Tante Sonia, c'est promis ? Parade des joyaux, après le dîner, n'est-ce pas ? Oh ! je vous en prie, je vous en conjure, ne me refusez pas !

— Bon, bon, dit Lady Montdore. Mais, en attendant, Cedric, ne me ferez-vous pas, à votre tour, la grâce d'ôter vos lunettes ?

— Y parviendrai-je ? Oui, je crois que le dernier vestige de ma timidité s'est maintenant effacé. »

Il enleva donc ses lunettes, et les yeux qui apparurent, clignotant sous la lumière, étaient les yeux mêmes de Polly, immenses, bleus et inexpressifs. J'en demeurai saisie, mais cette ressemblance ne parut pas frapper spécialement nos hôtes. Lady Montdore déclara cependant :

« N'importe qui vous reconnaîtrait pour un Hampton, Cedric. Ne rechaussez jamais, je vous prie, ces lunettes abominables.

— Mes lunettes ? Van Cleef les a dessinées tout spécialement pour moi !

— J'ai horreur des lunettes », dit fermement Lady Montdore.

Puis elle envoya chercher sa femme de chambre et lui donna la clé du coffre-fort — Lord Montdore portait cette clé à son trousseau — en lui ordonnant d'apporter dans la Galerie tous les écrins qui y étaient enfermés. Lorsque le dîner fut achevé, nous nous levâmes, et Cedric, qui ignorait évidemment la coutume anglaise selon laquelle les hommes restent un temps dans la salle à manger pour y boire leur porto, suivit Lady Montdore comme eût fait un petit chien, abandonnant le pauvre Lord Montdore à sa solitude. En pénétrant dans la Galerie, nous trouvâmes l'immense table française couverte de casiers de velours bleu, dont chacun contenait une parure enrichie de pierres magnifiques. Cedric poussa un cri de joie et se mit au travail sur-le-champ.

« D'abord, chère Tante Sonia, dit-il, votre robe ne convient pas. Attendez... Ah ! voilà ce qu'il nous faut ! »

Il prit sur le piano une lourde étoffe de brocart rouge, dont il couvrit Lady Montdore, drapant les plis avec adresse et ajustant l'ensemble sur son épaule à l'aide d'une énorme broche de diamants.

« Avez-vous de quoi vous maquiller, chère ? Et un peigne ? »

Lady Montdore fourragea dans son sac et en sortit un bâton de rouge bon marché et un petit peigne vert auquel manquaient des dents.

« Ah ! vilaine, vilaine ! dit Cedric en maquillant soigneusement les joues de Lady Montdore. Ce rouge s'écaille. Mais tant pis, nous nous en contenterons pour ce soir. Je ne vous tire pas trop les cheveux, hum ? Ce qu'il faut, c'est dégager en vous la structure osseuse qui est magnifique. Il vous faudra aussi un nouveau coiffeur, Tante Sonia ; nous y veillerons. Vos cheveux doivent être rejetés en arrière, comme ceci, voyez-vous ? Quel changement ! Maintenant, Mrs Wincham, auriez-vous la bonté d'éteindre les lustres et de m'apporter la lampe de ce bureau ? Merci. »

Il posa la lampe sur le parquet, près de Lady Montdore, sur la poitrine de laquelle il commença d'amonceler les bijoux ; le brocart en fut bientôt couvert. Enfin, il plaça délicatement, sur la tête de sa chère Tante Sonia, la célèbre tiare de diamants roses.

« Voilà ! dit-il, regardez ! »

Il la conduisit devant un miroir fixé au mur. Lady Montdore, debout, immobile, demeura en extase. L'ensemble était d'ailleurs splendide.

« À mon tour », dit Cedric.

Bien que Lady Montdore ressemblât à une statue taillée dans le diamant, les écrins contenaient encore un grand choix de pierres de toute beauté. Cedric ôta sa veste, arracha son col et sa cravate, échancra largement l'ouverture de sa chemise ; puis il fixa autour de son cou un grand collier de diamants et saphirs, tordit en forme de turban un morceau de soie, y piqua une plume de diamants et posa le tout sur sa tête, sans cesser de parler un seul instant.

« Il faut vous pétrir le visage plus énergiquement, Tante Sonia.

— Pétrir ?

— Oui. Avec des crèmes grasses. Je vous montrerai. Un si merveilleux visage ! Mais négligé, aride, affamé. Nous allons le nourrir, le masser et le surveiller attentivement, désormais. Les résultats ne se feront pas attendre, vous verrez ! Et deux fois par semaine, vous dormirez avec un masque.

— Un masque ?

— Oui. Nous revoici dans les masques, mais il s'agit, cette fois, de celui que l'on se peint sur le visage, le soir. Il durcit pendant la nuit, en sorte que vous avez, au réveil, la tête du commandeur dans *Don Juan* et ne pouvez même esquisser un sourire ; et surtout, avant d'avoir enlevé le masque grâce au solvant spécial, gardez-vous de téléphoner ; vous savez combien l'absence de tout sourire rend, au téléphone, la voix dure et irritée ; s'il arrivait que l'on fût *soi-même* à l'autre bout du fil, on ne pourrait le supporter !

— Oh ! mon cher garçon, ce masque m'effraie un peu. Qu'en dira Griffith ?

— S'il s'agit de votre femme de chambre, soyez sûre qu'elle ne le verra même pas. Les femmes de chambre ne voient jamais rien, d'ailleurs. Quant à nous, nous assisterons à la résurrection de votre beauté ravissante. Ah ! Ces rides cruelles ! »

Ils étaient tous deux tellement absorbés dans leur contemplation réciproque que, lorsque Lord Montdore, revenant de la salle à manger, pénétra dans la Galerie, ils ne s'en aperçurent même pas. Le pauvre Lord Montdore s'assit près de la cheminée, dans son attitude favorite, les mains pressées l'une contre l'autre, doigts étendus ; il regarda fixement les flammes du foyer pendant un moment, puis monta se coucher. En quelques mois, depuis le mariage de Polly, il avait beaucoup vieilli, s'était ratatiné ; ses vêtements pendaient tristement sur lui, sa voix même tremblait et prenait un timbre gémissant. Avant de quitter la Galerie, il offrit le petit livre de poèmes à Cedric qui l'accepta avec de grandes manifestations de plaisir et le regarda jusqu'à l'instant où Lord Montdore disparut. Puis il se hâta de revenir au grand jeu des joyaux.

J'étais enceinte alors, et le sommeil me prenait tôt après le dîner. Je feuilletai quelques revues et montai me coucher à mon tour.

« Bonne nuit ! » dis-je en me dirigeant vers la porte.

C'est à peine s'ils me répondirent. Lady Montdore et Cedric, chacun debout devant un miroir, une lampe à leurs pieds, contemplaient avec adoration leur propre image.

« Ne pensez-vous pas que je suis mieux ainsi ? disait l'un.

— Beaucoup mieux », répondait l'autre, sans regarder.

De temps en temps, ils échangeaient une parure. « Donnez-moi les rubis, cher garçon.

— Puis-je avoir les émeraudes, quand vous en aurez fini d'elles ? »

Cedric portait maintenant la tiare rose ; les joyaux gisaient, épars, autour d'eux, empilés en vrac sur les chaises, les tables et jusque sur le parquet.

« Je dois vous faire un aveu, Cedric, dit Lady Montdore à l'instant où je quittais la Galerie. J'ai une préférence pour les améthystes.

— Oh ! répondit Cedric, mais j'adore les améthystes, moi aussi, à la condition qu'elles soient sombres et grosses et entourées de diamants. Elles sont exactement ce qui convient à *soi-même.* »

Le matin suivant, lorsque je pénétrai dans la chambre de Lady Montdore, afin de prendre congé, j'y trouvai Cedric, drapé dans une robe de chambre de soie mauve pâle. Il était assis sur le lit de Lady Montdore.

Ils se massaient, tous deux, le visage, avec une crème grasse qu'ils tiraient d'un grand pot rose ; l'odeur en était délicieuse. Cette crème appartenait sûrement à Cedric.

« Après quoi, disait-il, jusqu'à son dernier jour (elle est morte voici une semaine à peine), elle porta toujours un épais voile noir…

— Et lui, que fit-il ?

— Il inonda Paris de cartes de visite sur lesquelles étaient écrits ces seuls mots : *Mille regrets.* »

IV

Il avait suffi à Cedric d'apparaître pour conquérir le cœur de ses hôtes. Il ne fut plus question, un seul instant, de son départ au terme des quinze jours prévus, ni d'aucun départ d'ailleurs. Cedric, c'était évident, s'installait à Hampton pour toujours. Les Montdore ne tardèrent pas à l'aimer plus qu'ils n'avaient jamais aimé Polly, même au temps de sa petite enfance ; le vide terrible, causé par sa disparition, fut comblé soudain par cet étrange neveu qui leur apporta un réconfort et une gaieté dont leur fille ne s'était jamais souciée de les entourer.

Cedric était capable de parler avec intelligence à Lord Montdore des objets d'art réunis à Hampton. Il montrait, dans ce domaine, une science prodigieuse, bien qu'il demeurât, dans le courant de la vie, étonnamment primaire, illettré, inapte à former le moindre plan ou à donner un avis de bon sens sur les sujets les plus simples. Il était de ces gens dont les connaissances générales sont superficielles, réduites aux seules données des sens ; mais la médiocrité de son intelligence se trouvait compensée par un profond amour de la beauté. Bibliophile remarquable, il lui suffisait d'un coup d'œil pour découvrir par qui et pour qui avait été dessinée une reliure ; le bibliothécaire de Hampton, plus d'une fois stupéfait, déclarait que les connaissances de Cedric en matière d'éditions françaises du XVIIIe dépassaient de beaucoup les siennes propres. Lord Montdore avait bien rarement vu ses trésors les plus chers appréciés avec autant de compétence et de goût, et il éprouvait un plaisir très vif à en converser, des heures entières, avec Cedric. Il avait adoré Polly mais nulle intimité réelle ne s'était jamais établie entre eux.

Quant à Lady Montdore, la nouveauté de son bonheur, au cours des mois qui suivirent l'arrivée de Cedric, provoqua en elle une véritable métamorphose. Métamorphose complète, car Cedric s'attacha, avec une extraordinaire adresse, à transformer jusqu'à son aspect physique. De même que Boy — c'était le secret de son emprise sur elle — avait lancé Lady Montdore, à corps perdu, dans les distractions du monde et les joies de la peinture, Cedric, à son tour, la lança à la conquête de sa propre beauté ; et pour une égoïste forcenée comme Lady Montdore, le jeu était plus palpitant encore. Chirurgie esthétique, cures d'amaigrissement, maquillage, une coupe moderne pour les robes, une monture nouvelle pour les joyaux, une teinture bleue pour les cheveux, piquetés désormais de nœuds roses et de brillants en forme de fleurs parmi leurs savantes bouclettes : Lady Montdore, débordée, ne savait plus où donner de la tête. Je la voyais de moins en moins souvent, mais notai sur toute sa personne, à chacune de ses apparitions, un air de plus en plus sophistiqué. Ses gestes, autrefois si lourds et lents, se firent élégants, alertes, aussi vifs que ceux d'un oiseau ; lorsqu'elle s'asseyait, ses pieds ne demeuraient plus, comme naguère, solidement plantés à plat sur le sol, mais elle croisait bien haut des jambes qui, grâce à l'action conjuguée des bains de vapeur et des massages, avaient perdu l'excessive épaisseur des chairs et où se devinait l'os. Remonté par un habile chirurgien, son visage était lisse et net, et paraissait aussi soigné que celui de Mrs Chaddesley Corbett ; enfin, elle avait appris à rayonner d'un sourire aussi éclatant que le sourire même de Cedric.

« Je la force, me confia celui-ci, à prononcer le mot *"brush"* avant de pénétrer dans un salon. C'est un truc que j'ai découvert dans un vieux manuel de maintien ; grâce à lui, on est assuré de produire un effet aussi irrésistible que *soi-même*. On devrait bien conseiller à Lord Alconleigh d'y avoir recours. »

Le miracle accompli par Cedric sur la personne de Lady Montdore était d'autant plus saisissant que celle-ci n'avait jamais, jusqu'alors, fait le moindre effort pour se rajeunir et était demeurée fidèle aux modes de son époque — celle d'Édouard VII — comme si elle eût été consciente de sa supériorité sur les grâces éphémères et affectées de toutes les Mrs Chaddesley Corbett du monde. À mon sens, cependant, le miracle restait regrettable, car il sacrifiait en Lady Montdore ce qui faisait sa grandeur un peu hautaine, sans rien ajouter vraiment à sa beauté. Mais les efforts exigés par cette transformation la passionnaient à coup sûr.

Cedric et moi devînmes grands amis ; il prit vite l'habitude de venir fréquemment me voir à Oxford, comme faisait Lady Montdore avant d'être aussi occupée, et sa compagnie, je dois l'avouer, m'apparut cent fois plus agréable que celle de « Tante Sonia ». Durant les derniers mois de ma grossesse et après la naissance de mon fils, il s'asseyait, des heures durant, au pied de mon lit et je me sentais parfaitement à mon aise avec lui ; je continuais à coudre ou à repriser sans me soucier de l'apparence que je pouvais avoir, exactement comme j'aurais fait en présence d'une de mes chères Radlett. Il se montrait charmant, plein d'affectueuses attentions, aussi délicat qu'une femme, à cette différence cependant qu'aucune ombre de jalousie ne venait troubler notre amitié.

Plus tard, lorsque j'eus repris, après une heureuse délivrance, ma silhouette habituelle, je commençai de m'habiller et de me maquiller dans la secrète intention de gagner l'approbation de Cedric ; mais j'eus tôt fait de m'apercevoir que, eu égard aux moyens dont je disposais, cette tentative demeurait sans objet. Si, par exemple, en prévision de sa venue, je prenais la peine d'enfiler des bas de soie, il découvrait, au premier regard, qu'il s'agissait du modèle à cinq shillings onze pence de chez Elliston — mes finances ne me permettaient guère d'aller plus loin — et je décidai avec sagesse de m'en tenir désormais aux bas de fil.

« Vous savez, Fanny, me dit-il un jour, peu importe que vous ne puissiez pas faire de grands frais pour votre toilette ; ce serait bien inutile. Vous êtes comme la famille royale, ma chérie ; quoi que vous portiez, vous demeurez semblable à vous-même, tout comme Leurs Gracieuses Majestés. »

Cette remarque me déplut fort, mais je savais que Cedric avait raison. Avec mes cheveux rebelles encadrant ma bonne figure éclatante de santé, je ne serais jamais à la mode, même si je déployais, pour y parvenir, des efforts égaux à ceux que fournissait Lady Montdore.

Je me rappelle que ma mère, pendant l'une de ses rares apparitions en Angleterre, me fit présent d'une petite veste en drap rouge de chez Schiaparelli, qui, sauf la griffe cousue à l'intérieur, m'avait paru simple et banale au point que je mourais d'envie de la porter à l'envers afin que personne n'en ignorât l'origine. Je l'avais jetée, un jour, sur mes épaules, en place de mon cardigan habituel, lorsque Cedric arriva chez moi à l'improviste.

« Ah ! Ah ! s'écria-t-il dès qu'il me vit, nous nous habillons chez Schiaparelli, maintenant ! Chez qui, la prochaine fois ?

— Cedric ! Comment avez-vous deviné ?

— Ma chère, c'est bien facile. Chaque chose a son cachet ; il suffit d'ouvrir les yeux, et les miens sont mieux entraînés que les vôtres. Schiaparelli, Reboux, Fabergé, Viollet-le-Duc : je les reconnais du premier coup d'œil, vraiment sans la moindre hésitation. Ainsi donc, votre terrible mère, la Trotteuse, est venue vous voir depuis ma dernière visite ?

— Me croyez-vous donc incapable d'avoir acheté cette veste moi-même ?

— Mais bien sûr, mon amour. Vous économisez votre argent afin de donner une parfaite éducation à vos douze merveilleux fils. Comment, dans ces conditions, iriez-vous gaspiller vingt-cinq livres pour une petite veste de drap rouge ?

— Vous plaisantez ! m'écriai-je. Vingt-cinq livres pour ce bout d'étoffe ?

— Au moins, mon trésor, au moins.

— C'est idiot. J'aurais pu la faire moi-même, cette veste !

— En êtes-vous si sûre ? Et si vous l'aviez coupée vous-même, comme vous le dites, croyez-vous que j'aurais crié : "Schiaparelli", en entrant dans ce salon ?

— Mais il y a tout juste un mètre de tissu à une livre le mètre ! dis-je, horrifiée par un tel gaspillage.

— Et combien de toile dans un tableau de Fragonard ? Et quel prix coûtent des planches de bois ou une peau de chevreau avant de devenir meuble précieux ou souple maroquin ? L'art n'est pas affaire de quantité, pas plus qu'on n'est, *soi-même*, simple assemblage de chair et d'os. Mais, j'y pense, Sonia va arriver, d'une minute à l'autre, en quête d'un bon thé bien noir. J'ai pris la liberté, à mon arrivée chez vous, d'en toucher un mot à Mrs Heathery — je suis le grand amour de sa vie, vous savez ! — et lui ai remis quelques scones de chez Cadena.

— Que fait Lady Montdore en ce moment ? demandai-je en me hâtant de mettre un peu d'ordre dans la pièce.

— Maintenant ? En cet instant précis ? Elle est chez Parker, en train de m'acheter un cadeau pour mon anniversaire. Je suis censé en éprouver une surprise extrême, mais, en réalité, je l'ai précédée chez Parker et y ai préparé le terrain. Et je serais diablement surpris si la grande surprise n'était pas *Ackerman's Repository*.

— Je croyais, dis-je, que vous teniez en profond mépris le style anglais ?

— De moins en moins. Provincial et charmant : voilà ce que j'en pense maintenant. Et *Ackerman's Repository* est un livre si amusant ; j'en ai feuilleté un exemplaire, l'autre jour, chez Lord Merlin, à qui nous avions, Sonia et moi, rendu visite, et je mourais d'envie de posséder ce gros ouvrage. J'espère qu'il n'y aura pas de fausse manœuvre chez Parker... Sonia adore me donner des cadeaux de poids, à peu près intransportables ; elle est persuadée qu'ils me fixent à Hampton. Comment le lui reprocher ? La vie, sans moi, devait lui paraître si mortellement ennuyeuse !

— Mais êtes-vous réellement fixé ici ? demandai-je. Il me semble que Paris est le seul endroit au monde qui vous convienne. Je n'imagine pas que vous puissiez vous installer à Hampton pour toujours.

— Je ne l'imagine pas non plus, mais le fait est, ma chérie, que les nouvelles de Paris ne sont pas des meilleures. Je vous ai dit, n'est-ce pas, que j'avais prié Klugg, mon ami allemand, de surveiller mon appartement et de le tenir en état de me recevoir. Et qu'est-ce que j'apprends ? Que le baron est venu, la semaine passée, avec un *camion* et a enlevé tout le mobilier, ne laissant au pauvre Klugg d'autre alternative que de dormir sur le parquet. Klugg, il est vrai, ne s'en est probablement pas aperçu : il est toujours ivre mort à l'instant de se mettre au lit, mais c'est au réveil qu'il a dû trouver la chose amère. Et, moi, je pleure mes chères commodes Louis XV — une paire — d'un travail exquis, et ornées de si beaux bronzes ! Des pièces magnifiques, véritables *objets de musée* ; je vous en ai parlé souvent. Pfuitt ! Envolées... Au cours d'un fatal après-midi, le baron a tout subtilisé. Sale histoire !

— Quel baron ? » demandai-je.

De Klugg, je savais tout et qu'il était laid, buveur, brutal, allemand et illettré au point que Cedric demeurait incapable d'expliquer comment il avait pu supporter, fût-ce un instant, ses excentricités. Mais le baron était un personnage nouveau dont j'ignorais l'existence. Cedric se montra évasif ; je n'ai jamais connu personne qui fît preuve d'autant d'adresse pour éluder les questions gênantes.

« Le baron ? Oh ! juste un autre de mes amis. La nuit de mon arrivée à Paris, je suis allé à l'Opéra et je ne vous cacherai pas, ma chérie, que la salle n'avait d'yeux que pour moi, dans ma loge, et que les pauvres artistes auraient aussi bien pu se dispenser de paraître en scène. Eh bien ! l'un de ces yeux appartenait au baron.

— Deux de ces yeux, vous voulez dire ?

— Non, chérie, un seul. Il porte un taffetas noir sur l'œil gauche, afin de se donner un air sinistre et fascinant. Dieu sait en quelle haine je tiens les barons ; depuis Jean sans Terre, personne ne les déteste autant que moi.

— Mais, Cedric, je ne comprends pas. Comment a- t-il pu déménager votre mobilier ?

— Comment il a pu ? Oui, comment, en vérité ? Hélas ! il l'a bel et bien déménagé, en tout cas ; le fait est là. Mon tapis de la Savonnerie, mes Sèvres, mes sanguines, tous mes trésors : enfuis ! Je ne vous cacherai pas que j'en suis fort déprimé, car, bien qu'ils ne souffrent pas la comparaison avec les merveilles au milieu desquelles je vis à Hampton, on aime tendrement ses propres biens quand on les a choisis et achetés *soi-même*. Je dois avouer que le meuble Boulle de Hampton est le meilleur que j'aie jamais vu ; même à Chèvres, nous n'en avons pas qui le vaille. Sensationnel ! Êtes-vous retournée à Hampton depuis que nous avons astiqué les bronzes ? Oh ! il faut venir. J'ai appris à mon ami Archie à les dévisser, à les frotter avec de l'ammoniaque et à les inonder avec de l'eau bouillante, de telle sorte qu'ils sèchent aussitôt sans aucune trace de vert-de-gris. Archie y passe ses journées et Hampton rutile comme la grotte d'Aladin. »

Cet Archie était un beau et gentil garçon, conducteur de camion de son état, que Cedric avait découvert près des grilles de Hampton, à côté de sa voiture en panne.

« Je vous le confesse dans le plus grand secret, ma chérie : j'ai eu l'impression, en le voyant, que j'allais tomber foudroyé. Ce qu'on préfère, en amour, c'est ce temps délicieux que les autres mettent à découvrir ce que l'on est *soi-même*.

— Et n'est-il pas charmant aussi, dis-je traîtreusement, le temps des illusions que l'on garde *soi-même* sur la vraie nature des autres ? »

Ayant abandonné son camion pour toujours, Archie vivait à Hampton, où il s'occupait de petits travaux. Lady Montdore l'avait adopté avec enthousiasme.

« Un si complaisant garçon ! disait-elle. Et quelle intelligence, de la part de Cedric, de l'avoir embauché ! Cedric a toujours des idées si originales ! »

« Mais je présume, Fanny, reprit Cedric, que vous trouveriez Hampton plus hideux que jamais. Vous aimez qu'une maison resplendisse de fraîcheur et de propreté ; j'aime, moi, qu'elle étincelle de richesses accumulées. C'est en ceci que nos avis diffèrent, mais vous changerez. Vous avez un goût très fin et je ne désespère pas de le voir, un jour, parvenir à maturité. »

J'éprouvais, il est vrai, à cette époque, comme toutes celles de mes jeunes amies qui décoraient leur maison, une préférence marquée pour les meubles laqués blanc, aux lignes simples et pour les tapisseries de teintes claires et gaies. Le mobilier à la française, avec ses cuivres dorés et ciselés — que Cedric appelait des bronzes — et ses lignes austères aux proportions parfaites, dépassait mon entendement ; quant aux tapisseries Louis XIV, dont Hampton regorgeait, elles me semblaient sombres et vieillotes ; une indienne lumineuse me paraissait cent fois plus agréable.

Les recommandations faites par Cedric à Mrs Heathery eurent un merveilleux résultat et Lady Montdore elle-même ne trouva rien à critiquer au thé, qui fut servi dès son arrivée. Depuis qu'elle avait récupéré son équilibre et son entrain, elle mesurait d'ailleurs avec une bienveillance accrue les efforts fournis par les petites gens de mon espèce pour satisfaire sa gourmandise.

Je ressentis un choc en la voyant, bien que j'eusse dû être maintenant accoutumée à son sourire radieux, à ses gestes souples et à ses bouclettes bleues, parsemées sur le sommet du crâne et qui la faisaient ressembler à un poupon. Elle était tête nue et avait noué, dans ses cheveux, un ruban écossais, pour en maintenir l'ordonnance. Elle portait un manteau et une jupe très simples, d'un gris uni, mais admirablement coupés, et, lorsqu'elle entra dans la pièce, qui était inondée de soleil, elle ôta son manteau d'un geste surprenant et vif, des deux bras à la fois, révélant ainsi un corsage de piqué blanc et un buste de jeune fille. Le printemps était exceptionnellement chaud, cette année-là, et je savais que Cedric et elle se livraient, dans un pavillon construit sur les plans de Cedric, à des séances quotidiennes d'héliothérapie, qui avaient eu pour premier résultat de jaunir à ce point la peau de Lady Montdore qu'on l'eût dite imbibée d'huile et prête à se fendiller en mille morceaux. Autre innovation : un vernis rouge foncé teintait ses ongles, autrefois rayés et d'une propreté souvent douteuse. Les bagues démodées avec des diamants énormes montés sur or, qui paralysaient ses gros doigts raides, avaient été remplacées par des diamants taille émeraude, entourés de rubis bâtons, ses boucles d'oreilles elles-mêmes, artistement remontées, figuraient des coquilles marines ; enfin une bonne quantité de diamants de belle taille étincelait sur deux clips fixés à sa poitrine. L'ensemble était saisissant.

En dépit des transformations apportées à son apparence, la personnalité de Lady Montdore demeurait inchangée et le radieux sourire (« *brush* ! ») fut immédiatement suivi du classique coup d'œil qui me toisait de la tête aux pieds.

« C'est ton bébé, Fanny, qui pousse ces hurlements horribles ?

— Oui. Il ne crie jamais d'habitude, mais il a mal aux dents.

— Pauvre vieux, dit Cedric. Pourquoi ne va-t-il pas chez le dentiste ?

— Je vous ai apporté un cadeau pour votre anniversaire, Cedric. Ce ne sera pas une surprise cependant, car il occupe tout l'intérieur de la voiture. Ils m'ont assuré, chez Parker, que vous aimeriez ça : un livre intitulé *Ackerman's Suppository* ou quelque chose de ce genre.

— *Ackerman's Suppository !* Non ! Non ! Est-ce possible ? s'écria Cedric, joignant les mains sous son menton en un geste bien à lui. Que vous êtes bonne ! Comment avez-vous pu deviner ? Mais, très chère, quel dommage pour la surprise manquée ! Les cadeaux d'anniversaire doivent être des surprises. Je n'arrive pas à convaincre Sonia de cette nécessité, Fanny ; que faire *soi-même* à cet égard ? »

J'estimais, pour ma part, que *soi-même* avait parfaitement mené son affaire. Lady Montdore s'était fait la réputation de ne jamais offrir de cadeaux, ni pour un anniversaire ni pour Noël, et Polly elle-même n'en avait jamais reçu de sa mère, bien que Lord Montdore, pour compenser, lui en fît toujours plusieurs. Elle inondait maintenant Cedric sous un déluge de présents de grande valeur et demeurait à l'affût du moindre prétexte pour renouveler les accès de sa générosité ; mais il était clair que le plaisir et la reconnaissance, manifestés par Cedric en chacune de ces occasions, donnaient envie de le combler.

« Mais j'ai une autre surprise pour vous. Une vraie ! Quelque chose que j'ai acheté à Londres, dit Lady Montdore en le regardant avec tendresse.

— Non ! s'écria Cedric (et j'étais prête à parier qu'il n'ignorait rien de celle-là non plus). Oh ! je n'aurai plus un instant de tranquillité avant de vous avoir arraché votre secret. Il ne fallait pas m'annoncer la chose !

— Attendez jusqu'à demain.

— Bon. Mais je vous préviens que j'irai vous réveiller à six heures du matin. Et maintenant, chère, buvez votre thé et mettons-nous en route. Je suis un peu anxieux de voir comment Archie s'en est tiré, avec ses bronzes. Il décortique le meuble de Boulle aujourd'hui et une idée horrible me traverse l'esprit : supposez qu'il se trompe et le remonte en forme de camion ? Que dirait le très cher oncle Montdore s'il apercevait soudain un énorme camion de Boulle en plein milieu de la Longue Galerie ? »

Aucune hésitation à mon avis : Lord et Lady Montdore seraient montés tous deux avec ravissement dans cette extraordinaire machine, pour aller se promener avec Cedric. Ce garçon les avait complètement envoûtés et, quoi qu'il inventât, on pouvait être assuré que les Montdore demeureraient en extase.

V

L'INSTALLATION de Cedric à Hampton fit naturellement sensation dans le monde. La société londonienne n'eut cependant pas le privilège de se former, dès l'abord, une opinion à son sujet ; l'Angleterre sortait à peine de la crise financière — la crise et Cedric arrivèrent, en fait, au même moment — et Lady Montdore, bien que non touchée financièrement, jugea qu'il ne valait pas la peine, en l'absence de tout divertissement à Londres, de laisser ouvert l'hôtel Montdore. Elle fit poser les housses dans toute la maison, à l'exception de deux pièces réservées à Lord Montdore quand il lui conviendrait d'aller à la Chambre des Lords.

Lady Montdore et Cedric renoncèrent donc à séjourner à Londres ; ils s'y rendaient de temps en temps, mais en revenaient le soir même. Les grandes réceptions à Hampton furent également abandonnées. Lady Montdore assurait que les gens ne savaient parler d'autre chose que de leurs revers financiers et qu'une telle conversation lui paraissait insupportable. Mais je crois qu'elle désirait avant tout demeurer seule à jouir des charmes de Cedric.

Le comté, cependant, bruissait et bourdonnait des faits et gestes de ce dernier ; on n'y parlait que de lui. Il est à peine besoin de dire qu'Oncle Matthew, dès le premier coup d'œil jeté à Cedric, avait découvert que le mot « rat d'égout » — son qualificatif favori — était désormais impropre et dépassé. Les airs furibonds, les yeux flamboyants et les grincements de dents, réservés jusqu'alors à Boy Dougdale, ressuscitèrent avec une frénésie cent fois accrue à la seule pensée de Cedric et s'accompagnèrent désormais de veines gonflées à éclater et de grognements apoplectiques. À Alconleigh les tiroirs où moisissaient les haines accumulées de mon oncle furent débarrassés de leurs chiffons de papier jauni et remplis de petits papiers neufs sur lesquels s'étalait, en lettres soigneusement moulées à l'encre noire, le nom détesté : Cedric Hampton. Le quai de la gare d'Oxford fut même le lieu d'une scène épouvantable. Cedric, qui avait égaré son exemplaire d'abonnement, alla acheter *Vogue* au kiosque des journaux. Oncle Matthew, de son côté, qui arpentait le quai en attendant son train, s'aperçut tout d'un coup que les coutures du manteau de Cedric étaient bordées d'un passepoil de couleur contrastée. C'en était trop, et cette découverte lui fit perdre son sang-froid ; il fondit sur Cedric et se mit à le secouer comme un prunier. Par bonheur, le convoi entra en gare à cet instant et mon oncle, que la seule idée de manquer un train rendait à demi fou, lâcha Cedric et se précipita vers son wagon.

« Comment imaginer, me disait Cedric quelques jours plus tard, que l'achat de *Vogue Magazine* puisse offrir tant de danger ! Le numéro en valait le risque, cependant. Ces délicieuses modes de printemps ! »

Les petites Radlett, en revanche, étaient éperdument amoureuses de Cedric et furieuses contre moi parce que je ne voulais pas leur permettre de le rencontrer à la maison ; Tante Sadie, qui prenait rarement des décisions aussi énergiques, m'avait solennellement priée de tenir ses filles à l'écart de Cedric, et les prières de Tante Sadie avaient pour moi force de loi. J'étais moi-même épouse et mère et, tout imbue des principes que m'inspirait mon nouvel état, je jugeais que la compagnie de Cedric convenait peu à la jeunesse. Chaque fois qu'il m'annonçait sa visite, je prenais donc grand soin de renvoyer à leurs travaux les étudiants qui se trouvaient de passage à la maison

Oncle Matthew tombait rarement d'accord avec ses voisins sur quelque sujet que ce fût. Il méprisait d'ailleurs leurs opinions, et eux, de leur côté, habitués à prendre leurs mots d'ordre auprès des sages Boreley, s'accoutumaient mal à la violence de ses humeurs. L'unanimité cependant se fit aussitôt sur la personne de Cedric. Bien qu'ils fussent incapables d'éprouver des exécrations aussi passionnées que celles d'Oncle Matthew, les Boreley n'étaient pas sans préjugés et nourrissaient une insurmontable animosité contre certains types sociaux, comme les étrangers par exemple, les femmes bien habillées et le parti travailliste. Le sommet de l'horreur était représenté, à leurs yeux, par les esthètes, « vous savez, ces horribles créatures efféminées et inverties ». Dès lors, quand Lady Montdore, qu'ils ne pouvaient déjà pas sentir, installa l'horrible esthète Cedric à Hampton et quand il fut certain que ce dernier allait infester la région pour toujours et devenir l'un de leurs voisins les plus importants — le futur Lord Montdore —, la haine bourgeonna littéralement dans leurs cœurs. Chaque détail de la catastrophe était étudié par eux avec une passion morbide, et ces détails, j'ai honte à l'avouer, leur étaient livrés par Norma qui les tenait de moi. Mais l'air ulcéré de Norma et ses yeux révulsés d'horreur m'amusaient tant que je ne résistais pas au plaisir de la taquiner et lui dévoilais tout ce que je croyais susceptible d'augmenter encore l'indignation des Boreley.

Je ne tardai pas à découvrir que le trait dont ils se trouvaient le plus cruellement blessés était la radieuse félicité de Lady Montdore. Ils avaient tous été ravis du mariage de Polly, même ceux qui, logiquement, auraient dû prendre le parti de Lady Montdore, tels, par exemple, les parents de filles jeunes et jolies, qui, parlant de la mère de Polly, furent pourtant les premiers à s'écrier : « Bien fait pour elle ! » Ils la haïssaient et assistèrent avec jubilation à son abaissement. Il leur parut que les derniers jours de Lady Montdore, qui ne les invitait jamais à ses *parties*, se trouvaient désormais assombris à souhait par un chagrin qui aurait tôt fait de mener au tombeau cette méchante femme aux cheveux gris. Le rideau se lève sur le dernier acte, et, aux fauteuils d'orchestre, s'écrasent tous les Boreley, yeux exorbités, pour contempler avec exultation l'agonie, l'effondrement, les tambours voilés de crêpe, le catafalque, le défilé devant le caveau, la descente du cercueil, la nuit. Mais que se passe-t-il ? Sur la scène étincelante, Lady Montdore, souple comme un jeune chat, ses cheveux gris teints d'un bleu étrange, apparaît en bondissant, au bras d'un partenaire, d'un terrible enfant de Sodome, ou de Gomorrhe, ou de Paris, et se lance avec lui dans un fandango déchaîné. Comment ne se seraient-ils pas étouffés de colère ?

Je trouvais, pour ma part, ce dénouement tout simplement inespéré, car j'ai toujours aimé voir les gens heureux autour de moi, et la nouvelle atmosphère qui régnait à Hampton était celle d'un bonheur complet et sans mélange. Une vieille dame, la plus égoïste des créatures assurément, qui ne méritait rien d'autre que la solitude et la maladie (mais, qui de nous mérite mieux ?), se voit soudain gratifiée d'un de ces miracles dont la vie se montre si avare : elle rajeunit, reprend goût à l'existence, s'amuse ; un garçon charmant, dévoré d'un grand amour de la beauté et du luxe, un tant soit peu vénal peut-être (mais qui de nous ne l'est pas quand l'occasion s'en présente ?), un garçon dont la vie demeurait soumise aux humeurs d'extravagants barons, se découvre inopinément, de la manière la plus imprévue et la plus légitime, deux parents qui l'adorent et un immense héritage : autre miracle ; Archie, le conducteur de camion, arraché aux longues nuits glaciales sur les routes, aux pénibles reptations sous sa voiture en panne et voué désormais à l'astiquage des bronzes d'art dans un salon chaud et parfumé ; Polly, mariée au grand amour de sa vie ; Boy, marié à la plus grande beauté de l'époque : cinq miracles, cinq destinées bienheureuses... Et les Boreley trouvaient encore à se plaindre ! Cette famille, pensais-je, doit vraiment détester la race humaine pour souffrir à ce point du bonheur des autres.

Je fis part à Davey de ces impressions apaisantes. Il tiqua aussitôt :

« Je ne vois pas, dit-il, pourquoi tu insistes autant sur l'âge avancé de Sonia et sur sa mort imminente. Elle n'a guère que soixante ans, tu sais, dix ans à peine de plus que ta Tante Emily.

— Enfin, Davey, elle a quarante ans de plus que moi ; il est bien naturel qu'elle me paraisse vieille. Les gens qui ont quarante ans de plus que vous doivent bien vous sembler âgés tout de même ! Reconnaissez-le ! »

Davey le reconnut. Il admit également qu'il est délicieux d'être entouré de gens heureux, dans la mesure toutefois où ces gens vous inspirent de la sympathie, et que, s'il éprouvait, quant à lui, une certaine affection pour Lady Montdore, Cedric, en revanche, ne lui inspirait aucun attachement.

« Vous n'aimez pas Cedric ? m'écriai-je, éberluée. Comment est-ce possible ? Je l'aime à la folie, moi ! »

Il me répondit qu'à un petit bouton de rose comme moi, Cedric devait, en effet, immanquablement paraître une créature mystérieuse, issue d'un monde quasi fabuleux ; mais que lui, Davey, avait trop roulé sa bosse dans tous les milieux du Continent, avant de rencontrer et d'épouser Tante Emily, pour ne pas savoir à quoi s'en tenir sur les garçons de l'espèce de Cedric.

« Vous avez bien de la chance, dis-je. Il me semble que c'est une espèce délicieuse. Et si vous croyez que je leur trouve un charme mystérieux, vous vous trompez du tout au tout, mon cher Dave. Cedric est pour moi une sorte d'adorable nurse.

— Une adorable nurse ! Un ours polaire, un tigre, un puma, un animal féroce et indomptable, oui ! Ils finissent toujours par tourner mal, d'ailleurs ; prends patience, Fanny, et tu verras ! Ce vernis d'artiste noircira bientôt et, pour Sonia aussi, la fin sera cruelle, je te le prédis. J'ai trop d'expérience pour me tromper.

— Je ne vous crois pas. Cedric adore Lady Montdore.

— Cedric, dit Davey, n'aime que Cedric. C'est un fauve de la jungle et, dès que l'envie lui en prendra, il déchirera en petits morceaux sa chère Tante Sonia, puis disparaîtra dans la brousse d'où il est sorti. Note bien ce que je te dis, Fanny !

— Eh bien ! répondis-je, voilà, au moins, qui remplira d'aise le cœur des Boreley ! »

À cet instant, Cedric en personne fit son apparition dans mon salon et Davey se leva aussitôt pour prendre congé. Après toutes les choses horribles qu'il venait de proférer, Oncle Davey craignait sans doute de se montrer, en ma présence, trop cordial envers son ours polaire. On avait du mal à ne pas être cordial envers Cedric ; il était si désarmant.

« Je ne te reverrai pas, Fanny, dit Davey, avant mon retour de croisière.

— Oh ! s'écria Cedric, vous partez en croisière ? Quel adorable délassement ! Et pour où ?

— J'ai besoin d'un peu de soleil. Je donnerai quelques conférences sur les fouilles de Minos et dépenserai le moins possible.

— J'aimerais, dis-je, que Tante Emily vous accompagne. Cela lui ferait tant de bien !

— Elle ne quittera pas la maison tant que Siegfried aura encore un souffle de vie, dit Davey. Tu sais comment elle est. »

Lorsqu'il fut parti, je dis à Cedric :

« Qu'en pensez-vous ? Il est bien capable de pousser jusqu'en Sicile et d'aller voir Boy et Polly. Comme ce serait intéressant ! »

Cedric, bien entendu, était absolument fasciné par tout ce qui touchait à Polly.

« Quand avez-vous reçu de ses nouvelles pour la dernière fois ? me demanda-t-il.

— Oh ! il y a des mois. Et encore n'était-ce qu'une carte postale. Je suis ravie à l'idée que Davey va les revoir ; il raconte si bien le moindre événement. Il faudra qu'il nous dise comment marche le ménage.

— Sonia n'a pas encore prononcé le nom de Polly en ma présence, dit Cedric. Pas une seule fois.

— C'est la preuve qu'elle ne pense jamais à elle.

— J'en suis convaincu. Cette Polly devait avoir bien peu de personnalité pour ne pas laisser un souvenir plus vif dans le cœur de ceux qui vivaient auprès d'elle.

— Personnalité ? dis-je. Je ne sais pas. Le grand atout de Polly, c'est sa beauté.

— Décrivez-la.

— Oh ! Cedric, je vous l'ai décrite des centaines de fois ! »

J'étais prête d'ailleurs à recommencer, car l'air vexé de Cedric, à chaque description, m'amusait énormément.

« Eh bien ! dis-je, ainsi que je vous l'ai expliqué souvent déjà, Polly est si radieusement belle qu'on ne prête guère attention à ses propos ou aux autres qualités de sa personne. On n'éprouve qu'un désir en sa présence, c'est de la regarder sans fin. »

Comme toujours quand je parlais ainsi, Cedric prit un air boudeur.

« Plus belle que *soi-même* ? demanda-t-il.

— Elle vous ressemble beaucoup, Cedric.

— Vous le prétendez, mais je n'ai pas remarqué que vous me regardiez sans fin ; bien au contraire, vous m'écoutez avec intérêt, mais vous regardez tout le temps par la fenêtre.

— Je vous assure que vous lui ressemblez beaucoup, dis-je, mais, tout de même, elle doit être plus belle que vous, ne serait-ce que pour ce don d'aimanter les regards. »

Tout cela était parfaitement vrai, et je ne le disais pas uniquement pour taquiner le pauvre Cedric et le rendre jaloux. Il avait un peu de la beauté de Polly et était joli garçon, mais son apparence ne soulevait pas obligatoirement l'enthousiasme général.

« Je devine pourquoi, dit Cedric. C'est ma barbe. Impossible de me raser d'assez près. Je vais aujourd'hui même commander de la cire épilatoire à New York. Vous n'imaginez pas quel martyre cela peut être ! Mais, si vous devez me regarder dans l'avenir, je suis prêt à tout souffrir.

— N'en faites rien ! dis-je en riant. Votre barbe n'est pas fautive. Je vous répète que vous ressemblez à Polly, mais en moins beau. Lady Patricia aussi lui ressemblait, et pourtant quelle différence ! Polly a quelque chose de plus, que je demeure incapable de définir. C'est ainsi, croyez-moi.

— Que peut-elle avoir de plus, sinon la barbe en moins ?

— Lady Patricia non plus n'avait pas de barbe !

— Vous êtes une horrible fille. Mais tant pis, j'essaierai tout de même et vous verrez ! Quand j'étais jeune et imberbe, les gens me dévoraient des yeux, même en Nouvelle-Écosse. Ah ! quelle chance vous avez, Fanny, de n'être pas une beauté. Vous ne connaîtrez pas les agonies par où l'on passe lorsque l'on perd ses charmes !

— Merci ! dis-je.

— Et puisque nous ne pouvons évoquer Polly sans nous dire des choses désagréables, parlons un peu de Boy.

— Ah ! quant à celui-ci, personne ne l'a jamais trouvé joli. Boy est vieux, ratatiné, hideux.

— Mais non, Fanny, vous faites erreur, ma chère. Une description n'a d'intérêt que si elle est sincère et véritable. J'ai vu des quantités de photographies de Boy — les carnets de Sonia en sont pleins —, Boy jouant au diabolo, Boy en bandes molletières pendant la guerre, Boy et son porteur hindou. Depuis le retour des Indes, plus rien ! Sonia a dû perdre son Kodak pendant le voyage, car les *Extraits de notre séjour* n'ont pas eu de suite. Cela remonte à trois ans à peine, et Boy était encore éblouissant à cette époque, le genre d'homme que j'adore : massif, avec de belles rides profondément marquées ; un homme qui inspire confiance.

— Confiance ! m'écriai-je. Ah ! non, par exemple !

— Pourquoi le haïssez-vous tant, Fanny ?

— Je n'en sais rien ; il me donne la chair de poule. Et tellement snob !

— J'aime les snobs, dit Cedric. J'en suis un moi-même.

— Tellement snob que les vivants ne lui suffisent pas ; il veut connaître l'histoire des morts — des morts nobles et titrés, bien entendu. Il se plonge dans leurs mémoires, tout heureux de pouvoir parler de sa chère duchesse de Dino ou citer, d'un ton approbatif, un mot de Lady Bessborough. Il sait par cœur les généalogies et connaît sur le bout du doigt les parentés de tout le monde — je veux dire des familles royales, princières, etc. Après quoi, il écrit des livres sur tous ses chers fantômes et a vraiment l'air de croire qu'ils lui appartiennent en exclusivité. Pouah ! Quelle horreur !

— Exactement ce que je pensais, dit Cedric. Un homme beau et cultivé, une de ces natures comme je les aime. Et doué en outre. Ses tapisseries sont simplement merveilleuses ! Et ses *toiles* — il y en a des douzaines dans la salle de squash — valent celles du Douanier : paysages peuplés de gorilles. Hardi et original.

— Des gorilles ? Lord et Lady Montdore, vous voulez dire ! Sans compter quelques modèles bénévoles.

— Eh bien ! n'est-ce pas le comble de l'originalité et de l'audace de représenter en gorilles mon oncle Montdore et ma chère tante ? Personnellement, je n'aurais pas osé. Ah ! Polly est une heureuse fille !

— Les Boreley sont persuadés que vous finirez par épouser Polly. »

Norma, la veille, avait formulé devant moi cette palpitante prévision. Elle pensait que ce serait un coup mortel pour Lady Montdore, et les Boreley ne se tenaient pas d'impatience à cette idée.

« C'est bien sot de leur part, ma chère. J'aurais pensé qu'il suffisait d'un regard sur *soi-même* pour se convaincre de l'invraisemblance d'un tel événement. Que racontent encore les Boreley à mon sujet ?

— Cedric, organisons une rencontre entre Norma et vous. Je meurs d'envie de vous voir ensemble.

— Merci, ma chère. Non, merci, je n'y tiens pas.

— Mais pourquoi ? Vous m'accablez de questions sur ce qu'elle dit et elle en fait autant en ce qui vous concerne. Mieux vaudrait vous questionner l'un l'autre, sans intermédiaire.

— Pour ne rien vous cacher, ma chère, je redoute qu'elle ne me rappelle les gens de la Nouvelle-Écosse ; chaque fois que j'évoque cet affreux pays, je fais une crise de dépression — *pluie, grande pluie, tempête*. Le charpentier de Hampton m'y fait penser aussi — ne me demandez pas pourquoi, c'est un fait — et j'évite, à tout prix, de le regarder quand je le rencontre. Pourquoi suis-je si à mon aise à Paris ? Parce qu'il n'y a pas, dans cette ville, la moindre ombre de ressemblance avec la Nouvelle-Écosse ; et c'est aussi pourquoi, sans doute, j'ai pu supporter le baron pendant de si longues années. Il est permis de supposer que le baron vient de quelque contrée orientale ; mais pas de la Nouvelle-Écosse, non, en tout cas, pas de la Nouvelle-Écosse. Tandis que les Boreley semblent en être importés tout droit ; c'est un pays peuplé de Boreley. Mais si, pour la raison que je viens de dire, je refuse de les voir, je demeure cependant curieux d'entendre parler d'eux et de savoir ce qu'ils pensent de *soi-même*. Allez, Fanny, racontez !

— Eh bien ! Norma, que je viens de rencontrer en faisant mes courses, ne parle que de vous. Il semble, en effet, que vous avez, hier, à votre retour de Londres, voyagé avec son frère Jock, qui en a l'esprit dérangé au point de ne plus pouvoir désormais penser à autre chose.

— Oh ! c'est passionnant ! Comment m'a-t-il reconnu ?

— Il n'y avait pas à s'y tromper. Les lunettes, le passepoil de votre manteau, votre nom sur votre valise. Vous ne voyagez pas incognito, Cedric.

— Oh ! je vois.

— Donc, à en croire Norma, Jock vécut, tout au long du trajet, dans des transes horribles, un œil sur vous, l'autre sur la sonnette d'alarme, et s'attendant, à chaque instant, à ce que vous vous jetiez sur lui.

— Bonté divine ! À quoi ressemble-t-il, ce Jock ?

— Vous devriez e savoir. Il paraît que vous étiez seuls, lui et vous, dans votre compartiment, de Reading à Oxford.

— Ma foi, ma chérie, je me souviens seulement d'un horrible assassin moustachu, assis dans un coin. Je m'en souviens d'autant mieux que je n'ai cessé de penser : "Oh ! quel bonheur d'être *soi-même* et non une créature de ce genre !"

— Ce devait être Jock. Poivre et sel ?

— Tout juste. Oh ! Oh ! Alors c'était un Boreley ? Pouvez-vous imaginer que les gens lui font souvent des propositions dans les trains ?

— Il prétend que vous lui avez lancé des regards magnétiques à travers vos lunettes.

— La vérité, c'est que son costume de tweed était sensationnel.

— Ensuite, à ce qu'on m'a dit, vous l'avez obligé à descendre votre valise du filet, à Oxford, en prétextant qu'il vous était interdit de soulever des objets lourds.

— On me l'a interdit, c'est vrai. Ma valise était fort lourde et, naturellement, il n'y avait pas un porteur en vue sur le quai ; j'aurais pu me faire mal. Et d'ailleurs, tout s'est très bien passé, et il m'a descendu mon sac le plus gentiment du monde.

— Oui. Mais maintenant il crève de colère à l'idée de l'avoir fait. Il dit que vous l'avez hypnotisé.

— Oh ! pauvre garçon, c'est un sentiment que je connais si bien !

— Qu'y avait-il dans cette valise, Cedric ? Jock assure qu'elle pesait une tonne.

— Des *complets*, dit Cedric, et quelques petites crèmes pour mon visage. Très peu, en vérité. J'ai découvert un nouvel onguent dont on s'enduit pendant les heures de repos, ma chère, et il faudra que je vous en parle.

— Et maintenant, tout le monde se dit : "Vous voyez ! S'il a pu amadouer le vieux Jock, rien d'étonnant qu'il ait embobiné les Montdore !"

— Et pourquoi, au nom du Ciel, désirerais-je embobiner les Montdore ?

— Pour leur testament, leur héritage. Pour vivre à Hampton.

— Ma chère, ne vous faites pas d'illusions. Chèvres-Fontaine est dix fois plus beau que Hampton.

— Mais pourriez-vous retourner y vivre, Cedric ? »

Cedric me lança un méchant regard et poursuivit :

« Les gens, en tout cas, devraient bien comprendre qu'il ne sert à rien de se cramponner aux héritages éventuels ; cela n'en vaut pas la peine. Un de mes amis se croyait obligé de passer plusieurs mois, chaque année, dans la Sarthe, auprès d'un vieil oncle dont il convoitait l'héritage Ces séjours lui étaient un véritable martyre, car il savait que son bien-aimé, resté à Paris, lui était infidèle et, qui plus est, la Sarthe est une région absolument lugubre. Il persévérait néanmoins avec un grand courage. Et qu'arriva-t-il, en fin de compte ? Le vieil oncle mourut, mon ami hérita la maison dans la Sarthe, et maintenant il se croit obligé de s'y enterrer, comme un mort vivant, afin de se convaincre qu'il n'a pas gaspillé en vain les plus beaux mois de sa jeunesse dans ce pays abominable. Vous me suivez ? Nous tombons dans un cercle vicieux ; or il n'y a rien de vicieux en moi. La vérité, c'est que j'aime Sonia et voilà pourquoi je reste à Hampton. »

Je le crus sincèrement. Cedric vivait dans le présent, et sa nature ne le portait pas à se tracasser d'un héritage à venir. Une sauterelle, un lis des champs ; je ne trouve pas, pour le définir, de meilleures comparaisons.

Au retour de sa croisière, Davey, m'appela au téléphone et s'invita à déjeuner afin de me parler de Polly. Il me sembla que Cedric pourrait venir aussi et apprendre, de la bouche même de Davey, toutes les nouvelles que ce dernier rapportait de son voyage. Davey d'ailleurs, était mis en verve par une plus large audience, même s'il n'en aimait pas les membres ; je téléphonai donc à Hampton et Cedric accepta, non sans un plaisir marqué, d'assister au déjeuner prévu. Il me demanda même si je verrais quelque inconvénient à l'accueillir pendant un jour ou deux :

« Sonia est partie faire sa cure d'orange — oui, diète totale, jus d'orange excepté ; mais ne vous mettez pas en peine pour elle, je suis sûr qu'elle trichera. Oncle Montdore est aux Lords et je me sens bien triste, tout seulet à Hampton. J'aimerais m'installer chez vous et visiter Oxford en détail, chose impossible lorsque Sonia est en liberté. Ce sera délicieux, Fanny. Merci, chérie. Une heure juste, entendu. »

Alfred était très occupé à cette époque et je fus ravie à la perspective de jouir de la compagnie de Cedric pendant quelques jours. Je pris soin de faire le vide autour de moi, en prévenant Tante Sadie du séjour de Cedric et en priant mes petits étudiants de cesser, pour un temps, leurs visites.

« Qui est cet enfant boutonneux ? m'avait, un jour, demandé Cedric après qu'eut disparu comme un éclair, sur un signe de moi, un garçon qu'il avait trouvé accroupi devant ma cheminée.

— Pour moi, il incarne le jeune Shelley, répondis-je, sentencieusement.

— Et pour moi, le jeune Woodley. »

Davey arriva le premier.

« Cedric vient déjeuner, lui dis-je. Attendez-le pour commencer. »

Je voyais qu'il éclatait d'envie de me raconter son voyage.

« Cedric ? s'écria Davey, quel ennui ! Chaque fois que je viens ici, ce monstre est fourré dans quelque coin, à croire qu'il a pris pension chez toi. Qu'en pense Alfred ?

— À vrai dire, je doute qu'il l'ait jamais rencontré. Venez voir mon fils, Dave.

— Navré d'être en retard, mes chéris, dit Cedric en entrant sur un pas de danse. Mais il faut conduire si lentement, en Angleterre, à cause de tous ces *Herrschaften* en promenade. Expliquez-moi pourquoi les routes anglaises sont couvertes de vieux invalides en costume de tweed ?

— Ce sont des colonels en retraite, dis-je. Les vieux colonels ne se promènent-ils jamais sur les routes, en France ?

— Non. Ils sont bien trop impotents. Ils ont tous perdu une jambe ou deux à la guerre et ont été terriblement gazés. Je vois maintenant que, lorsque les Français se battent, ils le font avec beaucoup plus d'acharnement et de sérieux que les Anglais. Je connais cependant un colonel, à Paris, à qui il arrive de courir les antiquaires.

— Et par quoi remplacent-ils leurs promenades ? demandai-je.

— Par un exercice tout à fait différent, ma chérie. Vous avez déjà commencé à parler de Boy ? Non ? Que vous êtes aimable ! J'ai été mis en retard par un appel téléphonique de Sonia. Elle est dans tous ses états — j'ai cru comprendre qu'on l'avait pincée en train de chiper le déjeuner des infirmières. Bref, elle a comparu devant le directeur qui l'a vertement réprimandée et menacée, si elle recommençait ou se procurait le moindre aliment défendu, de la flanquer à la porte. Pensez donc ! Pas de dîner, à peine un jus d'orange à minuit et, au petit matin, être réveillée par une odeur de harengs grillés ! Bien entendu, la pauvre chérie n'a pas résisté : elle a rampé hors de sa chambre et réussi à subtiliser un hareng qu'elle cachait en hâte sous sa robe de chambre au moment où ils l'ont découverte. Grâce au Ciel, elle en avait mangé les trois quarts avant qu'ils soient parvenus à le lui arracher. La vérité c'est qu'elle s'est sentie démoralisée dès le début de sa cure, en découvrant votre nom, Davey, dans le registre des clients. Il paraît qu'elle a poussé un cri affreux et s'est exclamée : "Comment ! Davey Warbeck, ce squelette ambulant ! Que venait-il faire ici ?" Ils ont répondu que vous aviez suivi la cure dans l'espoir de prendre du poids. En voilà une idée !

— L'idée, dit Davey, furieux, c'est de bien me porter. Si vous êtes trop gras, vous maigrissez, et si vous êtes trop maigre, vous engraissez.

Il me semble qu'un enfant comprendrait cela. Mais jamais Sonia ne supportera le régime, elle n'a aucune volonté.

— Exactement comme *soi-même*, pauvre chérie, dit Cedric. Mais alors, comment allons-nous faire pour perdre ces kilos en excédent ? Vichy, peut-être ?

— Mon cher, dis-je, pensez aux kilos qu'elle a déjà perdus. Elle est d'une maigreur ! Faut-il vraiment qu'elle mincisse encore ?

— Juste un peu, autour des hanches, dit Cedric. Lorsqu'elle porte un jersey, cela crève les yeux. Et puis elle a encore un soupçon de bourrelet le long des côtes. En outre, ils assurent que le jus d'orange éclaircit le teint. Oh ! je fais des vœux pour qu'elle tienne le coup quelques jours encore ! Dans son propre intérêt, vous savez. Une autre cliente de la clinique lui a, paraît-il, indiqué un endroit, dans le village, où l'on sert des thés complets ; je l'ai suppliée de se montrer prudente. Après l'algarade de ce matin, ils vont être sur le qui-vive ! La moindre infraction serait fatale. Qu'en pensez-vous, Davey ?

— Oui, dit Davey. Ils sont stricts en diable. Et ils ont raison. »

Nous passâmes à table et la parole fut donnée à Davey.

« Autant vous dire tout de suite que je ne les crois pas heureux du tout. »

Davey, comme chacun sait, avait une forte tendance à voir toujours les choses en noir, mais il avait parlé si gravement, d'un ton si pénétré que je ne doutai pas un instant qu'il eût raison.

« Oh ! Dave. Ne dites pas cela ! Quelle tristesse ! »

Cedric ne connaissait pas Polly et n'éprouvait pour elle aucune attirance ; il demeura donc indifférent à cette sinistre assertion et interrompit en hâte :

« Cher Davey, vous allez trop vite. Le nouveau venu que je suis veut tout savoir. Donc, vous avez quitté votre bateau...

— Je débarquai à Syracuse, après leur avoir télégraphié d'Athènes que je relâcherais un jour seulement en Sicile. Ils m'attendaient sur le quai, avec un taxi. Ils n'ont pas d'auto.

— Des détails, je vous en prie. Comment étaient-ils habillés ?

— Polly portait une robe très simple de cotonnade bleue. Boy était en shorts.

— Hum ! dis-je. Je n'aimerais pas voir les genoux de Boy.

— Ils sont très bien, dit Davey, décidé à défendre Boy, comme d'habitude.

— Et Polly ? Toujours belle ?

— Moins belle (Cedric parut enchanté à cette nouvelle) et terriblement maussade. Mécontente de tout. Elle a horreur de vivre à l'étranger, ne parvient pas à apprendre l'italien, parle en hindoustani aux domestiques et se plaint qu'ils lui volent ses bas…

— Vous allez beaucoup, beaucoup trop vite, s'écria Cedric. Laissez pour l'instant les bas volés. Nous sommes encore dans le taxi. Un long parcours ?

— Une heure environ. Et d'une beauté proprement inexprimable — la vue, bien entendu. Leur villa est à mi-colline, orientée au sud-est, dominant une cascade d'oliviers, de pins-parasols et de vignes qui dévalent jusqu'à la mer — le classique paysage méditerranéen dont on ne se lasse jamais. Ils ont loué la villa, meublée, à des Italiens et s'en plaignent sans cesse ; il semble que ce soit là leur préoccupation majeure. Je reconnais que la maison manque de confort pour y passer l'hiver : pas d'autre chauffage que des cheminées qui fument et ne tirent pas, jamais d'eau chaude pour les bains, des fenêtres qui joignent mal et le reste à l'avenant. Les demeures italiennes sont construites pour la saison chaude et il peut faire diablement froid en Sicile. L'intérieur est hideux, d'une couleur marron foncé, avec des boiseries en chêne des marais ; bref, assez déprimant à habiter… Mais en cette saison, la température est idéale et on peut passer la journée entière sur la terrasse ombragée de vigne vierge et de bougainvilliers, avec d'énormes pots de géraniums un peu partout. Je ne connais pas d'endroit plus exquis — tout simplement divin !

— Oh ! Dieu, dit Cedric, s'il est vrai qu'ils ont perdu à cause de moi leur situation dans la vie, pourquoi ne puis-je pas prendre réellement leur place, de temps en temps ? J'ai une telle passion pour la Sicile !

— Ils accepteraient sûrement avec joie, dit Davey. Il m'a semblé qu'ils souffraient cruellement du mal du pays. Donc, nous arrivâmes à temps pour le déjeuner, que je mangeai sans appétit — cette terrible cuisine italienne avec des torrents d'huile !

— De quoi avez-vous parlé ?

— Eh bien ! vous savez, tout se réduisit, en fait, à une interminable lamentation sur la difficulté de leur vie, sur les prix qui dépassaient leurs prévisions, sur l'habitude invétérée des gens — des gens du village, naturellement — de toujours dire oui, oui, oui et de ne rien faire pour les aider, sur l'indélicatesse du jardinier dont ils payent les gages pour en obtenir des légumes que le coquin va vendre au marché, où ils se voient contraints de les acheter à double prix ! Quoi encore ? Ils gémissent sur le dénuement de la maison où ils ne trouvèrent même pas une bouilloire, en arrivant, où les couvertures étaient dures comme du bois, les interrupteurs cassés et les lits sans lampes de chevet : enfin toute la série des jérémiades communes à ceux qui louent des maisons meublées ; c'est une litanie que je connais par cœur. Après le déjeuner, la chaleur devint accablante, au grand déplaisir de Polly qui se retira dans sa chambre dont elle ferma volets et rideaux ; je restai sur la terrasse avec Boy et je pus alors tâter sérieusement le terrain. Tout ce que je puis dire, c'est qu'il est mal — et bien maladroit — d'éveiller prématurément les instincts des petites filles et de les jeter ainsi dans les transes de l'amour ; le pauvre Boy, en tout cas, paie cher une telle erreur. Il n'a positivement rien à faire du matin au soir, sauf arroser ses géraniums, et vous savez combien l'eau est funeste à cette espèce de plantes ; le résultat, c'est qu'elles poussent tout en feuilles. Je le lui ai fait remarquer. Il n'a personne à qui parler, pas de club, pas de London Library, pas de voisins et, surtout, pas de Sonia pour le tenir au courant de tout ce qui le passionne. Je me demande s'il a jamais mieux compris quelle place Sonia tenait dans sa vie. Polly est incapable de le distraire, cela saute aux yeux ; pis encore, elle l'agace horriblement, de mille façons. Elle est si typiquement anglaise, vous savez, jamais satisfaite de rien ; elle a pris la villa en horreur, et les gens, et même le climat. Boy, du moins, a l'habitude de vivre à l'étranger ; il parle magnifiquement l'italien et était tout disposé à s'intéresser au folklore local et aux choses de la Sicile ; mais ces découvertes se font plus agréablement à deux, et Polly est si décourageante. Tout lui paraît assommant et dégoûtant ; elle n'a qu'une envie : retourner en Angleterre.

— Curieux, dis-je, qu'après cinq années passées aux Indes elle soit restée tellement anglaise.

— Oh ! ma chère enfant, à quelques détails près — la majesté du maître d'hôtel ou la chaleur de l'été —, je ne vois guère de différence entre Hampton et le palais du vice-roi ; et encore ce dernier était-il sans doute fréquenté par moins d'étrangers qu'on n'en rencontre communément à Hampton. Non, crois-moi, son séjour aux Indes n'a en rien préparé ton amie à son rôle actuel de maîtresse de maison sicilienne. Elle est à bout de nerfs ; et voilà ce pauvre garçon de mari, emprisonné depuis des mois avec une petite fille furieuse qu'il a connue au berceau. Ce n'est vraiment pas réjouissant, admets-le.

— Je croyais, dit Cedric, qu'il adorait les ducs. La Sicile est pleine de ducs qui sont, en vérité, de célestes créatures

— Tellement célestes, enchaîna Davey, qu'ils ne mettent plus guère les pieds dans leurs terres siciliennes. Et d'ailleurs Boy n'éprouve pas pour ceux-ci la même considération que pour les ducs anglais ou français.

— Pour cela, il a tort. Personne ne saurait être plus noble que Pincio. Mais si Boy les méprise — je concède que certains d'entre eux sont un peu irréels — et s'il est condamné à vivre à l'étranger, pourquoi, au nom du Ciel, ne se fixe-t-il pas à Paris ? C'est une ville qui regorge de ducs authentiques — cinquante, pour être exact. Souppes m'a tout expliqué ; vous savez comment ils sont dans cette secte : impossible de les faire parler d'autre chose que d'eux-mêmes.

— Mon cher Cedric, les Dougdale sont très pauvres ; pauvres au point de ne pouvoir vivre en Angleterre, et à Paris moins encore. Leur séjour en Sicile n'a pas d'autre raison et, n'était la question d'argent, ils reviendraient chez eux comme des flèches. Boy a perdu pas mal de plumes dans le krach de l'automne dernier et m'a confié que, s'il n'avait pas loué Silkin un bon prix, ils se trouveraient à l'heure actuelle, Polly et lui, à peu près sans un sou. Oh ! Seigneur, quand on pense à la fortune qu'aurait eue Polly...

— S'il vous plaît, dit Cedric, ne jetez pas de cruels regards à *soi-même*. J'ai joué la règle du jeu.

— En tout cas, c'est une bien triste histoire qui montre où peut conduire la hantise sexuelle. Je n'ai, de ma vie, vu personne d'aussi réjoui que Boy lorsque je débarquai — un chien à qui on lâche la laisse. Il voulait tout savoir, dans les moindres détails. Le pauvre garçon se sent affreusement seul et s'ennuie à mourir. »

Pour ma part, je songeais à Polly. Si Boy souffrait à ce point de la solitude et de l'ennui, Polly, elle non plus, ne devait pas être bien heureuse. Le secret du succès ou de l'échec des relations humaines réside dans le climat que chaque personne a conscience de créer autour de son voisin ; cette Polly irritée et déçue, de quel secours pouvait-elle être à un mari mortellement triste et désolé ? Le charme de Polly — je ne parle pas de sa beauté, car chacun sait que les maris s'accoutument vite à la beauté de leur femme, au point de n'en plus ressentir bientôt le moindre émoi —, le charme de Polly était fait de cette réserve hautaine où l'enfermaient les rêves secrets que lui inspirait Boy ; lorsque ces rêves furent sur le point de se réaliser, pendant son séjour à Alconleigh, le bonheur la rendait irrésistible. Mais, une fois l'énigme résolue et le bonheur dissipé, je comprenais que, privée de ses chères occupations minuscules et quotidiennes, de ses courses chez Madame Rita, chez Debenham ou chez son coiffeur, Polly, trop indolente d'ailleurs pour se créer de nouveaux intérêts dans la vie, risquait fort de sombrer dans une irrémédiable mélancolie. Je la savais hors d'état de trouver une consolation dans l'étude du folklore sicilien et sans doute était-il encore trop tôt pour qu'elle en trouvât auprès des gentilshommes de ce pays.

« Oh ! mon Dieu, dis-je, si Boy n'est pas heureux, je doute que Polly puisse l'être, pour sa part. Oh ! pauvre Polly !

— Pauvre Polly... Hum ! Du moins est-ce sa propre idée qu'elle réalise, dit Davey. Mon cœur, à moi, saigne pour le pauvre Boy. Il ne pourra pas dire que je ne l'ai pas mis en garde !

— Pas d'enfant en perspective ? Aucun signe ?

— Aucun signe visible. Mais, tout compte fait, depuis combien de temps sont-ils mariés ? Dix-huit mois ? Il a fallu dix-huit ans à Sonia pour mettre Polly au monde.

— Bonté divine ! m'écriai-je. Je n'ose pas songer à ce que, dans dix-huit ans d'ici, le Satyre pourra bien... »

Un regard irrité de Davey — un regard que je connaissais bien — m'empêcha de terminer ma phrase.

« Peut-être est-ce une des causes de leur tristesse ? repris-je avec embarras.

— Peut-être, dit Davey. Mais je puis dire qu'ils m'ont fait une impression pénible. »

À cet instant, Cedric fut appelé au téléphone et Davev me dit, à voix basse :

« Entre nous, Fanny, et ne le répète à personne, je crois que Polly a de gros ennuis avec Boy.

— Juste Ciel ! dis-je. Des filles de cuisine ?

— Non, dit Davey. Pas des filles de cuisine.

— Davey ! Quelle horreur ! » dis-je, bouleversée.

Cedric revint et nous annonça que Lady Montdore avait été prise, en flagrant délit, en train de s'empiffrer dans le salon de thé voisin de la clinique et renvoyée sur-le-champ. Elle avait donné l'ordre au chauffeur qui venait la chercher de prendre Cedric au passage.

« Et voilà, conclut Cedric d'une voix lugubre. Il me faut renoncer à mon petit séjour chez vous, Fanny. Dieu sait pourtant quel plaisir j'en attendais ! »

Il m'apparut, à l'entendre, que Cedric, en organisant cette cure de jus d'orange, avait songé moins à débarrasser Lady Montdore de quelques kilos superflus, qu'à se débarrasser lui-même de son hôtesse pendant une semaine ou deux. Vivre dans la constante intimité de Tante Sonia devait exiger un terrible effort, même de Cedric, si pourvu cependant d'imagination et d'énergie. Sans doute s'était-il estimé en droit de jouir d'un bref repos après un an d'une si redoutable expérience.

VI

Cedric Hampton et Norma Cozens se rencontrèrent enfin, mais leur entrevue, qui prit place dans mon jardin, ne devait rien à mes soins et fut un pur effet du hasard. Par un chaud après-midi d'octobre, j'étais assise sur la pelouse où s'ébattait mon fils, tout nu et si brun qu'il ressemblait à un petit négrillon, lorsque émergea soudain, au-dessus de la barrière, la tête dorée de Cedric, accompagnée d'une autre tête : celle d'un vieux cheval efflanqué.

« Je vais vous expliquer, me dit Cedric, mais je préfère que mon ami reste à la porte. Attendez que je l'attache à la barrière. Il est si triste et si gentil ; il ne fera aucun dégât, je vous le promets. »

Un instant plus tard, il me rejoignit sur la pelouse. Je remis le bébé dans sa voiture et me tournais vers Cedric pour m'enquérir des raisons de cette surprenante arrivée, quand Norma apparut à son tour, descendant l'avenue qui bordait mon jardin, en route avec ses chiens pour son interminable promenade quotidienne. Il importe de signaler que les Boreley se croient investis d'un mandat spécial du Ciel, qui les conduit à juger sans appel de tout ce qui, de près ou de loin, concerne la race chevaline. Ils estiment que ce mandat céleste leur donne des droits et leur impose des devoirs également impérieux ; à peine Norma eut-elle aperçu l'ami de Cedric, planté, sage et triste, contre ma barrière, qu'elle entra résolument chez moi pour me faire part des réflexions que lui inspirait cette découverte. Je lui présentai Cedric.

« Navrée de vous interrompre, dit-elle en regardant avec stupéfaction le fameux passepoil de Cedric, dont la couleur brune tranchait sur un manteau vert, d'aspect tyrolien, mais je viens de voir, attachée à votre barrière, Fanny, une vieille jument hors d'âge. Que se passe-t-il et à qui appartient cette bête ?

— Oh ! chère Mrs Cozens, déclara Cedric avec un radieux sourire (*brush !*), ne me dites pas que le premier cheval que j'aie jamais possédé se trouve précisément être une jument !

— Cet animal est bel et bien une jument, répondit Norma. Et si elle vous appartient, je ne vous cacherai pas que vous devriez avoir honte du triste état où elle se trouve.

— Oh ! mais il n'y a pas plus de dix minutes que je l'ai adoptée et je suis convaincu que d'ici quelques mois vous ne la reconnaîtrez plus !

— Prétendez-vous insinuer que vous avez acheté cette monstrueuse créature ? Elle est bonne pour la fourrière !

— La fourrière ? Pourquoi la fourrière ? Ce n'est pas un chien.

— Pour l'abattoir, si vous préférez ; ou pour l'équarrisseur, dit Norma avec impatience. Cette bête doit être supprimée sur-le-champ, liquidée immédiatement. Si vous ne vous y décidez pas, je téléphonerai à la Société protectrice des animaux.

— Oh ! non, je vous en prie, n'en faites rien. Je ne maltraite pas cette malheureuse bête ; je suis très gentil avec elle. L'affreux homme à qui je l'ai achetée était une brute ; il la menait à l'abattoir. J'ai voulu la sauver ; elle avait un pauvre visage si triste ; je n'ai pas pu y résister !

— Et que comptez-vous en faire, mon cher garçon ?

— Eh bien ! je pensais la remettre en liberté.

— En liberté ? Ce n'est pas un oiseau ! On ne peut pas mettre ainsi des chevaux en liberté, du moins pas en Angleterre.

— Je peux parfaitement. Pas à Oxford, sans doute, mais là où j'habite existe *un vieux parc solitaire et glacé* et j'ai l'intention de l'y lâcher, à l'abri des équarrisseurs. Équarrisseur ! Quel hideux mot, Mrs Cozens !

— Les prés de Hampton sont loués », dit Norma.

Pour des précisions de ce genre, on pouvait s'en rapporter les yeux fermés aux Boreley. Cedric, cependant, ne releva pas la remarque et poursuivit :

« Elle descendait la rue, enfermée dans un camion à l'arrière duquel apparaissait sa pauvre tête. Je vis aussitôt qu'elle aspirait à découvrir une âme compatissante qui la sortît de cette affreuse situation. J'arrêtai donc le camion et achetai la bête. Si vous aviez vu à quel point elle en était reconnaissante et soulagée !

— Combien l'avez-vous payée ?

— J'en ai offert quarante livres. C'est tout ce que j'avais sur moi. Et le conducteur, très gentiment, me l'a laissée à ce prix.

— Quarante livres ! s'écria Norma, atterrée. Mais vous auriez pu avoir un bon cheval de chasse pour moins cher que cela !

— Ma chère Mrs Cozens, je n'ai aucune envie d'avoir un cheval de chasse ; c'est même la dernière chose au monde que je désire ; je mourrais de peur. Et, d'ailleurs, songez un peu à l'heure à laquelle il faut se lever pour suivre une chasse ! Je les ai entendus, l'autre jour, qui galopaient dans les bois à six heures et demie du matin. On est *soi-même*, je le crains fort, de ceux que la mort frappe impitoyablement dans le cours de la matinée lorsqu'ils se lèvent avant sept heures. Non ! Non ! c'est cette vieille haridelle clopinante que je voulais. Elle ne sera pas exigeante ; je ne serai pas forcé de la monter tout le temps comme il faut faire avec les chevaux jeunes ; et elle sera toujours là si l'envie me prend d'échanger, à l'occasion, quelques mots avec elle. Mais une question se pose, dont je voulais entretenir Fanny : comment la ramener à la maison ?

— Mais si vous continuez à acheter tous les chevaux qu'on mène à l'abattoir, comment nourrirons-nous nos chiens ? » dit Norma, au comble de l'exaspération.

Elle était apparentée à plusieurs maîtres d'équipage et sa sœur possédait une meute de bigles : on pouvait se fier à sa compétence en ces matières.

« Je n'achèterai pas tous les chevaux du comté, je vous le promets, dit Cedric avec douceur. Celui-ci seulement, pour lequel je me suis pris d'affection. Et maintenant, chère Mrs Cozens, apaisez-vous et dites-moi comment l'emmener à Hampton ; je sais que vous pouvez m'aider si vous le désirez et je n'en reviens pas de ma chance de vous rencontrer ici à l'instant même où j'avais un tel besoin de vos lumières. »

Norma commença de faiblir, comme le font toujours les interlocuteurs de Cedric, même les plus irritables. J'admirai, une fois de plus, l'extraordinaire aisance avec laquelle il réussissait à percer, chez les autres, la carapace des préjugés ; semblable en ceci à Lady Montdore, Cedric n'était vraiment haï que par ceux qui le connaissaient mal ou ne l'avaient jamais rencontré. Mais alors que Lady Montdore trouvait en sa richesse et en « tout ça » de précieux alliés pour désarmer l'hostilité, Cedric s'en remettait à son charme personnel, à son apparence séduisante, à sa profonde et instinctive connaissance de l'âme humaine et singulièrement de la nature féminine.

« Je vous en prie », dit-il, en clignant légèrement les yeux et en fixant Mrs Cozens.

Le truc réussit à merveille. Je vis que Norma réfléchissait.

« Eh bien ! dit-elle enfin, il y a deux solutions. Je puis vous prêter une selle et vous enfourcherez votre bête... Je ne suis pas sûre qu'elle y résiste, mais vous pouvez toujours essayer.

— Non, Mrs Cozens, non ! Je possède, figurez-vous, une certaine culture littéraire — le petit Lord Fauntleroy sur son poney, exquise petite figure, ses boucles blondes soulevées par le vent, etc. Admirable ! Ah ! si mon oncle avait eu l'esprit de me faire revenir du Canada lorsque j'étais plus jeune, j'aurais ressuscité toute cette beauté, n'en doutez pas ! Mais le sinistre vieux Don sur sa Rossinante, non ! Vraiment, j'y renonce.

— De quel sinistre vieux Don[1] voulez-vous parler ? demanda Norma avec intérêt. Mais peu importe : votre bête n'arriverait jamais à Hampton. Il y a près de vingt milles, j'y songe à présent ; et sans doute est-elle déjà à bout de forces. »

1. Jeu de mots intraduisible. En anglais, Don signifie professeur d'Université ou chargé de cours. Cedric songe à Don Quichotte et Norma à quelque collègue de son mari. (N.d.T.)

Elle se dirigea vers la barrière et observa attentivement la jument.

« Ces jarrets ! Vous savez, en toute honnêteté, je crois qu'il serait plus charitable… Oh ! bon, bon. Très bien. Je désespère de vous convaincre que cette pauvre bête serait plus heureuse morte que vivante. Je vais commander un van. Puis-je appeler d'ici Stubly au téléphone et lui demander de venir immédiatement ?

— Non ? Vous feriez cela pour moi ? Oh ! très chère Mrs Cozens, quel ange vous êtes ! Et quel bienheureux miracle de vous avoir rencontrée !

— Couchés ! » cria Norma à ses terriers.

Et elle fila vers la maison.

« Sexuellement insatisfaite, pauvre fille, dit Cedric lorsqu'elle eut disparu.

— Vraiment, Cedric, quelle absurdité ! Elle a quatre enfants.

— Je ne m'en dédis pas. Observez toutes ces rides ! Elle devrait tenter des massages à l'huile ; je le lui suggérerai dès que nous aurons fait meilleure connaissance. Mais je crains que le mal ne soit plus profond. Je suis à peu près certain que le professeur est un homosexuel refoulé ; seul, un pédéraste pouvait épouser Norma.

— Pourquoi ? Elle n'a rien d'un garçon.

— Non, chérie, la question n'est pas là. Mais il existe un certain type de femmes, genre Norma, qui excite particulièrement les hommes qui "en sont", ne me demandez pas pourquoi, c'est comme ça. Au fait, j'y pense : si je m'arrangeais pour la faire venir à Hampton chaque mardi et partager avec Sonia la séance de massage facial ? Hein ? Qu'en pensez-vous ? Il s'établirait entre elles une sorte d'émulation qui serait excellente pour toutes deux, et ce serait pour Sonia un encouragement de constater d'aussi terribles ravages chez une femme tellement plus jeune qu'elle.

— À votre place, dis-je, je renoncerais à ce projet. Norma ne cesse de répéter qu'elle ne peut supporter Lady Montdore.

— La connaît-elle seulement ? Au fond, je crois qu'il faudrait à Mrs Cozens, pour l'épanouir, une tout autre sorte d'exercice, mais nous pourrions quand même lui apprendre à prononcer *brush* ! et à montrer quelque séduction afin d'encourager le cher professeur de Waynflete à mieux remplir ses devoirs ; et, à son défaut — car je crains qu'il ne faille fonder sur lui que peu d'espoir —, quelque joli petit Woodley pourrait venir à la rescousse. Non, ma chérie, pas *soi-même*, ajouta-t-il en réponse à un regard significatif. Son épiderme est vraiment trop antiaphrodisiaque.

— Je croyais que vous étiez résolu à ne jamais la voir, parce qu'elle vous rappelait la Nouvelle-Écosse ?

— Oui, je le pensais tout d'abord. Mais elle est si typiquement anglaise ! Elle me fascine, maintenant ; vous savez quel anglophile éperdu je suis devenu. Chez Norma, l'épiderme est très "Nouvelle-Écosse", mais l'âme contient tout le charme de l'Oxfordshire. Je suis décidé à devenir son meilleur ami. »

Une demi-heure plus tard, assis près du conducteur du van, Cedric quittait Oxford ; quant à Norma, épuisée à la suite des efforts qu'elle avait fournis pour pousser dans le van la jument qui s'y refusait obstinément, elle me déclara :

« Vous savez, il y a du bon dans ce garçon, après tout. Quel dommage qu'il n'ait pas été élevé dans un collège convenable au lieu d'avoir grandi, n'importe comment, dans ces horribles colonies ! »

À ma stupéfaction — et à mon grand et secret déplaisir —, Cedric et Norma devinrent d'excellents amis et, lorsqu'il venait à Oxford, il lui rendait visite aussi souvent qu'à moi-même.

« Mais enfin, de quoi pouvez-vous bien parler ? lui demandai-je, d'un ton dont je ne parvenais pas à cacher l'irritation.

— Oh ! nous avons de délicieuses petites conversations sur une chose et l'autre. J'aime les Anglaises, elles sont si reposantes !

— J'ai moi-même pas mal d'affection pour cette brave Norma, mais je n'arrive pas à comprendre ce que vous lui trouvez de si séduisant.

— Je lui trouve les vertus que vous avez vous-même découvertes en elle », répondit-il négligemment.

À quelque temps de là, Cedric parvint à décider sa chère amie Norma à donner un dîner auquel il se fit fort d'amener Lady Montdore. Lord Montdore ne sortait plus jamais et sombrait sans amertume dans une confortable vieillesse. Depuis que sa femme avait acquis en Cedric un compagnon inséparable, Lord Montdore était non seulement autorisé, mais vivement encouragé, à faire une longue sieste l'après-midi et, lorsqu'il ne dînait pas au lit, montait désormais se coucher en traînant la jambe, sitôt le repas terminé. La présence de Cedric à Hampton lui fut, à tous égards, salutaire. On prit vite l'habitude d'inviter Lady Montdore et Cedric, au lieu de Lord Montdore, et il faut reconnaître que le charme du neveu dépassait infiniment celui de l'oncle ; leurs sorties se multiplièrent d'ailleurs au terme de cette première année, car la panique causée par la crise financière touchait à sa fin, et les réceptions reprirent leur train normal. Lady Montdore aimait trop le monde pour en demeurer longtemps écartée ; quant à Cedric, solidement installé à Hampton, retenu par mille chaînes d'or, on pouvait, à coup sûr, l'exhiber à présent dans le monde sans courir le risque de le perdre.

Malgré l'aversion qu'elle prétendait éprouver pour Lady Montdore, Norma faillit perdre la tête en préparant ce fameux dîner ; elle arrivait en trombe chez moi, aux heures les plus extravagantes, pour discuter la composition du menu ou le choix des invités et finit par me supplier de venir chez elle, dans la matinée du grand jour, l'aider à confectionner un pudding. J'y mis une seule condition : elle achèterait un litre de crème. Elle se débattit comme une anguille furieuse, mais je tins ferme.

« Je pourrais, dit-elle, écrémer soigneusement le lait qui m'est livré chaque jour.

— Non, dis-je. Il me faut de la bonne crème, riche et fraîche. »

J'ajoutai que j'en ferais moi-même l'acquisition et lui en dirais le prix. Elle finit par céder, à contrecœur. Bien qu'elle fût très riche — je le savais de bonne source —, elle ne dépensait jamais pour sa maison, sa table ou ses vêtements, le moindre penny superflu. Seule sa tenue de cheval était impeccable ; quant à ses chevaux, elle n'eût pas hésité à les gaver de crème fraîche si leur gourmandise s'en était trouvée satisfaite.

M'étant donc procuré les ingrédients nécessaires, je me rendis chez Norma et lui fabriquai une crème Chantilly. Le téléphone sonnait désespérément lorsque je revins chez moi. C'était Cedric.

« J'ai jugé convenable de vous en avertir, ma chérie : nous faisons faux bond à Norma, ce soir.

— Cedric, m'écriai-je, vous ne pouvez pas faire une chose pareille ! Ce serait abominable ! Elle a acheté de la crème ! »

Il rit méchamment et répondit :

« Tant mieux pour les affreux rejetons dégingandés qui traînent partout dans la maison ! Ils la mangeront à notre place.

— Mais pourquoi ne venez-vous pas ? Êtes-vous malade ?

— Pas le moins du monde, mon amour, merci. Mais Lord Merlin nous a priés à dîner : il a déniché du *foie gras* au naturel et une fascinante marquesa espagnole avec des cils de cinq centimètres de long — il a pris la peine de les mesurer. Comment résisterait-on *soi-même* à de tels attraits ?

— Il faut que *soi-même* y résiste, répondis-je avec passion. Il est inadmissible que vous fassiez faux bond à la pauvre Norma ; elle s'est donné un mal de chien. Et puis, pensez à nous et à la triste soirée que nous aurions sans vous, misérable garçon !

— Oh ! je m'en doute, pauvres chéries ! Ne sera-ce pas lugubre en mon absence ?

— Cedric, tout ce que je puis vous dire, c'est que vous êtes un affreux rat d'égout.

— Oui, ma chérie, *mea culpa*. Ce n'est pas que j'ai envie de lâcher la pauvre Norma. Non. Mais je sais que je le ferai. Je n'en ai pas l'intention ; j'ai même la ferme intention de ne pas l'abandonner, mais il y a quelque chose à l'intérieur de moi qui m'oblige inéluctablement à le faire. Dès que j'aurai raccroché l'appareil, après vous avoir dit au revoir, je sais que ma main, mue par quelque force mystérieuse, le saisira de nouveau, j'entendrai ma voix demander, contre ma propre volonté, je vous assure, le numéro de Norma, et c'est avec une inexprimable horreur que je percevrai cette même voix lorsqu'elle annoncera la terrible nouvelle à notre pauvre amie. Et cette histoire de crème, qui rend toutes choses bien pires encore ! Mais que faire contre la fatalité ? Si je vous ai téléphoné, Fanny, c'est pour vous dire que je compte sur vous ; pas de trahison, chère, je vous en prie ; n'allez pas exciter Norma contre moi et éveiller sa colère. Si vous voulez bien m'écouter, vous verrez qu'elle prendra parfaitement la chose, avec beaucoup de bonne grâce et de simplicité. Et si vous vous montrez une alliée fidèle, je vous promets de venir demain et de vous faire une description complète de la marquise aux longs cils. »

Chose curieuse, Cedric avait raison et Norma ne se formalisa pas le moins du monde. Il ne tricha pas, d'ailleurs, et lui dit la vérité ; c'est à peine si, pour les besoins de la cause, il ajouta au tableau une note sentimentale en prétendant que la marquise et Lady Montdore s'étaient connues à l'école, dans leur petite enfance. Norma accepta ces excuses d'autant plus volontiers qu'une invitation à dîner chez Lord Merlin était unanimement considérée à Oxford comme le sommet des félicités terrestres et elle prit, pour m'annoncer au téléphone que son propre dîner se trouvait remis au mercredi suivant, le ton d'une maîtresse de maison à qui ce genre de contretemps arrive chaque jour de la semaine. Reprenant ensuite un parler plus conforme aux habitudes oxfordiennes, elle ajouta :

« C'est la crème qui me tracasse ; attendra-t-elle jusqu'à mercredi, surtout avec cette température ? Et pourriez-vous, chère Fanny, revenir mercredi matin et confectionner un nouveau pudding ? Oh ! merci. Je vous paierai ensemble les deux litres de crème, si vous le voulez bien. Les autres invités sont libres et je crois que les fleurs pourront durer jusque-là. À mercredi, Fanny ! »

Mais, ce mercredi-là, Cedric était alité avec une forte fièvre et, le lendemain, une ambulance l'emmenait en hâte à Londres, où on l'opéra d'une péritonite. Il resta plusieurs jours entre la vie et la mort et Norma dut attendre deux grands mois avant de lancer à nouveau ses invitations.

Une date fut enfin choisie et acceptée, et un troisième pudding fabriqué par mes soins. Je suggérai à mon amie d'inviter mon oncle Davey, pour faire pendant à sa sœur, la propriétaire des bigles. Copiant en ceci Lady Montdore, Norma ne parlait plus désormais du corps enseignant qu'avec un bienveillant dédain ; quant aux étudiants, bien qu'elle ne pût tout ignorer de ces êtres étranges à qui nous devions, elle et moi, l'essentiel de nos revenus, elle cessa pour un temps de les considérer comme des créatures humaines et des hôtes possibles.

Il ne me serait pas venu à l'esprit que le mot « touchant », si souvent employé par Lady Montdore, pût jamais servir à la qualifier elle-même. Cependant, lorsque, pour la première fois depuis la maladie de Cedric, je la revis au dîner de Norma, je découvris en elle et dans les attentions dont elle entourait ce neveu convalescent mille aspects véritablement touchants. Touchante, la transformation subie par cette femme massive et redoutable, que je retrouvai, mince comme un fil, dans une petite robe de taffetas rose et de tulle noir, avec un visage de petite fille sous les boucles bleues de ses cheveux piqués de nœuds de rubans et d'un essaim d'abeilles en diamants ; touchante, la manière dont elle prêtait l'oreille, à travers le brouhaha des conversations, aux moindres propos de Cedric et dont elle l'observait à la dérobée, afin de noter s'il s'amusait et paraissait heureux et sans doute aussi pour se convaincre elle-même qu'il était bien là, présent, en chair et en os ; touchant, le regret qu'elle montra à quitter la salle à manger, après le dîner ; touchante, enfin, tandis qu'elle demeurait assise avec nous dans le salon, silencieuse ou parlant à tort et à travers, l'impatience avec laquelle ses yeux, comme ceux d'un épagneul attendant son maître, restaient fixés sur la porte de la salle à manger, avec l'espoir de voir les hommes revenir bientôt auprès de nous. L'amour, en elle, avait poussé une fleur tardive et bien étrange, mais on ne pouvait douter qu'il se fût enfin épanoui et qu'il eût apporté à cette terrible vieille femme une métamorphose inattendue en la rendant sensible aux douceurs et aux tendresses de la vie. De toute la soirée, je ne reconnus la Lady Montdore d'autrefois qu'au sans-gêne délibéré avec lequel elle ne cessa d'empiler, dans le maigre feu que les rigueurs de l'hiver commençant avaient rendu nécessaire, des montagnes de bois et de charbon, de telle sorte qu'à l'instant de nous retirer la température du salon avait atteint une relative tiédeur comme je ne me souviens pas d'en avoir jamais éprouvée dans cette pièce traditionnellement glaciale.

Les hommes, fidèles à la coutume oxfordienne, s'éternisèrent si longuement dans les délices de leur porto que Lady Montdore, dont l'impatience grandissait, suggéra à Norma de les envoyer chercher. La pauvre Norma, à cette idée, montra un effroi tel que Lady Montdore renonça à la presser plus avant et reprit sa tâche de chauffeur bénévole, sans cesser, pour autant, de fixer sur la porte de la salle à manger son œil implorant d'épagneul.

« Il n'y a qu'une manière, dit-elle, de faire un bon feu : c'est d'y mettre du charbon en quantité suffisante. On a coutume d'échafauder mille théories à cet égard, mais la chose est, en elle-même, fort simple. Auriez-vous la bonté de demander un autre seau de charbon, Mrs Cozens ? Merci mille fois. Il faut à tout prix éviter que Cedric ne prenne froid.

— Il a été affreusement malade, n'est-ce pas ? dis-je.

— Ne m'en parle pas. J'ai pensé en mourir. Où en étais-je ? Ah ! oui, le feu. C'est exactement comme le café, vous savez : les gens achètent ces percolateurs compliqués et supplient la Trotteuse de leur envoyer du café du Kenya, etc. Pure sottise, en vérité ! Le café est bon s'il est assez fort, et mauvais s'il est clair. Celui que nous buvons en ce moment eût été parfait si votre cuisinière avait triplé la dose. Mais de quoi peuvent-ils bien s'entretenir dans la salle à manger ? Aucun d'eux pourtant ne fait de politique ! »

La porte s'ouvrit enfin. Davey entra le premier, une expression de profond ennui peinte sur son visage, et vint s'asseoir près du feu. Cedric, le professeur Cozens et Alfred arrivèrent ensemble, poursuivant une conversation qui les intéressait manifestement au plus haut point.

« Juste une étroite frange blanche... » disait Cedric, tandis qu'ils franchissaient tous trois la porte.

Je ne manquai pas d'interroger Alfred, quelques jours plus tard, sur le sens de cette remarque, si caractéristique dans la bouche de Cedric, mais si étrangère aux propos habituellement tenus chez les Cozens. Mon mari me répondit qu'ils avaient eu une passionnante controverse sur les cérémonies funèbres en usage dans le Haut-Yémen.

« Je crains, Fanny, ajouta-t-il, que vous n'ayez pas su discerner les qualités profondes de Cedric Hampton. C'est un jeune homme d'une grande intelligence, qui s'intéresse aux sujets les plus variés. Sans doute se borne-t-il, en votre compagnie, ainsi que vous faites vous-même, à exprimer des remarques futiles, comme : "Avez-vous noté l'expression de son visage quand elle vit qui était là ?" par exemple ; il parle ainsi parce qu'il connaît à la fois l'ennui où vous plongent les idées générales et votre amour des cancans. Mais laissez-moi vous dire qu'avec ceux dont l'horizon est un peu plus large, il sait se montrer très sérieux. »

Le fait est que Cedric avait, à sa disposition, des « franges blanches » pour tous les goûts.

« Eh bien ! Fanny, qu'en pensez-vous ? me demanda-t-il en arrangeant délicatement un pli sur la robe de tulle de Lady Montdore. Nous l'avons commandée par téléphone, pendant notre séjour à Craigside — à quand la télévision, hein ? — et Mainbocher se refusait à croire que Sonia eût minci à ce point. »

Elle était en effet fort maigre.

« Je m'enferme, dit-elle en regardant tendrement Cedric, dans un tonneau plein de vapeur, pendant une heure ou deux, après quoi ce délicieux Mr Wixman, qui a consenti à venir jusqu'à Hampton deux fois par semaine, me masse et me triture de toutes ses forces ; la matinée passe comme un éclair. Cedric, de son côté, veut bien s'occuper de commander les menus, car j'ai quelque peine à fixer mes idées, dans mon tonneau.

— Mais, ma chère Sonia, dit Davey, j'espère que vous avez consulté le docteur Simpson avant d'entreprendre ces exercices ? Je suis terrifié de vous voir dans un tel état, beaucoup trop maigre, je vous assure, juste la peau et les os. Il est dangereux, à notre âge, de jouer ainsi avec les kilos ; on risque de surmener le cœur. »

En disant « notre âge », Davey ne manquait pas de délicatesse, car Lady Montdore avait bien quatorze ans de plus que lui.

« Le docteur Simpson ! s'écria-t-elle ironiquement. Mais il n'est plus du tout à la page ! Tenez, par exemple, il ne m'a jamais recommandé de me tenir sur la tête, les pieds en l'air ; Cedric me dit qu'à

Paris et Berlin tout le monde fait cela depuis des années. Si vous saviez quel bienfait on en éprouve ! C'est un exercice qui me rajeunit mieux chaque jour. Le sang circule dans les glandes, vous comprenez, et les glandes adorent ça !

— Comment savez-vous si elles aiment ça ? » demanda Davey, dont l'irritation devenait extrême.

Il disait toujours pis que pendre de tous les régimes, sauf de celui qu'il suivait précisément, et les considérait comme autant de dangereuses superstitions imposées à des fous naïfs par des charlatans sans scrupules.

« Nous savons si peu de chose de nos glandes, reprit-il. Pourquoi une telle acrobatie leur serait-elle favorable ? La Providence nous a-t-elle construits pour vivre la tête en bas ? Et avez-vous jamais vu des animaux se tenir sur la tête ?

— Le loir, dit Cedric, et la chauve-souris se tiennent couramment la tête en bas pendant des heures. Vous ne pouvez nier le fait, Davey.

— Oui, mais les loirs et les chauves-souris s'en trouvent-ils rajeunis ? J'en doute. Les chauves-souris peut-être, mais les loirs sûrement pas.

— Venez, Cedric, dit Lady Montdore, décontenancée par la remarque de Davey. Il est temps de rentrer. »

Quelques semaines plus tard, Lady Montdore et Cedric s'installèrent à l'hôtel Montdore pour l'hiver et disparurent de mon horizon. La société londonienne, qui ne nourrissait à l'égard des anormaux aucun des préjugés campagnards propres à Oncle Matthew et aux Boreley, fit à Cedric un accueil délirant, dont les échos parvinrent jusqu'à Oxford. Il semblait que, depuis la grande époque des « beaux », Londres n'eût pas connu un aussi sûr arbitre des élégances et un aussi brillant meneur de jeux. Cedric passait ses jours et ses nuits dans le monde et entraînait Lady Montdore dans son sillage.

« N'est-elle pas merveilleuse ? Vous savez, elle a soixante-dix ans — quatre-vingts ans — quatre-vingt-dix ans (son âge progressait par bonds surprenants). Quelle adorable chérie, si jeune, si délicieuse ! J'espère lui ressembler quand j'aurai cent ans ! »

De cette terrifiante vieille idole de soixante ans, Cedric avait fait cette délicieuse petite chérie qui frisait la centaine. Existait-il vraiment un seul miracle que Cedric ne pût accomplir ?

Un jour glacé de la fin du printemps, je me trouvai nez à nez avec Mrs Chaddesley Corbett qui descendait le Turl, accompagnée d'un étudiant au menton plat — son fils sans doute, pensai-je.

« Fanny ! s'écria-t-elle. Mais, au fait, chérie, vous vivez à Oxford, n'est-ce pas ? Cedric me parle sans cesse de vous. Il vous adore, vous savez !

— Oh ! dis-je, ravie, je l'aime beaucoup moi-même.

— Comment ne pas l'aimer ! Si gai, si charmant ! Un amour ! Et Sonia ? Quelle transformation, ne trouvez-vous pas ? Le mariage de sa fille, au fond, a été pour elle une bénédiction du ciel. Avez-vous des nouvelles de Polly ? Quelle idée d'épouser ce Boy, pauvre petite ! Mais je raffole de Cedric, comme tout le monde, d'ailleurs, à Londres. Un vrai petit Lord Fauntleroy. Ils dînent avec moi ce soir. Je leur dirai votre souvenir, n'est-ce pas ? À bientôt, chérie ! Au revoir ! »

Je ne rencontrais Mrs Chaddesley Corbett guère plus d'une fois par an, mais elle m'appelait toujours « chérie » et m'annonçait, chaque fois, sa visite prochaine ; et j'étais assez sotte pour en éprouver, chaque fois, le même plaisir.

En rentrant chez moi, je trouvai Jassy et Victoria assises auprès du feu. Victoria était verte.

« C'est à moi de faire les frais de la conversation, dit Jassy. La pauvre Vic est malade comme un chien dans la nouvelle auto de Pa et vomit dès qu'elle ouvre la bouche.

— Va vomir aux cabinets », dis-je.

Mais Victoria secoua la tête avec véhémence.

« Elle déteste vomir, dit Jassy. Elle aime mieux garder son mal au cœur. Eh bien ! Fanny, nous espérons que tu es contente de nous voir ? »

Je lui répondis que j'étais très, très contente, en effet.

« Et nous espérons, reprit Jassy, que tu as remarqué combien rares sont nos visites depuis quelque temps ?

— Oui, dis-je, je l'ai noté. Trop prises par les chasses, sans doute ?

— Que tu es bête ! On ne chasse pas par un temps pareil !

— Il fait mauvais depuis hier seulement, et je tiens de Norma que vous ne manquez pas un rendez-vous.

— Nous sommes convaincues que tu n'as pas encore réalisé à quel point ton attitude à notre égard, depuis un an ou deux, nous a profondément peinées.

— Allons, allons, mes enfants, dis-je fermement, ne recommencez pas vos éternelles lamentations.

— En tout cas, tu n'as pas été chic, Fanny. Quand tu t'es mariée, nous avons naturellement compté que ta maison s'ouvrirait pour nous initier aux délices du grand monde et que, tôt ou tard, nous rencontrerions dans ton salon les hommes brillants, riches et nobles, destinés à devenir nos époux. "Dès le premier instant où je l'ai vue, j'ai adoré cette petite fille aux longues jambes et au ravissant visage expressif, qui hantait la maison de Mrs Wincham, à Oxford..." Hein ? Et qu'est-il arrivé ? L'un des *partis* les plus riches de l'Europe occidentale devient un *habitué de la maison*, et tu penses peut-être que nous sommes délicatement poussées dans ses bras par notre chère cousine, naturellement soucieuse de notre avenir ? Cette chère cousine va-t-elle remuer ciel et terre pour réussir ce splendide mariage ? Ah, ouiche ! Elle ne songe même pas à nous faire rencontrer le prince charmant ! Une belle gâcheuse !

— Continue, dis-je, agacée.

— Non. Si nous avons jugé bon d'évoquer ces trahisons (à cet instant, Victoria sortit précipitamment sans que Jassy y prît garde), c'est pour te donner une preuve de la magnanimité de notre cœur. Nous avons appris, en effet, une nouvelle sensationnelle et, en dépit de ta conduite si nettement hostile aux *Honorables*, nous allons te la confier. Mais nous voulons que tu apprécies à sa valeur la noblesse de notre geste... compte tenu surtout du physique ensorcelant de ce prince charmant dont tu nous as tenues éloignées, de ses yeux brillants, de ses cheveux bouclés... Ah ! quelle pitié ! Mais il faut que j'attende le retour de Vic ; ce serait trop ingrat de ma part de profiter de son absence. Ah ! nous prendrons volontiers du thé ; elle meurt toujours de faim après ses malaises, pauvre Vic !

— Mrs Heathery sait-elle que vous êtes ici ?

— Oui. Elle a tenu la tête à Vic.

— Comment ? Elle a déjà été malade ?

— Oui. Toujours trois fois. Une fois dans l'auto et deux fois à l'arrivée.

— Si Mrs Heathery est au courant, le thé ne va pas tarder. »

Il apparut en effet, accompagné de Victoria.

« Le cabinet de Fanny ! Une merveille céleste ! Il y a un tapis, Jassy, et il y fait si chaud qu'on y passerait volontiers toute la journée ! Des gâteaux secs, oh ! Fanny !

— Alors, dites-moi maintenant cette grande nouvelle, demandai-je en remplissant deux tasses de lait pour les enfants.

— S'il te plaît, dit Jassy, je préférerais avoir du thé. Depuis si longtemps que tu ne nous as pas vues, nos goûts ont changé. J'aime le thé maintenant ; je commence même à aimer le café. Merci. La grande nouvelle, c'est que Napoléon, ayant quitté l'île d'Elbe, est en route vers Oxford.

— Comment dis-tu ?

— Gourde ! Comment croire que tu reçois dans ta maison l'élite intellectuelle des deux mondes et que tu l'enchantes par tes spirituelles reparties !

— S'agit-il de Polly ? demandai-je, commençant à comprendre.

— Bravo, chère ! Ce n'est pas trop tôt ! Josh, le groom, en sortant les chevaux ce matin, s'est arrêté au *Blood Arms* pour y boire un verre. C'est là qu'il a tout appris. Nous nous sommes précipitées pour t'annoncer la chose, sans nous laisser arrêter par rien. Cet héroïsme ne mérite-t-il pas une récompense ?

— Oh ! ne sois pas assommante, dis-je. Alors, quand arrive-t-elle ?

— D'un jour à l'autre. Les locataires de Silkin sont partis et on nettoie la maison, toutes les choses personnelles de Lady Patricia... Elle attend un enfant.

— Qui ? Polly ?

— Enfin, chérie, qui veux-tu que ce soit ? Pas Lady Patricia, bien sûr. Voilà pourquoi elle revient. Allons ! avoue que nous avons été des choux de venir te prévenir !

— De vrais choux, dis-je.

— Alors, tu nous inviteras à déjeuner ou à dîner un de ces jours ?

— Quand vous voudrez. Et je vous ferai des profiteroles au chocolat avec de la vraie crème.

— Et qui inviteras-tu pour nous faire tomber en extase ?

— Si tu songes à Cedric, mieux vaut y renoncer tout de suite. Il est à Londres. Mais personne ne t'empêche de tomber en extase devant Jock Boreley.

— Oh ! Fanny, tu n'es qu'une brute ! Est-ce que nous pouvons monter voir le cher petit David ? »

VII

Le froid devint très vif, et la neige tomba en abondance. Chaque jour, les journaux relataient d'affreuses histoires : troupeaux dévastés par la tourmente, oiseaux gelés sur les branches où ils s'étaient perchés, arbres fruitiers en fleur brûlés par le froid, et la situation apparaissait dramatique à tous ceux qui, comme Mrs Heathery, ajoutent une foi totale aux nouvelles imprimées, sans se souvenir des leçons du passé. J'essayai de la réconforter en lui annonçant — sans grand risque d'erreur — que les champs retrouveraient bientôt leurs paisibles troupeaux, les arbres leurs oiseaux, et les voitures des marchands ambulants leurs pyramides de fruits appétissants.

Bien que l'avenir ne me causât nulle alarme, je déplorais les désagréments du présent et que l'hiver se prolongeât si avant dans le printemps, en une saison qui eût normalement dû se montrer exquise et assez chaude pour autoriser de longues siestes en plein air. Cependant, jour après jour, le ciel demeurait obscurci d'une épaisse nuée jaunâtre d'où tombaient en tourbillonnant un damier mouvant de flocons silencieux.

J'étais assise, un matin, près de ma fenêtre, laissant paresseusement aller mes pensées au gré de leur fantaisie et me demandant si l'été viendrait jamais ; à travers un rideau de flocons serrés, Christ Church ressemblait à un énorme bonhomme de neige, et je songeais combien il ferait froid, chez Norma, ce soir, sans Lady

Montdore pour bourrer sans cesse la cheminée, et quel ennui pèserait sur nous sans Cedric, et ses « étroites franges blanches ». Comme j'avais été bien inspirée, pensais-je, de vendre la broche de diamants donnée par mon père et de faire installer le chauffage central ! Je me rappelais mes désespoirs, deux ans auparavant, lorsque les ouvriers emplissaient encore la maison, et le regard éploré que j'avais lancé à travers cette même fenêtre, alors si noire de crasse, pour apercevoir soudain Polly, transie dans le vent d'est, en compagnie de son fiancé. Polly ! Désirais-je vraiment la revoir ? Avait-elle encore une place dans ma vie ? J'hésitais, en moi-même, à répondre. J'attendais un second enfant et me sentais trop accablée de lassitude pour souhaiter ardemment quoi que ce fût.

Et, tout d'un coup, l'atmosphère de cette matinée dolente se trouva bouleversée : devant moi, dans mon salon, vêtue d'un manteau rouge et tête nue, Polly, épaissie par sa proche maternité, mais plus belle que jamais, apparut soudain, et, bien entendu, toutes mes hésitations s'envolèrent dans l'instant. L'air vieilli et épuisé, le Satyre suivait sa femme.

Lorsque nous eûmes, Polly et moi, fini de nous étreindre, et de nous embrasser, et de balbutier en riant les phrases classiques : « Que c'est charmant de te revoir ! » et « Pourquoi ne m'as-tu pas écrit ? » mon amie me demanda :

« Puis-je disposer de toi, Fanny ?

— Oh ! bien sûr. Je n'ai rien à faire et je rêvassais en regardant tomber la neige.

— Cette merveilleuse neige ! dit-elle. Et ces nuages ! Quelle douceur après ces cieux éternellement bleus. Mais, dis-moi, Fanny, peux-tu vraiment me consacrer tout ton après-midi ? Boy a des tas de courses à faire et je ne puis, moi-même, demeurer longtemps debout, tu t'en doutes. Si je te gêne ou te dérange le moins du monde, n'hésite pas à me le dire : je me réfugierai dans le salon d'attente d'Elliston — ce cher Elliston ! J'ai failli pleurer de bonheur en passant devant ses vitrines, il y a quelques instants — les sacs, les cretonnes ! Quelle différence avec l'étranger !

— C'est parfait, dis-je, vous déjeunerez donc tous deux ici.

— Boy a un déjeuner d'affaires, coupa vivement Polly. Vous pouvez partir, chéri, si vous le désirez ; Fanny accepte de me garder ; inutile donc de vous tracasser davantage à mon sujet. Venez me prendre quand vous aurez terminé vos courses. »

Boy, qui s'était réchauffé les mains devant la cheminée, se dirigea vers la porte, d'un air lugubre, en ajustant son cache-col.

« Prenez tout votre temps, lui cria Polly en se penchant sur la rampe de l'escalier. Et maintenant, Fanny chérie, je vais soumettre ton amitié à une ultime épreuve et te demander de venir déjeuner avec moi chez Fuller. Oh ! je sais, tu vas t'écrier qu'il fait un temps de chien ; mais nous téléphonerons pour avoir un taxi. Tu ne sauras jamais quelle envie dévorante j'ai eue, en Sicile, d'une sole à l'anglaise, de gâteaux à la noix et d'une journée comme celle-ci ! Fuller ! Te rappelles-tu que nous y allions souvent ensemble lorsque tu surveillais l'aménagement de ta maison ? Je n'arrive pas à croire que c'est la même saison — ou que nous sommes, toi et moi, les mêmes personnes. Et pourtant si ! Tu es toujours la même délicieuse Fanny que j'avais retrouvée à mon retour des Indes. Pourquoi faut-il que moi, qui y tiens si peu, je doive sans cesse m'expatrier ? C'est vraiment trop affreux !

— Je ne suis allée qu'une fois dans le Midi de la France, dis-je. La lumière y est étonnante !

— Oui, terriblement éblouissante. Suppose que tu sois obligée d'y habiter toute ta vie ! Boy et moi avons commencé notre périple par l'Espagne ; et, c'est incroyable mais vrai cependant, c'est un pays où ils sont de deux heures en retard pour tous les repas — deux heures, Fanny ! Nous déjeunerons à midi et demi aujourd'hui, n'est-ce pas ? — de telle sorte que non seulement tu n'as plus faim, mais que tu te sens malade lorsque sonne l'heure du repas. Et cette cuisine à l'huile rance ! J'en ai encore l'odeur dans le nez ! Cette même huile dont ils inondent leurs cheveux… Pour achever de te couper l'appétit, les salles à manger sont décorées de tableaux représentant l'agonie d'un pauvre vieux taureau martyrisé. Ils ne pensent qu'à deux choses, dans ce pays : les taureaux et la Vierge. Oui, l'Espagne a été notre pire étape. Bien entendu, Boy n'est pas du tout de mon avis et semble, au contraire, aimer beaucoup l'étranger ; il parle couramment tous ces langages terriblement affectés — l'italien, chérie ! De quoi mourir ! — mais, pour ma part, je n'aurais pu supporter cela plus longtemps ; je serais morte du mal du pays. Enfin, nous voici de retour !...

— À quoi est dû ce retour précipité ? »

S'ils sont aussi pauvres que le prétend Davey, pensai-je, comment vont-ils s'en tirer ? Silkin, sans doute, n'est pas une grande maison, mais il y faut tout de même trois ou quatre serviteurs.

« Te souviens-tu de ma tante Edna, de Hampton Court ? Elle est morte et m'a laissé sa fortune — oh ! peu de chose, en vérité, mais de quoi nous permettre de vivre décemment à Silkin. D'ailleurs, Boy a un livre en train et il lui faudra consulter fréquemment la London Library et Paddington.

— Paddington ? dis-je, étonnée, pensant à la gare londonienne.

— Oui, dit Polly, le duc de Paddington et ses archives familiales. Enfin, dernier motif : l'enfant que j'attends. Pas question, pauvre petit, de le mettre au monde là-bas : il n'y avait pas une vache à l'horizon. Mais il reste que Boy n'a pas grande envie de s'installer définitivement à Silkin ; je crois qu'il est un peu terrorisé par Mummy — moi aussi d'ailleurs — ou, sinon terrorisé, du moins ennuyé à l'idée des scènes et disputes toujours possibles entre elle et nous. Mais quel ennui pourrait-elle bien nous créer encore ? La mesure est pleine, ne penses-tu pas ?

— Inutile, à mon avis, dis-je, de te tracasser au sujet de Lady Montdore. Ta mère a complètement changé au cours des deux dernières années. »

Je ne pouvais guère en dire davantage, et notamment que Lady Montdore se moquait éperdument de Boy et de Polly et serait sans doute disposée à se montrer très amicale à leur égard. Tout dépendrait de l'attitude de Cedric, qui faisait la pluie et le beau temps.

Lorsque nous fûmes installées à notre table chez Fuller, sous les poutres de chêne teinté, dans un coin de la salle plaisante et propre — « Que c'est donc charmant ! Et ces serveuses blondes. Les garçons de café sont toujours bruns à l'étranger... » — et lorsque nous eûmes commandé nos soles à l'anglaise, Polly me pria de lui parler de Cedric.

« Te rappelles-tu, dit-elle, que Linda et toi, vous vous plongiez dans le *Debrett* pour voir si Cedric pourrait faire votre affaire ?

— Il ne l'aurait sûrement pas faite, dis-je. Sûrement pas !

— Je le crois volontiers, dit Polly.

— Que sais-tu de lui ? »

Je me sentis soudain coupable d'en savoir tant et espérais que Polly ne m'accuserait pas d'avoir rallié le camp de ses ennemis. Pour qui nourrit à l'endroit des sports un amour aussi vif que le mien, il était, en semblable occasion, bien difficile de ne pas se sentir de cœur à la fois avec le lièvre et avec les chiens.

« Boy, reprit Polly, s'est lié d'amitié en Sicile avec un jeune Italien nommé Pincio — dont un grand-père figurera dans son prochain livre — et ce freluquet a connu Cedric à Paris. Il nous en a beaucoup parlé et prétend que Cedric est très joli garçon.

— C'est parfaitement vrai.

— Très joli, Fanny ? Plus joli que moi ?

— Non. Il n'attire pas tous les regards, comme toi.

— Oh ! chérie, tu es si gentille. Je crains bien de ne plus guère les attirer !

— Autant que jamais ! Mais il te ressemble beaucoup. Ton petit duc ne te l'a pas dit ?

— Si. Il prétend que nous sommes comme Viola et Sébastian. Je meurs d'envie de le connaître.

— Lui aussi. Il faut vite arranger une rencontre.

— Oui, après la naissance de mon bébé — je ne suis pas montrable en ce moment. Tu sais quelle horreur les femmes enceintes inspirent à ces petits esthètes. Le pauvre Pincio aurait fait n'importe quoi, les derniers temps, pour éviter de me voir. Mais parle-moi encore de Cedric et de Mummy.

— Je pense qu'il aime vraiment ta mère. Il se conduit comme un esclave envers elle, ne la quitte pas d'une semelle et semble toujours ravi. Je ne connais personne au monde qui réussirait une performance semblable. Une seule explication : l'amour !

— Ça ne m'étonne pas, dit Polly. Moi aussi, j'adorais ma mère avant les drames qui ont précédé mon mariage.

— Ah ! tu vois !

— Quoi ? Que veux-tu dire ?

— Tu m'as juré, un jour, que tu l'avais haïe toute ta vie ; je savais bien que ce n'était pas vrai !

— Le fait est, dit Polly, que si l'on hait quelqu'un on est incapable d'imaginer tout autre sentiment. C'est comme l'amour. Quant à Mummy, si présente, vivante, on l'aime spontanément tant qu'on n'a pas découvert combien elle peut être méchante. Tu te rappelles sa hâte à se débarrasser de moi ? Je suppose que, pour Cedric, elle est moins pressée ?

— Oh ! elle n'est pas pressée du tout ! » dis-je.

Polly me dévisagea de son regard bleu pâle :

« Tu veux dire qu'elle est amoureuse de lui, elle aussi ?

— Amoureuse ? Je n'en sais rien. Mais elle l'adore, en tout cas ; il s'occupe tant d'elle. Elle a repris goût à la vie. De plus, elle a sûrement compris que le mariage n'est pas précisément ce qui convient au pauvre Cedric.

— Pas certain, dit Polly. Mais Boy pense, comme moi, que Mummy n'a absolument aucune idée de ces choses et qu'elle en ignore même l'existence. Il m'a dit qu'elle avait fait, un jour, une épouvantable gaffe en confondant les Sodomites et les Dolomites. Tout Londres en a ri aux larmes. Non. Je parierais qu'elle est amoureuse, tu sais ; j'ai même pensé, naguère, qu'elle avait eu un faible pour Boy ; mais Boy dit que non. Eh bien ! tout cela est très ennuyeux, car je ne dois guère lui manquer et, à moi, elle me manque souvent. Mais, dis-moi, Fanny, comment va mon cher vieux Daddy ?

— Il a beaucoup vieilli, dis-je. Beaucoup. Presque autant que ta mère a rajeuni. Je crois que tu seras également bouleversée par leur apparence à l'un et à l'autre.

— Vraiment ? Rajeunie, dis-tu ? Mais comment ? Cheveux teints ?

— Oui, en bleu. Mais ce qui frappe, surtout, c'est que ta mère est devenue mince et souple, que ses mouvements sont vifs et légers, qu'elle croise les jambes avec désinvolture ou même s'assied par terre, devant le feu, et tout le reste à l'avenant. Un extraordinaire rajeunissement, Polly !

— Bonté divine ! dit Polly. Elle, si raide et si massive !

— C'est l'œuvre de son masseur, Mr Wixman. Il la pétrit, la roule et la triture pendant une heure chaque matin ; après quoi, elle passe une autre heure dans un bain de vapeur ; et c'est toute la journée ainsi... Frictions, bains de lumière, masques faciaux à poser ou enlever, manucure, pédicure, tous les exercices d'assouplissement, sans compter que ta mère s'est fait arranger les dents et épiler les bras et les jambes ! Pour ma part, je crois que j'en serais morte !

— Chirurgie de la face ?

— Oui, mais il y a longtemps déjà. Poches et rides ont disparu de son visage ; les sourcils ont été épilés aussi. Elle a maintenant un visage absolument net.

— Ces choses, ici, peuvent paraître bizarres, dit Polly. Mais il existe, à l'étranger, des centaines et des centaines de femmes qui en font autant. Sans doute se tient-elle sur la tête et prend-elle des bains de soleil ? Oui ? J'en étais sûre ; toutes le font. Eh bien ! pauvre Mummy, elle doit avoir une drôle de touche ! Qu'il y ait un drame ou non, je veux la voir le plus tôt possible. Fanny, quand pourrions-nous arranger cela ?

— Pas en ce moment. Ils sont à Londres et débordés par les préparatifs du bal qu'ils donnent à l'hôtel Montdore. Cedric, qui est venu me voir l'autre jour, ne pouvait parler de rien autre. Je sais qu'ils ne reviendront à Hampton qu'après le bal.

— Quel genre de bal ?

— Vénitien. La salle de bal transformée en Grand Canal, avec un mètre d'eau et gondoles grandeur naturelle ; *O sole mio* joué par cent guitares ; valets de pied en masque et cape ; pas de grandes lumières, mais un scintillement de lanternes vénitiennes et, pendant l'arrivée des invités, l'éclat d'un projecteur sur la gondole d'où ta mère et Cedric accueilleront leurs amis. Nous voilà bien loin de tes bals d'autrefois ! Et j'oubliais : Cedric s'est refusé à inviter aucune Altesse Royale ; il prétend qu'elles fichent tout par terre, à Londres ; c'est tout différent, dit-il, à Paris, où elles savent se tenir à leur place.

— Seigneur ! dit Polly, comme les temps ont changé ! Pas même la vieille Super-Ma'am ?

— Non. Et pas même la nouvelle Infante de ta mère. Cedric a été impitoyable.

— Fanny, il faut que tu assistes à ce bal ! Tu iras, n'est-ce pas ?

— Oh ! chérie, je ne pourrais pas ! Lorsque j'attends un enfant, je tombe de sommeil après le dîner. Non. Je renonce à me traîner là-bas. Mais nous saurons tout par Cedric.

— Quand cela se passe-t-il ?

— Dans un mois d'ici. Le seize, je crois.

— Par exemple ! Le jour même où la naissance est prévue ! C'est parfait. Et, quand tout sera terminé, nous organiserons une rencontre. Promis ?

— Oh ! ne te tracasse pas. Cedric se chargera bien de forcer toutes les portes, sans que nous ayons à l'y inviter. Il meurt d'envie de te connaître. Tu es sa Rebecca. »

Boy reparut à l'instant où nous finissions notre thé ; il semblait transi et très fatigué, mais Polly déclara qu'il était inutile de commander du thé frais et que le temps leur manquait. Boy but en hâte une tasse de thé tiède et Polly donna le signal du départ.

« Je parie que vous avez perdu la clé de la voiture, comme d'habitude, lui dit-elle méchamment en descendant l'escalier.

— Non, non. La voici, fixée à mon trousseau.

— Un vrai miracle ! dit Polly. Allons, au revoir, Fanny chérie. Je te téléphonerai et nous reprendrons nos vieilles habitudes. »

Quelques heures plus tard, lorsque Alfred rentra à la maison, je lui dis :

« Polly sort d'ici, figurez-vous ! Elle a passé tout l'après-midi avec moi et, oh ! Alfred, je crois qu'elle n'est plus amoureuse du tout !

— Vous arrive-t-il jamais de penser à quoi que ce soit, sinon aux aventures amoureuses des autres ? » répondit mon mari d'un ton exaspéré.

Quant à Norma, je savais qu'elle ne s'intéressait pas davantage à cette passionnante histoire ; c'est Davey ou Cedric qu'il me fallait pour en discuter à l'aise.

VIII

POLLY s'installa donc à Silkin. La maison était encore pleine du souvenir de Lady Patricia, qui y avait vécu de longues années, alors que Boy, dans le même temps, voltigeait sans cesse entre Londres et Hampton quand il ne faisait pas de brèves fugues sur le Continent. L'arrangement intérieur dénotait un manque de goût d'un style très féminin, c'est-à-dire accompagné d'une absence totale de confort. La maison, qui rappelait celle de Norma, avait cependant l'avantage d'être authentiquement ancienne et de se trouver au centre d'un joli site campagnard ; elle contenait quelques beaux meubles, et les tapisseries de Boy remplaçaient agréablement les cretonnes si chères à Norma. Les deux installations offraient pourtant bien des points communs : à Silkin, comme à Banbury Road, l'étage des chambres était recouvert de linoléum et, bien que les Dougdale fussent demeurés sans enfants, chaque salle de bains ressemblait à une salle de bains de nursery, avec sa forte odeur de savon bon marché.

Polly ne fit aucun effort pour transformer quoi que ce fût. Elle se laissa tomber dans le lit de Lady Patricia, dans la grande chambre de Lady Patricia, dont les fenêtres ouvraient sur la sépulture de Lady Patricia. « Épouse bien-aimée de Harvey Dougdale », lisait-on sur la pierre tombale, érigée quelques semaines après que le pauvre Harvey Dougdale se fut uni à une seconde épouse bien-aimée.

Je crois que, dans l'esprit de Polly, il n'existait au monde qu'une seule véritable maison : Hampton, et qu'elle n'attachait d'intérêt à aucune autre. Si Polly, en tout cas, se passionnait pour quelque chose ici-bas — mais comment percer un tel mystère ? — ce n'était certes pas pour son foyer. Elle n'avait aucune des qualités de la *femme d'intérieur*, comme disent les Français, et l'organisation de sa maisonnée était à ce point livrée au hasard qu'elle tournait souvent au chaos complet. Et ce n'était pas Boy non plus — hélas ! — qui occupait sa vie. Elle avait perdu toute illusion sur son mari et se conduisait à son égard avec cette même froideur distante qui avait toujours caractérisé son attitude envers sa mère ; mais, alors qu'elle éprouvait quelque effroi devant Lady Montdore, elle inspirait elle-même à Boy une sorte de terreur.

Celui-ci travaillait assidûment à son nouveau livre. Le titre choisi était : *Trois Ducs* ; ces trois gentlemen représentaient, aux yeux de Boy, les types accomplis de l'aristocratie du XIXe dans leurs pays respectifs. Les ducs choisis étaient Paddington, Souppes et Pincio, tous trois conteurs, coureurs et gourmets éminents, membres du Jockey parisien, grands joueurs et sportifs émérites. Boy en possédait une photographie, destinée à paraître en frontispice, et prise lors d'une chasse à Lancut. Ils étaient ensemble, debout devant un « tableau » impressionnant et, avec leurs ventres rebondis, leurs barbes, leurs chapeaux de chasse à petits bords et leurs guêtres blanches, ils ressemblaient exactement à trois répliques d'Édouard VII, en rang d'oignons.

Polly me raconta que son mari avait mis la dernière main au portrait de Pincio pendant leur séjour en Sicile, grâce à l'amabilité du duc actuel, qui s'était fait un plaisir de lui fournir tous les documents utiles ; c'était maintenant au tour de Paddington : Boy se rendait chaque matin, son cahier de notes sous le bras, à Paddington Park, où le bibliothécaire du duc lui prêtait son gracieux concours. Ce second portrait terminé, Boy projetait d'aller en France pour y visiter, en quête de documents, les descendants de son troisième héros. Ses intentions, lorsqu'il les exprimait, ne soulevaient jamais la moindre objection chez ceux dont il prétendait dépeindre les ancêtres. Il avait le talent de rendre ses héros charmants et de leur attribuer des vices délicieux. Il ne lui serait d'ailleurs jamais venu à l'esprit de choisir pour ses portraits un personnage dont la famille ne remontât pas à quelques siècles avant la Conquête ou qui, s'il s'agissait d'un étranger, ne pût produire, parmi ses aïeux, au moins un empereur de Byzance, un pape ou un Bourbon antérieur à Louis XV. Dès lors, du fait même que Boy choisissait d'en étudier quelque membre, une famille se voyait conférer une sorte de garantie de haut lignage et d'authenticité.

Le fameux bal de l'hôtel Montdore eut lieu, et le bébé de Polly se faisait toujours attendre. Tante Sadie avait coutume de dire que les gens, afin de s'aider eux-mêmes à prendre patience, trichent inconsciemment sur les dates prévues pour les naissances ; mais le résultat d'un tel expédient, lorsqu'on y a recours, est de rendre intolérablement longues les dernières semaines qui précèdent l'accouchement. Polly comptait beaucoup sur moi pour lui tenir compagnie et envoyait, presque chaque jour, une voiture qui me conduisait à Silkin, où je passais une heure ou deux. Le temps s'était enfin mis au beau ; nous faisions ensemble de courtes promenades, ou même, roulées dans de chaudes couvertures, demeurions assises dans un coin du jardin, protégé de la brise.

« Cette chaleur soudaine après l'hiver, dit Polly, tu ne trouves pas cela merveilleux ? Les chèvres et les poules ont l'air si heureux ! »

Mon amie ne donnait pas l'impression d'attacher grand intérêt à la naissance prochaine de son enfant. Elle me dit cependant un jour :

« N'est-ce pas drôle d'acheter de la poudre de talc et un tas d'autres choses, et d'engager une infirmière assommante, tout cela pour quelqu'un qui n'existe même pas ?

— Oh ! dis-je, je pense exactement comme toi, et pourtant, dès qu'ils sont là, ils deviennent une partie si essentielle de notre vie qu'on ne peut même plus imaginer qu'ils en aient jamais été absents.

— Peut-être bien. Je voudrais tout de même qu'il se dépêche. À propos, et ce bal ? En as-tu entendu parler ? Oh ! tu aurais vraiment dû y aller, Fanny !

— Je n'aurais pas pu. Le gouverneur de Wadham et Norma y sont allés — pas ensemble, bien entendu, mais ils sont les seuls à m'en avoir parlé. Le bal a dû être splendide ; Cedric a changé cinq fois de costume, apparaissant d'abord en collants couverts de pétales de rose, avec une perruque rose, puis avec une perruque noire et des diamants véritables sur son masque. Ta mère, afin de pouvoir montrer ses jambes nouveau modèle, était en jeune Vénitienne ; ils étaient debout, tous deux, dans une gondole et comblaient les invités de cadeaux merveilleux — Norma a reçu une tabatière d'argent — et la fête a duré jusqu'à sept heures du matin. Ah ! que les gens savent mal décrire les bals !

— Ne te tracasse pas. Le *Tatler* nous renseignera.

— Oui, il paraît que les éclairs de magnésium n'ont pas cessé de toute la nuit. Cedric nous apportera sûrement les photos. »

À cet instant, Boy, qui flânait dans le jardin, nous rejoignit.

« Eh bien ! Fanny, dit-il, quelles nouvelles du bal ?

— Oh ! coupa Polly, nous venons d'en parler et ne comptons pas recommencer. Où en est votre travail ?

— Je pourrais apporter mon ouvrage ici, si vous voulez ?

— Vous savez que je ne considère pas votre stupide tapisserie comme un travail véritable. »

Boy parut profondément peiné et s'en alla.

« Polly, tu es affreuse avec lui, dis-je.

— Oui, mais c'est pour son bien. Il prétend qu'il ne parvient plus à rassembler ses idées tant que ce bébé ne sera pas né ; alors il erre, comme une âme en peine, en énervant tout le monde, au lieu d'achever le portrait de Paddington. Il n'a pas de temps à perdre, tu sais, s'il veut que le livre sorte pour Noël ; le portrait de Souppes n'est même pas commencé. Fanny, as-tu jamais rencontré Geoffrey Paddington ?

— Oui, je le connais, dis-je. Oncle Matthew l'avait invité à une *party* à Alconleigh. Vieux.

— Pas vieux le moins du monde, dit Polly, et simplement exquis. Tu n'imagines pas combien il peut être charmant. Il est d'abord venu voir Boy, au sujet du livre ; mais maintenant il vient très souvent bavarder avec moi. Terriblement gentil de sa part, non ?

Mummy est son ennemi numéro un, et c'est pourquoi je ne l'avais jamais vu avant mon mariage ; je me rappelle que Mummy faisait des efforts désespérés pour l'attirer à Hampton et qu'il refusait énergiquement d'y venir. Peut-être le trouveras-tu ici, à l'une de tes prochaines visites ; j'aimerais te le faire mieux connaître. »

Je le rencontrai effectivement plus d'une fois par la suite ; son affreuse petite Morris, garée à la grille de Silkin, me renseignait sur sa présence. Paddington était pauvre, car son aïeul, le célèbre duc, avait laissé beaucoup de gloire, mais peu d'argent, et son père, le vieux gentilhomme en guêtres courtes, avait généreusement dispersé ce modeste héritage pour les beaux yeux de la Païva et autres ladies du même genre. Je le trouvais gentil et très ennuyeux et m'aperçus bien vite qu'il était amoureux de Polly.

« Est-ce qu'il n'est pas terriblement charmant, dit Polly, de venir si souvent lorsque je suis dans un état pareil !

— Ton visage n'a pas changé.

— J'ai hâte qu'il me voie au naturel, si j'ose dire... et si je retrouve jamais ma silhouette habituelle. Je commence à croire que ce bébé ne naîtra jamais. »

Il naquit cependant le soir même, jeta — à en croire les Radlett — un regard sur son père et en mourut aussitôt.

Polly fut très malade et l'infirmière interdit sa porte à tous les visiteurs pendant une dizaine de jours. Dès que j'appris qu'elle se trouvait mieux, j'allai la voir. Je rencontrai Boy dans le hall ; il paraissait plus lugubre encore que d'habitude, pauvre Boy, condamné à vivre désormais en compagnie d'une femme qui le détestait manifestement, sans même la consolation d'un enfant pour l'aider à supporter son malheur.

Polly était étendue au milieu d'un véritable buisson de fleurs et l'infirmière semblait très affairée. Seul manquait au tableau un petit monstre rouge et hurlant, dans son moïse ; et cette absence, je la ressentis, pour ma part, comme si elle eût été celle d'une personne chère et bien connue.

« Oh ! pauvre chérie... » commençai-je.

Mais Polly avait hérité une grande part du talent de Lady Montdore pour effacer de son esprit les événements désagréables, et je notai aussitôt que tout témoignage de sympathie serait jugé par elle à la fois assommant et déplacé ; au lieu de m'apitoyer, je m'exclamai, comme eussent fait les Radlett, sur la beauté de deux grands camélias en fleur, qui étaient disposés de chaque côté de son lit.

« C'est Geof Paddington qui me les a envoyés, dit-elle. Reconnais qu'il est un amour, Fanny. Mademoiselle (elle désigna son infirmière) a toujours soigné la sœur de Geof quand celle-ci a eu ses enfants. »

Mais chez qui Mademoiselle n'avait-elle pas été ? Et à quelles étonnantes conversations Boy et elle ne se livrèrent-ils pas, pendant les deux ou trois nuits qui suivirent la naissance, lorsque Polly était fiévreuse et qu'ils demeuraient tous deux dans la pièce voisine, prêts à répondre au moindre appel ?

Mademoiselle entrait sans cesse dans la chambre de Polly pendant ma visite, apportant un plateau, emportant une carafe vide, rapportant quelques fleurs : autant d'occasions de se mêler à notre bavardage et d'y ajouter une touche personnelle. Elle avait deviné mon état du premier coup d'œil et compris que j'étais un trop petit poisson pour son filet, mais elle se montra d'une affabilité sans bornes et voulut bien souhaiter que je vinsse chaque jour tenir compagnie à Lady Polly.

« Avez-vous, me demanda-t-elle, rencontré à Oxford Jeremy Chaddesley Corbett ? C'est un de mes bébés favoris. »

Quelques instants plus tard, elle entra de nouveau dans la chambre, les mains vides cette fois, mais le visage rose et la mine stupéfaite, pour nous annoncer que Lady Montdore se trouvait au rez-de-chaussée et demandait à voir sa fille. Les nerfs d'acier de Mademoiselle, qui nous eût ficelées toutes deux, d'un cœur léger, dans nos linceuls, étaient incontestablement ébranlés par la soudaine arrivée de Lady Montdore. Polly, elle aussi, perdit un instant son calme :

« Oh ! balbutia-t-elle, et Mr..., je veux dire mon m..., je veux dire Boy, est-il là ?

— Oui, il est auprès de Lady Montdore. Il m'a priée de vous demander si vous désiriez la voir ; si vous n'en avez pas envie, Lady Polly, je puis très bien expliquer qu'il ne vous faut plus de visite aujourd'hui. Et, vraiment, pour le premier jour, c'est assez de fatigue.

— Je m'en vais, dis-je, en me levant.

— Non, non, non, Fanny, ne pars pas, chérie. Je ne sais pas encore si je vais la recevoir, mais je suis sûre, en tout cas, que je ne veux pas rester seule avec elle. Assieds-toi, je t'en prie. »

Du jardin, en contrebas, un bruit de voix nous parvint.

« Va voir à la fenêtre, dit Polly. Ce sont eux ?

— Oui, dis-je, et Cedric est là aussi. Ils se promènent tous trois dans le jardin.

— Oh ! il faut que je voie Cedric ! Mademoiselle, soyez un ange et allez les prier de monter tout de suite.

— Oh ! non, Lady Polly. Et ne vous agitez pas ainsi, je vous en supplie, vous savez qu'il faut éviter toute émotion. Il ne saurait être question pour vous de recevoir aujourd'hui un étranger ; vos parents ou vos intimes, a dit le docteur Simpson, et un seul à la fois. Si vous désirez voir votre mère quelques instants, j'irai la chercher ; mais personne autre et sûrement pas un jeune homme inconnu.

— Mieux vaut que je voie Mummy, me dit Polly, sinon cette stupide vieille hostilité s'éternisera entre nous. D'ailleurs, je meurs d'envie de voir ses cheveux et ses jambes. Mais, ma chère, celui que j'ai vraiment envie de connaître, c'est Cedric.

— Lady Montdore paraît être d'une humeur charmante, dis-je, sans quitter mon poste d'observation près de la fenêtre, elle rit et bavarde avec entrain. Et d'un chic : ensemble bleu marine et canotier. Boy est admirable ; on aurait pu s'attendre à le voir tomber à la renverse en retrouvant ta mère à ce point transformée ! Mais non ! Il fait semblant de ne s'apercevoir de rien et regarde Cedric sans arrêt. Ils ont l'air de s'entendre à merveille, ces deux-là ! »

Très malin de la part de Boy, pensai-je en mon for intérieur. S'il met Cedric dans son jeu, Lady Montdore aura tôt fait de lui pardonner et de lui rendre son amitié ; et alors, pourquoi Lord Montdore n'apporterait-il pas quelque modification à son rigoureux testament ?

« Un canotier ! dit Polly. Je veux voir cela tout de suite ! Allons, finissons-en ! Très bien, Mademoiselle, priez-la de monter. Attendez ! Donnez-moi un peigne et un miroir ! Fanny, que font-ils ? Continue à me dire ce que tu vois.

— Eh bien ! Cedric et Boy continuent à jacasser comme deux pies ! J'ai idée que Boy admire le costume de Cedric, une sorte de gros tweed bleu, très joli, avec un passepoil écarlate. Lady Montdore est aux anges et jette des regards inquisiteurs de tous côtés. Tu sais ce que je veux dire.

— Comme si je la voyais », dit Polly en se brossant les cheveux.

Je n'osai pas ajouter que, en cet instant précis, Lady Montdore observait, par-dessus le mur du cimetière, la tombe de sa belle-sœur. Boy et Cedric l'avaient abandonnée à sa contemplation et se dirigeaient, en riant et gesticulant, vers les grilles de fer forgé qui mènent au jardin potager.

« Continue, dit Polly. Quoi d'autre ?

— Voilà Mademoiselle... Elle s'élance vers ta mère qui lui adresse un sourire radieux ; elles rayonnent toutes les deux, d'ailleurs... Bonté du Ciel, quels sourires ! Mademoiselle a l'air simplement en extase ! Les voici qui viennent. Ta mère semble enchantée. Oh ! Polly, je crois lire sur son visage combien, dans le fond de son cœur, elle a souffert de ton absence et combien tu lui as manqué !

— Quelle sottise ! dit Polly, manifestement ravie.

— Chérie, lui dis-je, je suis en trop, je le sens. Je vais filer.

— Oh ! non, non ! À aucun prix, Fanny. Je serais démontée sans toi. Non, reste, je t'en prie. Sourire ou pas sourire, rayonnante ou pas, elle me terrifie, et je ne veux pas demeurer seule avec elle. »

Peut-être était-il venu à l'esprit de Polly, comme je venais d'y songer moi-même, que le radieux sourire de Lady Montdore risquait de pâlir lorsqu'elle verrait sa fille dans la chambre de Lady Patricia, dans le lit même où celle-ci avait rendu le dernier soupir et sans doute sa rancœur contre Polly retrouverait-elle soudain toute sa virulence. Cette installation hâtive à Silkin m'avait moi-même choquée. Mais il était vain de redouter, chez Lady Montdore, un excès de sensibilité ; la grande flamme de bonheur, allumée dans son cœur par Cedric, avait depuis longtemps réduit en cendres toutes les émotions qui ne se rapportaient pas exclusivement à lui. Aux yeux de Lady Montdore, Cedric était le seul être humain qui existât réellement.

En effet, le radieux sourire ne disparut pas le moins du monde et ce fut d'une femme éclatant de bonne humeur et de félicité que Polly et moi reçûmes un baiser de paix. Lady Montdore jeta ensuite sur la chambre un coup d'œil circulaire et déclara :

« Tu as déplacé la coiffeuse ; c'est une excellente idée, la lumière pénètre mieux. Ravissantes fleurs, ma chérie. Et ces camélias ! Puis-je en prendre un pour la boutonnière de Cedric ? Un cadeau de Paddington, dis-tu ? Pauvre Geoffrey, je crains qu'il n'ait la folie des grandeurs. Je ne suis pas retournée à Paddington Park depuis la mort de son père. Quel homme charmant, celui-là ! Tellement différent de Geoffrey ; un grand ami, en vérité ; le roi Édouard l'adorait et, bien entendu, Lelia Paddington était absolument exquise ; les gens montaient sur leurs chaises pour la voir passer... Ainsi, ton pauvre bébé est mort... Peut-être est-ce mieux ainsi, après tout. Les enfants sont une telle ruine par les temps qui courent... »

Mademoiselle, qui entrait dans la chambre à l'instant où ces mots étaient prononcés, porta vivement la main à son cœur et manqua s'évanouir. Du moins allait-elle pouvoir raconter à ses prochaines patientes comment, pour la première fois dans sa carrière, elle avait entendu de telles horreurs de la bouche même d'une mère parlant à sa fille unique. Mais Polly, bouche bée, regardait sa mère sans laisser échapper le moindre détail de sa métamorphose et n'était pas troublée le moins du monde. Pour qui avait été élevée par Lady Montdore, cette légèreté de langage correspondait trop à sa nature profonde pour rendre un son choquant ou même étrange ; j'en suis encore à me demander si Polly éprouvait elle-même quelque chagrin de la mort de son enfant ; elle me faisait songer à une vache dont le veau a été subtilisé, quelques instants après sa naissance, et qui ignore vraiment la perte qu'elle a subie.

« Quel dommage que tu n'aies pas pu venir à mon bal, Fanny, poursuivit Lady Montdore, même une demi-heure, pour le coup d'œil. C'était vraiment magnifique. Une quantité d'amis de Cedric avaient fait le voyage de Paris, tout exprès ; ils portaient des costumes surprenants, et je dois reconnaître, malgré mon peu de sympathie pour les Français, que ceux-là se conduisirent fort civilement et parurent enchantés de ce qu'on faisait pour eux. Ils ont été unanimes à déclarer qu'aucune "party" de cette classe n'avait eu lieu depuis Robert de Montesquiou, et je le crois volontiers — un bal de quatre mille livres, vous savez ; à elle seule, l'eau pour les gondoles a coûté les yeux de la tête. Du moins avons-nous montré à ces étrangers que l'Angleterre est toujours là. Excellente propagande ! Je portais tous mes diamants et avais donné à Cedric un diamant, en forme d'étoile, qui tournait sur lui-même grâce à un mécanisme d'horlogerie ; il l'avait fixé à son épaule et l'effet en était extraordinaire. Quelle soirée ! Je voudrais que tu puisses lire les lettres qui nous sont adressées ; tellement touchantes ! Les gens ont si peu de distractions depuis un an ou deux ; leur reconnaissance en est d'autant plus vive. La prochaine fois, je t'apporterai les photographies ; elles donnent une merveilleuse idée de l'ensemble.

— Quelle robe aviez-vous, Mummy ?

— Longhi, répondit évasivement Lady Montdore. Veronica Chaddesley Corbett était parfaite en prostituée (on les appelait d'un autre nom au siècle dernier) et Davey étonnant en Peste noire ; l'as-tu revu depuis, Fanny ? Tout le monde s'était donné beaucoup de mal, vous savez ! Quel dommage, vraiment, que vous, les filles, n'ayez pu venir ! »

Il y eut un silence. Lady Montdore parcourut la pièce du regard et dit en soupirant :

« Pauvre Patricia... Enfin, n'en parlons plus ; tout cela est passé, maintenant... Boy nous a parlé de son livre — une excellente idée ! — et Cedric est très intéressé, car le jeune Souppes, le fils du prince des Ressources, que nous avons rencontré à Trouville, est un de ses amis. Chèvres-Fontaine, où Cedric habitait chaque été, appartient à son cousin germain. Étrange coïncidence, n'est-ce pas ? Bien entendu, Cedric peut fournir à Boy des tas d'informations inédites et ils projettent de se rendre à Paris pour achever les recherches ; en fait, nous pourrions y aller tous ensemble ; ne serait-ce pas adorable ?

— Pas moi, en tout cas, dit Polly. Je renonce à l'étranger pour toujours. »

À cet instant, Boy entra dans la chambre que, pour ma part, je quittai discrètement sans me laisser émouvoir par un regard furieux de Polly. Je descendis au jardin où je trouvai Cedric. Il était assis sur le mur du cimetière ; le soleil pâle jouait dans ses cheveux dorés, dont les bouclettes trahissaient encore le soin extrême qu'il avait, en l'honneur du bal, pris de sa coiffure. D'un air terriblement concentré, il effeuillait une marguerite :

« Il m'aime, il ne m'aime pas, il m'aime, il ne m'aime pas — ne m'interrompez pas, mon ange —, il m'aime, il ne m'aime pas, oh ! joie, joie, joie ! Il m'aime ! Je puis bien vous confier, ma chérie, qu'aujourd'hui s'amorce le deuxième grand tournant de ma vie... »

Une lueur sinistre fut brusquement projetée sur l'avenir.

« Oh ! Cedric, dis-je, pas de folie ! »

Mes alarmes se révélèrent bien vaines, cependant, et Cedric mena le jeu en maître. Dès que Polly eut retrouvé santé et beauté, il enfourna Lady Montdore et Boy dans la grosse Daimler et partit avec eux pour Paris. Champ libre fut laissé à la petite Morris, qui vint se garer chaque jour — ou peu s'en faut — devant les grilles de Silkin. Polly finit d'ailleurs par y monter et fut emmenée à Paddington Park, où elle s'installa.

La grosse Daimler fit alors sa réapparition à Hampton.

« Nous voici de retour, ma chérie, déclara Cedric, tous enchantés de notre sort et prêts à en tirer un merveilleux parti ! On est, *soi-même,* comblé d'aise à cette idée.

— Je le prévoyais, dis-je. Les Boreley en sont malades. »

Collection
Culte fictions

dirigée par
Jean-Claude Zylberstein

Philip José Farmer
La jungle nue

Volume IX
des Mémoires de
Lord Grandrith

Traduit de l'anglais
par François Lasquin

Postface de
Theodore Sturgeon

LE TITRE ORIGINAL américain, *A Feast Unknown*, résume bien, comme le titre français, le propos de Philip José Farmer. En effet, ce roman, dont la première publication intervint au moment même des mouvements de 1968, raconte la vraie vie de Tarzan et de Doc Savage, tout en répondant à la question : les héros ont-ils un sexe ? Et il y répond gaillardement.

Comme l'a écrit Theodore Sturgeon : « *La Jungle nue* est un livre exubérant, paillard, lubrique, choquant, palpitant et hilarant. Si vous voulez vous amuser, vous ne serez pas déçu. Farmer ne déçoit jamais. »

On trouvera donc deux niveaux de lecture dans cette fable aventureuse et héroïque qui met à bas les tabous de l'Amérique bien pensante.

Michael Herr
Walter Winchell

Traduit de l'anglais
par Élisabeth Peellaert

DANS UNE FORMIDABLE parodie des grandes biographies hollywoodiennes, Michael Herr retrace la vie de ce personnage légendaire que fut Walter Winchell.

Vaudevilliste raté, il va devenir dans les années trente le plus puissant échotier des États-Unis, écumant les boîtes de nuit et les théâtres à la recherche d'informations, abreuvant ses lecteurs de potins mondains, de ragots et de rumeurs, capable de briser d'un trait de plume carrières et ménages.

D'une forme extraordinairement inventive, à mi-chemin entre le roman et le scénario, Walter Winchell se lit comme de la prose mais s'impose comme un film.

Langston Hughes
L'ingénu de Harlem

Traduit de l'anglais
par F.-J. Roy

CE ROMAN se présente sous la forme de conversations entre deux Noirs américains (l'auteur lui-même et son héros Jesse Simple, un ouvrier venu à Harlem pour fuir le Sud raciste), qui se rencontrent tard le soir dans un pub de Harlem autour d'un ou plusieurs verres de bière pour aborder les sujets les plus divers. Tout d'abord la vie privée de Simple, ses amours...

Mais ce sont aussi et surtout la ségrégation, la bombe atomique, le chômage, la jalousie, l'arrivisme et le jazz que l'on trouve au cœur de cet ouvrage haut en couleur qui dessine la fresque de tout le petit peuple de Harlem et, au-delà, de toute la vie sociale des États-Unis. Cette succession de vignettes teintées tout à la fois d'humour tendre et de tragédie a acquis un statut de classique.

Nancy Mitford
La poursuite de l'amour

Traduit de l'anglais
par Daria Olivier

Préface
par Marcel Schneider

DEUX JEUNES femmes à la poursuite de l'amour constituent le sujet de ce roman. Elles sont cousines germaines et s'aiment tendrement.

Autant Fanny se montre prudente et raisonnable dans cette quête, autant Linda, romanesque et sans frein, risque son va-tout chaque fois qu'elle s'éprend d'un homme. Après deux mariages décevants, elle croit trouver l'oiseau rare dans la personne d'un Français. L'épilogue sera tragique ; cet amant sans pareil, héros de la Résistance, est capturé par les Allemands et fusillé. La morale de cette histoire, c'est Lord Merlin, esthète et sosie d'Horace Walpole, qui s'en charge. Il déclare qu'on se trompe toujours dans la jeunesse : « L'amour, c'est pour les grandes personnes. »

Chronique brillante, spirituelle et gaie, émouvante aussi, de l'aristocratie anglaise de l'immédiat avant-guerre. La *Poursuite de l'amour* forme, avec *L'Amour dans un climat froid* un diptyque qui valut à son auteur, non seulement la faveur d'un large public, mais aussi l'admiration profonde d'un Evelyn Waugh comme d'un Henry Green.

On retrouve dans cette inoubliable fresque des Radlett et des Montdore, les excentriques, les belles, les châteaux et la campagne, tout ce qui fait le charme, pas toujours discret mais éternel, de la verte Albion.

Edith Warthon

Les beaux mariages

Traduit de l'anglais par Suzanne Mayoux

Introduction de Marylin French

Ondine Spragg s'ouvre les portes de l'aristocratie new-yorkaise grâce à son mariage avec Ralph Marvell. Son ambition l'amène à divorcer et à se lancer à la conquête des hommes susceptibles de lui apporter tout ce qu'elle désire, c'est-à-dire l'amusement mais aussi la respectabilité. Si elle échoue face au banquier Peter Van Degen, elle va trouver une nouvelle victime en la personne du marquis de Chelles, grâce à qui elle va — espère-t-elle — trouver une place de choix dans le monde du Faubourg Saint-Germain. Mais c'est vers Elmer Moffatt, un ami d'enfance auquel elle avait été mariée secrètement, qu'elle finira par revenir et en compagnie duquel elle trouvera le bonheur.

Les qualités d'analyse de la grande Edith Wharton et son brio font merveille dans cette vaste fresque qui dépeint une classe qui meurt et le monde du XXe siècle en pleine formation et trace avec audace et talent le portrait d'une femme moderne.

BUSSIÈRE CAMEDAN IMPRIMERIES

GROUPE CPI

Composition Nord Compo.
Impression réalisée sur Cameron
à Saint-Amand-Montrond (Cher)
en septembre 2003 (2e tirage).
Dépôt légal du premier tirage : mai 2003.
N° d'impression : 033868/1.
Imprimé en France